歌人が巡る九州の歌枕

宮崎・鹿児島・熊本・佐賀・長崎の部

宮野恵基

文化書房博文社

本書掲載の地図　出典：国土地理院ウェブサイト　http://maps.gsi.go.jp/
名所等をわかりやすくする為、一部加工しています。

―はじめに―

「むかしよりよみ置ける哥枕《うたまくら》おほく語傳《かたりつた》ふといへども、山崩れ川流れて道あらたまり、石は埋《うづも》れて土にかくれ、木は老いて若木にかはれば、時移り代《よ》変じて、其の跡たしかならぬ事のみを、爰《ここ》に至りて疑ひなき千載《せんざい》の記念《かたみ》、今眼前に古人の心を閲《けみ》す。」

これは、私が二十年近く前、東洋大学教授であった（現名誉教授）谷地快一先生より初めて「歌枕」を学んだ、**松尾芭蕉**の『**奥の細道**』の多賀城址における記述である（久富哲雄『おくのほそ道』講談社学術文庫）。歌枕については、先著『歌人が巡る四国の歌枕』、『歌人が巡る中国の歌枕・山陽の部』の前文に同一に記しているのでここでは省略するが、芭蕉が語った「哥枕」は、名所歌枕のことである。

短歌を学ぶ私は、この一文に古歌とまだ見ぬ地への憧れを募らせた。歌枕とされる地を訪ねてみたい。もちろん星霜移り時は去り、古の面影や付随する観念を偲ぶことは不可能かも知れない。あるいは、その地そのものの特定すら叶わないかも知れない。それでも、そこで先人の名歌に触れ、私自身も拙い歌を詠む、そんな思いを当時から抱くようになったが、そんな折、私が指導を受けていた沙羅短歌会主宰・伊藤宏見先生から、月刊の短歌雑誌『沙羅』に投稿をと勧められ、平成十六年十一月より、残り少ない余生の畢生の仕事にと第一歩を四国の地から踏み出し、駄文、駄歌を寄せるに至った。その際の私が歩いた足跡を振り返りつつ、若干筆を加えて一書と成したものが、平成二十三年に上梓した『歌人が巡る四国の歌枕』である。

引き続き平成二十一年からは中国地方に歩を進め、平成二十六年に『歌人が巡る中国の歌枕・山陽の部』、同二十七年に『同・山陰の部』を世に出した。

そして以後、九州地方を巡ることとしたのだが、私の居所（高松市）から九州の玄関口の門司まで、高速道路経由で約四百キロメートル、走行時間は休憩抜きで五時間ほどかかり、そこから九州全域と壱岐・対馬に至るまでを完結するには、多くの時間を要することを覚悟せねばならなかった。

さらには、九州八県十一カ国（沖縄県―琉球国―は域外）で約百五十ヶ所の歌枕の地があり、これを一冊にまとめると大部になることが予想されたのである。

そのため、福岡、大分両県の筑前、筑後、豊前、豊後の四カ国を先行して一書と成し、去る平成三十年五月に『歌人が巡る九州の歌枕　福岡・大分の部』を上梓した。このように福岡、大分両県を併せたのは、豊前国が福岡県北東部と大分県北部に跨っているが故である。

その後、宮崎（日向）、鹿児島（大隅・薩摩）、熊本（肥後）、佐賀（肥前）、長崎（肥前・壱岐・対馬）と歩を進め、漸く九州（西海道）の後編とも云うべき形を成すことができた。この間、山を越え、川に沿い、海を渡り、九州の自然、文化、歴史、そして何よりも温かな人の情に触れ得たことに感謝したい。

私は人生五十余年を、文学とは全く無縁の生活を重ねてきて、漸く六十を過ぎてから短歌を学び始めた故、文も歌も拙く、写真も全くの素人で、そんなお見苦しい一冊をお目に留めて頂けたら幸いです。また、諸先生方の書籍につき、お許しも得ず参考、引用させて頂いたことも、この場にて御礼申し上げます。

尚、名所歌枕を集めた歌枕書、歌学書はいくつもありますが、座右に入手した井上宗雄編『名所歌枕（伝**能因法師**撰）の本文の研究』―昭六一・笠間書院―、渋谷虎雄『校本・**謌枕名寄**・本文篇』―昭五二・桜楓社―、村田秋男編『**類字名所和歌集**・本文篇』―昭五六・笠間書院―、神作光一、千艘秋男編『増補**松葉名所和歌集**・本文篇』―平四・笠間書院―を参照しながら学ばせて頂きました。

古《いにしへ》の歌人の思ひ偲びつつ　彼の地を訪ね吾も歌を詠む

今に残る歌学びつつ聞かまほし　山・川・海の語る言葉を
蕉翁に倣ひ旅行く歌枕　風の音聞き古《いにしへ》偲ぶ

注・本文中においては、参考にした各歌枕集を、それぞれ『能因』、『名寄』、『類字』、『松葉』と表記する。また、出来得る限りこれらに載せられている漢字仮名表記に従うが、便宜上他の資料を用いることもある。

・掲載歌については、歴史的表記の読み難さを和らげることができればと、上三句、下二句の間を一字開けて表記し、さらに出来得る限りルビを施した。

・**太字**は巻末に簡単な解説を載せている。なお、蛇足を承知で、本書の上巻とも言うべき先著『福岡・大分の部』の事項、人名も併せて再掲した。

・本文中の歌意は、諸先生方のものをそのまま注記なく引用したもの、私見を挟んだもの、或は私自身が拙い解釈をしたものが混在している。

・各項の題記の〔　〕内の文字は、その前の文字に代えて使われることを示し、〈　〉内の文字は、その文字が挿入されて記されることもあることを示す。例えば、大隅編二の「気〔氣〕色〈ノ〉森〔杜〕」は、「気色森」、「氣色杜」、「気色ノ杜」等の表示があることを示す。

歌人が巡る九州の歌枕　宮崎・鹿児島・熊本・佐賀・長崎の部

目次

宮崎県　日向編

律令制によって七世紀後半に成立した日向国は、当初、現在の宮崎県と鹿児島県本土部分を領域としていた。大宝二年（七〇二）に現在の鹿児島県西部が唱更国《はやひとくに》（後の薩摩国）、和銅六年（七一三）に同県西部の四郡が大隅国として分立し、明治初期に至る日向国の国域が確立した。なお、現在の鹿児島県志布志市、大崎町、曽於市の一部がここ日向国に含まれていた。

「**日本書紀**」**景行天皇**の条には、征西の途の十七年に子湯縣《こゆのあがた》（現在の西都市《さいとし》）に幸《いでま》して、「是《こ》の國は直《なほ》く日の出づる方に向けり」と左右に謂《かた》ったとあり、国名の由来とされている。

なお遡って『**古事記**』の国産み神話には、隠伎之三子島《おきのみつごのしま》の次に、「筑紫島を生みき。此の島も亦、（伊予之二名島《いよのふたなしま》〈四国〉と同じく―筆者注）身一つにして面《おも》四つ有り。面毎に名有り。故《かれ》、筑紫國（筑前・筑後）は白日別《しらひわけ》と謂ひ、豊國（豊前・豊後）は豊日別《とよひわけ》と謂ひ、肥國（肥前・肥後・日向）は建日向日豊久士比泥別《たけひむかひとよくじひねわけ》と謂ひ、熊曾國（大隅・薩摩）は建日別《たけひわけ》と謂ふ。」と記述される。また、**邇邇藝命**《ににぎのみこと》が高天原から「竺紫の日向の高千穂の久士布流多氣《くじふるたけ》の天降りあさしめき」とあり、わが国の国造りがこの地から始まったと伝える。「久士布流」は「霊異《くし》ぶる」、「多氣」は「岳」で、併せて霊峰の意である。

近世の幕藩体制下では、県《あがた》五万三千石、高鍋三万石、佐土原三万石、飫肥《おび》五万七千石、加えて近隣の藩の飛領、天領もあり、領域構成は複雑であった。

明治十八年（一八八五）八月二十四日、東臼杵郡東郷町坪谷に生を受けた、旅、酒、自然を愛した国民的歌人・

若山牧水は、『おもひでの記』に、「この村に限らず、日向という国はその天然の状態から一切周囲の文明に隔離していた。……（中略）……自然、遥かに離れた孤島の様な静寂を保たざるを得なかったのである。」と述べる。少々言い過ぎの感があるが、歌枕に関しては、前著の『歌人が巡る九州の歌枕　福岡・大分の部』にある如く、両県には非常に多くの万葉歌が歌枕歌として残るが、ここ宮崎県の六ヶ所の歌枕の地には一首しか引用されていない。余りにも極端で、驚かされた次第である。

　しかしながら、それらの地には、天孫降臨、あるいは**神武天皇**の東征に纏わる伝承が豊富に残され、ここ日向は『**古事記**』が伝える如く、日本の国造りの始まりの地という、『**万葉集**』よりさらに重い国なのである。

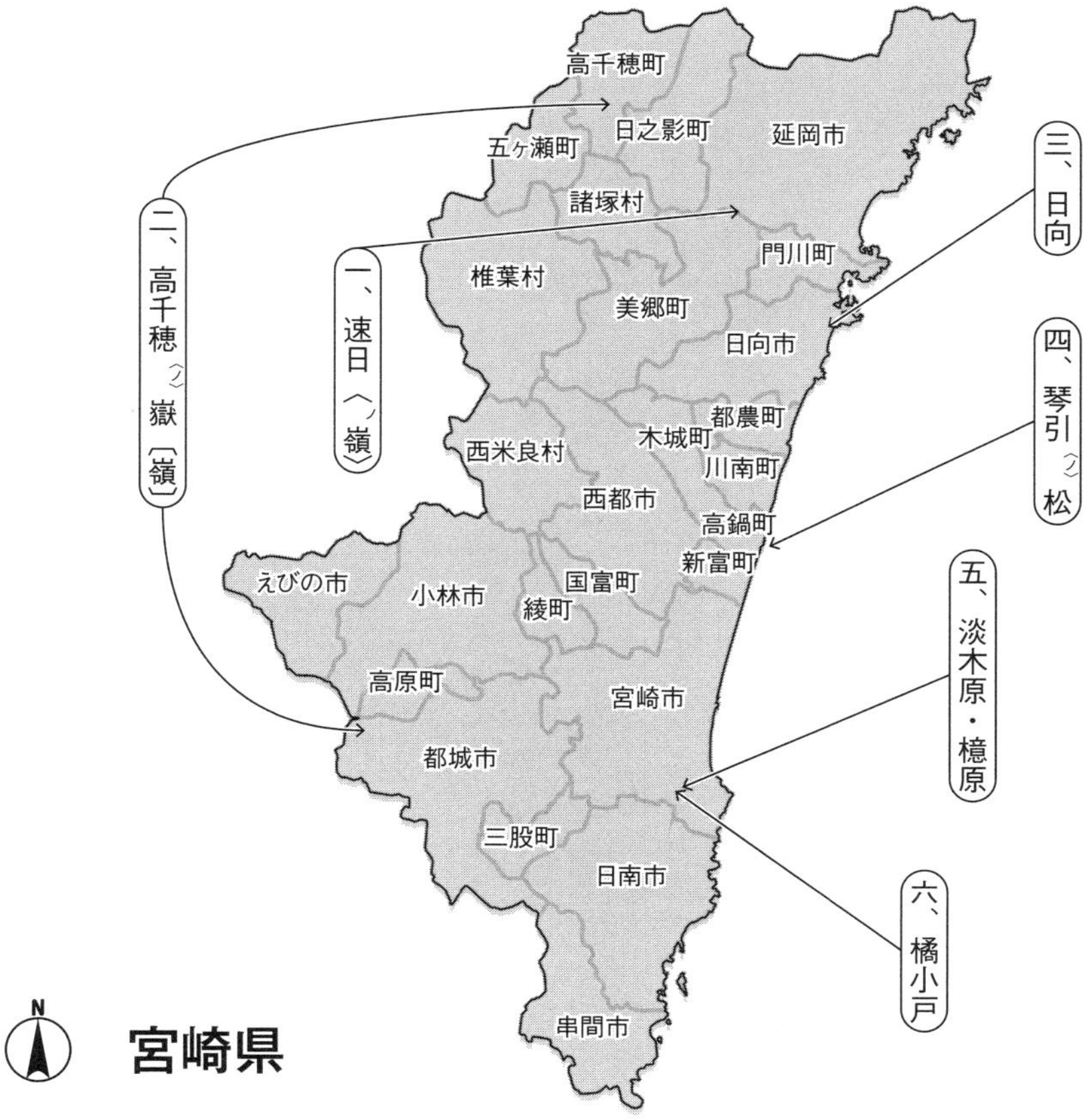

一、速日《はやひ》〈ノ嶺〉

『類字』、『松葉』に、『**続千載和歌集**』から「かたぶ《（傾？）》かぬ速日の岑に天くた《だ》る　天の御孫の国そ《ぞ》わか《が》国」が載る。詠者は法皇御製とあるから、同集の撰集を二条為世に命じた**後宇多院**である。

延岡市の西の郊外で、南九州自動車道から熊本県上益城郡嘉島町に向けて九州中央自動車道が分岐する。ただし、延岡市北方町蔵田から熊本県御船町高木までは建設中である。その蔵田からは国道二百十八号線に接続するが、その西、五ヶ瀬川に架かる天馬大橋の直近に「道の駅北方よっちみろ屋」がある。そこから南南東五キロメートル弱に、二子山とも呼ばれる速日の峰（八六八メートル）が姿を見せる。ただ、この道の駅からは、周囲の連なる山々との見分けがつきにくく、山容を全貌するには国道二百十八号線を少し東、延岡寄りに戻った地点からの方が適している。

この速日の峰には、饒速日命《にぎはやひのみこと》が天降りしたとの伝承がある。地元の古老の口承に、「かたむらの、はやひのみねに、あまくだる、あまつかみ、すめるこのさと」とあるとのこと、天降伝承を伝えるものと思われ、この山が神々しい山であることの証の一つといえよう。

しかし『**日本書紀**』**神武天皇**の条には、天皇が

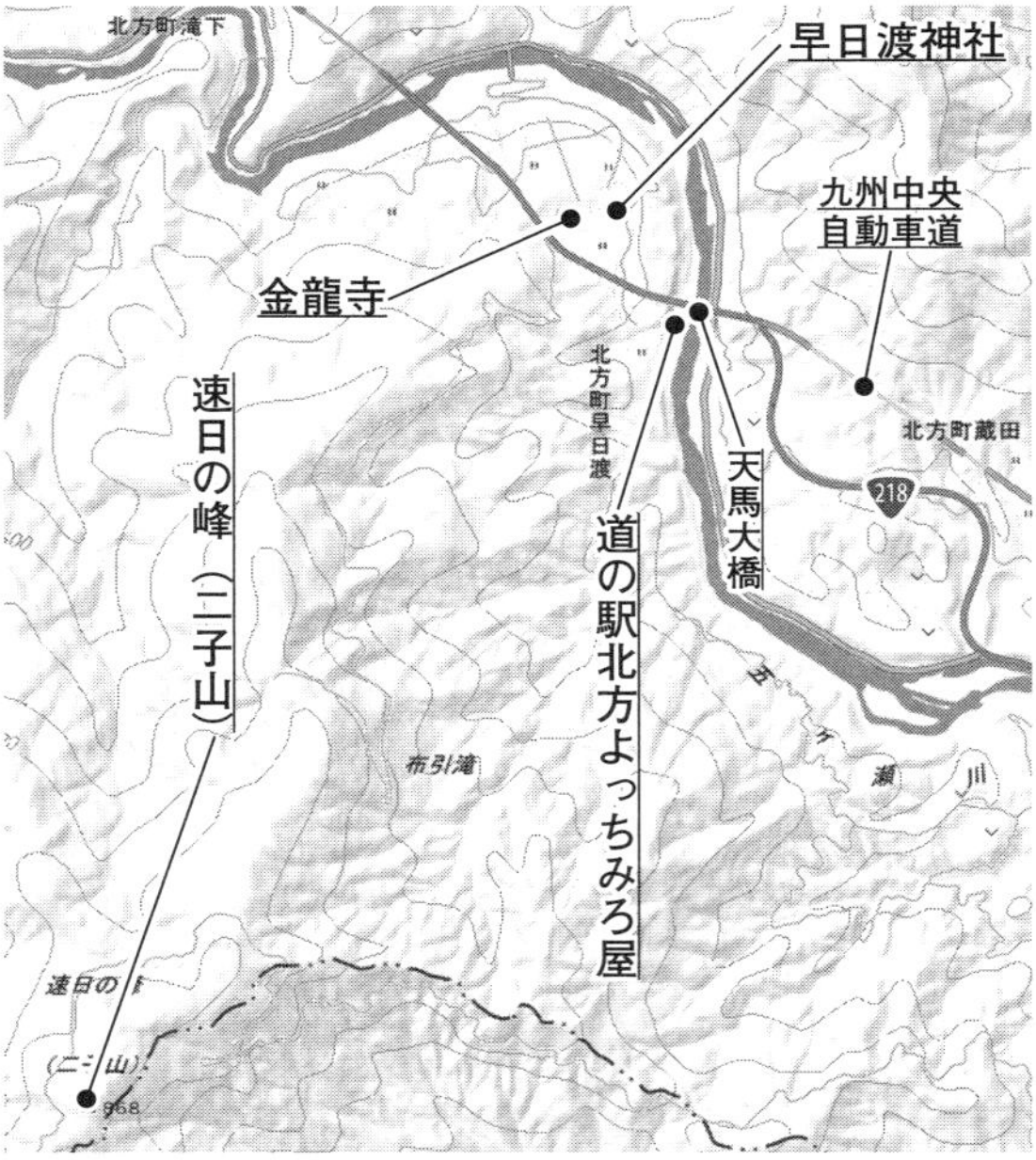

延岡市北方町蔵田付近

速日の峰

鹽土老翁《しほつつのをぢ》から「東《ひむがしのかた》に美《よ》き地《くに》有り。青山四周《あをやまよもにめぐ》れり。其の中に亦、天磐船《あまのいはふね》に乗りて飛び降《くだ》る者有り」と聞き、天皇は「厥《そ》の飛び降《くだ》るといふ者は、是鐃速日と謂ふか」と問い、さらに「彼《そ》の地《くに》は、必ず以って大業《あまつひつぎ》を恢弘《ひらきの》べて天下《あめのした》に光宅《みちを》るに足りぬべし。蓋《けだ》し六合の中心《もなか》か。（思うにその土地は、大業をひろめ天下を治めるによいであろう。きっとこの国の中心地であろう）」と想像し、これが天皇の東征の切っ掛けになった旨の記載がある。即ち鐃速日命は大和地方に天降りしたのであるこの峰に降りたというのは地方伝承と思われるが、神代のことであり、さらには国道二百十八号線の西向く先には、次項で述べる天孫降臨の地・高千穂があり、この地の伝承も必ずしも否定できない。

先の「道の駅よっちみろ屋」の西北、国道二百十八号線の北側の、田畑を挟んで五百メートルほどであろうか、山沿いに早日渡神社が鎮座する。元々は、速日の峰に在って鐃速日命を祀っていた。天徳四年（九六〇）に、紀州熊野宮から**伊弉冉尊**《いざなみのみこと》、速玉男命《はやたまのをのみこと》、事解男命《ことさかのをのみこと》の分霊を勧進し、翌応和元年（九六一）にこの地に遷されたとのことである。加えて明治四年（一八七一）には、**舎人親王**、**菅原道真**や、加えて多くの旧村内の神社を合祀して現在の社名となり、村社に列せられた。木々に囲まれて南に速日の峰を望んで座す社殿は、派手さはないが落ち着きがあり、神代を偲ぶには充分な雰囲気がある。

なお、峰も神社も、共に所在地は延岡市北方町であるが、明治二十二年（一八八八）の町

早日渡神社

村制実施の際、複数の旧村の合併でなく、単独で新村に移行したため、旧村名を置き換えた字名がなく、故に地域区分に日本で唯一、十二支の干支を用いた。今にその地名表記が残り、例えば延岡市北方町総合支所の住所は、北方町川水流卯六八二番地なのである。因みに、道の駅、早日渡神社、次に記す金龍寺は北方町早日渡巳に番地が付く。

神社の南、国道二百十八号線の直近の丘の上には、曹洞宗金龍寺《きんりゅうじ》が建つ。殊更の由緒は判らぬが、コンクリート造りの本堂はこざっぱりしていて落ち着いた雰囲気である。実は早日渡神社を探しあぐねてその所在を尋ねるに、行き交う人影がなく、神・仏の異なる非礼を顧みずご住職方の門を叩いて問い、快く教えて頂いた。御礼を申し上げます。

速日の嶺連なる山に阻まれて　山容見えず道の駅より
五ヶ瀬川に沿ふ街道を戻りたり　速日の嶺の姿求めて
神降《お》りし伝へ残れる速日の峰　里奥に建つその神祀る社

二、高千穂《たかちほの》〈ノ〉嶽《たけ》〔嶺〕

ここ宮崎県には、高千穂の地名が二ヶ所ある。

金龍寺本堂

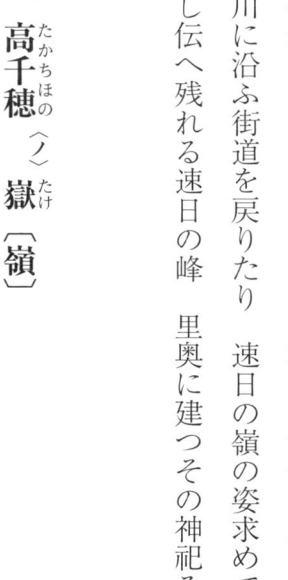

一つは景勝の地・高千穂峡で有名な西臼杵郡高千穂町、今一つは霧島連山（鹿児島県・大隅編一に記述）の一山、都城市と西諸県《にしもろかた》郡高原《たかはる》町の境に聳える高千穂峰（標高千五百七十四メートル）である。

高千穂峡は、前項の速日の峰の麓から国道二百十八号線を西に二十八キロメートルほどの高千穂署前の交差点を左に折れ、県道五十号・諸塚高千穂線を進み、高千穂神社前で南進する県道五十号を進まず、直進して高千穂大橋を渡ると無料駐車場があり、そこから峡谷を巡る遊歩道が延びる。

太古の昔、阿蘇山の噴火により火砕流がこの地に堆積し、それが五ヶ瀬川によって侵食され、柱状節理の美しい断崖の渓谷が出現した。平均八十メートル、高いところでは百メートルの断崖絶壁が七キロメートルにわたって続く。一キロメートルの遊歩道の先端近くには、日本の滝百選に選ばれた、落差十七メートルの真名井の滝があり、ボートを借りれば

高千穂峡　真名井の滝

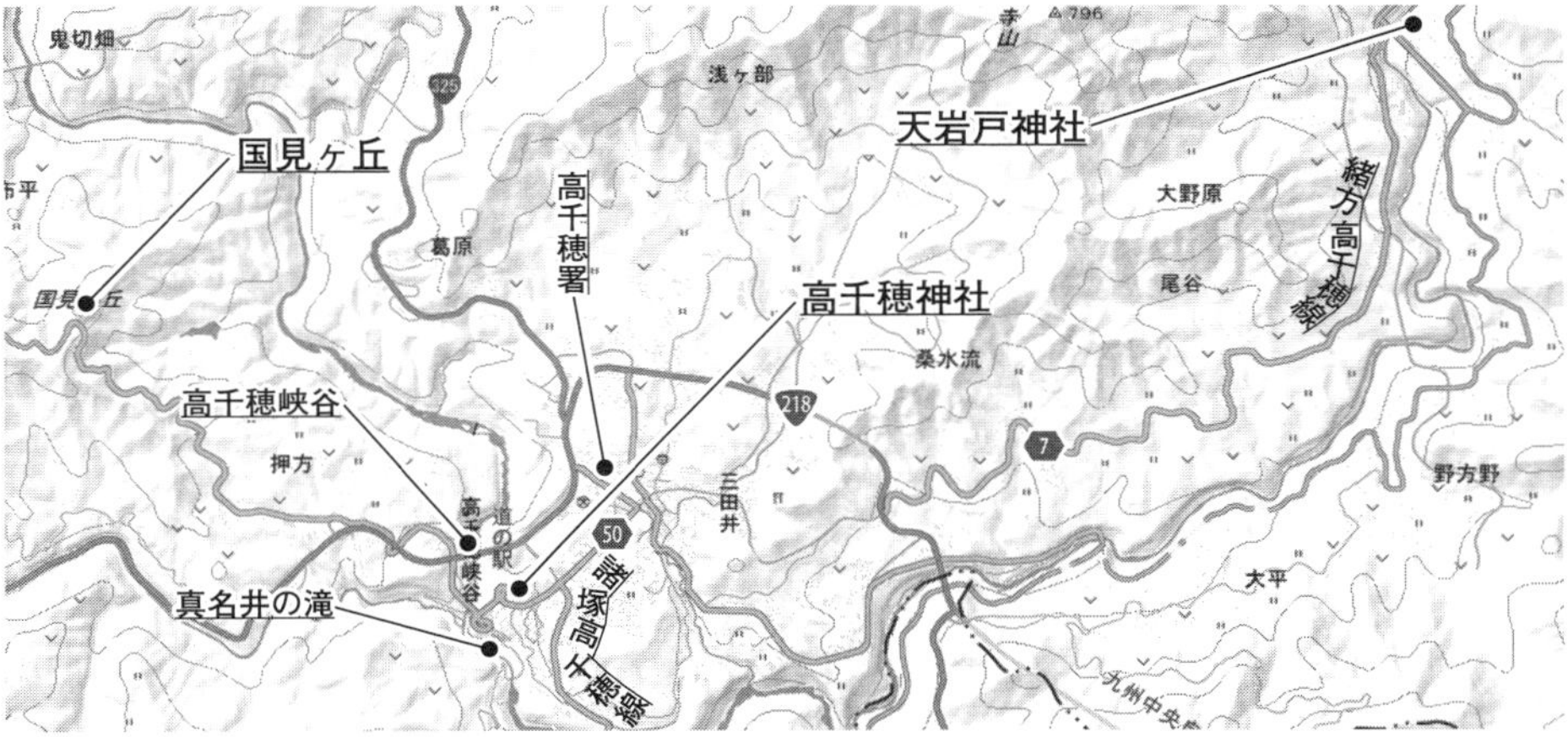

西臼杵郡高千穂の高千穂峡

高千穂神社

滝壺の直近まで近付くことが出来る。

先の高千穂神社には、一之御殿に高千穂皇神、即ち三柱の皇祖神とその配偶神（**邇邇藝命**《ににぎのみこと》と木花開耶姫、日子穂々手見尊《ひこほほでみのみこと》と豊玉姫命、鵜葺草葺不合尊《うがやふきあえずのみこと》と玉依姫命）が祀られ、二之御殿には十社大明神、即ち**神武天皇**の皇兄の三毛入野命《みけぬのみこと》とその妻子の神九柱が祀られる。その本殿は安政七年（一七七八）造営の五間社流銅版葺で、平成十六年（二〇〇四）に国の重要文化財に指定されている。古来、十社《じっしゃ》大明神、あるいは十社宮と称していたが、明治四年（一八七一）に三田井神社、同二十八年（一八九五）に現在の社名に改称した。

高千穂神社の北西二・五キロメートルほどに、標高五百十三メートルの国見ヶ丘がある。**神武天皇**の孫の建磐龍命《たていわたつのみこと》が九州統治に当ってこの丘に立ち、国見をしたとの伝えが残る。二層の展望台は古代風の様式で、屋根の頂には鳳凰らしき鳥の像が飾られている。

国道二百十八号線が高千穂町の中心街に差し掛かる手前で分岐する県道七号・緒方高千穂線を辿って北東に進むと、五キロメートル余りで天岩戸神社に出る。西本宮と東本宮とから成るが、昭和四十五年（一九七〇）に合併するまではそれぞれ独立した宮であった。ともに**天照大神**を主祭神とする。

西本宮は、大神が身を隠したとの神話の残る天岩戸とする岩窟の跡をご神体としていて、近世までは、その岩窟跡を拝む簡

国見ヶ丘展望台

国見ヶ丘から高千穂町中心街方面を見る

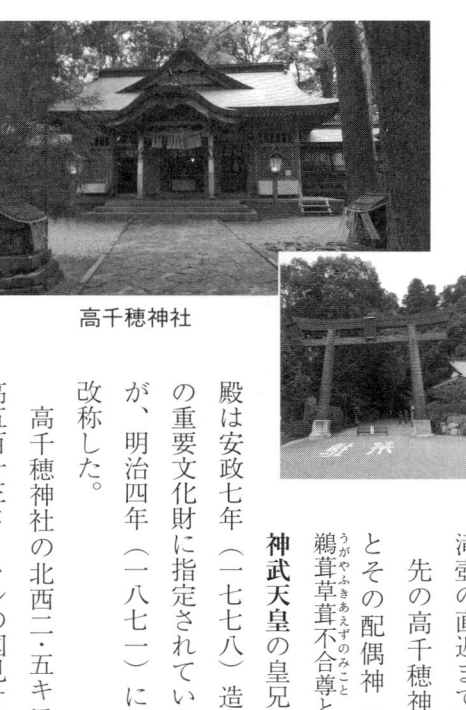

天岩戸神社西本宮

素な遥拝所であったとのこと、社殿が建てられたのは天保年間（一八三〇～四三）のことと言う。岩窟跡をご神体とするゆえ本殿は設けられていない。

一方東本宮は、天岩戸から出御された大神に鎮座を願った社殿を始まりとする。現在訪れる人のほとんどは西本宮のみを参詣するが、本来信仰の中心は東本宮なのである。

いま一つの高千穂である高千穂峰は、冒頭に触れたように、霧島連山の南端近く、恰も独立峰の如き山容で聳える。山頂には**邇邇藝命**《ににぎのみこと》降臨の際、命が峰に突き立てたとされる青銅の天逆鉾が立てられているという。

嘗て頂き近くには、第五代孝昭天皇創建の、**神武天皇**を祀る霧島岑神社が鎮座していたが、再三の噴火で焼失、近世初頭、鹿児島県側に霧島神宮（大隅編一に記載）、宮崎県側に霧島東神社と狭野神社に分社された。**神武天皇**の幼名は狭野《さの》尊、古くには皇族の幼名は誕生した地名を付けたとのことで、この地が**神武天皇**生誕の地とされる。宮崎自

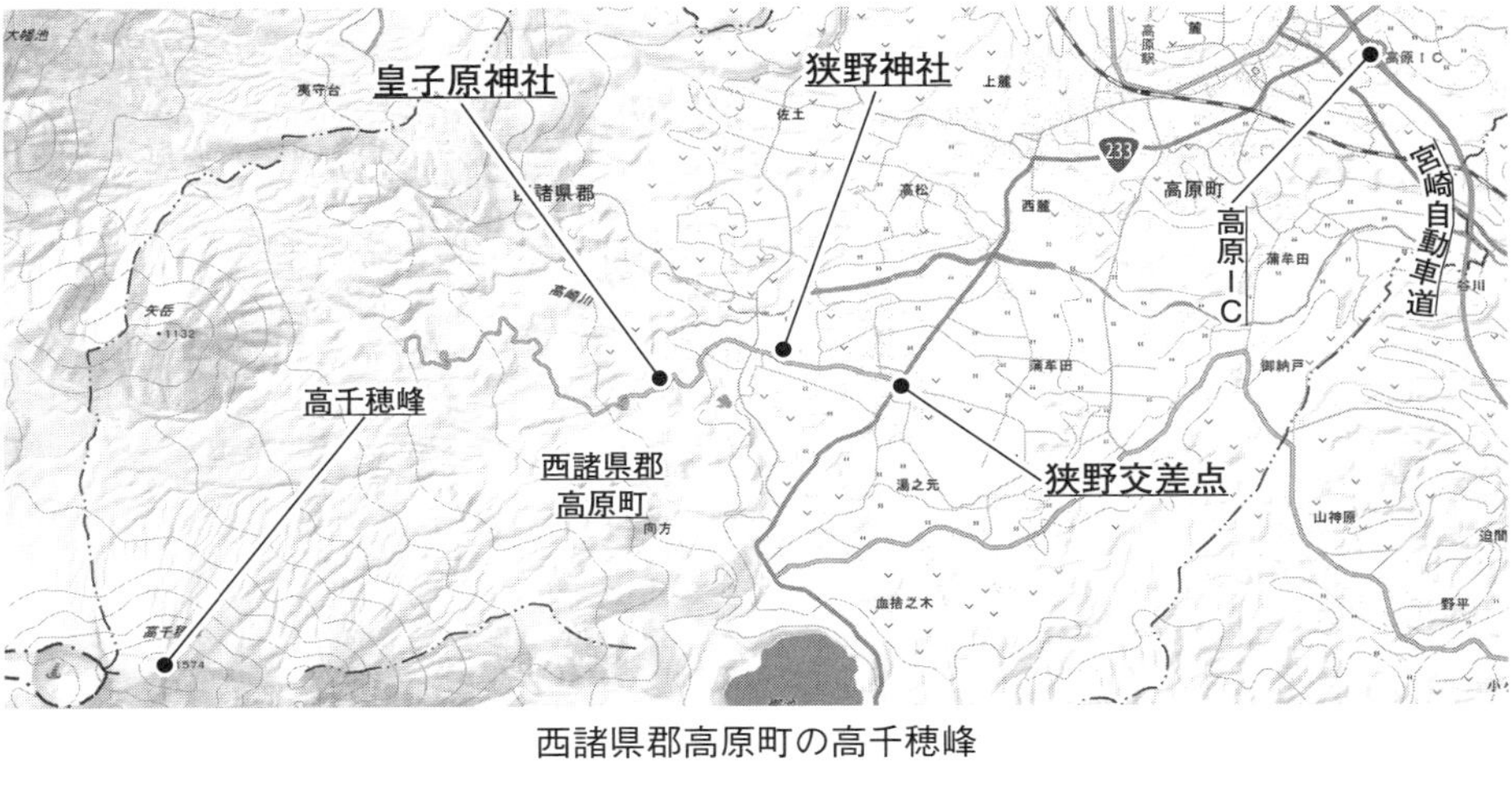

西諸県郡高原町の高千穂峰

狭野神社社殿

動車道の高原《たかはる》ＩＣから国道二百二十三号線を南東に五キロメートル、狭野交差点で右折して県道四百六号・高千穂峰狭野線を西に約七百メートル、右手の真っ直ぐな長い杉並木の参道の先に狭野神社がある。本殿、拝殿、そして更に手前に勅使殿が建ち、何れも重厚感のある構えである。西参道を出た駐車スペースからは、高千穂峰の山容を、遮るものが一切なく全貌できる。狭野神社の更に西には、**神武天皇**生誕の地とされるところに、末社の皇子原神社が建つ。

『能因』、『松葉』には高千穂嶽と項立てされて、『**万葉集**』巻第二十の長歌の一部、「ひさかたの　天の門開き　高千穂の　岳に天降《あも》りし　すめろきの　神の御代より」が載り、『能因』は続く七句も収める。**大友家持**が**聖武天皇**崩御の後に、一族の将来への不安感、焦燥感、危機感を抱き、「族を喩す」と詠んだ長歌である。

この歌に詠まれた「高千穂の岳」は、先に記述した二ヶ所のはたして何れであろうか。

高千穂峡は、一の「速日の峰」も含めて神代の伝承が様々伝えられ、高千穂峰の方にも天孫降臨伝承が残る上、具体的な山名が今もある。判じがたく、双方を紹介した。

岩を打ち切り立つ崖を造りたる　高千穂峡の水勢凄まし
高千穂の国見ヶ丘の展望台　登り見下ろす田畑や街を
迫り来る夕闇に猶浮かび居り　神降りたるとふ高千穂の峰

狭野神社西参道入口から見る高千穂峰

三、日向《ひむか》

『名寄』に、「詞花六云一条院皇后　宮常ニ侍ける女の日向国へ下けるに銭たふとて読給けるとなん」の詞書に続いて、「あかねさす日む《（向）》かい《ひの誤》てはお《（思）》もひ《い》て《（出）》よ　みや《（都）》こは《（晴）》れぬなか《（眺）》めすらんと」が収められる。日向は現在は「ひゅうが」と読むが、古名で歌にも詠まれている「ひむか」で項立てした。と言っても歌意からして特定の地を指しているわけではなく、広域の地方、あるいは国そのものを指すと考えられる。よって広域としての記述も考えたが、現在の行政単位に日向市があり、伝承と歴史、あるいは時代は新しいものの、短歌の世界で特筆すべき事跡がある故に、この地を紹介することとした。

東九州自動車道・日向ICから東、JR日豊本線を横切り、更に国道十号線と交差する県道十五号・日知屋財光寺線《ひちやざいこうじ》を進むと、県道が北東に向きを変え、塩見川に架かる小倉ヶ浜大橋を渡る。橋から六百メートルほどであろうか、右手に大御神社《おおみ》の鳥居が現れる。参道を進むと、日向灘を背に木造銅版葺切妻屋根の社殿が建つ。神代の昔、**邇邇藝命**《ににぎのみこと》がこの地を通って絶景を眺望し、祖母神の**天照大神**を祀ったことに始まると言う。社殿

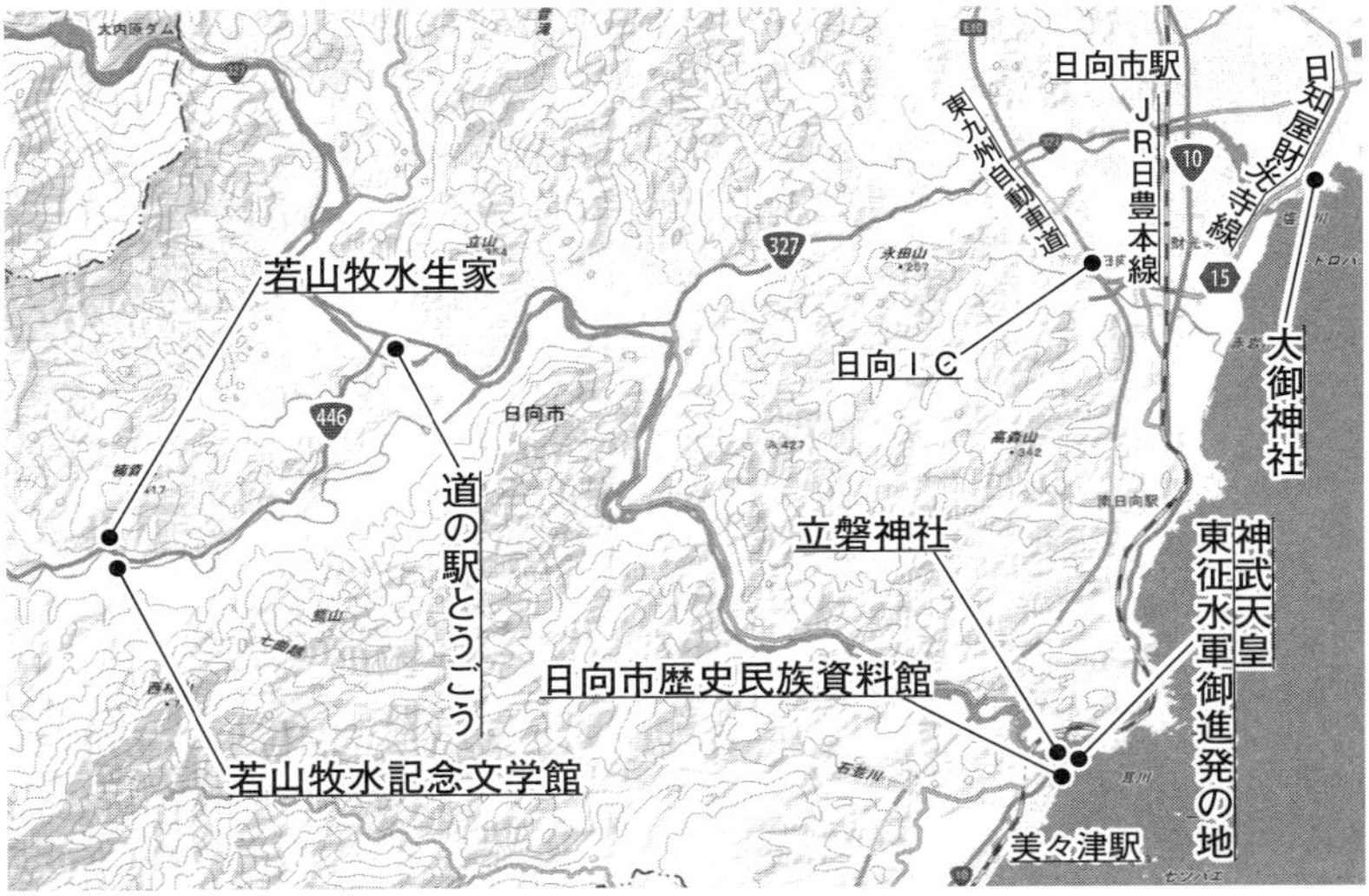

日向市と同市美々津町付近

美々津重要伝統的建造物群保存地区

大御神社拝殿

大御神社背後の浜

の背の海岸は変化に富む岩礁が続き、太平洋の波が打ち寄せては砕け、雄大な景色である。

先の交差点から国道十号線を南に下ること十キロメートル、耳川に架かる美々津《みみつ》大橋を渡ると日向市美々津町である。

美々津町は古くから湊として栄え、室町時代には日明貿易の拠点として発展した。幕末から明治・大正にかけての街並が残り、国の重要伝統的建造物群保存地区に選定されている。安政二年（一八五五）に建てられたと言う商家「河内屋」が、日向市歴史民族資料館として復元されている。

神武天皇は東征の折、この湊から軍船を仕立てて出航したと伝えられる。その時戦勝と海上安全を祈願したとされる美々津大橋の南詰の東の地に、**景行天皇**の時代に創建された立磐神社が鎮座する。境内には、天皇が腰掛けたと言われる「神武天皇御腰掛之磐」が遺される。

また直近の浜際には、「神武天皇御親率の東征水軍御進発の聖地」とし、そのことを「日本海軍発祥之地」として石塔

立磐神社

腰掛岩

神武天皇御親率の東征水軍御進発の聖地に建つ「日本海軍発祥之地」の石塔

が建てられている。

戻って、日向市中心街から西に国道三百二十七号線を辿り、「道の駅とうごう」のある交差点を左折、国道四百四十六号線を進むと、七キロメートルほど、東郷町坪谷に差し掛かった道際に、若山牧水の生家が残されている。

若山牧水（本名・繁）は、明治十八年（一八八五）八月二十四日にこの地で生を受けた。旧制延岡中学校二年の時、初めて短歌「梅の花今や咲くらむ我庵の　柴の戸あたり鶯の鳴く」を詠む。同三十六年（一九〇三）には牧水と号し、翌年早稲田大学に入学、同四十一年に卒業し、翌年中央新聞社に入社するも半年で退社、同四十三年出版の第二歌集『別離』で歌壇の花形となる。大正十二年（一九二三）最後の第十四歌集『山桜の歌』を出版、昭和三年（一九二八）に第十五歌集『黒松』出版の準備にかかるも九月十七日病にて永眠、時に四十三歳であった。「旅の歌人」、「酒の歌人」とも称される牧水の、余りにも有名な歌四首を紹介する。

幾山河越えさりゆかば寂しさの　はてなむ国ぞけふも旅ゆく
白鳥はかなしからずや空の青　海の青にも染まずただよふ
白玉の歯にしみとほる秋の夜の　酒は静かに飲むべかりけり
うす紅に葉はいちはやく萌えいでて　咲かむとすなり山ざくら花

若山牧水生家

若山牧水記念文学館

国道を挟んだ南の小高いところに、若山牧水と、やはりこの東郷町出身の詩人で、東郷町長も務めた高森文男の資料を展示する「若山牧水記念文学館」がある。

浜際の大御神社も煙り居り　日向の海の波しぶき寄せ
海軍の発祥の地と聞く日向灘　神武帝の船出でたるに
旅に酒故郷を愛せし牧水の　生家を訪ひて日向路を行く

四、琴引《ことひきの》〈ノ〉松《まつ》

日向市美々津町から、日向灘沿いを走る国道十号線を南に約二十五キロメートル、国道の更に海岸沿いを走るＪＲ日豊本線の、大寺踏切の北の線路沿いに大年神社が建つ。古くにはやや西の高台にあって、日向灘を見下ろし、参道も東からであった。察するところ海辺までが社領であったと思われる。大正八年（一九一九）の現・日豊本線の開通で社領が別けられ、昭和二十年（一九四五）の台風による倒壊を機に社殿は南向きに、参道も鉄路沿いに南からと付け替えられた。主祭神は稲田姫命、創建は仁寿二年（八五二）とされ、普段は参る人も少ないと思われるが、歴史のある神社である。

大年神社

大年踏切と大年神社参道

大年神社の北西二キロメートル、国道十号線の西の高原状の畑地の中に、五～六世紀に築造された大小八十五基の古墳が点在する持田古墳群がある。この地が古くより開けていた証である。

持田古墳群

国道十号線は、小丸川をわたってS字状にカーブして日豊本線と併走するが、並走する直前の左、ＪＲ高鍋駅の西の田園の中に千平方メートルほどの、広場の雰囲気の公園がある。その昔この辺りは海浜であった。そこに枝を広げる老松を見て、平安時代の歌人で、国司として筑前国に赴任していた**源重之**が、「白波のよりくる糸を緒にすけて　風にしらふる琴引の松」と詠んだ。『能因』、『松葉』に収載される歌枕「琴引松」であり、この公園辺りに生えていたと言う。天明年間

琴引の松公園

琴引の松碑

高鍋町と国府・国分寺跡

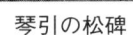

日向国府跡

（一七八一～八）に刻まれたというこの歌の歌碑が公園の一角に建つ。

日向国の国府、国分寺はこの地の西、現・西都市に置かれていた。

琴引松のある広場の西、国道十号線の樋渡交差点から県道二十四号・高鍋高岡線を辿り十二キロメートル、西都市役所の北に公園となっている稚児ヶ池があり、その東に国府跡がある。日向国府跡の所在地については長らく不明とされ、諸説があったが、昭和六十三年（一九八八）から平成十二年（二〇〇〇）までの発掘調査で徐々に全貌が明らかになってきた。それによると、西都市右松《みぎまつ》の妻北小学校の北側一帯が府域であったと推測されている。現在でも調査は進んでいて、保護用の青いビニールシートで覆われた箇所もある。

国分寺跡は、国府跡から南南西に一・五キロメートルほど、西都市三宅にある。数度の発掘調査によって金堂や中門、回廊、僧房跡等の配置が概ね明らかになってきた。

天明八年（一七八八）、全国行脚の途でこの地を訪れた木喰《もくじき》は、地元民に懇願され、寛政九年（一七九七）まで衰退していた国分寺の住職についたという。寛政元年（一七九一）の火災で堂宇が焼失し、**木喰**は再建の傍ら五智如来像を刻んだ。明治四年（一八七一）、廃仏毀釈で当国分寺も廃寺の憂き目を見たが、五智如来像は地元の信仰者によって廃棄を免れ、平成七年（一九九五）に跡地の一角に建てられた木喰五智館に安置された。

日向国分寺跡

木喰五智館

田畑《でんぱた》を区切りし広場に琴引きの　松在りし跡歌碑一基建つ
琴引きの松在りしとふ地古くより　開けしと識る古墳の群に
訪ねたり国分の寺や国府跡　琴引き松の近隣と聞き

五、淡木原《あわきがはら》・檍原

『日本書紀』神代上には、**伊弉諾尊**《いざなぎのみこと》が黄泉の国から戻って、「吾前《さき》に不須也《いな》凶目《しこめ》き汚穢《きたな》き處《ところ》に到る。故《かれ》、吾が身の濁穢《けがらはしきもの》を滌《あら》ひ去《う》てむ」と言って、筑紫の日向の小戸の橘の檍原で禊をしたとの記述がある。

高鍋町から国道十号線を走り約十六キロメートル、宮崎市佐土原町で接続する一ツ葉道路を三キロメートルほど進み、住吉ＩＣで下りて住吉神社の西の交差点を左折、県道十一号・宮崎島之内線を二キロメートル余りで阿波岐原森林公園市民の森に着く。県道によって東園と西園に分けられているが、東園の北

シーガイア付近

御池

側、市民の森病院の真向いの林間に御池が水を湛える。みそぎが池とも呼ばれ、『**日本書紀**』が記す**伊弉諾尊**が禊をした池とされる。

『**続古今和歌集**』には、卜部兼直の「西の海あはきか原の塩ちより　顕はれ出し住吉の神」が載るが、『名寄』に「淡木原」、『類字』、『松葉』には「檍原」と項立てされて収載される。現在の表記は、先の公園名にある如く「阿波岐原」である。ここに詠まれる「あはきか原」がこの地なのである。歌中の「住吉の神」は、先に記したように住吉ＩＣの直ぐ近くに建つ住吉神社で、第六代孝安天皇の時代の創建（約二千四百年前）とされ、主祭神は住吉大神である。**伊弉諾尊**が禊の最中に九柱の神を生んだとされ、そのうちの底筒男命《そこつつのをのみこと》、中筒男命《なかつつのをのみこと》、表筒男命《うはつつのをのみこと》の三柱が住吉大神である。なお、**伊弉諾尊**はその後、左目、右目、鼻を洗って順に**天照大神**、**月讀尊**、**素戔嗚尊**を生んだという。（**伊弉諾尊**は男神とされるが、その尊が次々と神を生むとは……。浅学故の単純な疑問である。）住吉神社の主殿は、右に大年、諏訪、阿蘇の三神社が記された扁額が並ぶ社殿、左には天照皇大神宮の扁額の掛かる社殿を率いる形で、海浜の林間に静かに、厳かに建っていた。

御池の南には江田神社がある。こちらの主祭神は**伊弉諾尊**、創建は不詳とされるが、『**続日本後紀**』の承和四年（八三七）の条には既に記載があるとのこと、一時は神階が正一位まで昇り、菊の紋章を掲げる社殿を有するほどの社勢を誇ったという。しかし寛文二年（一六六二）の大津波で社殿が流失、以後衰退したという。現在は県社ではあるが神饌幣帛料供進神社に指定されている。

住吉神社

江田神社

林間に建つ社殿はごく小振りではあるが、落ち着いた雰囲気で、訪れた時、疎らではあるが参拝の人が途切れることはなかった。

江田神社から県道十一号線を南へ、医師会病院入口の交差点を左折して江田川を渡ると一葉稲荷神社がある。主祭神は倉稲魂命《うがのみたまのみこと》、創建は第十二代**景行天皇**の勅によるという。創建当時は阿波岐原に在ったが、寿永年間（一一八二〜四）に現在地（新別府町）に遷った。境内には、普通の松葉は二又に分かれているが、一本（葉？）しかない松が散見し、その珍しさから人々の崇敬を集め、社名の由来ともなった。訪ねたのは成人の日、稲荷神社に付き物の、列を成す朱の鳥居を晴着姿の若き女性が行き交い、重厚な本堂の前の境内の両脇には紅白の幕を回らせた臨時の社務所が設けられ、華やいだ雰囲気に包まれていた。

風防ぐ林の中に潜み居り　檍原の禊の池の

史長き社の近くモダンなる　リゾートの在り檍原の

檍原の稲荷の森に一葉の　松在りと聞くも探す能はず

一葉稲荷神社

六、橘小戸《たちばなのおど》

前項に、『**日本書紀**』から引用して、**伊弉諾尊**《いざなぎのみこと》が禊をした場所を「筑紫の日向の小戸の橘の檍原」と記した。また、あらゆる神事の前に奏上される祝詞の「祓詞」は、「掛《か》けまくも畏《かしこ》き伊弉諾大神《いざなぎのおおかみ》　筑紫《つくし》の日向《ひむか》の橘《たちばな》の小戸《おど》の阿波岐原《あわぎはら》に　禊祓《みそぎはら》へ給《たま》ひし時《とき》に成《な》りませる　祓戸《はらへど》の大神等《おおかみたち》……」で始まる。これらからすれば、前項の「淡木原・檍原」と本項の「橘小戸」は、同一地、あるいは前者が後者に含まれる関係にあると言えよう。なるほど後述の小戸神社のご由緒には、旧宮崎市街地全域、大淀川が形成した三角州一帯を小戸と称したとの意の記載がある。であれば、本項の記述は前項と重複することになるが、『類字』、『松葉』に独立して項立てされ、『**新後拾遺和歌集**』収載、**津守国量**《つもりくにかず》の「橘の小戸の塩瀬にあら〔現 or 洗〕はれて　昔ふり〔降〕にし神そ《ぞ》この神」、『松葉』に『**雪玉集**』から**逍遥院**、即ち**三条西実隆**の「波路よりけさ〔今朝?〕はた春《?》（あるいは「賜《たば》る」か?……筆者注）やたちは〔橘〕なの〔小戸〕をとの潮風うら、なる声」他二首が収められる故、また創建当時は、日向灘に面した、まさに前項の淡木原（現・阿波岐原）に在った小戸神社が、今は宮崎市中心部に程近い鶴島に遷って座しており、さらに市中心部には**神武天皇**を祀る宮崎神宮もあり、それらを

宮崎駅付近

小戸神社

ヴァージニアビーチ広場

紹介するため独立項とした。

その小戸神社は、ＪＲ宮崎駅から県道二十五号・通称高千穂通りを西に、そのまま北から来て西に直角に曲がる国道十号線、そして県立宮崎病院で南に接続する国道二百六十九号・天満バイパスを進み、一つ目の信号のある交差点で東西に交差する一般道を西に辿って、水道局前のバス停から路地を南に二百メートルほど行くと、林に囲まれて静かな佇まいを見せてくれる。

創建は第十二代**景行天皇**の勅によるとされ、先述のごとく日向灘に面していたが、十六世紀後半の相次ぐ戦乱、さらには寛文二年（一六六二）の西海大地震の追い討ちを受け、上別府大渡（現在の宮崎市別府町の周辺か？）に移り、翌年上野町《かみのまち》（現・ヴァージニアビーチ広場付近）に遷座した。さらに昭和七年（一九三二）には橘通り（現・国道二百二十号線）の拡張により現在地へ再び遷座、上野町の方は御旅所の地となった。

小戸神社の北北東約三キロメートル、ＪＲ日豊本線・宮崎神宮駅西七百メートルに宮崎神宮が鎮座する。祭神は神日本磐余彦天皇《かむやまといわれひこのすめらみこと》（**神武天皇**）、創建は**神武天皇**の皇孫・健磐龍命《たけいわたつのみこと》によるという。明治四十年（一九〇七）に立て替えられた狭野杉（**神武天皇**生誕の地が、霧島連山の高千穂峰の北麓の狭野と伝えられることは、「二、高千穂〈ノ〉嶽〈嶺〉」で述べた。）の白木を

宮崎神宮拝殿と幣殿

神門

平和の塔

用い、銅版葺き神明造りの社殿は、平成二十二年（二〇一〇）に国登録有形文化財の指定を受けた。紀元二千六百年に当る昭和十五年（一九四〇）に、全国の祖国振興隊の勤労奉士による整備、拡張工事で、ほぼ現在の境内を見るに至った。また同年、紀元二千六百年奉祝のため、世界中から集められた石を積み上げて造られた三十六・四メートルの八紘之基柱《あめつちのもとはしら》（通称平和の塔）が、神宮の北二キロメートルの平和台公園に建てられ、天空にその高さを誇っている。

さらに宮崎神宮の西六百メートルの高台には、神宮の摂社の皇宮神社が建つ。この地は**神武天皇**の東征前の皇居、あるいは行宮であったところとされ、住所地が皇宮屋《こぐや》と呼ばれる。祭神はもちろん神日本磐余彦天皇、宮崎神宮には参拝の人々の群れが途切れることは無かったが、ここ皇宮神社は訪れる人影も無く、夕闇迫る林間に厳かに座していた。

たどたどしく祝詞呟けり橘の　小戸の社の御前に立ちて
橘の小戸の神社の御旅所の　夜の街にあり酔ひ人知るや
神武帝の宮の跡とふ林間に　社建ち居り橘の小戸

皇宮神社社殿

日向国歌枕歌一覧（名所の数字は各歌枕集収載ページ）

	速日〈ノ〉嶺	高千穂〈ノ〉嶽〔嶺〕	日向	琴引〈ノ〉松
名所歌枕（伝能因法師撰）		高千穂嶽（四一六） 久方のあまの戸ひらきたかちほの 山高《ダケ》にあもりし皇の神の御代より はし弓をたにぎもたしまかこ矢を たはさみそへておほくめの ますらたけおをさきにたて 〔万葉二十〕（家持）		琴引松（四一六） ひうかのくに、ことひきの松あり きしになみよす 白波のよりくる糸をゝにすけて 風にしらふること引の松 〔夫木〕（重之）
詞枕名寄			日向（一二三四） 詞花六云一条院皇后　宮常ニ侍け る女房の日向国へ下けるに銭たふ とて読給けるとなん あかねさす日にむかいてはおもひてよ みやこははれぬなかめすらんと	
類字名所和歌集	速日（四三） かたふかぬ速日の岑に天くたる 天の御孫の国そわか国 〔続千載〕（法皇御製）			
増補松葉名所和歌集	速日ノ嶺（五八） かたふかぬはや日のみねに天降る 天の御孫の国そわかくに 〔續千〕（法皇御製）	高千穂ノ嶽（一三三一） 久かたの天の戸ひらきたかちほの たけにあもりし皇の神の御代より 〔万〕（家持） 高千穂嶺（一三三二） 天くたる天のむら雲袖ふれて うつせる水やたかちほのみね 〔神道百〕（兼邦）	日向（七四八） あかねさす日にむかひてもおもひ出よ 都ははれぬ思ひすらんと 〔詞花〕（一条院皇后宮）	琴引ノ松（五二九） 白波のよりくる糸を緒にすけて 風にしらふる琴ひきの松 〔家集〕（重之）

	淡木原・檍原	橘小戸
名所歌枕（伝能因法師撰）		
謌枕名寄	淡木原（一二三四） にしの海あわきの原のしほちより あらわれいてし住吉のかみ 〔続古〕（兼直）	
類字名所和歌集	檍原（三五六） 西の海やあはきか原の塩ちより あらはれ出し住吉の神 〔続古今〕（卜部兼直）	橘小戸（一八〇） 橘の小戸の塩せにあらはれて 昔ふりにし神そこの神 〔新後拾遺〕（津守国量）
増補松葉名所和歌集	檍原（五九八） 西の海やあはきか原の塩ちより 顕はれ出し住よしの神 〔續古〕（卜部兼直）	橘小戸（二六九） 橘の小戸の塩瀬にあらはれて むかしふりにし神そ此かみ 〔夫木〕（津守国量） 橘小戸（二七一） 波路よりけさはた春やたちはなの をとの潮風うら、なる声 〔雪玉〕（逍遥院） 橘の小戸のみそきをはしめにて 今も清むる我身成ける 〔神道百首〕（兼邦） 神もさそ香をかくはしみ橘の 小戸の塩瀬のむかし恋らん 〔類題〕（雅世）

鹿児島県　大隅編

大隅国の地は、律令制が布かれる以前は熊襲の本拠地であったが故に襲国《そのくに》と呼ばれ、後には隼人《はやと》と呼ばれる人々が居住していた。大宝二年（七〇二）二月の**大宝律令**施行時に、九州は「筑紫七国」とされ、この地は日向国の一部であった。その年後半に、日向国を割いて唱更国《はやひとのくに》（後の薩摩国）と多禰国《たねのくに》（現在の種子島、屋久島）が分離し、さらに十一年後の和銅六年（七一三）に、日向国のうち四郡を割いてここ大隅国が成立した。その後国域が拡大され、天長元年（八二四）の多禰国併合で、近世に至る形がほぼ確定した。明治四年（一八七一）の廃藩置県により、当時薩摩藩が領有していた薩摩国、大隅国に加えて、それまで日向国の一部であった現在の曽於市南部、志布志市、大崎町も鹿児島県とされた。即ち、厳密には鹿児島県には中・近世の旧三国が存在するのだが、日向国に属する地域には手元の名所和歌集に歌枕の地が無く、それ故日向編の編立は割愛した。（この旧三国の境界については、鹿児島県総務部市町村課行政係のご担当者にご教示を仰いだ。御礼申し上げます。）

北に霧島連山、錦江湾（鹿児島湾）には桜島、南に佐多岬と種子島、屋久島と、景勝の地が多い。なお、種子島、屋久島には残念ながら歌枕の地は無い。

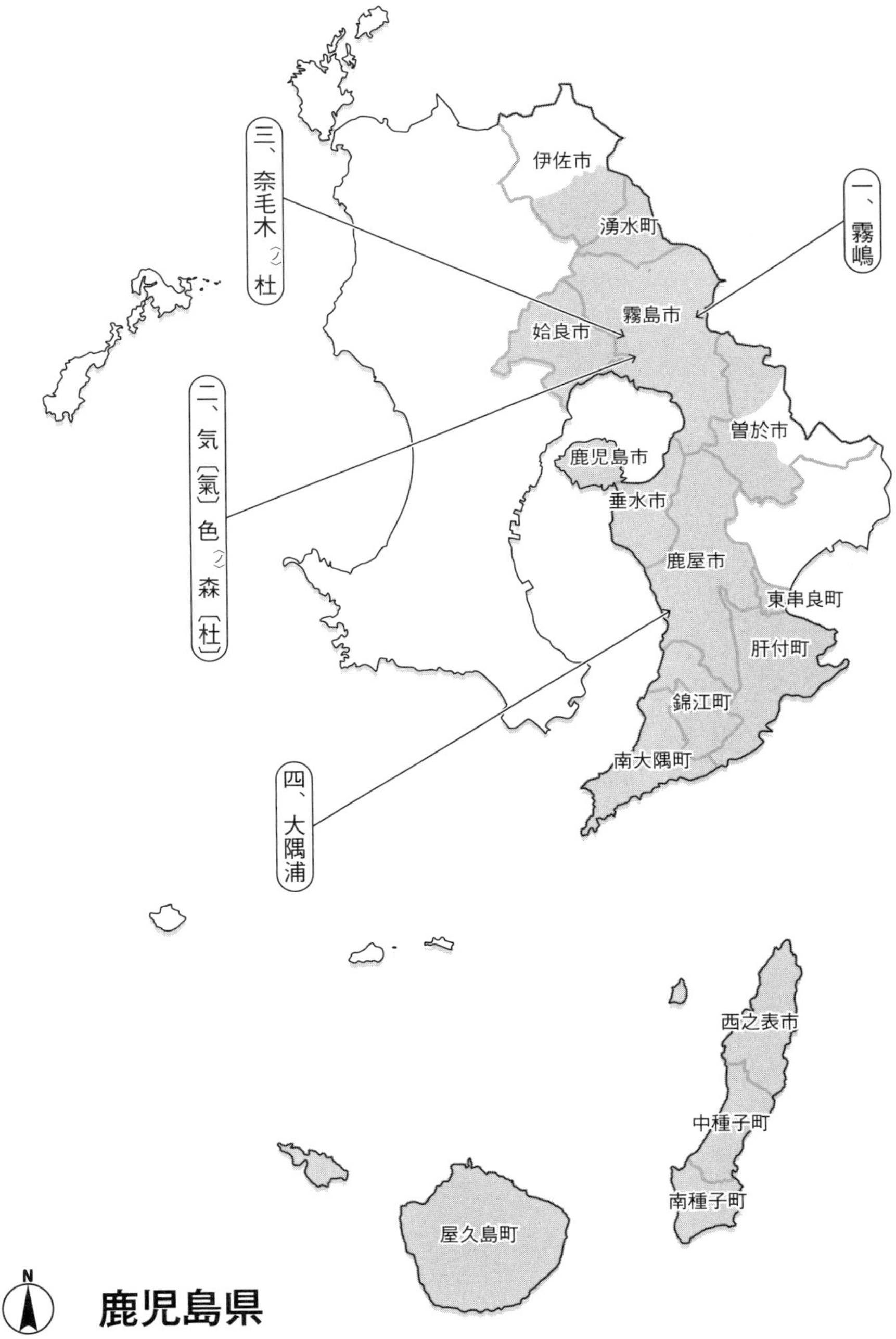
三、奈毛木〔之〕杜
一、霧嶋
二、気〔氣〕色〔之〕森〔杜〕
四、大隅浦
伊佐市
湧水町
霧島市
姶良市
曽於市
鹿児島市
垂水市
鹿屋市
東串良町
肝付町
錦江町
南大隅町
西之表市
中種子町
南種子町
屋久島町
N

鹿児島県

一、霧嶋《きりしま》

冒頭から曖昧な項立てを御容赦頂きたい。歌枕「霧嶋」は『名寄』に項立てされるも、「懐中抄可検之」の記載があるのみで歌の収載はなく、他の三冊の歌枕集には項すら立てられていない。地名事典には「霧島山南麓から霧島川流域の台地上にかけて位置する。地名の由来は、朝夕霧が深いことに因む。霧島山は古来より詩歌に詠まれ、紀行文にも記されている。」と解説されているにもかかわらず、一首の歌も収められていないのは不思議としか言いようがない。現在は、桜島や屋久島と併せて霧島屋久国立公園として多くの観光客で賑う。以下、遊山の記録としてお読み頂きたい。

えびの高原から見た韓国岳

霧島山は、鹿児島、宮崎両県の境に位置する活火山群を指し、霧島連山、霧島連峰とも呼ばれる。最高峰は標高一七〇〇メートルの韓国《からくに》岳、次いで日向国の「二、高千穂〈ノ〉嶽〔嶺〕」に記した、宮崎県西諸県《にしもろかた》郡高原《たかはる》町にある一五七四メートルの高千穂

霧島連山

霧島バードラインから見た高千穂峰

峰である。

韓国岳は、鹿児島県霧島市、宮崎県えびの市、同小林市の境界の接合点に位置する。古くには険しさのあまり登山者が皆無に近かった故の、あるいは山頂付近には草木が乏しいが故の空国、虚国と表記したとの説、また山頂から朝鮮半島を見渡せる意から「韓国の見岳」と呼ばれたとの説などがある。頂の火口は直径九百メートル、深さ三百メートルの規模で、降雨が続くと水を湛えるという。西北に位置する宮崎県のえびの高原からその山容を仰ぐことが出来る。

また、韓国岳の南西二キロメートルほどには、約四万年前の火口跡が直径六百三十メートル、深さ百十六メートルの大浪池として今に残る。

山地の西麓には、丸尾温泉、林田温泉など多くの温泉が湧出し、総じて霧島温泉郷を形成する。十八世紀初頭に発見されたが、大正期に道路が整備されるまでは、馬、駕籠でなければ容易に行けなかったと言う。

宮崎県小林市と鹿児島湾（錦江湾）を結ぶ国道二百二十三号線が県境を越えて霧島市に入って間もなく、右手に霧島神宮が鎮座する。御由緒には「天祖**天照大神**の御神勅を畏《かしこ》み戴きて三種の神器を捧持し、高千穂峰に天降りまして皇基を建て給うた肇国《ちょうこく》の祖神（天孫**瓊瓊藝命**《ににぎのみこと》）を祀る」とある。

霧島神宮

御神木

霧島バードラインに建つ鳥居

西暦五百四十年頃**欽明天皇**の時代に、高千穂峰近くに建立されたが、度々の噴火に遭い、文明六年（一四八四）現在地に遷ったという。朱の柱と白壁のコントラストが鮮やかな社殿は、正徳五年（一七一五）に薩摩藩第二十一代藩主・島津吉貴の造営寄進によるもので、その美しさは「西の日光」とも呼ばれ、本殿、幣殿、拝殿、勅使殿等は、いずれも国の重要文化財である。境内の高さ三十八メートルの御神木は南九州の杉の祖といわれている。

平成二十九年（二〇一七）十月に、霧島連山の新燃岳《しんもえだけ》が六年ぶりに噴火した。訪れたのは噴火後一ヶ月にも満たない十一月初め、残念ながら新燃岳そのものの姿を目にすることは出来なかったが、連山を巡る道には有毒ガスに対する注意喚起の看板が所々に立ち、ガス検知車も見かけた。また、霧島スカイラインの霧島温泉郷近くの硫黄谷には、道際に地下から蒸気が噴出す場所があり、駐車場には解説板が設置され、さらに立入禁止の表示板も立つ。噴気は硫黄混じりで、駐車場まで鼻を衝く香が漂っていた。

緩々と朝霧の晴れ霧島の　韓国岳の姿現はる
深秋の陽射しを浴びて朱の塗りの　目にも鮮やか霧島の宮
霧島の山々巡る道の端に　噴気の立ちて硫黄臭鼻衝く

硫黄谷

二、気《け》〔氣〕色《しきの》〈ノ〉森《もり》〔杜〕

この地を詠んだ歌は数多い。『名寄』、『類字』、『松葉』には、『**新古今和歌集**』から摂政太政大臣、即ち**藤原良経**の「秋近きけしきの杜に鳴く蝉の　涙の露や下葉染むらむ」が、『名寄』、『類字』には、『**千載和歌集**』から**待賢門院堀川**の「秋のくるけしきの森のした風に　たちそふ物はあはれなりけり」が、収められる等々である。何れも、名詞「気色」の「様子、気配」と掛けられ、秋、冬を詠んだ歌が大半である。

気色の森

　ＪＲ日豊本線が天降川《あもり》を渡る東四百メートル程、鉄路の北側に天神台公園がある。『三国名勝図会』（本編四、「大隅浦」参照）によれば、以前、天降川（当時は鼻面川と呼ばれた）は現在の川筋より東にあり、その昔、上流の日当山《ひなたやま》にある奈毛木杜《なげきのもり》（次項参照）から大樹が流れ着いた故、日当山の蛭子《ひるこ》神社の祭神である蛭児尊《ひるこのみこと》を川の畔の茂みに祠を建てて祀ったとのこと、寛永二年（一六二五）の洪水で、祠は茂み諸共流されたため、時の地頭が今の地に祠を再建し、その際、何故か天満天神の木造を安置し

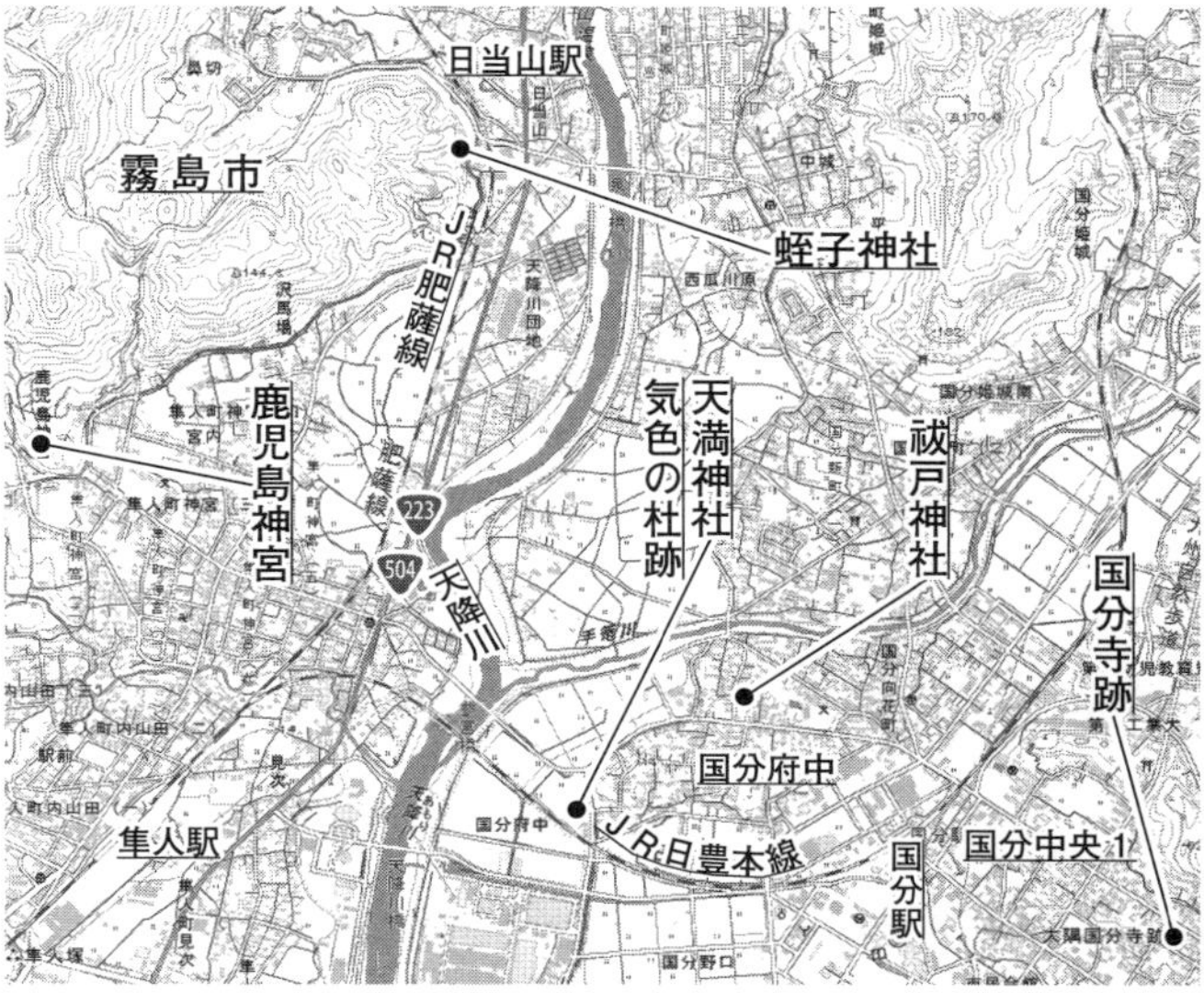

霧島市国分府中町付近

祓戸神社拝殿

たという。その祠のある公園の木々の間に「史碑」と刻まれた石柱と、霧島市教育委員会による「歴史の東西道・日本最南端歌枕の地」の解説板が立てられている。その解説は、『三国名勝図会』のそれとは若干違って、以下の記述である。「気色の杜は、その昔、鼻連川と天降川に挟まれ、樹木はうっそうと茂り、南には桜島を望む景勝の地でありました。これは、当地が和歌に詠まれている歌枕の地ともなっている由縁でもあります。」

勅撰和歌集に収められる六首を初め、多くの歌に詠まれた「気色森」が、周囲の開発により極々小規模になったのは、時代の流れとはいえ、残念な気がする。

この辺りの町名は国分府中である。霧島市には「国分」を冠した町名が四十もあり、一帯が大隅国のまさに行政上の中心であったことが判る。先の天神台公園の北東五百メートルの、国分府中町の府中地区公民館の西脇に祓戸神社が建つ。明治維新までは守公神社と呼ばれ、大隅国の総社であったとのことで、創建は定かではないが千二百年以上前とされる。当時の社格は高かったと推測されるが、歴史は流れ時は去り、万象移り変わって、今は府中の氏神として鎮座している。

なお町名に窺えるが、この付近が大隅国の国府跡と推定されている。一帯は宅地化が進み、国府の政庁等の規模や配置は明らかではないが、関係すると思われる宝塔が民家の中に建つなど、若干の証はあるらしい。

一方国分寺は、JR日豊本線国分駅の東二キロメートル程、国分小学校近くの一角の広場にその跡が残る。建つのは「史蹟大隅国分寺跡」の石柱と、康治元年（一一四二）の銘のある石造層塔のみである。

大隅国分寺跡

迷ひつつ気色の杜を訪ふ道の　端に跡残る国分の寺の
街中の公園の隅密やかに　気色の杜の残り居りたり
国の府の在りし街端の小さき宮　気色の杜の近きに建てり

三、奈毛木《なげき》〈ノ〉《の》杜《もり》（地図は前項参照）

JR肥薩線は、隼人駅で日豊本線と分かれて北へ向う。その一番目の日当山《ひなたやま》駅の直ぐ近くの山手に、大隅国二ノ宮の、主祭神を蛭児尊《ひるこのみこと》とする蛭子《ひるこ》神社が建つ。蛭児尊は、**伊弉諾尊**と**伊弉冉尊**との間に生まれた第一子で、『**古事記**』に「葦船に入れて流し去《う》てき」と記されるように、捨てられた尊である。その葦船が流れ着いたのがこの地、**伊弉諾**、**伊弉冉**の両尊が悲しんだことから、この一帯を「奈毛木の杜」と呼ぶようになったと言う。ただし、霧島市教育委員会による解説版には、蛭児尊を乗せて流したのは葦による船ではなく、楠製の「天盤楠船《あまのいわくすぶね》」であるとし、流れ着いたこの地で楠船が芽吹いて大樹となり、更にその種から若木が増えて森となったとしている。

蛭子神社社殿

なるほど境内手前の石段の右手には、流れ着いて芽吹いた楠が時を経て朽ち果て、今は根株のみが残るとして切り株が「神代の楠」と名付けられて祀られている。境内右手、一般道と水路を挟んだ山裾には、享保十三年（一七二八）に植え継がれたと伝えられる楠がご神木とされて枝を広げる。拝殿、社殿は近年建て替えられたとのことで、真新しい白壁が森の緑に映えて眩いばかりである。

この地を詠んだ歌は多い。『**詞花和歌集**』に収められる**清原元輔**の、「おひ《〔生〕》たゝて《で》枯《かれ》ぬと聞《きき》し木本《このもと》のいかて《で》なけき《〔奈毛木〕》の杜と成《なる》らん」が『能因』、『類字』に、『**金葉和歌集**』に収載される橘俊宗女の、「いかにせんなけき《〔奈毛木〕》の杜は茂れとも《ど》　木の間の月のかくれなき身を」が『類字』、『松葉』に載るほか、十一首を数える。

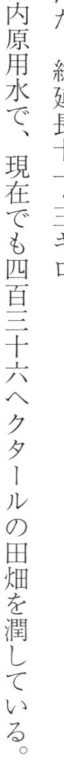

なお、先述の神社脇の水路は、今から三百年前に灌漑用水として天降川を引き込んだ、総延長十一・三キロメートルの宮内原用水で、現在でも四百三十六ヘクタールの田畑を潤している。

鹿児島神宮勅使殿

神代の楠

現在の御神木
（手前水路が宮内原用水）

蛭子神社が大隅国二ノ宮であることは既に述べたが、一ノ宮は、蛭子神社の南西一・五キロメートルに鎮座する鹿児島神宮である。祭神は、**神武天皇**の祖父神の天津日高彦穂穂出見尊《あまつひだかひこほほでみのみこと》（山幸彦）、祖母神の豊玉比売命《とよたまひめのみこと》、**仲哀天皇**、**神功皇后**、**応神天皇**、同皇后で、創建は**神武天皇**の御代と伝えられる。建久年間（一一九〇〜八）には二千五百町歩余の社領を有し、朝廷からも民衆からも崇敬されていた。明治七年（一八七四）には神宮号を許され、以後二度の昭和天皇の行幸を始め、多くの皇族、勅使が参拝した。宝暦六年（一七五六）造営の現社殿は、二百五十年を経た今でも新築かと紛うばかりの美しさを保っている。

なお神宮の北方、鹿児島空港の北西二キロメートル、九州自動車道と国道五百四号線が交差する先に、高屋山上陵が標高三百九十三メートルの山上にあり、天津日高彦穂穂出見尊を祀る。神代に想いを馳せるためにははずせない場所である。

神の代に木舟芽吹きて茂りたり　歌に詠まれし奈毛木の杜は
眼にも染《し》む奈毛木の杜を背に建つる　蛭児神社のいと白き壁
山幸の神祀りたる一ノ宮　奈毛木の杜訪ふ道の途に建つ

高屋山上陵

四、大隅浦《おおすみのうら》

『**懐中抄**』に載る「我《わが》為につら《辛》き心は大すみ《隅》の　うらみんとた《だ》におも《思》ほえぬかな」が、『名寄』、『松葉』に収められる。第四句は、「浦見ん」と「恨みん」が掛けられている。ここに詠まれる大隅浦は、当初広域の「大隅国の浦」と解して比定をあきらめかけたのだが、江戸時代後期に薩摩藩が編纂した、薩摩国、大隅国、そして日向国の一部を含む領内の地誌、名所を記した『三国名勝図会』に、『**続後拾遺和歌集**』の「万代の陰をならべて鶴の住むふるえ《古江》の浦は松ぞこだか《小高》き」に詠まれる「古江浦」を大隅浦と比定していて、他説が見当たぬ故、筆者もこの説に従うこととした。

大隅半島の東、鹿児島湾（錦江湾）に沿って国道二百二十号線が南、そして垂水市に入って次第に西に向かう。走ること約一時間余りは、進行右手、後に正面に桜島を望む。

桜島は、東西約十二キロメートル、南北約十キロメートル、周囲約五十五キロメートル、面積約七十七平方キロメートル、嘗ては島であったが、大正三年（一九一四）の噴火で大隅半島と陸続きとなった。島の大部分を、御岳と総称される北、中、南の三岳から成る活火山が占め、今でも噴煙が上がり、時折は火山灰の噴出で近隣に被害がもたらされる。

道の駅たるみず付近から見る桜島

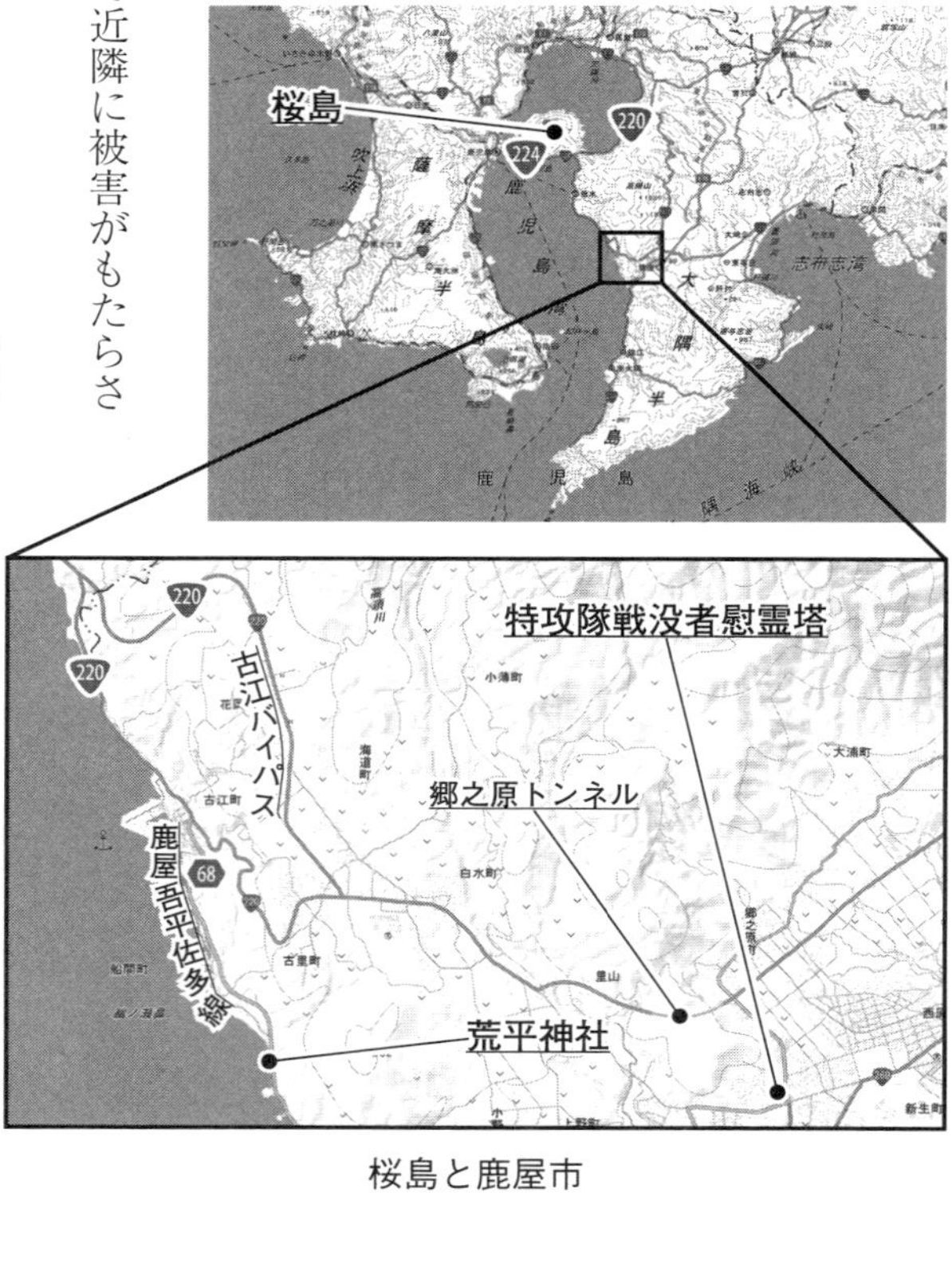

桜島と鹿屋市

国道二百二十号線は、半島と島の接続部を過ぎて再び南に向い、鹿屋《かのや》市に入る。市境の手前で、国道が古江バイパスと二又に分かれるが、海沿いの本線を辿ると、同市古江町、大隅浦に比定した古江浦に沿う地である。

古江町の鹿屋漁港近くで、国道二百二十号の本線から海岸に沿って分岐する県道六十八号・鹿屋吾平佐多《あいらさた》線を南に三キロメートル余り進むと、**菅原道真**を祀る菅原神社（通称の荒平《あらひら》天神の方が広く知られる）が、海に突き出た岩場に建つ。大潮の満潮時には、通う道が海水に洗われ、島となるという。空と海の青、岩礁に生える木々の緑、神社まで続く浜砂の白に、鳥居の朱が映えて癒される。

荒平神社

古江町の海岸

鹿屋市（当時は町制）は、昭和十一年（一九三六）に日本海軍航空隊の基地が置かれて以来、軍都として知られ、真珠湾攻撃訓練の中核であった。戦後も海上自衛隊の航空基地となっている。特筆すべきは、太平洋戦争末期に、無謀な戦術で多くの未来ある若き学徒の命を散らした特攻隊の基地があったことである。国道二百二十号線と古江バイパスが再び合流し、東進して郷之原トンネルを抜けた地点で交差する県道五百五十号・鹿屋環状線を南東に右折すると、一キロメートルほどに特攻隊戦没者慰霊塔が聳える。歌枕とは直接関係は無いが、あくまでも礼賛ではなく、歴史の悲劇を二度と繰り返さないという願いを込めて、鹿屋市による建立の由来を記す。

第二次世界大戦における沖縄の戦闘は、戦史にも類例のないほど熾烈なものであった。ときに戦局は、ようやく我軍に不利となり、ここに退勢挽回の秘策を試みるに至った。即ち敵国海空軍兵力の全滅を期して企てた〝特攻攻撃〟である。ときまさに昭和二十年春であった。

そして、この壮烈なる特攻攻撃発進の地こそ、当鹿屋であって、以来八十二日間の戦闘は苛烈を極め、日々若人達は黒潮おどる沖縄へと飛び立った。

あたら青春に富む尊い生命を、祖国のために敢然と捧げたこれら若人達……世

特攻隊戦没者慰霊塔

上ともすれば敗戦のかげにこのような尊い犠牲を忘れがちである。

こんにち、ことの結果はどうであったにしても、これら身を挺して祖国の難に殉じた人々の祖国愛は称讃されるべきであり、これら若人の至情至純の精神は、その御霊とともにとこしえに奉られ史実とともに後世に誤りなく伝えられなければならない。

その最もゆかりの深い地として、多くの特攻隊員（九〇八名）が飛び立って再び帰ることがなかった最後の地この「鹿屋」に、その御霊を祭る慰霊塔を建立すべく、……（中略）……航空隊を眼前に眺望する小塚丘に、その神霊をとこしえに平和の礎として祭る慰霊の碑を、昭和三十三年三月二十日建立したものである。

大隅の浦に向ふる道巡る　錦江湾に桜島浮く
海・空の青に映え建つ朱の鳥居　大隅浦に近き浜際
大戦に散らせし命慰霊する　塔高く建つ大隅浦辺に

末勘

五、茂ノ杜《しげりのもり》

『松葉』には、『名寄』を出典として「深山なるしけりの杜の下紅葉　いつくをもりてそむる雫そ」が収められる。

一方、『名寄』には、いま一歌、「思ふこと何をか更に深山なる　しげりの森は我れと知らなん」が載り、これらは巻末の「未勘国部上」に並ぶ。『和歌の歌枕・地名大辞典』は、「繁の森」を特定の地名でなく、「繁った森」のこととしている。二の「気色杜」や三の「奈毛木杜」、あるいは「風の杜」が霧島市に在るが、「茂杜」は見当たらない。以上から、筆者も同書に倣って未勘とする。

大隅国歌枕歌一覧（名所の数字は各歌枕集収載ページ）

	霧嶋	気〔氣〕色〈ノ〉森〔杜〕
名所歌枕（伝能因法師撰）		気色森（四一七） 誰為につらき心は大隅の けしきの杜のさもしるきかな 〔古今六帖〕（人丸） 中〳〵に木葉かくれは哀なり 秋のけしきの森の月影 〔宗尊親王三百首〕（中務）
謌枕名寄	霧嶋（一一三五） 懐中抄可検之	気色森（一一三四） 我ためにつらきこゝろはおほすみの けしきのもりのさもしるき哉 〔六帖〕 中〳〵に木のはかくれはあはれなり 秋のけしきのもりの月影 （中務卿〻） 秋ちかきけしきのもりに鳴せみの なみたの露や下葉そむらん 〔新古〕（後京極〻） ゆふすゝみ身にしむほとになりにけり 秋のけしきのもりのした風 （成実） あきのくるけしきのもりの下風に たちそふ物はあはれなりけり 〔千〕（待賢門院堀川） しるまてにうつろひにけりしくれゆく けしきのもりの秋のもみちは （範良）
類字名所和歌集		氣色杜（二八七） 秋ちかき氣色のもりになく蟬の 涙のつゆや下葉染らん 〔新古〕（摂政太政大臣） 夕涼み身にしむはかり成にけり 秋のけしきのもりの下風 〔続古今〕（従二位成実） 秋のくる氣色の杜の下風に 立そふ物はあはれなりけり 〔千載〕（律《ママ》賢門院堀川） みるまゝに移ろひにけり時雨行 氣色の杜の秋の紅葉は 〔続古今〕（左近中将教長） うつり行氣色のもりの下紅葉 秋きにけりとみゆるいろ哉 〔玉葉〕（兵部卿有教） 梢にはをそきみとりを先みせて 春のけしきの杜の下草 〔新続古今〕（前大納言重資）
増補松葉名所和歌集		気色ノ杜（四七三） 誰為につらき心は大すみの けしきの杜のさもしるきかな 〔六帖〕（人丸） 中〳〵に木のはかくれはあはれ也 秋のけしきの杜の月かけ 〔方与〕（中務） 秋ちかきけしきの杜になく蟬の 涙の露や下葉染らん 〔新古〕（摂政太政大臣） 夕すゝみ身にしむはかり成にけり 秋のけしきの杜のした風 〔續古〕（成実） 見るまゝにうつろひにけり時雨ゆく けしきの杜の秋の紅葉ゝ 〔續古〕（教長）

気〔氣〕色〈ノ〉森〔杜〕

春のくるけしきの杜の下わらひ
折しれとてやもえわたるらん
〔夫木〕（小弁）
春も又若葉のいろにうつりゆく
けしきの杜の村雨の霧
〔新類〕（貞常）
月にほふけしきの杜の時鳥
いかにつれなき音をもおしまし
〔千首〕（為尹）
夕風になひくもすゝし露も早
秋のけしきの杜の下くさ
〔元禄千首〕（定基）
夕たちのけしきの杜はうつせみの
羽におくほとの露たにもなし
〔嘉元仙洞御百〕（宗寂）
下くさに露おきそへて秋のくる
けしきのもりの日くらしの声
〔月清〕（後京極）
色見えはこれや初しほ紅葉する
秋のけしきの杜のすゝしさ
〔鷗巣〕（後水尾―）
冬きぬるけしきの杜の村時雨
そめし木葉を又さそひけり
〔千五百〕（三宮）
冬のいろをけしきの杜にあらはして
埋れはつる雪の下草
〔千五百〕（公継）
鳴ぬへきけしきの杜の村雨に
しのひもあへぬほとゝきすかな
〔新葉〕（妙光寺）
明わたるけしきの杜にたつ鷺の
上毛も深く雪はふりつゝ
〔夫木〕（順徳院）

	気〔氣〕色〈ノ〉森〔杜〕	奈毛木〈ノ〉杜
名所歌枕（伝能因法師撰）		奈毛木杜（四一七） おひたゝて枯ぬと聞し木本の いかてなけきの杜と成らん 〔詞花〕（清原元輔）
詞枕名寄		
類字名所和歌集		奈毛木杜（二一八） おひたゝて枯ぬと聞し木本の いかてなけきの杜と成覧 〔詞花〕（清原元輔） いかにせんなけきの杜は茂れ共 このまの月の隠なき世を 〔金葉〕（橘俊宗女） ねき事をさのみ聞けん社こそ 果はなけきの杜と成らめ 〔古今〕（さぬき） かれにけり人の心の秋風に はてはなけきのもりの言葉 〔新続古今〕（藤原秀茂）
増補松葉名所和歌集	かしは木はけしきのもりに成にけり なけきを今はいつちやらまし 〔家集〕（赤染衛門） つくしなるけしきの杜をきてみれは 都のとものこゝちこそせね 〔拾玉〕（慈鎮）	奈毛木ノ杜（三〇〇） いかにせんなけきの杜はしけれとも 木の間の月のかくれなき身を 〔金葉〕（橘俊宗女） ねきことをさのみ聞けんやしろこそ はてはなけきの杜となるらめ 〔古今〕（さぬき） 花にあかぬなけきの杜はこれなれや あらし吹たつけふの夕暮 〔信太杜〕（宗良親王） かみさふるなけきのもりの時鳥 引しめ縄のなく〳〵やこし 〔遠島御歌合〕（家良） 身にしめてうつせみの世を音になくや いつのなけきの杜の下露 〔雪玉〕（逍遙院）

茂ノ杜	大隅浦	奈毛木〈ノ〉杜
	大隅浦（一二三四） 我かためつらき心はおほすみの うらみんとたにおほゝゑぬかな 〔懐中〕	
茂ノ杜（七〇八） 深山なるしけりの杜の下紅葉 いつくをもりてそむる雫そ 〔名寄〕	大隅浦（四〇一） 我為につらき心は大すみの うらみんとたにおもほえぬかな 〔懐中〕	今は身にうき世のちりのはらへして 何かなけきの杜の下風 〔雪玉〕（逍遙院） もみち葉の色に心をそめ置て ちれはなけきの杜のさひし〈さ〉 〔信太杜〕（宗良親王） まとはるゝなけきの杜のさねかつら 絶ぬや人のつらさ成らん 〔夫木〕（信実） いにしへのなけきの杜の名もつらし 我ねきことの神のみつかき 〔夫木〕（後鳥羽） 神やまつなひかさるらん我中に あはぬなけきの杜のゆふして 〔永正御着到〕（康親） あはれともおもひもしるや我恋を なけきの杜の神にいのらん 〔六百番〕（権太夫）

鹿児島県　薩摩編

薩摩国が大宝二年（七〇二）に日向国から割かれて成立したことは、大隅編の編頭で述べた。古代からこの地を含む南九州に居住した人々は隼人（「はやと」、「はやひと」、「はいと」）と呼ばれる。もちろんあくまでも大和側からの呼称である。六世紀とも七世紀ともされる政権への服属後も、しばしば朝廷に反乱を起こしたが、養老四年（七二〇）に起きた大規模な反乱が、征隼人将軍**大伴旅人**によって翌年征討され、以後は完全に服従、同化し、延暦十八年（八〇〇）に班田収授法が実施されて公民化が完成した。

領域は薩摩半島である。県庁所在地の鹿児島市は、十四世紀に島津氏が居城を築いて後都市化が進んだ新興都市である。律令制下の中心は現在の薩摩川内市で、国府、国分寺跡も市内にある。歌枕の地にはなっていないが、編末に解説を付記した。

本書の関る時代とは離れるため記述は割愛したが、幕末の薩摩藩の諸施策や明治維新との関りは、まさにドラマティックであり、域内各所にその跡を見ることが出来る。

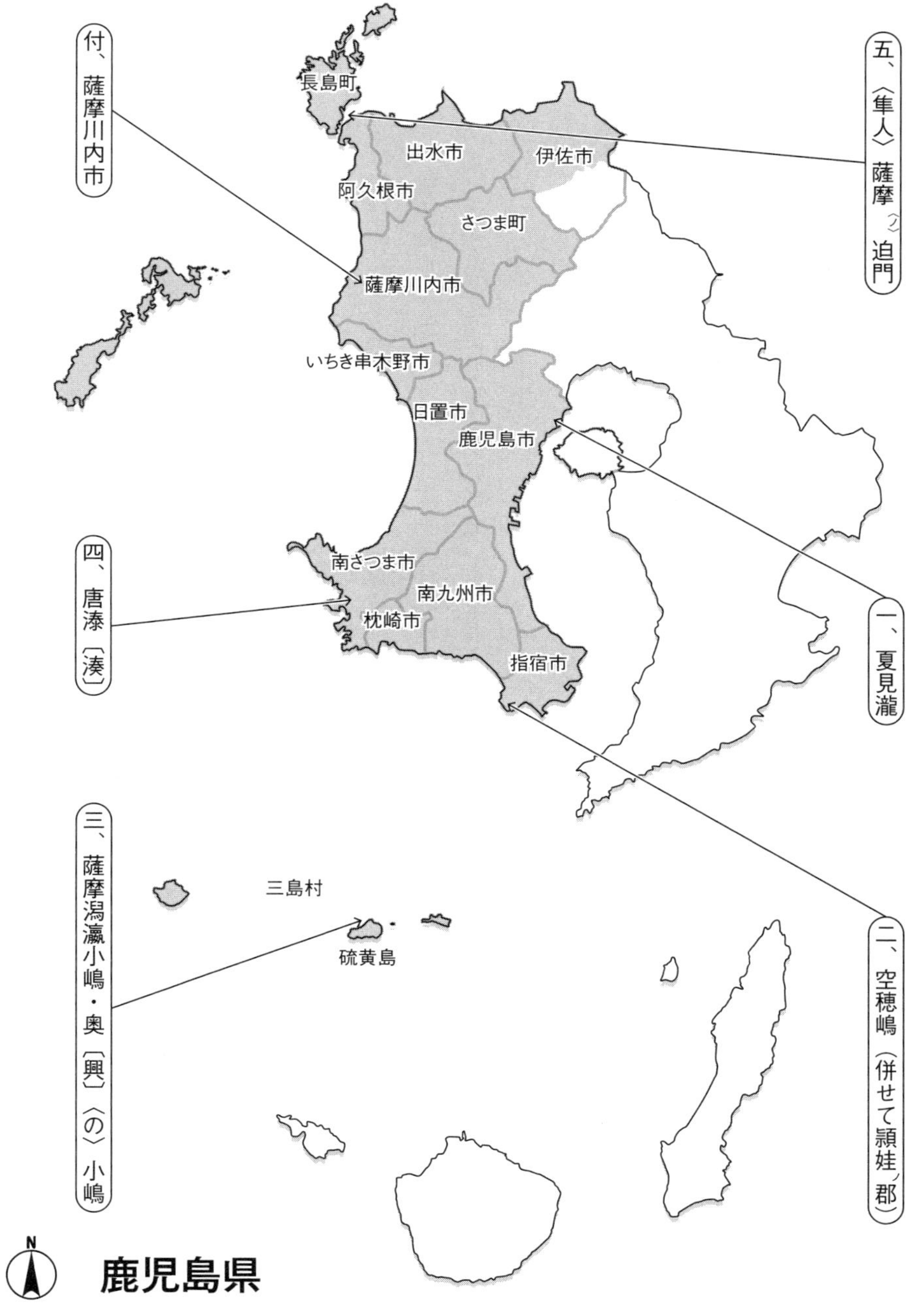
付、薩摩川内市
五、〈隼人〉薩摩(2)迫門
長島町
出水市
伊佐市
阿久根市
さつま町
薩摩川内市
いちき串木野市
日置市
鹿児島市
一、夏見瀧
四、唐湊〔湊〕
南さつま市
南九州市
枕崎市
指宿市
二、空穂嶋（併せて穎娃ノ郡）
三、薩摩潟瀛小嶋・奥〔興〕〈の〉小嶋
三島村
硫黄島
N
鹿児島県

一、夏見瀧《なつみのたき》

『松葉』に、**細川幽斎**の「こゝもまたよしのにちかきなつみ川　なかれて瀧の名にのこるらん」が載る。詞書には「鹿児島の東吉野山ちかきわたりに夏見の瀧といふ所ある　見にまかりて」とあり、間違いなくこの地で詠まれた歌である。

しかし、手にした文献、地図等に夏見瀧はおろか吉野山も見当たらない。半ば比定をあきらめて未勘として項立てを覚悟した。だが、**細川幽斎**は戦国末期から江戸初期にかけての人、何らかの手懸りがあるはずと鹿児島県に問い合わせたところ、明確な回答を得ることが出来た。

夏見瀧

鹿児島市中心部から、国道十号線を宮崎方面に北上すると、稲荷町で県道十六号・鹿児島吉田線が分岐し、国道は北東に、県道はループを成して稲荷川の東を北上する。稲荷川は、鹿児島市の北方、宮之浦町に源を発し、蛇行しながら十四・六キロメートルをほぼ南流し、鹿児島湾（錦江湾）に注ぐ。その県道十六号のループの袂に、鹿児島市の水道水の源を管理する鹿児島市水道局滝之神浄水場があり、その管理地である滝之神水源地内を流れる稲荷川の清流が夏見瀧となって流れ落ちる。また、現在浄水揚排水処理施設のあ

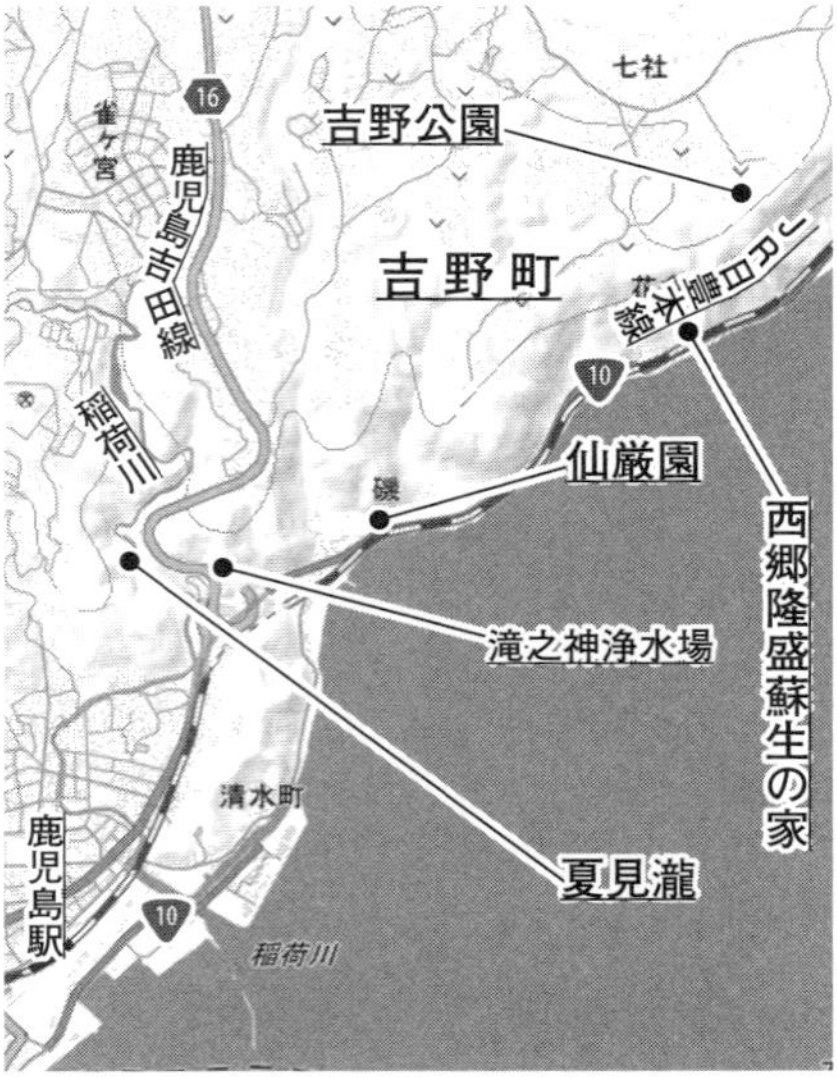

鹿児島市街北部の吉野町付近

る場所は薩摩藩の火薬庫跡であり、近くには火薬製造所跡、明治四十一年（一九〇八）完成の旧滝之神発電所跡など、森林と渓谷に富む自然の中に産業遺産を目にすることができると言う。（管理地内は上水道施設のため、一般の許可無き立ち入りは禁止で、施設の入口から渓谷美を通して遠望し、至近からの写真は施設にご提供頂いた。）さらに、浄水場より関連部分の複写を頂戴した、平成三年（一九九一）発行の九百ページに及ぶ『鹿児島市水道史』にも、この瀧について「菜摘の瀧（夏箕瀑布とも言う）」と表記されて、『三国名勝図会』の記述や冒頭の**細川幽斎**の歌が紹介されており、幽斎が来鹿したのは秀吉の命により薩摩、大隅、日向の検地のためで、文禄三年（一五九四）のことと詳述されていて、より深く理解することができた。当局のご好意に感謝する次第である。

尚古集成館

国道十号線と県道十六号の分岐から国道を辿って七百メートルほどであろうか、道の左手に、万治元年（一六五八）に第十九代藩主・島津光久によって造園され、その後も改築が重ねられた島津家の別邸である仙巌園《せんがんえん》の園地が広がる。桜島を築山に、鹿児島湾（錦江湾）を池に見立てるという、何ともスケールの大きい借景技法を用いたおよそ一万五千坪の庭園が在り、国の名勝に指定されている。

駐車場の左奥には尚古《しょうこ》集成館が白壁の清々しい佇まいを見せる。慶応元年（一八六五）に竣工した金属加工工場で、現存する最古の洋風工場である。現在は島津家の歴史や近代化事業を紹介する博物館となっており、平成二十七年（二〇一五）に「明治日本の産業革命遺産」の構成遺産として、世界遺産に登録された。

仙巌園正門

折からの菊人形と仙巌園

国道十号線をさらに一・三キロメートルほど宮崎よりの鹿児島交通、南国交通の花倉バス停の、国道と併走するJR日豊本線の直ぐ脇に、「西郷隆盛蘇生の家」が残されている。平成三十年（二〇一八）のNHK大河ドラマ「せごどん」で広く知られた一場面であるが、安政五年（一八五八）月照上人とともに身を海中に投じた隆盛を、収容、介抱した坂下長右衛門宅である。月照は帰らぬ人となったが、隆盛は辛くも一命を取り留め、以後自らを「土中の死骨」と恥じつつ、維新とその後の波乱の時代を駆け抜けることとなる。藁葺き屋根の決して立派でない田舎家の敷地の一角に立ち、再び生を受けた隆盛の胸中を想いながら、目の前に広がる鹿児島湾（錦江湾）、そしてそこに浮かぶ桜島をしばし眺めた。

なお、仙巌園も西郷隆盛蘇生の家も、所在は鹿児島市吉野町、冒頭の**細川幽斎**の歌の詞書の「鹿児島の東吉野山」は、推し量るに、この吉野町の高地を指すのだろう。仙巌園の後背の小山かも知れず、またさらに国道十号線を一キロメートル余り北東に進んだ左の山手の現・吉野公園辺りかも知れない。ここと言って特定はできないが、詞書の記述に納得した。

西郷隆盛蘇生の家

岩を噛み夏見の瀧の落ち下る　人目に触れず森奥深く

仙巌園を巡りて愛でる桜島　夏見の瀧を訪ひたる後に

史偲べり夏見の瀧の東に　せごどん救ひし家残り居りて

二、空穂嶋《うつぼじま》（併せて頴娃ノ《えのの》郡《こうり》）

『松葉』には、「さつまかた《薩摩潟》ゑの《頴娃》、郡のうつほ《空穂》嶋　これやつくし《筑紫》のふし《富士》とい《言》ふ《う》らん」が、「頴娃ノ郡」、「空穂嶋」の二項に載せられる。詠者は記されておらず、出典は『名寄』としているが、同書の薩摩国や未勘には見当たらない。

歌中の頴娃郡は、明治二十九年（一八九六）に揖宿《いぶすき》郡と合併するまで、古代から続いた郡である。ただし明治期には「えいぐん」と呼ばれた。南九州市頴娃各町、指宿市開聞各町、同市山川西部が概ねの領域である。今は指宿温泉を中心とする観光地で、一年を通じて訪れる人が途切れることはない。その象徴は開聞岳であろう。

開聞岳

約四千四百年前から火山活動が始まり、有史以降の記録で六回の噴火があり、貞観十六年（八七四）と仁和元年（八八五）の二度の噴火で現在の山容になったという。標高九百二十四メートル、見事な円錐形で、薩摩富士と呼ばれる。この開聞岳が先の歌に詠まれた空穂嶋である。麓には開聞山麓自然公園があり、展望台からの絶景、日

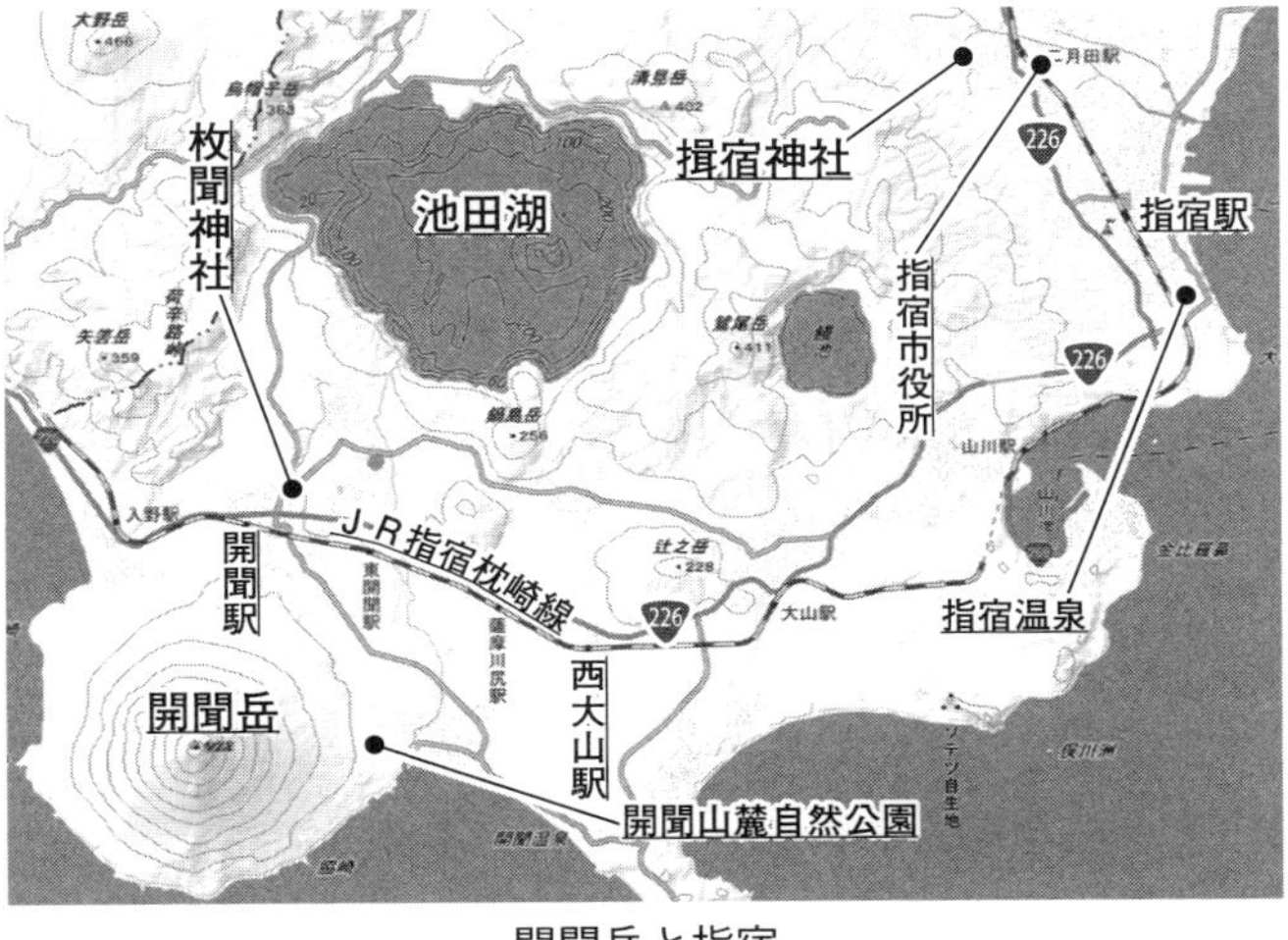

開聞岳と指宿

枚聞神社

斉藤茂吉歌碑

本在来種のトカラ馬との触れ合いなど、大人から子供まで楽しむことが出来る。また、新婚旅行がまだ国内中心であった当時、この地を訪れたカップルが記念植樹をした。平成元年（一九八九）には事業を終了したが、再訪する人にはそれぞれの植樹地への案内のサービスが続けられている。

開聞岳の北麓を通るＪＲ指宿枕崎線の開聞駅の北東五百メートルほどに、枚聞《ひらぎき》神社が鎮座する。主祭神を大日孁貴命《おおひるめむちのみこと》（**天照大神**）、他に九柱の皇祖神を祀る。創建は詳らかではないとしつつ神代と伝える。薩摩国一の宮として、また南薩摩の総氏神として、民衆だけでなく朝廷や島津藩からも厚く尊崇を受けて来た。加えて古くには琉球王の信仰も篤く、入貢の度に扁額を奉納し、そのうちの七枚が今も残るという。慶長十五年（一八一一）に建てられた本殿、幣殿、拝殿、そしてその前の勅使殿は鮮やかな朱塗りで、二百年を経たとは思えない美しさである。なお境内の一角に、「たわやめの納めまつりし玉手筥　そのただ香にしわが触るるごと」の**斉藤茂吉**の歌碑が建つ。**斉藤茂吉**は長崎医学専門学校教授であった大正九年（一九二〇）、喀血により入院し、退院後九州各地に転地療養した。察するにその際の作であろうか。

枚聞神社の北には、直径約三・五キロメートル、周囲約十五キロメートル、九州最大の湖・池田湖が水面を広げる。約五千五百年前の噴火の跡の窪地に雨水が溜まって出来たカルデラ湖である。湖底には高さ百五十メートルの湖底火山がある。

池田湖

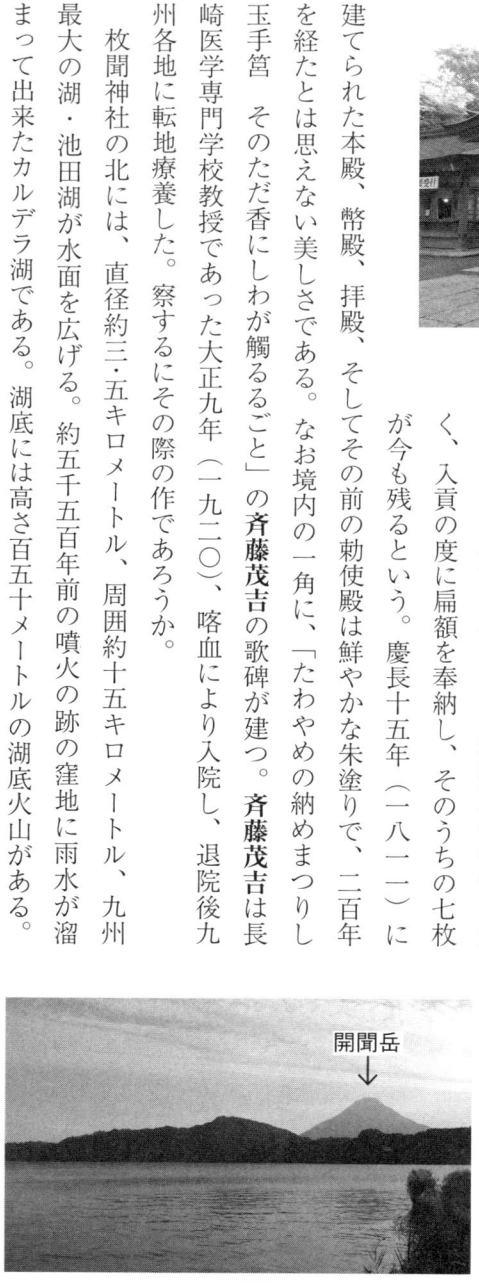

勅使殿

揖宿神社本殿と拝殿

鳥居と勅使門

北岸から湖面を眺めれば、周囲を取り巻く岸の山々の彼方の南に、開聞岳の山影を望むことが出来る。

指宿温泉の北西、指宿市役所の西一キロメートルほどに揖宿神社が建つ。社伝には、嘗て行幸した**天智天皇**の遺品を奉じて慶雲三年（七〇六）に造られた葛城宮を創始とするとある。貞観十六年（八七四）の開聞岳の噴火で枚聞神社が避難遷宮したため、開聞新宮九社大明神と称し、明治になって現在の揖宿神社になったという。主祭神は枚聞神社と同様、大日孁貴命（**天照大神**）である。社殿は、朱塗りの柱と白壁の対比、そして屋根の反りが美しい。ここも拝殿の前に格調高い様式の勅使殿が配置されている。

なお蛇足であるが、開聞岳の東、ＪＲ指宿枕崎線の西大山駅はＪＲの最南端の駅で、ホームの西端に二メートル余りの標柱が建てられ、観光バスが立ち寄って多くの人がカメラを向けていた。

古歌に云ふ空穂嶋なる薩摩富士　雲一つ無き秋空に映ゆ
空穂嶋の麓に在《ま》せる枚聞社　建つる社殿の朱の鮮やかに
夕迫る池田湖の面平らけし　空穂の嶋を遥かに映し

ＪＲ西大山駅標柱

三、薩摩潟瀛小嶋《さつまがたおきのこじま》・奥〔輿〕〈の〉小嶋

治承元年（一一七七）鹿《しし》ヶ谷事件が起る。時の第八十代**高倉天皇**の後ろ楯として政を私せんとする平家と、院政の強化と平家排除を目論む**後白河法皇**の間で確執が続いていた。そんな折の事件である。『**平家物語**』は以下の如く語る。

東山のふもと鹿の谷といふ所は、うしろは三井寺につづきて、ゆゆしき城郭にてぞありける。これに俊寛僧都の山荘あり。つねはその所に寄りあひ、平家をほろぼすべきはかりごとをぞめぐらしける。あるときは法皇も御幸なる。

この日の謀議に同席したのは、法皇、俊寛に加えて法皇近習の藤原成親、平康頼等々であった。しかし多田行綱の密告で露顕、捕縛され、成親は備中国吉備の有木の山寺に幽閉され、後、吉備の中山で惨殺される。（これについては筆者の先著『歌人が巡る中国の歌枕・山陽の部』の備中編二十五、「阿利木山」に記す。）

一方、俊寛、康頼、成親の子の成経の三人は流島となった。『**平家物語**』はこう語る。

さるほどに、法勝寺執行《しゅぎゃう》俊寛、平判官康頼、瀬尾《せのを》におはする少将（＝成経）、あひ具して、三人薩摩方鬼界が島へぞ流されける。

その一人、平康頼が詠んだ「薩摩潟おきの小しまに我は有と　親には告よ八重の汐風」が、『**千載和歌集**』から引かれて『名寄』、『類字』、『松葉』に載る。まさに配流の島で詠んだに違いない。この『**平家物語**』の記述に意を

得て、鹿児島空港から空路奄美大島の東に位置する喜界島に飛んだ。

喜界空港の奥、喜界町役場近くに僧俊寛の墓とされる墓所がある。俊寛は流されて後、赦されることなく治承四年（一一八〇）この島で生涯を閉じたという。

島内にはこの他にも歴史を語る跡がある。

喜界島　僧俊寛の墓

島を巡る県道六百十九号・喜界島循環線で西岸を北上すると、小野津の集落に出る。ここには雁股の泉がある。**保元の乱**に（一一五八）に敗れた源為朝が、流された伊豆から琉球に渡る途で、ここ喜界島の沖から雁股の矢を放ち、上陸後引き抜いたところ水が湧き出た跡とのことである。為朝が琉球へ逃れて、その子が初代琉球王・舜天であるとの伝説があり、その関連からの伝えであろう。

更に一般道を進んで北端近くの志戸桶海水浴場には、文治元年（一一八五）壇ノ浦の合戦に破れ

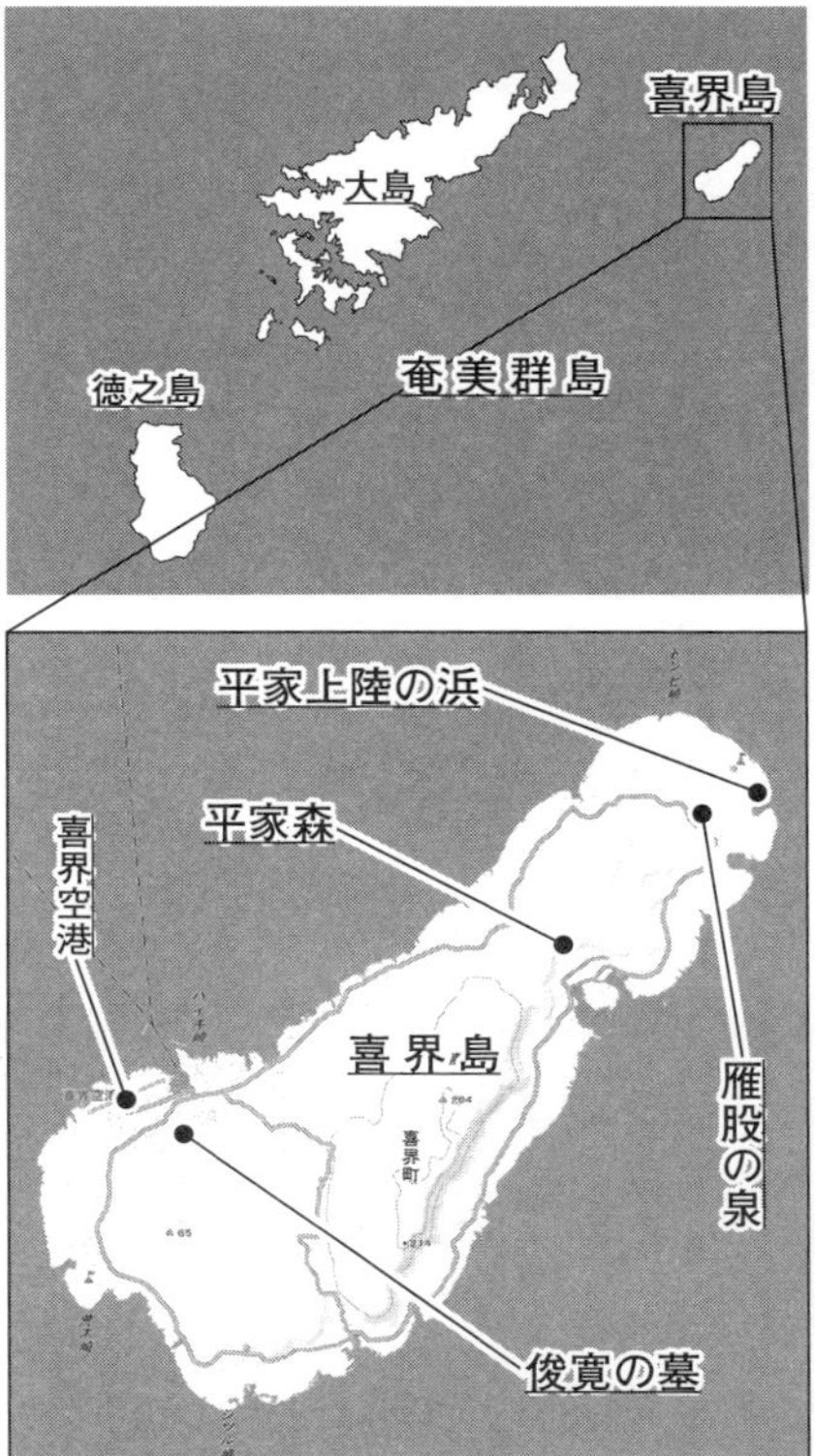

喜界島

喜界島　雁股の泉

喜界島　平家上陸の浜の碑

た平資盛以下二百名が、建仁二年（一二〇二）この島に漂着したとして、その地を示す碑が建つ。更に東岸の早町には、彼らが築いた要塞跡が平家の森として残される。

これらの遺跡から、歌枕・薩摩潟瀛小嶋をこの島に比定することに納得しかけたのだが、実は筆者の誤解であった。**『平家物語』**には、先の記述に続いて次の如く語る。

この島は、都を出てはるばると海をわたりてゆく島なり。おぼろげにては舟も人もかようふことなし。島にも人はまれなり。……（中略）……島のうちには高山あり。山のいただきには火燃えて、いかづち常に鳴りあがり、鳴りくだり、ふもとにはまた雨しげし。一日片時《へんし》も人の命あるべしとも見えざりけり。硫黄といふものみちてり。かるがるゆゑに、「硫黄が島」とぞ申しける。

島全体が隆起性のさんご礁で、低い丘陵地のみの石灰岩で覆われる喜界島とは似ても似つかない。喜と鬼、同じ「キ」の音でも全く別の島である。

『平家物語』の云う鬼界が島は、鹿児島県薩摩半島の最南端・長崎鼻から西南西約四十キロメートルに浮かぶ硫黄島のことである（編頭地図参照）。近隣の竹島、黒島と併せて鹿児島郡三島村である。硫黄のために島の周辺海域が黄色に変色していることから「黄海ヶ島」と呼ばれ、これが「鬼界ヶ島」に変わったとの説がある。後日改

喜界島　平家の森入口

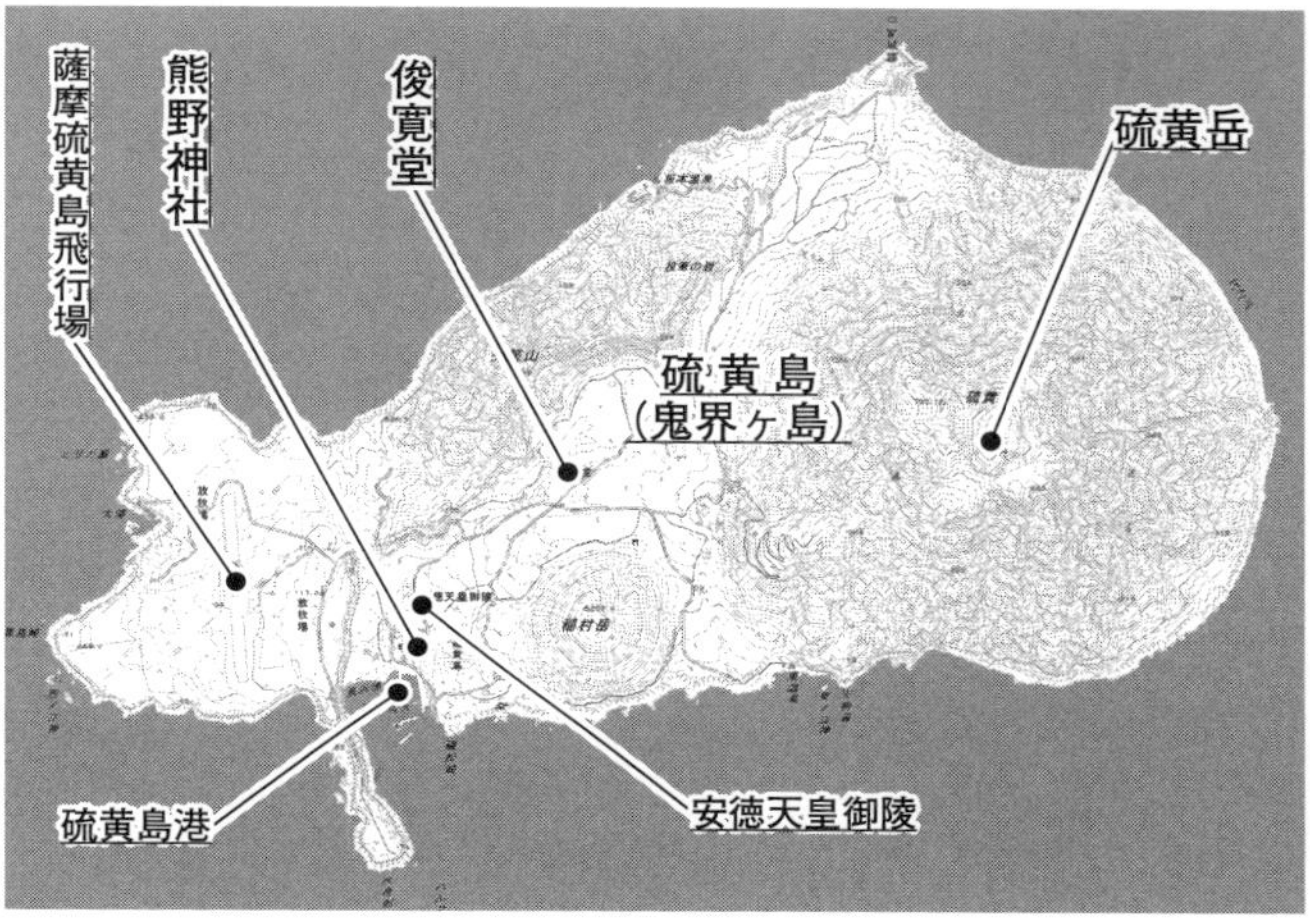

硫黄島

めて硫黄島に赴いたのだが、その往復が容易ではなかった。やや冗長になるがご容赦願いたい。

硫黄島へのアクセスの一つには、三島を巡るフェリーがあるが、通常は鹿児島港を九時三十分に出航して十三時二十五分硫黄島着、十五分後に出航し黒島の片泊港で一泊、翌日逆航して硫黄島に寄港し十時十分に出航、十四時に鹿児島港に帰港する。即ち硫黄島には一泊を余儀なくされる。ただし、火、金は黒島で一泊せず、直接鹿児島港に十九時五十分に着く日帰り便があるのだが、硫黄島の寄港時間はやはり十五分で、翌日の一泊便で帰るとさらに黒島で一泊することになる。即ち海路では間違いなく二日がかり以上の訪島になる。

いま一つのアクセスとして、空路がある。硫黄島には三島唯一の三島村薩摩硫黄島飛行場（滑走路は六百メートル）があり、鹿児島空港との間を、パイロットを含めて四人乗りのセスナ機が定期運行する。ただし、月、水の週二日、鹿児島

復路のフェリーみしま

西方から見た硫黄島

往路のセスナ機

発九時四十分、硫黄島着十時三十分、僅か十分の駐機で折り返す運行スケジュールである。空路の往復だと三日を費やすことになる。半ば訪島をあきらめかけたのだが、幸運にも、とある水曜日にフェリーの日帰り便が偶々就航することを知り、空路で入島、三時間の踏査の後海路で離島する日帰りのスケジュールが可能となったのである。月に一度あるかないかのチャンスと、天候に恵まれることを祈りつつ予約の手配をしたのだが、今思えば「よくぞ」の感がしている。鹿児島空港に着いて分ったのだが、セスナ機は風速七メートルが着陸の限界とのことで、その日はほぼ快晴にも拘らず東シナ海に浮かぶ硫黄島付近は七〜八メートルの風が吹き、あるいは引き返すこともあるかも知れないという条件付飛行であった。それでも何とか着陸し、踏査を終えることが出来た。

硫黄島は、周囲十九・一キロメートル、面積十一・七平方キロメートル、標高七百三メートルの硫黄岳は活火山で、今でも白煙を上げている。鬼界カルデラの中央火口丘に当たり、海岸線の処々に様々な温泉が湧出し、岸近くの海を七色に染める。人口は百二十名ほど、畜産と漁業が主な産業である。

硫黄島　熊野神社

硫黄島港の北数百メートルに、熊野神社が白壁と朱塗りの柱、緑青色の縁取りの屋根の取り合わせの美しい姿を見せる。安元三年（一一七七）の鹿ヶ谷事件によりこの島に流された三人のうち藤原成経、平康頼は熊野信心の人で、『**平家物語**』によれば、「いかにもして此嶋のうちに熊野の三所権現（熊野三社の主祭神。熊野本宮大社の家都御子神《けつみこのかみ》、熊野速玉大社の熊野速玉神、熊野那智大社の熊野夫須美神《ふすみのかみ》）を勧請し奉て、帰洛の事をいのり申さばや」と、島内の似通った地を三社として日毎に詣でたと言う。この熊野神社は速玉大社にあたるとのことである。

さて、翌治承二年（一一七八）には、成経と康頼の二人は赦免され京に戻ったが、一人俊寛のみは赦されず、絶望のはてに同三年（先述の喜界島の墓所の解説板には同四年と記される）、断食し念仏を唱えながら三十七歳の生涯を絶った。その、独り悲

硫黄島港の俊寛像

嘆の日々を送り命を果てた廬の跡に、島の人々によって建てられたのが俊寛堂である。森深い地にひっそりと佇んでいて、物悲しさを禁じえない。

また、赦免されずに取り残されて、出てゆく舟に「反せ、戻せ、連れて行け」と泣き叫ぶが如き俊寛の像が、硫黄島港の畔の小公園に建てられたている。

この俊寛の独り残される場面、またこの島で生を終える場面は、『**平家物語**』三之巻の目録の「足摺」、「有王」にそれぞれ詳細に語られるが、哀れこの上ない。能でも五流派全てが演目としている。

俊寛に纏わる史跡等の解説はここまでとするが、ここ硫黄島には、先の喜界島と同様、一般に信じられている史実と異なる史跡がある。

即ち、源平の最後の戦いである壇ノ浦の合戦で、母方の祖母二位尼（平時子）に抱かれ、満六歳四ヶ月の身を海中に投じたとされる第八十一代**安徳天皇**の墓所が、熊野神社のやや北に遺されている。周囲には、天皇の御墓を守るが如く従臣達の墓も建てられている。墓所の解説板には、「（壇の浦の決戦で）清盛の妻・二位の尼に抱かれ千尋の海に入水されたはずの**安徳天皇**が、実は硫黄島に逃げのび、しかも後年、資盛の娘・櫛匣《くしげ》の局を后として隆盛親王が誕生、その子孫は多くの証拠の品を伝え持ち、この地に生きていたのである。平家は壇の浦の合戦部隊を用意していたため、幸いに討伐軍からの難を逃れて、寛元元年（一二四三）六十六才まで隠遁の生活を送った。」とある。そういえば、先に訪れた喜界島にも、漂着した平家の要塞跡があった。

硫黄島　俊寛堂

なお常識的には、壇の浦を望む山口県赤間の赤間神宮に隣接して建てら

硫黄島　安徳天皇墓所

れている**安徳天皇**陵が、正式の墓所とされる（先著『歌人が巡る中国の歌枕　山陽の部』長門編二に記述）。

　歴史の事実は、時に後の為政者の都合に合わせて理解、あるいは改変されることもあると聞く。**安徳天皇**の最期についても、あるいは鎌倉幕府にとっては、生き延びられては擁立した**後鳥羽天皇**の正当性に支障がある故の壇の浦入水であったのかも知れない、そんな確信めいたものを感じさせる墓所であった。

　記述が二島に及び、また『**平家物語**』の引用や、一般的な史実と異なる事跡の考察等で、長々しい項になったことをお詫びする。

　なお、硫黄島を巡るには、事前に硫黄島港にある三島村観光案内所にレンタサイクルの予約をしておくことをお勧めする（〇九九一三―二―二三七〇）。

薩摩潟瀛の小島を誤てり　奄美に近き喜界島なりと

いと遠し空路海路を往復に　訪ふ薩摩潟瀛の小島の

流されし悲話残り居る薩摩潟の　瀛の小島に吹く風寒し

四、唐湊《からのみなと》〔湊〕

開聞岳の麓から国道二百二十六号線を西に一時間ほど走り、坊トンネルを抜けると、南さつま市坊津町坊の入り組んだ海岸線に出る。この湾は、地図では坊浦と見えるが、中世から近世にかけて坊津と呼ばれ、筑前の博多、伊勢の安濃津《あのつ》と並んで日本三津の一つとされた要港であった。歌枕「唐湊」はこの坊津の港を指す。平成二十二年（二〇一〇）に統合で閉校となった旧坊泊中学校の校歌の三番にも「唐の港とうたわれて……」とある。この地の歴史を知るには、湾の北に建つ南さつま市坊津歴史資料センター輝津《きしん》館を見学するのが良い。二階のテラスから南西に開ける湾の彼方には、双剣石を望むことが出来る。双剣石は、**歌川広重**の「六十余洲名所図会」に「薩摩坊ノ浦　雙劍石」と描かれる。

また、ここ坊ノ津の南西の海底には、かの戦艦大和が横たわる。昭和二十年（一九四五）四月六日、米機動部隊に最後の決戦を挑むべく徳山沖から出撃した大和は、敵空母九隻からの空爆を受け、延べ四百発の被弾で七日十四

南さつま市坊津歴史資料センター輝津館

双剣石

坊浦

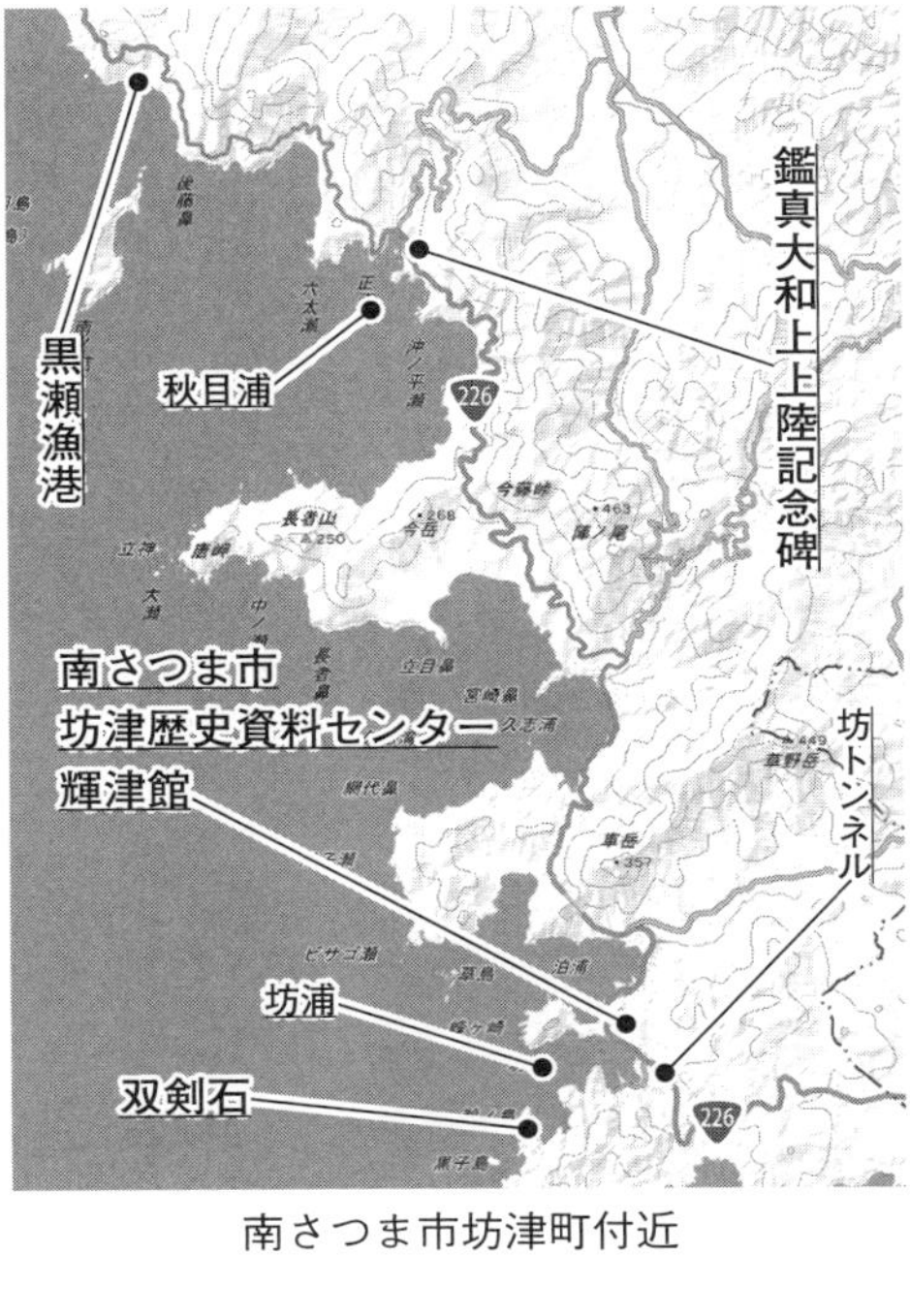

南さつま市坊津町付近

鑑真上陸の地の碑

鑑真記念館と鑑真座像

時二十三分、東シナ海に没したのである。

歴史資料センターから再び国道二百二十六号線を、ほぼ海岸沿いに北上すること十五キロメートルほど、国道の右手の秋目浦を望む高台に**鑑真**記念館が建つ。

鑑真は唐の高僧で、当時の日本の仏教界の戒律の乱れを正すべく、朝廷の求めに応えて来日、帰化した。五度渡航を試みるも失敗、天平勝宝五年（七五三）、蘇州黄泗浦《こうしき》を出航、困難を極めた航海であったが、南西諸島を経て同年十二月十二日益救嶋（現在の屋久島）に上陸、十八日に大宰府目指して出航するも再び遭難、二十日に漂着したのが、ここ秋目浦であった。その後大宰府を経由して、翌天平勝宝六年（七五四）二月に奈良に到着、東大寺に戒壇を設けて**聖武上皇**以下に受戒、さらには戒律道場として唐招提寺を建立した事跡は広く知られているところである。

記念館の前庭には、「鑒真大和上淩滄海遥来之地」の石柱が建てられ、また秋目浦に向って祈る**鑑真**の坐像も据えられる。

記念館を後に、海岸線を走る国道二百二十六号線を北西に辿ること約六キロメートル、黒瀬の集落に向う道が右に分岐するやや手前に、左下に向って黒瀬漁港に通じる道が分かれる。漁港の規模は大きいとはいえないが、穏やかな海を臨む風景は落ち着きがあり、心が癒される。

邇邇藝命が**天照大神**の命で高天原から下ったとする天孫降臨神話については、既に本書でも数ヶ所に記しているが、命は降臨の後、舟出南下して、この地に上陸したとの伝えが

邇邇藝命上陸の地の碑

残る。漁港の右手の崖の袂には、命上陸地の碑があり、地元の人々はこの海岸を「神渡海岸」と呼んで、神話を語り伝えている。

この「唐漆〔湊〕」を詠み込んだ歌は、「たのめともあまの子たにも見えぬ哉　いかゝはすへきからのみなとに」唯一首が、『名寄』、『松葉』に収められる。出典も詠者も不明である。

奇なるかな絵師も描きし双剣石　そそり立ち居り唐湊沖
唐湊の像海見居り古に　仏の道を正したる僧の
神の代の伝へも残る唐湊　古歌にも詠まれ今学舎《がくしゃ》の歌に

五、〈隼人《はやひと》〉薩摩〈ノ〉迫門

『能因』、『名寄』、『松葉』に、『**万葉集**』巻第三から**長田王**の「隼人の薩摩の迫門を雲居なす　遠くも我はけふ〔今日〕み〔見〕つるかも（雲がかかっているあの隼人の住む薩摩の迫門を、今日、遥か遠くに見ることが出来たことよ）」が、また、『名寄』、『松葉』に、これも『**万葉集**』巻第六の、「隼人の迫門の巌も鮎走る　吉野の滝になほ及《し》かずけり（隼人の迫門の大岩に波が砕けるさまも、鮎が踊り泳ぐ吉野の滝の景色には及ばない）」が載る。後歌について、『**万葉集**』には「帥大伴卿《そちおほとものまへつきみ》、遥かに離宮《とつみや》を思《しの》ひて造る歌一首」との詞書が添えられる。

これらに詠まれる「薩摩迫門」は、鹿児島県の北西端、阿久根市脇本と、向かいの出水《いずみ》郡長島町との間の約六キ

黒瀬漁港

渡口の丘　長田王の歌碑

黒之瀬戸と黒之瀬戸大橋

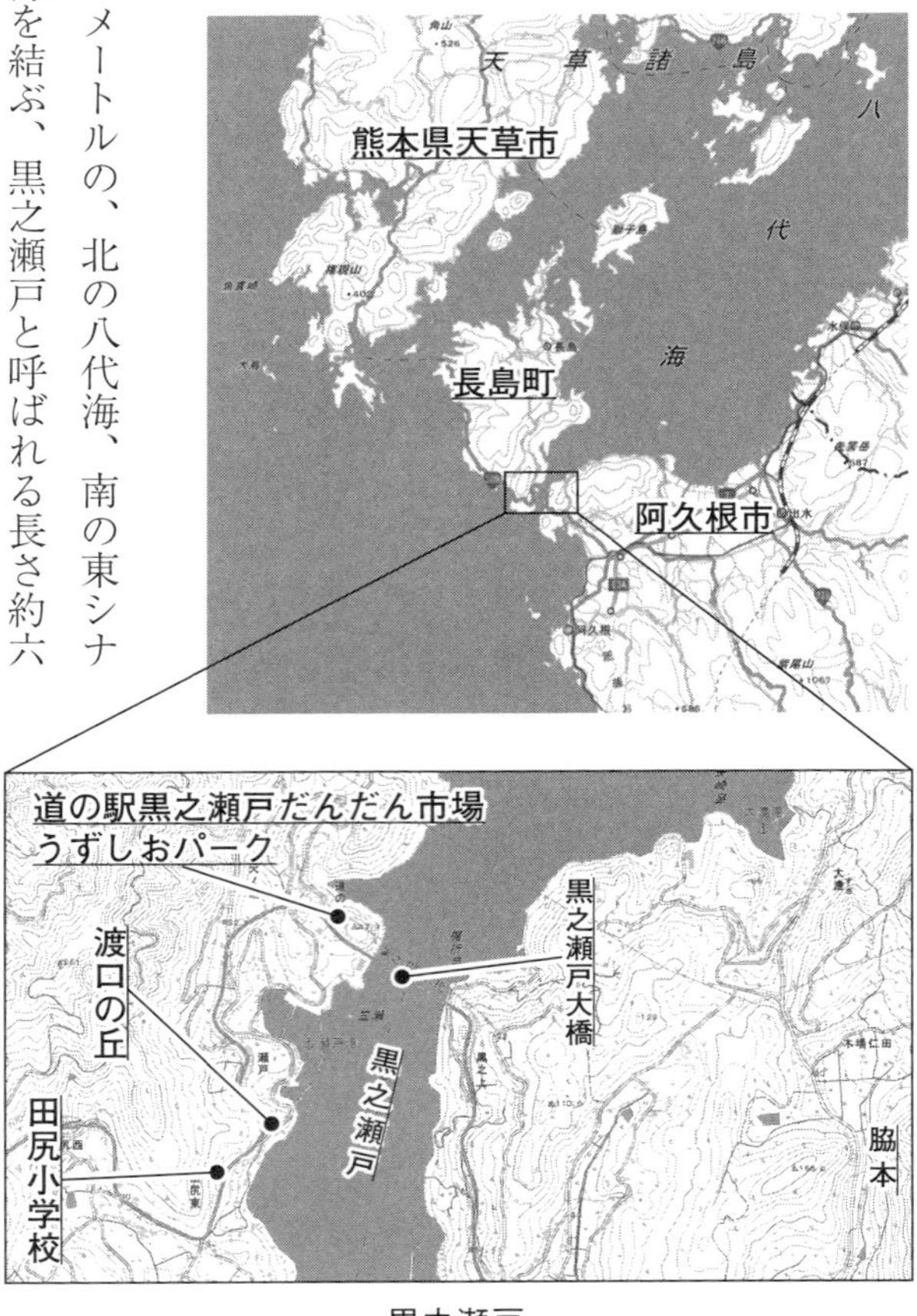

黒之瀬戸

ロメートルの、北の八代海、南の東シナ海を結ぶ、黒之瀬戸と呼ばれる長さ約六キロメートルの海峡に比定される。海峡幅は、最も狭い九州本島側の梶折鼻と長島の火ノ浦間で約三百五十メートル、潮流の速さは、最速で時速二十キロメートルを越えるという。九州地方の船乗りたちは、「一に玄海、二に千々石灘（現在の長崎県橘湾）、三に薩摩の黒之瀬戸」といって、海路の難所と恐れた。今はその間に、昭和四十九年（一九七四）に完成した黒之瀬戸大橋が架かり、国道三百八十九号線が通う。

対岸の長島は、古くには仲島あるいは大仲島と呼ばれた面積約九十平方キロ

田尻小学校の歌碑
（右から、大伴旅人、甲斐守保孝、源公朝）

メートルの島で、北西には長島海峡を隔てて天草下島が浮かぶ。柑橘類の栽培が盛んで、温州蜜柑の栽培地として知られる。戦国時代までは肥後国に属していたが、島津氏の侵攻によりその勢力化に加えられた。

　大橋の長島側の袂近くの渡口の丘には**長田王**の歌の碑が、黒之瀬戸と大橋を見下ろして建つ。また少し南の田尻小学校の、敷地を区切る東（海側）の五段のブロックの塀の上には、「望みははるか」と刻まれた同校創立百周年記念の碑に並んで、先の**大伴旅人**の歌、甲斐守保孝の「音たててはや吹きにけり隼人の　薩摩の迫門の秋の初風」、『**夫木和歌抄**』に収められる源公朝の「薩摩潟瀬戸のはやみの潮騒は　ただ漕ぎすぎよ碇おろさで」（『松葉』に収載）の三首の歌碑がある。さらに、大橋近くの道の駅「だんだん市場」に隣接する「うずしおパーク」には、新たに建てられたこれら四首の歌碑がある。

　長島は自然と文化を守り伝える島と感じた。

古歌詠《うた》ふ薩摩の迫門に架かる橋　愈々白し海・空に映え

釣舟の喘ぎ喘ぎて進み難し　流れの速き薩摩の迫門を

大伴旅人

長田王

甲斐守保孝

源公朝

うずしおパークの歌碑

長島の学《まなび》の庭に歌碑三基　薩摩の迫門を見下ろして建つ

付録

六、薩摩川内市《さつませんだいし》

編頭に、律令制下の薩摩国の中心が、現在の薩摩川内市であったと延べた。県の北西部、東シナ海に面して位置する。平成十六年（二〇〇四）に周辺四町一村を併合する以前は川内市であった。昭和四年（一九二九）に発足した川内町に、同十五年（一九四〇）市制が施行された。町制以前は、辺りの広域地名であり、川内川と高城川の内側の意であった。

「せんだい」の語源は、**邇邇藝命**がこの地に居を定めるため、千の台を造ったとの故事によると言う。以来、「千台」、「仙台」、「千代」、「河内」等と書かれたが、十八世紀初頭に「川内」と命名された。

ＪＲ川内駅を出て左手に、**大伴家持**のほぼ等身大の像が建つ。**大伴家持**は、その編集に関ったともされるほど『**万葉集**』を飾る

ＪＲ川内駅付近

薩摩国分寺跡

薩摩川内市川内歴史資料館

歌人であるが、その時代の貴族であり、従三位、中納言まで務めた。越中守、兵部少輔、因幡守等を歴任、天平宝字八年（七六四）から天平神護元年（七六五）には薩摩守に就いている。それ故の立像であろう。

ＪＲ川内駅の北、九州新幹線の高架の下を国道二百六十七号線が潜る北の道端に「薩摩川内市川内歴史資料館」がある。およそ二万年前からの歴史、文化を紹介する。

資料館の西に流れる銀杏木川に沿う道は、万葉の散歩道として整備され、六百三十メートルの間に、**大伴家持**の像とともに十五基の万葉歌碑が配される。

散歩道の先には、薩摩国分寺公園がある。薩摩国分寺は比較的早くに衰微したものの、戦国末期までは国府天満宮の神宮寺として、江戸期は泰平寺の末寺として存続したという。明治の廃仏稀釈で廃寺となるも、塔跡は早くから明らかになっていて、昭和十九年（一九四四）には国の史跡に指定された。昭和四十三年（一九六八）からの発掘調査で概要が明らかになり、公園として整備された。

万葉の散歩道

川内駅前　大伴家持像

一方国府跡は、国分寺公園を東端とする六百余メートル四方に及ぶという。昭和三十九年（一九六四）以来同四十年、四十二年に調査が行われたが、それ以降はほとんど実施されていないという。該当地域は宅地化が進み、今後全貌を明らかにするのは容易ではないと想われる。

新田神社勅使殿他

参道の大樟

資料館の西北西一・五キロメートル程、国道三号線と県道四十四号・京泊《きょうどまり》大小路《だいしょうじ》線に挟まれた神亀山（標高七十メートル）に、**邇邇藝命**の墓を祀ったのを創始とすると伝える新田神社が鎮座する。市指定文化財の大樟《くす》（幹周り九・九メートル、高さ二十メートル余、伝承樹齢二千年）のある森の石段の参道を登ると、奥行きはないが、左右に境内が広がり、格調高い雰囲気の勅使殿を中心に、社務所等が並ぶ。神亀山の五分の四が**邇邇藝命**の陵とされる可愛山陵《えのやまのみささぎ》の領域で、現在は宮内庁の管理下にある。

なお、昭和四年（一九二九）、**与謝野鉄幹**が夫妻で参詣し、「可愛《え》の山の樟の大樹の幹半ば　うつろとなれど広き蔭かな」の一首を残している。

史語る館に沿ひて万葉の　歌碑建つ道を漫ろ歩めり

古の国分の寺の在りし跡　礎の石並び残れり

驚きぬ高天原に降り立つる　神の陵《みささぎ》今に残れり

可愛山陵

薩摩国歌枕歌一覧（名所の数字は各歌枕集収載ページ）

	夏見瀧	空穂嶋（併せて頴娃ノ郡）	薩摩潟瀛小嶋・奥〔興〕〈の〉小嶋
名所歌枕（伝能因法師撰）			
謌枕名寄			薩摩潟瀛小嶋（一二三五） さつまかたおきのこしまに我ありと おやにはつけよ八重の塩風 （康頼）
類字名所和歌集			奥小嶋（二六〇） さつま方奥小嶋に我はありと おやにはつけよやへの塩風 〔千載〕（平廣頼）
増補松葉名所和歌集	夏見瀧（三一九） 鹿児島の東吉野山ちかきわたりに 夏見の瀧といふ所ある　見にまか りて こゝもまたよしのにちかきなつみ川 なかれて瀧の名にのこるらん 〔家集〕（幽斎）	空穂嶋（三六三） さつかま《ママ》たゐの、郡のうつほしま これやつくしのふしといふらん 〔名寄〕 （「頴娃ノ郡」に重載―筆者注） 頴娃ノ郡（七三二） さつまかたゐの、郡のうつほ嶋 これやつくしのふしといふらん 〔名寄〕 （「空穂嶋」に重載―筆者注）	興の小嶋（四〇三） 薩摩潟おきの小しまに我は有と 親には告よ八重の汐風 〔千載〕（康頼）

	唐湊〔湊〕	〈隼人〉薩摩〈ノ〉迫門
名所歌枕（伝能因法師撰）		薩摩迫門（四一七） 隼人のさつまのせとを雲ゐなす 遠くも我はけふみつるかも 〔万葉〕
謌枕名寄	唐湊（一二三六） たのめともあまのこたにもみえぬかな いかゝはすへきからのみなとに	隼人薩摩迫門（一二三五） はや人のさつまのせとを雲ゐなす とをくも我はけふみつるかな はや人のせとのいわほにあゆはしる よしのゝ滝になをしかすけり （旅人） 右長田王遣筑紫作哥
類字名所和歌集		
増補松葉名所和歌集	唐湊（一七二） たのめともあまの子たにも見えぬ哉 いかゝはすへきからのみなとに 〔名寄〕	薩摩ノ迫門（六〇九）隼人の迫戸とも はや人のさつまのせとを雲ゐなす 遠くも我はけふみつるかも 〔万〕（長里《ママ》） 隼人のせとのいはほに鮎はしる 吉野の瀧に猶しかすけり 〔名寄〕 さつまかたせとのはやみの汐さゐは たゝ漕過よいかりおろさて 〔夫木〕（公朝）

熊本県　肥後編

古くには肥前、肥後を併せて火国《ひのくに》と称した。分割されたのは**天武天皇**（六七三〜八六）の頃とされる。律令制下の時代には九州で唯一の大国（律令制下で、面積・人口などで国を四等級に分けたうちの第一等国。大和、河内、伊勢、武蔵、上総、下総、常陸、近江、上野、陸奥、越前、播磨、肥後の十三カ国）であった。

平安時代後期には菊池氏の勢力下、鎌倉時代には一時東国の御家人の支配が及んだが、室町期には再び菊池氏の勢力下となり、南北朝内乱の際は南朝方の中心であった。十五世紀には戦国争乱期に入り、後に大友、相良両氏が支配したが、天正（一五七三〜九二）には北から肥前龍造寺氏、南から薩摩島津氏の侵攻を受け、結果肥後国は島津氏が統治した。豊臣政権下では、加藤清正、小西行長の両名が半国領主に、関ヶ原の合戦以降は清正の所領となったが、加藤氏は寛永九年（一六三二）に改易、細川氏と替わった。

廃藩置県により、明治四年（一八七一）に熊本県、八代県とされ、翌年熊本県は白川県と改称、同六年八代県を統合、明治九年（一八七六）に熊本県に復名した。

県東部は阿蘇くじゅう国立公園、西は雲仙天草国立公園と山海の景勝に恵まれる。

農畜産業が盛んで、生乳、肉用牛、トマト、いちご、すいか、オリーブ等々は全国有数である。

なお、平成二十八年（二〇一六）四月、震度七の激震に見舞われた熊本地震はまだ記憶に新しい。約一年半後に県内を巡らせて頂いたが、まだ各所でその爪あとを目にした。被災された皆様には心からお見舞いを申し上げます。

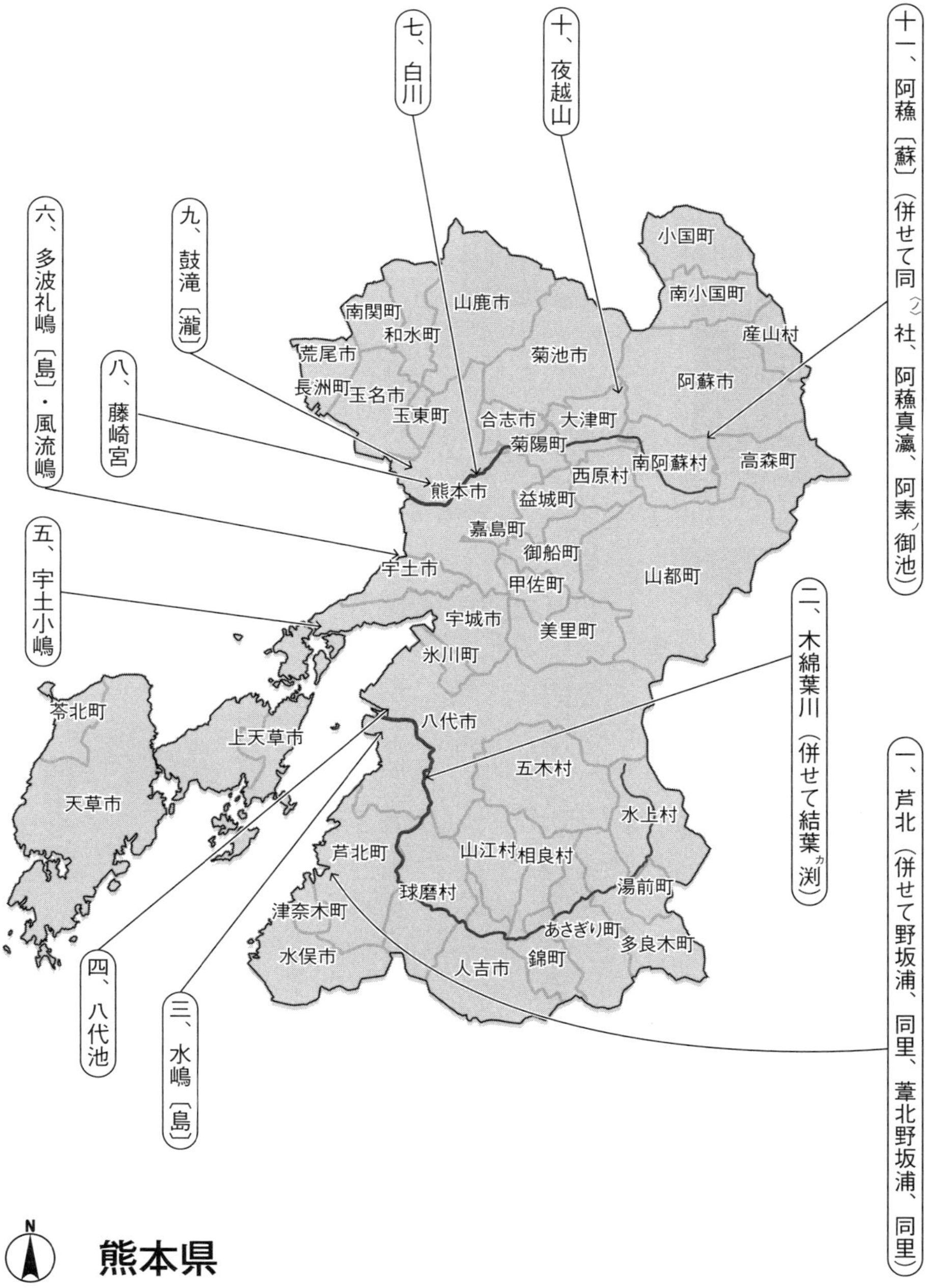

十一、阿蘓〔蘇〕（併せて同〔ノ〕社、阿蘓真瀛、阿素ノ御池）
十、夜越山
七、白川
九、鼓滝〔瀧〕
六、多波礼嶋〔島〕・風流嶋
八、藤崎宮
五、宇土小嶋
二、木綿葉川（併せて結葉ヵ渕）
一、芦北（併せて野坂浦、同里、葦北野坂浦、同里）
四、八代池
三、水嶋〔島〕
小国町
南小国町
産山村
阿蘇市
山鹿市
南関町
和水町
荒尾市
菊池市
長洲町
玉名市
玉東町
合志市
大津町
菊陽町
南阿蘇村
高森町
西原村
熊本市
益城町
嘉島町
御船町
宇土市
甲佐町
山都町
宇城市
美里町
氷川町
苓北町
上天草市
八代市
五木村
天草市
水上村
芦北町
山江村
相良村
球磨村
湯前町
津奈木町
あさぎり町
多良木町
水俣市
人吉市
錦町
N

熊本県

一、芦北《あしきた》（併せて野坂浦、同里、葦北野坂浦、同里）

鹿児島県から熊本県に向って、国道三号線がほぼ八代海沿いを北上する。県境を越えると水俣市で、その辺りから津奈木町《つなぎまち》、芦北町《あしきたまち》にかけて芦北海岸と呼ばれるリアス式海岸が続く。その北に位置する芦北町が旧葦北郡の中心であった。南九州自動車道芦北ＩＣ直近の佐敷川左岸には、戦国の武将・加藤清正が薩摩、大隅を領有する島津氏に備えて築いた佐敷城の跡が、国の史蹟に指定されて残る。復元された石垣は、築城の名人と言われた清正の技が此処彼処に見て取れる。

また城跡と、その東を流れる佐敷川に挟まれて、土蔵や町屋、寺院が並ぶ街並がある。江戸時代、筑前国山家《やまえ》宿

佐敷城跡・搦手近く

佐敷城跡入口

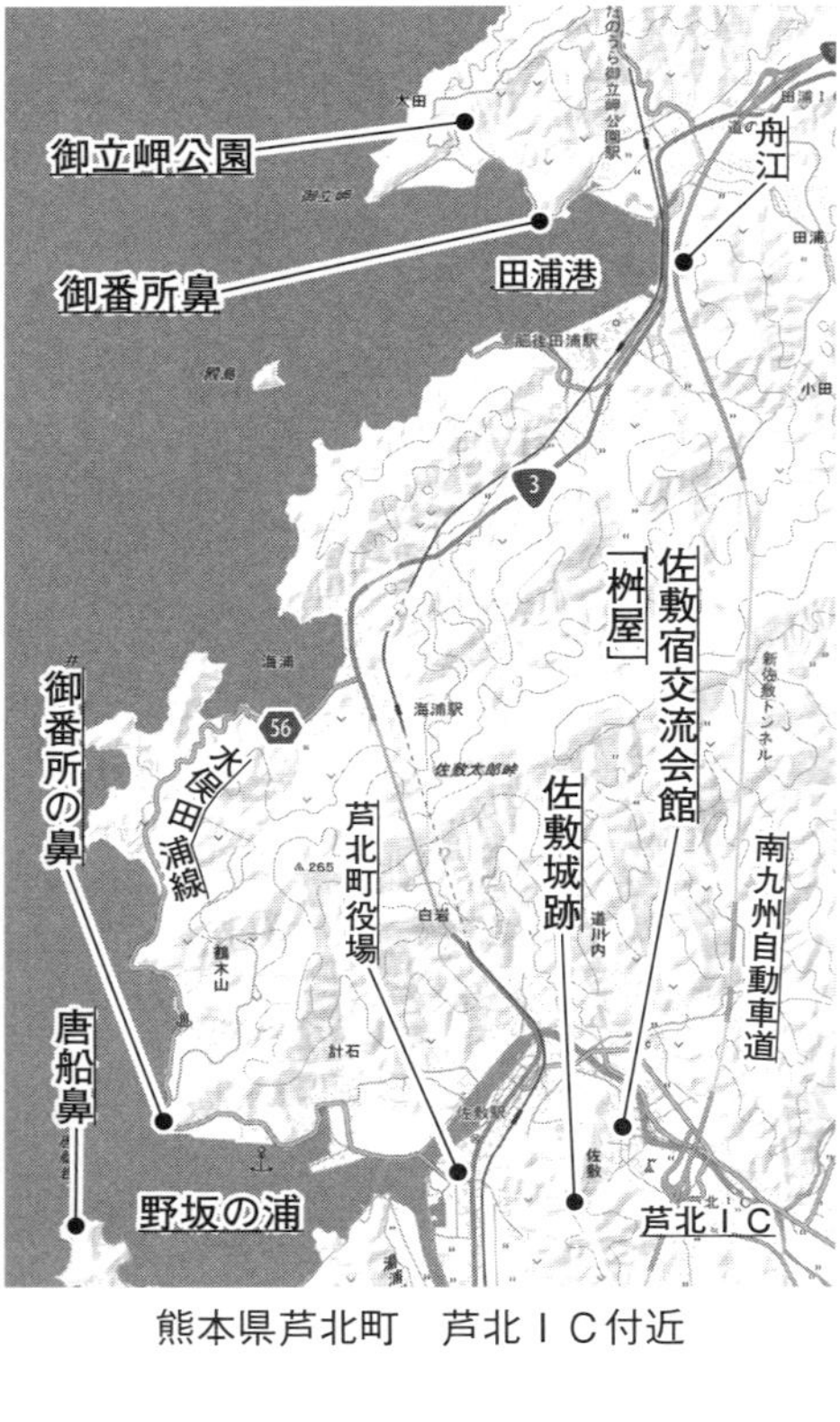

熊本県芦北町　芦北ＩＣ付近

野坂の浦

（現・福岡県筑紫野市）から薩摩国鶴丸城まで通う薩摩街道の十五番目の佐敷宿があった。街並の一角には、総事業費一億余円で佐敷宿交流会館「桝屋」が、景観を引き立てて建てられている。

また、先の佐敷城跡から出土した日本で唯一の文字（天下泰平國土安隠）瓦の、二十倍のモニュメントが世界の恒久平和を願うシンボルとして建てられ、街道を通る人の目を見晴らせる。

さて、この地を詠んだ歌には、『能因』、『名寄』、『類字』、『松葉』の全てに、『**万葉集**』巻第三の**長田王**の「葦北の野坂の浦に舟出して水嶋《みしま》に行かん波立なゆめ」が載るなど、四首全てに「葦北の野坂の浦」と詠み込まれる。項立ても、『能因』が「芦北」とするのみで、『名寄』は「葦北野坂浦」、『類字』、『松葉』に至っては、「葦北」ぬきで「野坂浦」としている。即ち芦北の西の、八代海が入り組んだ、現在でも野坂の浦と称される湾岸部が歌枕なのである。冒頭に述べたように、リアス式の深く切れ込んだ湾の湾口は、南に唐船鼻、北に御番所の鼻に塞がれて狭く、湾内は懐広く、舟泊りとしてこれ以上はない地形をしている。

芦北町役場付近から佐敷川を渡り、湾の北岸を県道五十六号・水俣田浦線に沿って西に三キロメートルほど進むと、湾口の御番所の鼻に、先の万葉歌の歌碑が平らかな

日本一の大瓦

佐敷宿交流会館「桝屋」

海を見つめて建つ。

県道はそこから北に向かって五キロメートルで国道三号線に合流する。そのまま国道を北上すること五キロメートル、舟江の交差点を左折して海沿いに進むと、ゴーカート、パターゴルフ、テニス、ローンスキー、スーパースライダー、海釣りランドと、家族でレジャーを楽しめる御立岬公園がある。その手前、田浦港のある湾を塞ぐように海に張り出しているのが、これまた御番所鼻であり、その湾を「野坂浦」と見立てて先の歌碑と同じ歌が刻まれた歌碑が建つ。

「御番所」と「鼻」の間に「の」が挿入されているか否かの差でしかない二つの鼻が護る湾が、ともに歌枕「野坂浦」とされていて、比定に迷うところであるが、後背の街の歴史の重さから、佐敷川の流れ込む野坂の浦にやや分があると考える。

古き城の苔生す石の垣残る　野坂の浦を望む丘の上
芦北に古き宿場の気配残す　街並ありて緩々歩む
野坂浦の二所《ふたどころ》ありそれぞれに　万葉の歌碑証として建つ

御番所の鼻の歌碑

御番所鼻の歌碑

二、木綿葉川《ゆうはがわ》（併せて結葉ヵ渕）

『松葉』には、「木綿葉川」の項に、**藤原家隆**の「夏くれてながる丶麻のゆふは川　たれ水上に御そぎしつらん」、

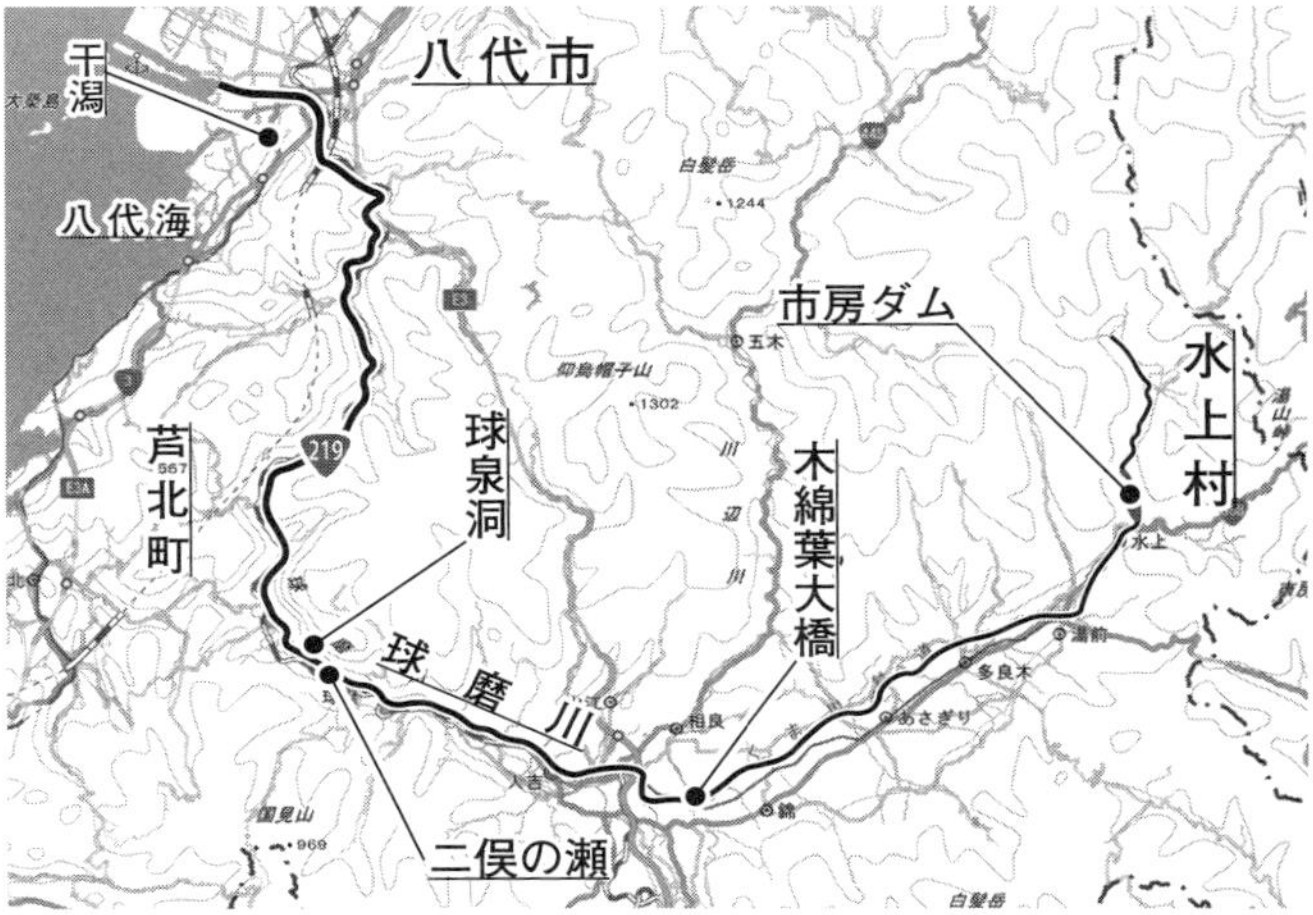

球磨川

「ゆふは川夏ゆく波の岩小菅　ぬきもさためぬ玉そみたるゝ」が家隆の家集『玉吟集』から、また「結葉《カ》渕」の項には、『万葉集』巻第七から「妹か《が》ひも《〔紐〕》ゆふはかふち《〔木綿が渕〕》をいにしへ《〔古〕》の　みな《〔皆〕》人み《〔見〕》きとこれをた《〔誰〕》か《が》しる《〔知〕》」が収められる。それぞれの歌意は、「夏の夕暮れに麻糸が流れて来る木綿葉川、上流でいったい誰が禊をしているのだろうか」、「夏が過ぎようとしている木綿葉川に、波に乗って岩場に生える小菅が流れてくる。この菅がなければぬき（横糸）が定まらず、織り繋ぐ玉もみだれるだろう」、「あの子の下紐を結うという名の結葉《か》渕、この渕を古い時代の人が皆見たというが、このことをいったい誰が知っているだろうか」であろう。

最上川、富士川と並ぶ日本三大急流の一つで熊本県最大の一級河川・球磨川は、鎌倉時代までは「木綿葉川」、あるいは「夕葉川」と呼ばれていた。総延長百十五キロメートル、球磨郡水上《みずかみ》村の北を源とし、南、そして南西に向い、人吉盆地で北西に向きを変え、芦北町東部で北流し、八代市で八代海（別名・不知火海）に注ぐ。上流域の水上村役場の北には、昭和三十五年（一九六〇）に完成した市房ダムが、最大二十八億八千万リットルの水を湛える．ダム湖の周囲には約一万本の桜が植えられ、「日本一の桜の里」を目指して、その季節にはライ

市房ダム

あるいは二俣の瀬

木綿葉大橋

トアップも行われるという。人吉盆地に差し掛かる辺り、くま川鉄道の肥後西村駅の北には、歌枕を証かすかのごとく木綿葉大橋が架かる。

　人吉盆地から八代市の間は巨岩ひしめく急流で、江戸初期までは水運利用が困難であったが、寛文五年（一六六五）に開削が成り、以後、人吉、球磨地方の発展に大きく寄与した。今でも二俣の瀬以下多くの瀬が残り、豊かな河川美を形成している。

　球磨川に沿うように走る国道二百十九号線が芦北町に差し掛かる辺り、右手に標高六百九十三・八メートルの権現山が聳え、その地下には日本で第六位、九州最大の鍾乳洞である球泉洞が延びる。昭和四十八年（一九七三）からの調査で総延長四千八百メートルが明らかになり、そのうち八百メートルが観光用に公開されている。

球泉洞

地底への入口

　また河口の八代海には、千三百ヘクタールの干潟が広がり、ハゼ類、エビ類、ゴカイ類、二枚貝など多様な魚類や底生生物が生息し、潮干狩りなどで親しまれ、休日には多くの人々で賑う。更には、春秋にはシギ、チドリ、冬にはシギ、カモ、カモメなど。百六十種を超える野鳥が飛来するという。

ところで、冒頭に紹介した歌枕歌の三首目の万葉歌に詠まれ、『松葉』がここ肥後国に収載する「結葉渕《カ》」が、果してこの球磨川の何処かの渕であるかは疑問である。漢字表記が「木綿」と「結」とに異なるのは、仮名表記を後に漢字変換したと考えられ、異なる漢字を当てることはしばしばあることで、疑問の理由ではない。出典の**『万葉集』**巻第七を紐解くと、「雑歌」と大題目があり、「天《あめ》を詠む」、「月を詠む」、「雲を詠む」……と小題目が付けられた歌群が続く。その中に、「河を詠む」の十六首の一群があり、先の歌はその最終に収められる。そして、他の十五首は全て大和国の川が詠まれているが故に、この歌だけが大和以外とは考えにくいとの説がある。それ故の疑問である。今後機会あれば考察を深めたい。

冬枯れの山々囲むダムありて　水湛え居り木綿葉川の上
急流の木綿葉の川を辿る道　飽くことのなし瀬も渕もあり
木綿葉川流れ込む海に干潟成し　千鳥・鷗の舞ひて漁れり

河口付近

三、**水嶋《みずしま》〔島〕**

筆者の前著『歌人が巡る九州の歌枕　福岡・大分の部』の筑前編五十五で、『名寄』に「水嶋」が項立てされているが、収載の誤りで、肥後国が正しいと述べた。なるほどそれらの歌は、『能因』、『類字』、『松葉』にはこの国

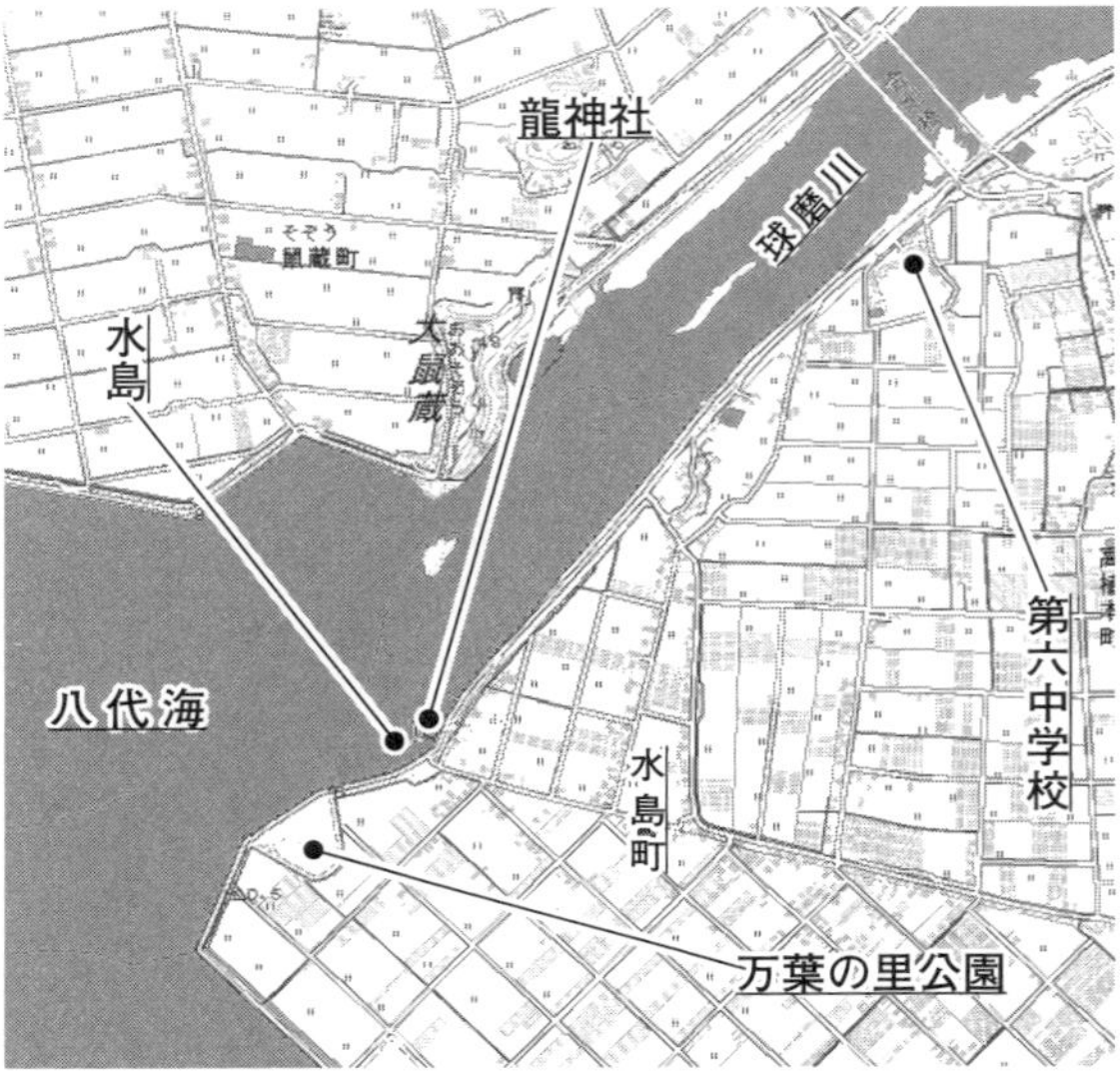

八代市　球磨川河口

の歌として収められる。

　即ち、前々項の「芦北」にも載る、**『万葉集』**からの**長田王**の「葦北の野坂の浦に船出して　水嶋にゆかん浪たつなゆめ」が、手元の四冊の歌枕和歌集全てに、また『能因』、『名寄』、『松葉』に、やはり**『万葉集』**から**長田王**の「聞しことまことたふとくあやしくも　神さびをるかこれの水嶋」等々である。

　この歌枕「水嶋」は、前項「木綿葉川」に比定した球磨川の河口の、左岸に位置する八代市水島町にある島とされる。最も下流に架かる金剛橋の先に八代市立第六中学校があり、その校内に昭和四十九年（一九七四）の卒業生によって建てられた、冒頭の万葉歌「芦北の……」の歌碑がある。

　そのまま球磨川の堤防上の道を八代海に向って進むと、護岸の堤防から数十メートル先の海中に、屋根の濃紺が鮮やかな小さな社が建つ。龍神社と呼ばれる。先の第二首目の第四句に「神さびをるか」と詠まれる神社で、手前の岸壁から海を跨いで遊歩道が設けられている。

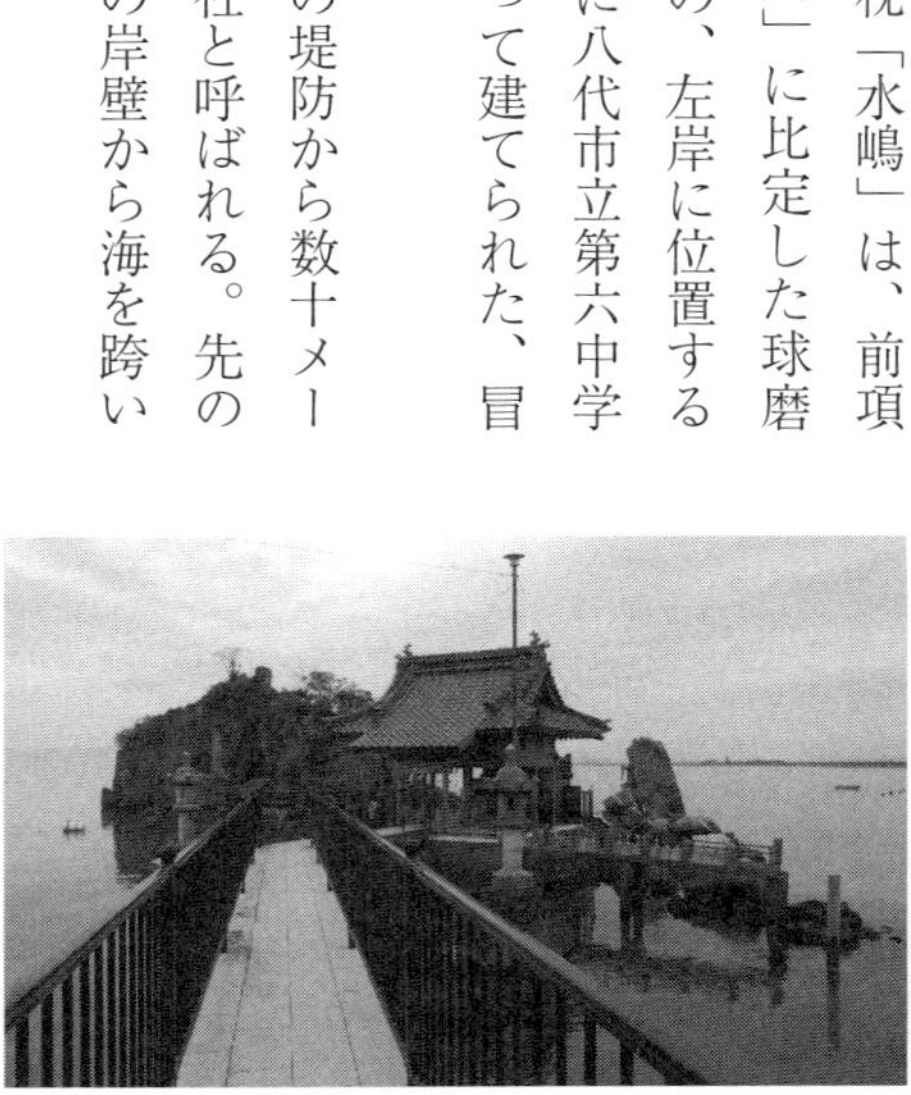

龍神社

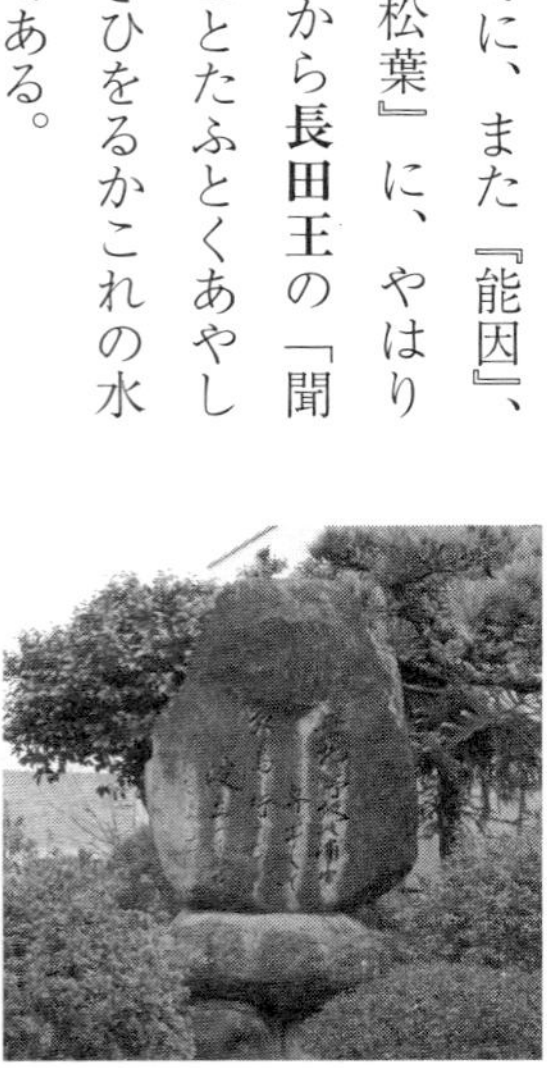

八代市立第六中学校歌碑

万葉の里公園

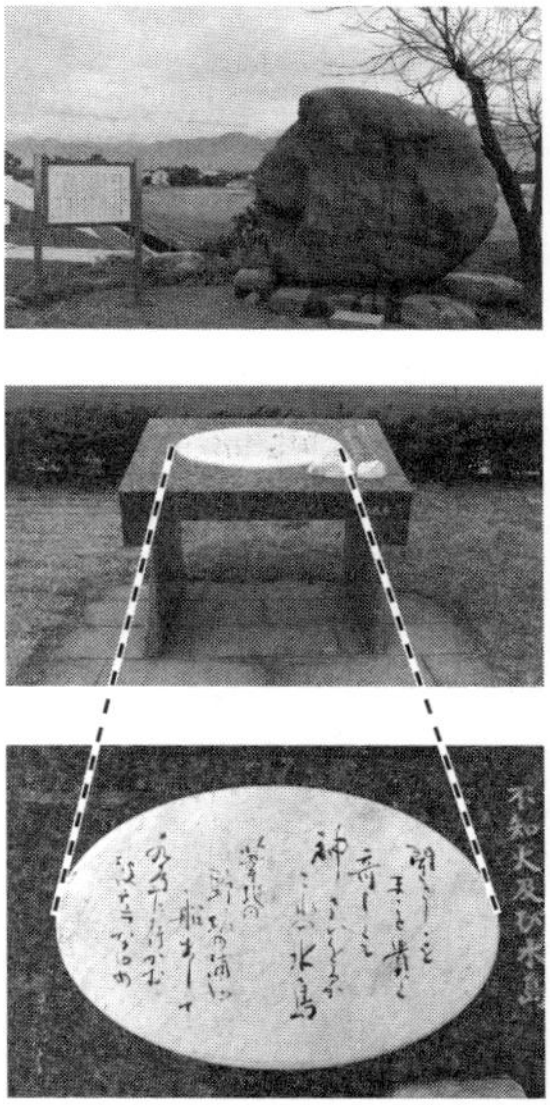
万葉歌碑

更に進むと広く整備された万葉の里公園があり、園内には二基の歌碑が在る。一基はごく普通の碑で、「聞しこと……」の歌が万葉仮名で刻まれる。もう一基は、歌碑というよりは楕円形の面に、先の二首が並べて彫られた石版上のもので、テーブル状に天に向って据えられている。

さて水嶋である。先の龍神社に並ぶように、海抜十一メートル、東西九十三メートル、南北三十七メートルの極々小さな島が浮かんでいる。

『**日本書紀**』の**景行天皇十八年**の条には以下の如く記される。

　夏四月《うづき》……（中略）……壬申《みづのえさるのひ》に、海路《うみつち》より葦北の小嶋に泊りて、進食《みをし》す。時に、山部阿弭古《やまべのあひこ》が祖小左《おやをひだり》を召して、冷《さむ》き水《みもの》を進《たてまつ》らしむ。是《こ》の時に適《あた》りて、嶋の中に水無し。所為知《せむすべ》らず。即ち仰ぎて天神地祇《あまつやしろくにつやしろ》に祈《の》みまうす。忽《たちまち》に寒水崖《しみづきし》の傍《ほとり》より湧き出づ。乃《すなは》ち酌みて献《たてまつ》る。故《かれ》、其の嶋を號《なづ》けて水嶋と曰《い》ふ。其の泉は猶今《いま》に水嶋の崖《きし》に在《のこ》れり。

この伝えの名残りの島なのである。

天保十四年（一八四三）の水島新地築造の際、この島が堤防によって干拓地に取り込まれる予定だったが、国学者の和田厳足《いずたり》の提言により、由緒在る島として堤防を湾

水島

曲することで保存された。その時代に文化財保護が新地開発より優先されたことは、現代でも学ぶべき快挙と言えよう。

水嶋の浜の水際に社建つ　濃紺の屋根海面に映し
万葉の歌に詠まれし水嶋に　今歌碑建てり公園となり
見愛でたり曲がり居りたる防波堤　古歌に詠まれし水嶋残して

四、八代池《やつしろのいけ》

二で延べた球磨川は、急流故に岩を噛み、大量の土砂を八代海に注ぎこみ、肥沃な三角州と広大な干潟を形成した。その三角州を中心として八代平野が広がる。周辺の丘陵地帯には後期古墳が多数分布し、五～六世紀頃は肥後国の中心であった。八代の地名は「社《やしろ》」に由来すると言う。『肥後国誌』には、天照皇太神の山陵がこの地に在った故と記されるとのことである。古来、博多、坊津（薩摩編四「唐湊」参照）と並ぶ九州の対外貿易港で、日宋貿易を重く見た平清盛が所領した歴史がある。鎌倉時代には執権北条氏の領するところとなったが、建武元年（一三三四）の建武の新政の功により名和氏が地頭職となって、古麓城を築城、城下町を整備し

ＪＲ八代駅付近

八代城跡石垣と掘

た。永正元年（一五〇四）、名和氏は長年抗争を続けてきた相良氏に追われ、さらに相良氏は天正十年（一五八二）薩摩の島津氏に服属、撤退し、島津氏も豊臣秀吉の九州征伐によりこの地を退いた。

関ヶ原の戦以降は熊本城主・加藤清正の領する所となり、天正十六年（一五八八）に小西行長が新たに築いた麦島城に城代を置いた。麦島城は元和五年（一六一九）の大地震で崩壊、代わって南北約八百メートル、東西約千五百メートルの大規模な松江城（現在は八代城の呼称が一般的である）が新たに築かれた。松江城町に本丸の石垣と堀が残る。

城址には懐良《かねなが》親王と良成《ながなり》親王を祀る八代宮が鎮座する。

懐良親王は第九十六代で且つ南朝初代の**後醍醐天皇**の皇子で、征西将軍として足利軍と戦い、その没後に征西将軍職を継いだのが良成親王（第九十七代**後村上天皇**の皇子）である。明治維新後、南朝方の功労者を祀る神社の建立が認められ、明治十七年（一八八四）、護良《もりなが》親王を祀る鎌倉宮、宗良《むねなが》親王を祀る井伊谷宮に倣って官幣神社として創建された。

その懐良親王の御陵が、東の山際にある。ＪＲ鹿児島本線・八代駅の南を通る国道三号瀬を東に、西宮町で分岐する県道百五十五号線を辿って九州新幹線を潜ると、妙見町の南九州自動車道の手前の森の中に鎮座する。静かな佇まいで、入口に

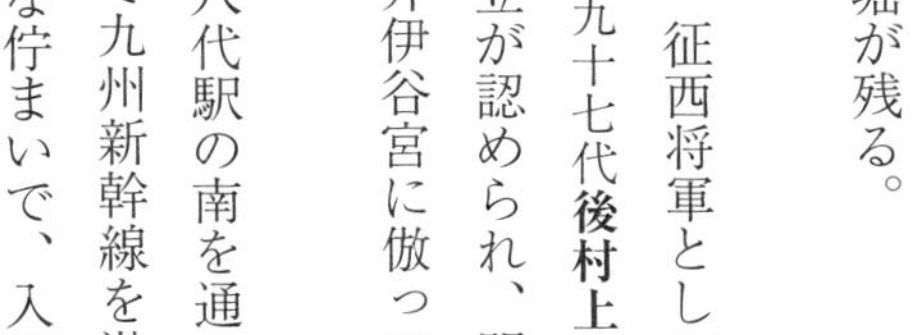
懐良親王陵

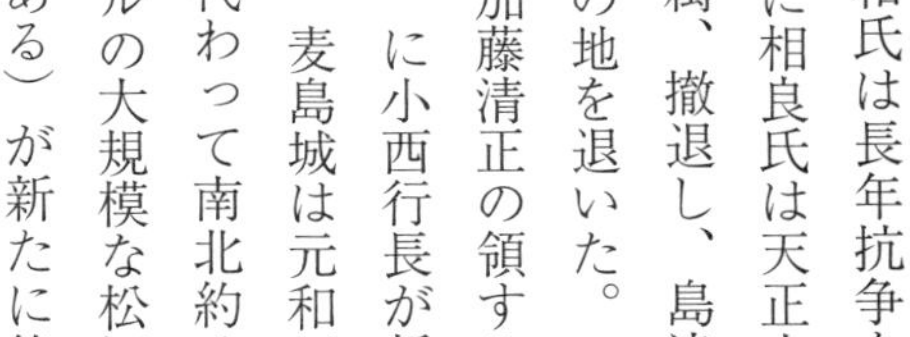
八代宮

八代神社拝殿と本殿

は宮内庁による「後醍醐天皇皇子　懐良親王墓」の看板が立てられている。

御陵の手前には、朱塗りの柱が鮮やかな八代神社が建つ。延暦十四年（七九五）、横岳山頂に上宮が、永暦元年（一一六〇）中宮が、そして**後鳥羽上皇**の勅願によって文治二年（一一八六）にこの下宮が創建された。祭神は天地開闢の際に最初に出現した神として、『**古事記**』に記される天之御中主神《あめのみなかぬしのかみ》と、『**日本書紀**』に記される国常立尊《くにのとこたちのかみ》の二柱である。明治三年（一八七〇）までは妙見神（北極星、北斗七星）を祀り、神道、仏道の双方から崇敬を受けて妙見宮と呼ばれた。明治四年（一八七一）の神仏分離令により祭神と社名が改められた。十一月二十二、二十三の両日に催行される妙見祭は、福岡県筥崎宮の「玉取祭」、長崎県諏訪神社の「長崎くんち」と並んで九州三大祭とされている。

さて、歌枕である。出展は明らかではないが、詠者を正家として「やつしろ《〔八代〕》のとけき《〔長閑〕》池の水すみ《〔澄〕》て　人のこゝろ《〔心〕》そ《〔ぞ〕》すゞし《〔涼〕》かりける」が、『名寄』、『松葉』に載る。正家は**近衛正家**であろう。ここに詠まれる「八代池」は、この八代地方の池とする説と、ここ八代神社にあった神池とする説がある。しかし、神社の文献、伝承には池の存在は確認されていないとのこと、宮司の言である。残念ながらこれ以上の考察は、今のところ出来ていない。

八代の池は何処か探したり　城跡や寺社訪ね訪ねて
南朝の貴人《あてびと》の陵参りたり　八代の池訪ふ道すがら
史長き妙見宮に在ると聞くも　知る人の無き八代の池

五、宇土小嶋《うどのこじま》

『**夫木和歌抄**』から「なかむれ〔眺〕は《ば》おも〔思〕ひ《い》のこ〔残〕せる事そ《ぞ》な〔無〕き　うと〔宇土〕の小嶋の在明《ありあけ》の月」が、『名寄』、『松葉』に収められる。ただし、『名寄』は第五句を「秋の夜の月」としている。詠者は法性寺関白とあるから**藤原忠道**である。

八代市中心街から県道十四号・八代鏡宇土線を北上、八代郡氷川町を抜け、宇城《うき》市の松橋町で交差する国道二百六十六号線を西に進むと、程なく左手に八代海の景観を眺めながらの道となる。

八代海は別名を不知火《しらぬい》海と呼ばれる。

不知火は九州に伝わる怪火で、旧暦七月の晦日の風の弱い新月の夜などに、八代海や有明海に出現する大気光学現象、言わば蜃気楼の一種である。海岸から数キロメートルの沖に、初めは一つか二つ、「親火」と呼ばれる火影が現れ、次第に数を増し、左右に広がり、数キロメートルの距離に及ぶという。付近の漁村では、嘗ては「龍神の火」と恐れられて、出漁を控えたとの事である。

三の「水嶋」の『**日本書紀**』の**景行天皇**十八年の条の記述に続いて、同紀は次の如く述べる。

五月《さつき》の壬辰《みずのえたつ》の朔《ついたちのひ》に、葦北より發船《ふなだち》したまひて、火國《ひのくに》に到る。是に、日没《く》れぬ。夜冥《くら》くして岸に著《つ》かむことを知らず。遥《はるか》に火の光視《み》ゆ。天皇、挾杪者《かぢとり》に詔《みことのり》して曰《のたま》はく、「直《なほ》く火の處《もと》を指せ」とのたまふ。因《よ》りて火を指して往く。即ち岸に著くこと得つ。天皇、其の火の光る處を問ひて曰はく、「何と謂ふ邑《むら》ぞ」とのたまふ。國人對《こた》へて曰《まう》さく、「是、八代縣《やつしろのあがた》の豊村」とまうす。亦其の火を尋《と》ひたまはく、「是、誰《た》人が火ぞ」とのたまふ。然るに主を得ず。茲《ここ》に知りぬ。人の火に非ずといふことを。彼、其の國を名《なづ》けて火國と曰《い》ふ。

永尾神社拝殿

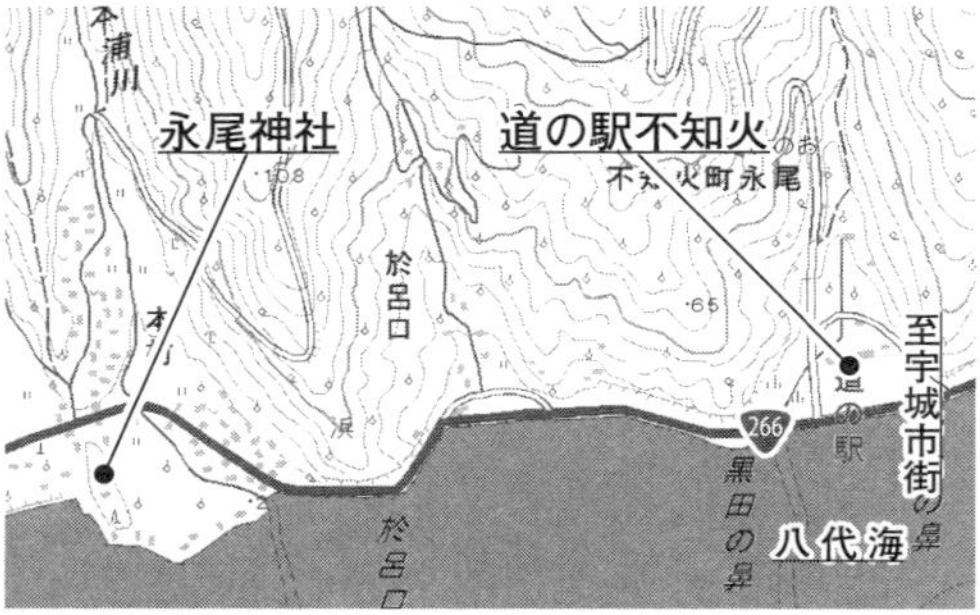

永尾神社付近

この下りでは、肥後国の古称である火國の謂われの記述とするのが妥当であろうが、これに伴う伝承には、天皇が火の主を尋ねた時に、誰も答えられなかった故「不知火」と名付けたとあり、怪火の命名の謂われでもある。

この不知火観望に絶好の場所とされるのが、先の経路を辿って四十分ほど、「道の駅不知火」の西一キロメートル余の永尾《えいのお》神社である。「永尾」を「えいのお」と訓読みするのは、**神武天皇**の母・玉依姫がこの地にエイに乗って着き、鎮座したことに由来し、そのエイの尾にあたる場所がこの神社のあるところとされるからと言う。創建は古く、和銅六年（七一三）とのこと、参道の階段を登った境内には、華やかさはないが時代を経たことを感じさせる雰囲気の社殿が建つ。旧暦八月一日には八朔祭りが行われるため、不知火観望と相俟って大勢の人で賑うという。なお神社下の海には、鳥居と二基の灯篭が建ち、厳島神社を思わせる。

さて、歌枕「宇土小嶋」

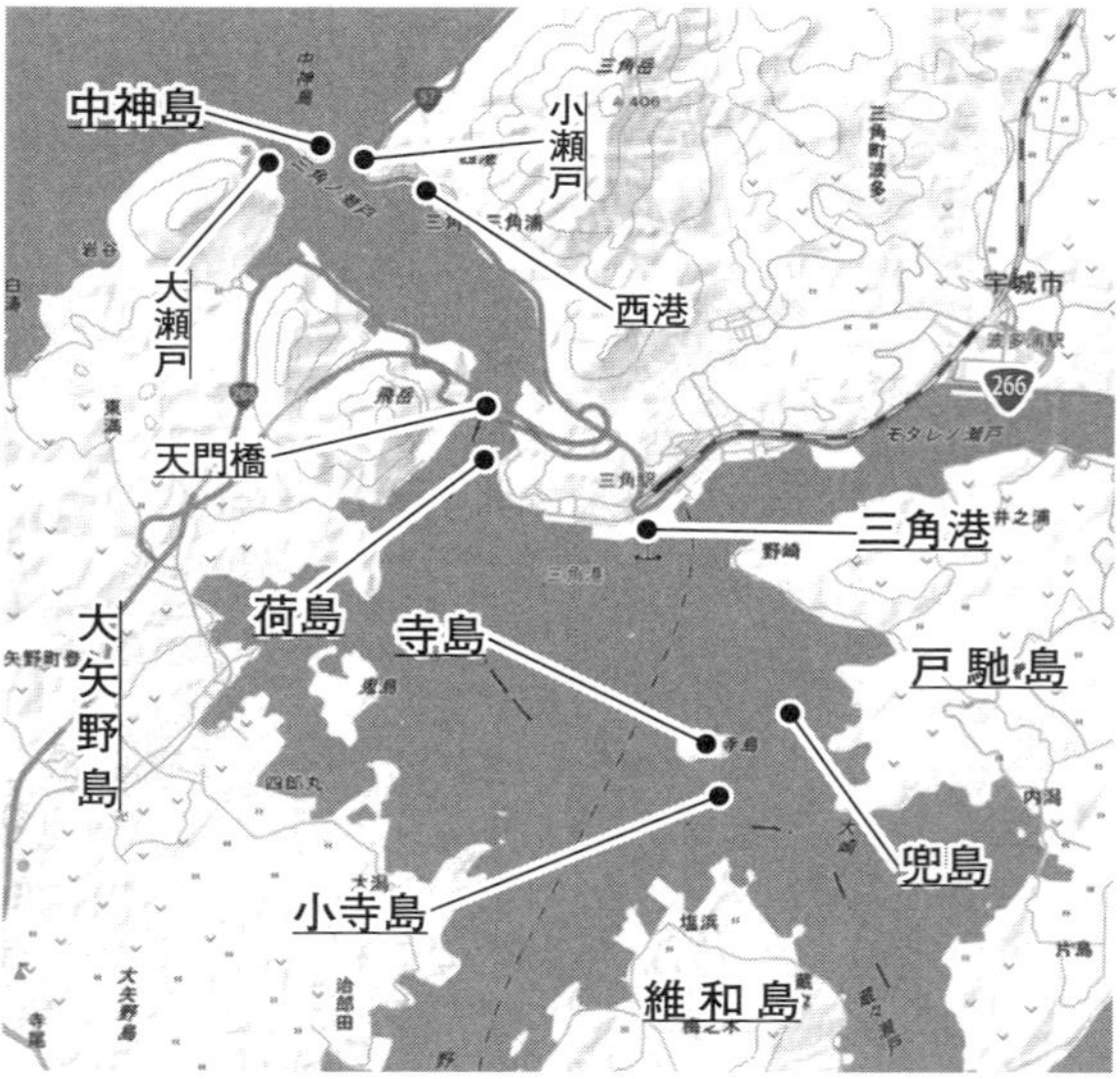

三角港付近の小島群

三角港からの宇土小嶋
（島名は何れも筆者推定）

である。

先の国道二百六十六号線を西に二十キロメートルほどで、三角港に出る。南に戸馳島《とばせ》、維和島《いわ》、大矢野島が取り囲むように内海を形成し、その間に兜島、寺島、そして大矢野島に通う天門橋の直下近くには荷島《にない》が浮かぶ。またその先の西港の沖には、きれいな円錐形をした中神島《なかがみ》が、九州本島とは小瀬戸、大矢野島とは大瀬戸を挟んで姿を見せる。これらの小島を歌枕「宇土小嶋」と比定したが、如何でであろうか。

不知火の望み観る丘社在り　宇土の小嶋に向ふ道端の
地図広げ影眺めては其々の　名を確かめり宇土の小嶋の
数々の宇土の小嶋の浮かび居り　瀬戸内に似て平らけき海に

天門橋

中神島

六、多波礼嶋《たばれじま》〔島〕・風流嶋

宇土の半島の南岸を通って来た国道二百六十六号線は、前項で述べた天門橋を渡って、上天草市の大矢野島から天草市の上島に向う。一方道なりに宇土の半島の北岸を巡るのは、三角で分岐した国道五十七号線、別名天草街道である。その国道と併走するJR三角線の住吉駅の手前の住吉宮の前交差点で国道を離れて左折すると、極々小さな岬を巡る。その岬に聳える小高い山の頂き近くに住吉神社が鎮座する。表参道はその先の住吉港から通じるが、岬先端近くの裏参道から登ると、中腹に白亜の灯台が島原湾を見下ろして建つ。細川藩第六代藩主宣紀《のぶのり》によって、享保九年（一七二四）に建てられた高灯篭が始まりという。

白亜の住吉灯台

明治期になって荒廃し、土台までも破損したが、昭和八年（一九三三）にコンクリート作りで再建され、さらに昭和六十年（一九八五）に改築された。高さ十七メートル、平均水面から灯心までは三十九・七メートルあるという。島原湾から緑川を遡って熊本中心部に向う嘗ての航路にあって、重要な標であっただろう事は想像に難くない。

さらに滑りやすい階段を上ると立派な社殿が、林間に姿を見せる。延久三年（一〇七一）、肥後国司・菊池則隆が摂津住吉宮の分霊を勧進し、海上安全の守護神として創建した。戦国時代には戦禍で焼失したが、寛文

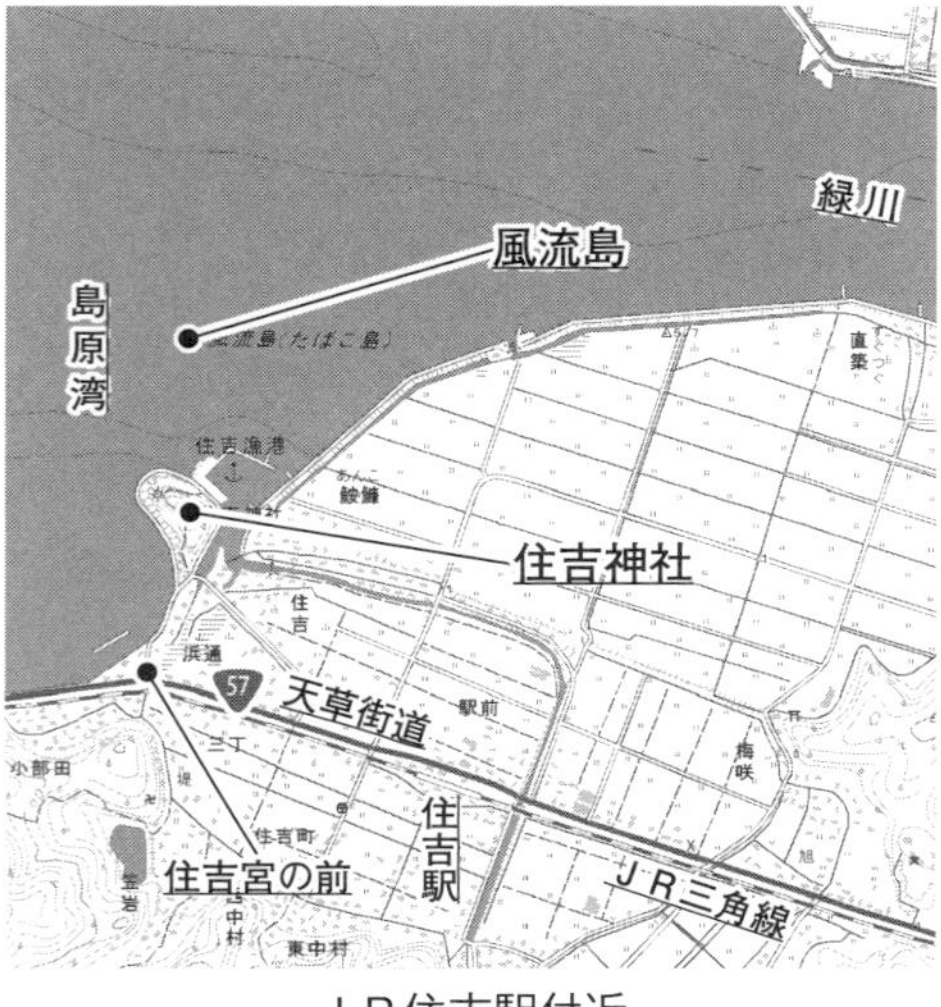

ＪＲ住吉駅付近

十三年（一六七三）、細川藩第三代藩主綱利によって再建された。

岬の北数百メートルに、東西六十五メートル、南北四十メートル、最高点は九・四メートルの風流島《たわれ》が浮かぶ。別名を裸島、たばこ島とも言う。先の灯台が航路の夜の標なら、この島は昼の標と言って良い。決して大きくないこの島が古くから京に知られていた理由であろう。

筆者の先著『歌人が巡る九州の歌枕　福岡・大分の部』の筑前編四十二の「染川」で、『**伊勢物語**』六十一段を引用した。即ち、主人公の詠んだ「染河をわたらむ人のいかでかは　色になるてふことのなからむ」を解説するためであったが、この歌に女が返した歌が、「名にし負はばあだにぞあるべきたはれ島　浪の濡衣きるといふなり」であり、これが読人不知として『**後撰和歌集**』に載り、手元の歌枕歌集四冊全てに収められる。

また同じ『**後撰和歌集**』には、**大江朝綱**の「まめなれとあた名は立たぬたはれ嶋　寄る白波を濡衣にして」が載り、これも手元の歌枕歌集全てに引かれている。

さらに『松葉』には、『**夫木和歌抄**』から源公朝の「たはれしま波のぬれきぬきる人の　思ひを見せて飛螢かな」が載せられる。興味深いのは、三首全てに「濡れ衣」が詠まれていることで、この島との縁についての考察が今後の課題である。

なお、この島については『**枕草子**』にも記載がある。第百九十段に、「島は、八十島。浮島。たはれ島。絵島。松が浦島。豊浦《とよら》の島。籬《まがき》の島。」とある。この島が京に認められていた証であろう。

風流島

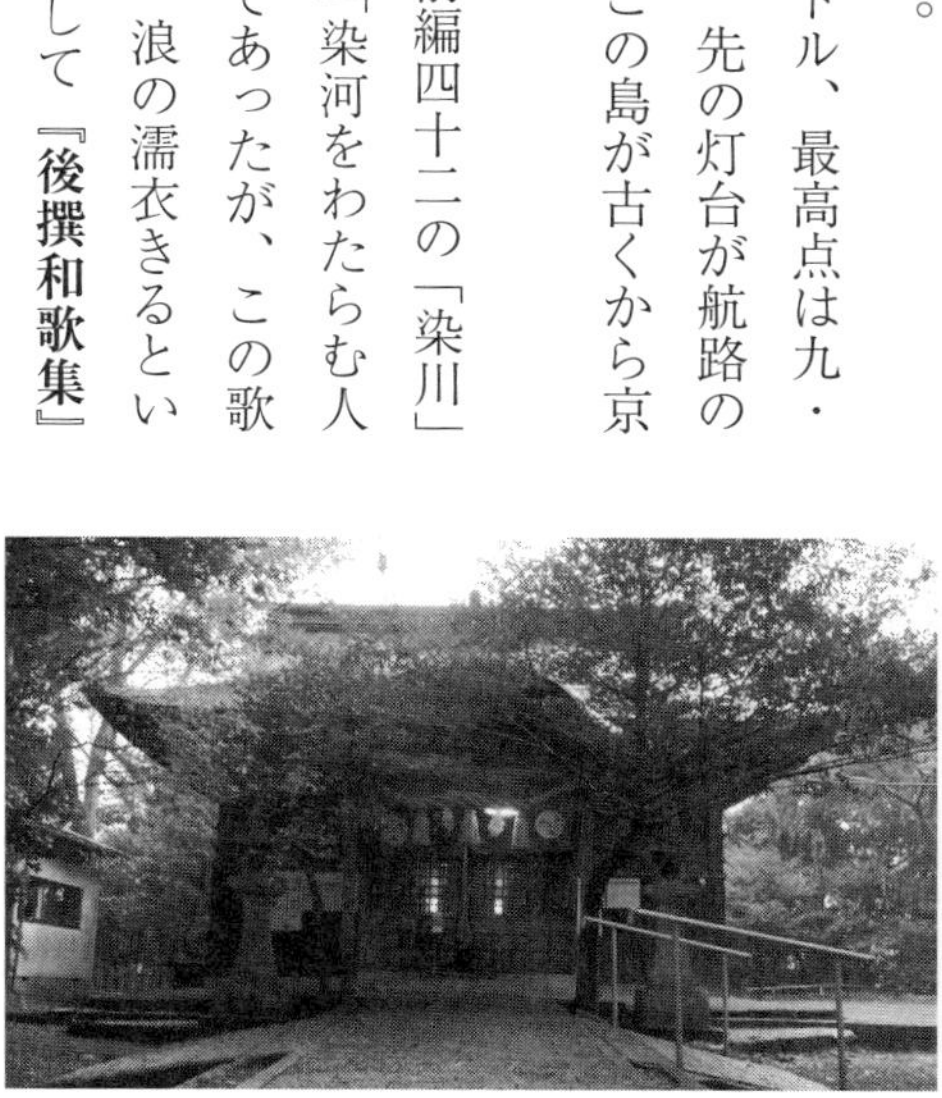

住吉神社拝殿

多波礼嶋見下ろす岬山の上に　海路を守る神祀られり
古の海行く旅の標かな　夜は高灯籠日は多波礼嶋
京《みやこ》にも伝へ識らるる多波礼嶋　今に残れる文にも載りて

七、白川《しらかわ》

『**夫木和歌抄**』に**宗尊親王**の「あそ山の中より出る白川の　いかてしらせんふかきこゝろを」が載り、『松葉』に収められる。

熊本市の南部に緑川が流れることは前項で述べたが、中央部には白川が流れる。阿蘇郡高森町根子岳を源として南下、同郡南阿蘇村ではほぼ西北に流れ、菊池郡大津町で西に向きを変

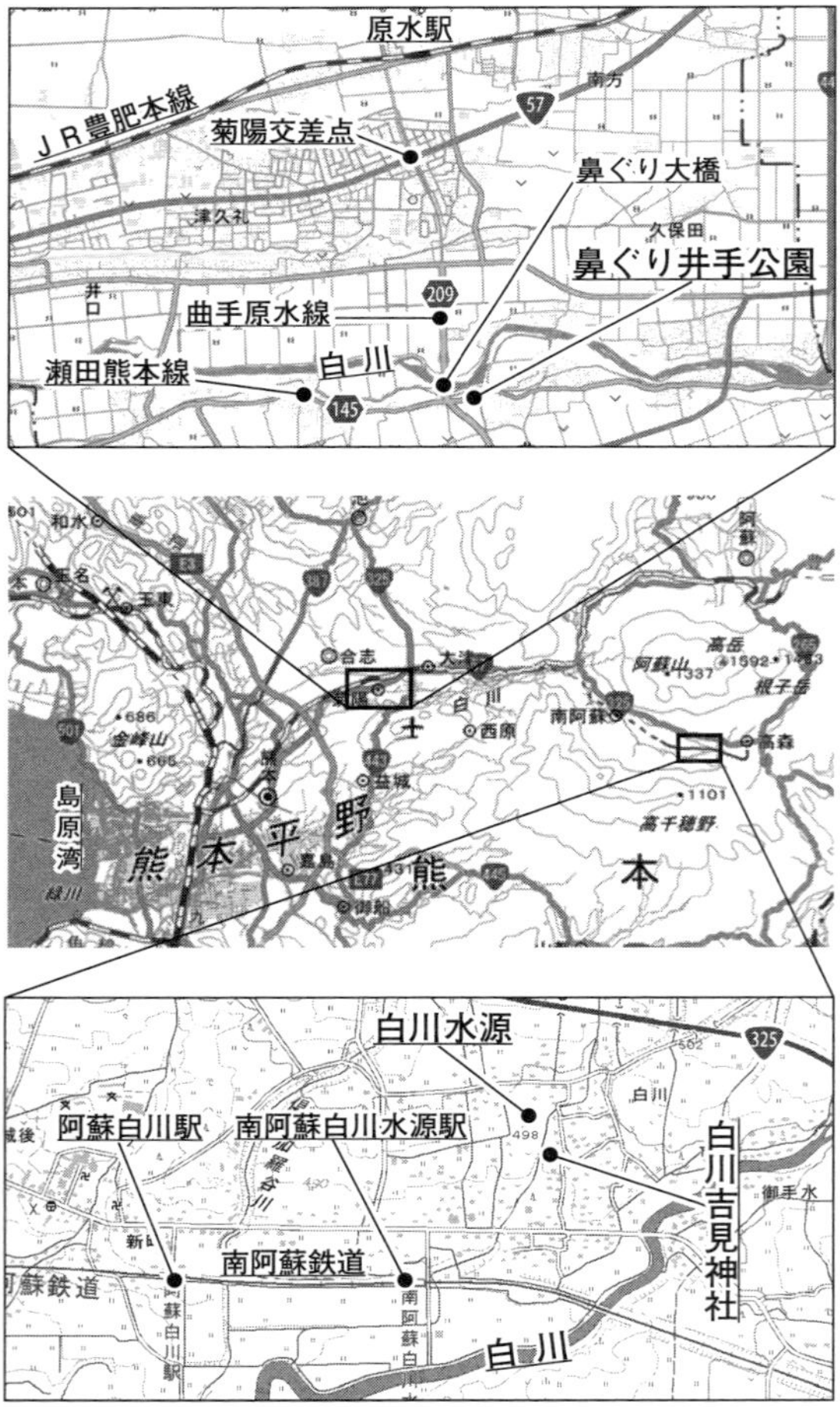

白川流域

白川水源の湧水池

白川吉見神社

え、同郡菊陽町と熊本市東区の境界を成しながら南西に、熊本市内中央部、藤崎八幡宮（次項に詳述）の背を流れて西区で島原湾に注ぐ、全長七十四キロメートル、流域面積四百九十八平方キロメートルの一級河川である。中流域の雨水はその多くが地下に浸透するため、流れる水のほとんどは水源近くの阿蘇カルデラに降る雨、湧く水である。中でも南阿蘇村の白川水源は有名である。

熊本市内から国道五十七号線を東進し、南阿蘇村の阿蘇大橋交差点で右折して国道三百二十五号線を進み、同村一関辺りで南に折れて南阿蘇鉄道の手前を東西に平行に通る地方道を東に向えば、道の左手に白川水源の表示が見えてくる。流れに沿って小道を歩み進むと、湧水池が、澄み切ったいかにも冷たそうな水を蓄え、溢れ流れ出ていて、池の奥では底から水が湧き出ているのがはっきりと見ることが出来る。その湧水量は毎分六十トンとのことである。

湧水池の左奥には、古くより水源の守護神として崇敬を集めてきた、水波能賣神《みずはのめのかみ》を祭神とする白川吉見神社が池を見守っている。元禄十四年（一七〇一）にこの地を訪れた細川藩第五代藩主・綱利の命で社殿が造営されたという。

水源から国道三百二十五号線、国道五十七号線を辿って四十分ほど、菊地郡菊陽町の菊陽の交差点で左折して県道二百九号・曲手原水《まがてはらみず》線を

湧水池の下流でも各所から水が流入する

南に向かって一キロメートル、白川に架かる鼻ぐり大橋を渡り、白川の南岸に沿うように通う県道百四十五号・瀬田熊本線を東にほんの少し戻ると、県道の左右に平成十五年（二〇〇三）に完成した「鼻ぐり井手公園」がある。白川からの井手（潅漑用水路）の、この地区特有の構造である「鼻ぐり井手」を広く後世に伝える。

阿蘇に源を発する白川は、火山灰土壌のためヨナ（火山灰土砂）の堆積がひどく、堰から白川の水を引いている井手の堆積したヨナを浚渫するのは、もちろん重機などの無い時代には大変な労働であった。特にこの地区の井手の深さは二十メートルにも及び、極めて困難であった。天正十六年（一五八八）に肥後半国を与えられ、さらに関ヶ原の戦以降には肥後五十四万石の領主になった加藤清正は、築城の名手であると同時に、実は土木の権威でもあった。この白川のみならず、菊地川の付け替え、緑川や球磨川の築堰、また有明海、八代海の干拓、八代平野の築提など多くを手がけている。その加藤清正によるのが「鼻ぐり井手」で、水路の掘削の際に二〜五メートルおきに高さ数メートルの壁を残し、その下に半円形の水流穴がくり抜かれている。壁によって流れが渦を巻き、堆積せんとするヨナを巻き上げ、水流穴を通って下流に運ばれる。水流穴が牛の鼻ぐり（鼻輪）に似ている故の名称である。当初は流域全体で八十ヶ所ほど設けられたが、江戸末期に構造に無知の役人によって約五十ヶ所が破壊され、また災害で自然破壊されたものもあり、現在は二十四ヶ所だけが残る。

下って河口には沖合二キロメートルを超える干潟が現れ、その面積は六百ヘク

藤崎八幡宮付近の白川

鼻ぐり大橋と鼻ぐり井手

タールに及ぶと言う。海岸は蓮田や港湾施設に利用されている。

白川の源の池訪ひ来たり　清く冷たく阿蘇の水湧く
鼻ぐりの井手を築きて白川の　水引き込みて田畑潤せり
阿蘇の土豊かな水に流れ出で　干潟を成せり白川河口に

白川河口

八、藤崎宮《ふじさきのみや》

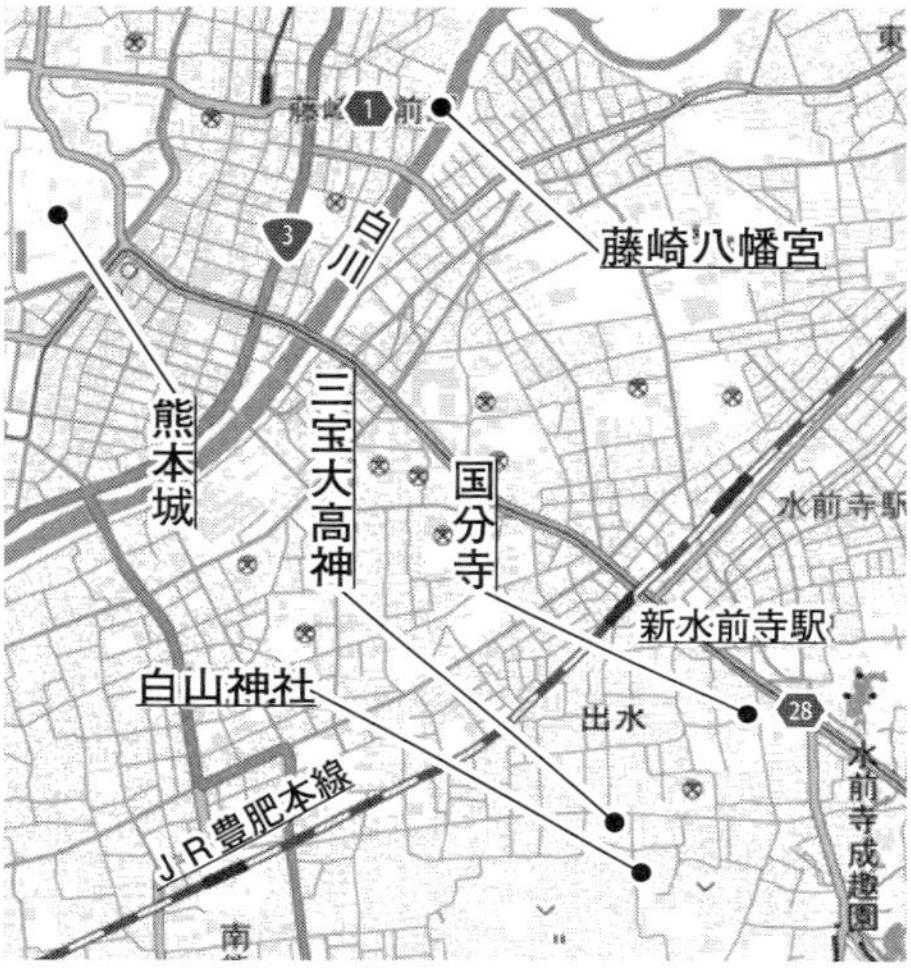

熊本城東方

熊本城の東、南北に走る国道三号線から、県道一号・熊本玉名《たまな》線が西に分岐する交差点・藤崎宮前の東に大鳥居が建ち、その奥、立派な二百五十メートルの参道の先に藤崎八幡宮が鎮座する。

社殿によれば承平五年（九三五）に、平将門追討の勅願のため、山城国石清水八幡宮を原在の藤崎台球場付近とされる茶臼山に勧進して創建されたという。その時、勅使が持参した藤の鞭を地に挿したところ、枝葉が出たことから藤崎宮と命名された。国家鎮護の霊社として朝廷の尊崇篤く、また軍神として武士からも崇められた。万寿年間（一〇二四～八）、長承年間（一一三二～五）、寛喜年間（一二二九～三二）、建長年間（一二四九～五六）、嘉元

藤崎八幡宮拝殿と楼門

年間（一三〇三～六）等、幾度も火災や暴風に見舞われたが、その度に修復、再造営された。天文十一年（一五四二）に**後奈良天皇**より下賜された勅額に「八幡」とあったところから、以後藤崎八幡宮と称するようになった。明治十年（一八七七）の西南戦争で多くが焼失し、翌十一年、原在地に遷座した。

鮮やかな朱の柱が彩る楼門や拝殿は、華やかながら重厚な風格がある。例年九月十一～十五日は大祭が行われ、特に十五日は、神輿、馬追い、隋兵の行列が、朝夕、藤崎台の御旅所までの間を往復する。筆者が参宮したのは十四日であったが、市内で一泊して翌朝、島原に渡るべく熊本港に向ったが、八時前というのに市内は法被姿の人で溢れ、市民挙げての大祭と実感した。なお宮の後背には、前項で述べた白川が水量豊かに南流している。

『松葉』には、**清原元輔**が子の日にこの宮にて詠んだ「ふち崎の軒の岩尾に生る松　いまいくちよか子の日すくさん」が収められる。**清原元輔**は寛和二年（九八六）肥後守に任ぜられ、永祚二年（九九〇）この地で八十三歳の生涯を閉じた。この歌は、まさに晩年の作であろう。

ＪＲ豊肥本線は、藤崎八幡宮の南二キロメートル足らず、新水前寺駅で熊本市電の通る県道二十八号・熊本高森線と直行する。その交差する地点の南一帯の町名は、国府一丁目から四丁目、そして国府本町である。町名が示す如く、嘗て国府が在ったと推測される地

旧国府域内の白山神社

三宝大高神

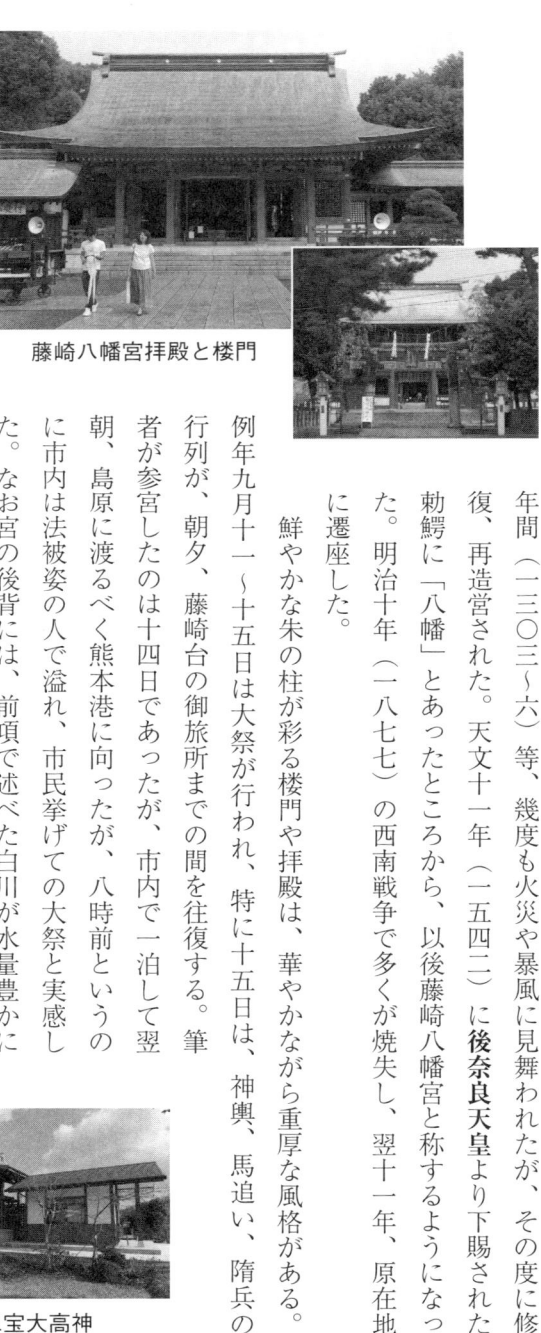

国分寺と古の伽藍図

域である。肥後国府はその在所を二度遷したと言う。その最初の府域がここだが、国庁の跡はまだ見つかっていない。その府域と思しきほぼ中心部の国府本町には、ごく小振りな三宝大高神と称する宮が建ち、また東南の端と見られる国府四丁目には白山神社が鎮座する。一帯は民家の建て込む住宅地で、発掘調査は多分不可能であろう。

府域と見られる地域から東、出水《いずみ》一丁目には、古には金堂、講堂、七重塔が建ち並んでいた国分寺がある。現在は往時の面影はないが、寺領を取り巻く土塀には、嘗ての伽藍の配置図が掲げられている。

さて、別名を銀杏《ぎんなん》城とも言われる熊本城は、中世に築かれた千葉城、隈本城を加藤清正が江戸初期に統合して改築した、明治十年（一八七七）の西南戦争で、熊本城に立て籠もった四千の鎮台軍（官軍）を、一万四千の薩軍が強襲したが成らず、西郷隆盛をして「鎮台軍に敗れたのではない。清正公に敗れたのだ。」と言わしめたという程、難攻不落の城である。日本の百名城の一つであり、まさに熊本のシンボルである。平成二十八年（二〇一六）四月十四日に発生した熊本地震の前震とその後の本震、余震で、大小の天守、櫓、石垣など多くの被害に見舞われ、一帯の方々の被災を含めて、国民の多数が心を痛めたことは記憶に新しい。城の修復はもとより、地域の一日も早い復旧、復興を願って止まない。

修復中の熊本城天守

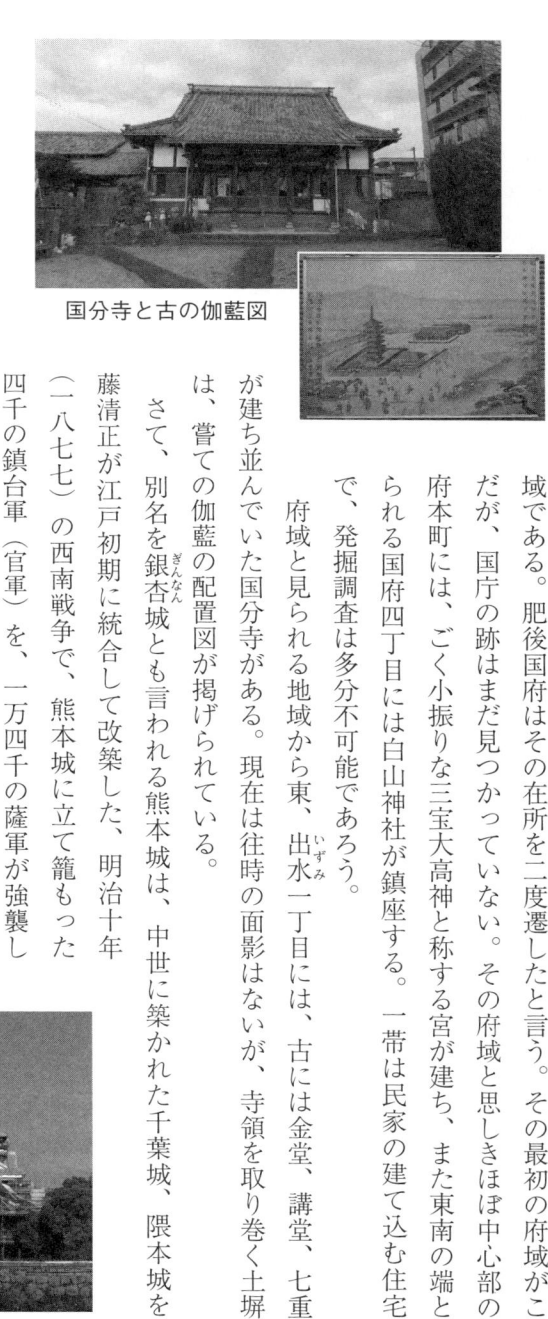

祭礼の最中に訪ひたる藤崎宮　法被姿の社殿に映えて

国の府も国分の寺も傍《そひ》に在り　藤崎宮を訪ふ道の端の

藤崎宮の御旅所近く熊本城　震災の傷癒ゆを願へり

九、鼓滝《つづみがたき》〔瀧〕

鼓ヶ滝

『拾遺和歌集』巻第九に、「**清原元輔**肥後守に侍りける時、かの国のつゞみの滝といふ所を見にまかりたりけるに、ことやうなる法師の詠み侍ける」の詞書に続いて、「音に聞くつゞみの滝をうち見れば　たゞ山河のなるにぞ有ける」が載るが、この歌が手元の四冊の名所和歌集全てに収められる。『名寄』は、詠者を**檜垣嫗**とし、また、『能因』、『類字』は「読み人知らず」とするが、**『拾遺和歌集』**にはその記載は無い。

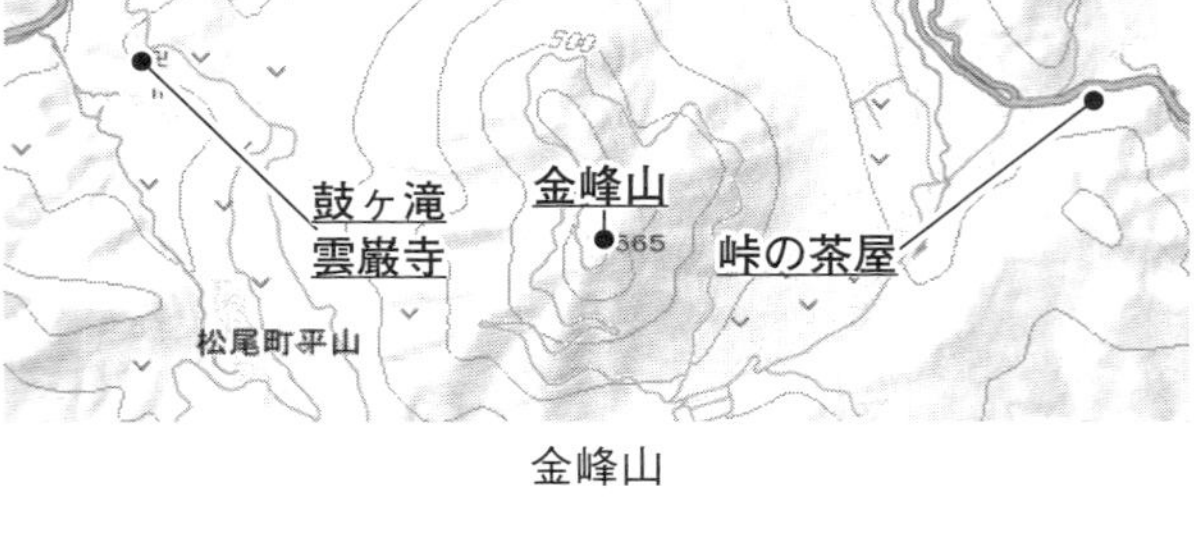

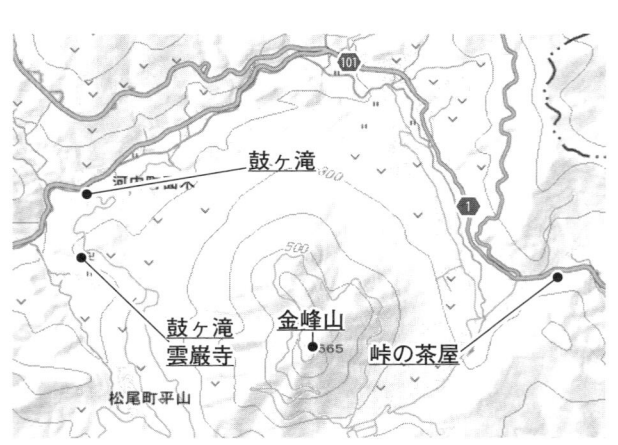

金峰山

熊本市の観光ガイドには**清原元輔**自身が詠んだやに解説するが、先の詞書からすると疑問である。

　前項で、藤崎八幡宮前の交差点で国道三号線から西に県道一号・熊本玉名線が分岐することは述べたが、その県道一号を辿ること十キロメートル、河内川《かわちがわ》に沿って左に分かれる県道百一号・植木河内港線を一・六キロメートルほど進むと、右手に消防団の屯所のある先の県道の左側のガードレールに、「歌詠場」、「鼓ヶ滝」の表示板が取り付けてある。足下の河内川は、二筋に分かれて落ちる滝が美しい景観を見せている。対岸の三十メートルを越すであろうか、切り立った崖の上には、**檜垣嫗**（後述の岩戸の里公園の解説板には「桧垣姫」とある）が歌を詠んだとして「歌詠場」なる展望台が設けられている。が、そこに至る道は、工事中ということもあり、残念ながら悪路で近づき難かった。

金峰山

　滝の手前を左折して河内川を渡って暫く道なりに進むと、岩戸の里公園の整備された駐車場が有り、その一画に台座を含めて三メートルを越すであろう宮本武蔵の坐像が迎えてくれる。宮本武蔵は晩年を肥後で過ごし、この地の岩戸観音で『兵法五輪之書』を書いたとされる。岩戸観音は通称で、正式には岩殿山雲巌《うんがん》寺であり、観応二年（一三五一）、渡来した元の禅僧・東陵永璵《とうりょうえいよ》のよって創建された。通称の岩戸観音は、境内の裏手にある霊巌洞と呼ばれる洞窟に安置される、石体四面の馬頭観音像に因む。

　河内川は、熊本市を象徴するカルデラ式火山である金峰《きんぽう》山の東麓に源を発する。同山の中心は標高六百六十五メートルの一ノ岳で、山頂からは、有明海、佐賀平野、島原半島、天草諸島までを一望でき、登山、ハイキングを楽しむ人も多い。

岩戸の里公園の宮本武蔵坐像

金峰山のほぼ東の県道一号線沿いに、古民家風の「峠の茶屋」がある。
かの文豪**夏目漱石**が三十九歳の時、『新小説』に発表した『草枕』の第二章の書き出しは以下の通りである。

「おい」と声を掛けたが返事がない。
軒下から奥を覗くと煤けた障子が立て切ってある。向う側は見えない。五六足の草鞋が淋しそうに庇から吊されて、屈托気にふらりふらりと揺れる。下に駄菓子の箱が三つばかり並んで、そばに五厘銭と文久銭が散らばっている。

ここ「峠の茶屋」の描写である。
再建された藁葺き屋根の茶屋は、現在**夏目漱石**に関する資料館として公開され、休憩所や売店のある庭の一角には、引用したこの一文と、主人公の「余」(画工)が描きかけの鶏の写生画の端に書き留めた、「春風や惟然が耳に馬の鈴」の句が刻まれた石碑が建てられている。句中の「惟然」は**松尾芭蕉**の門人・広瀬惟然である。

山間の鼓ヶ滝を訪ふ道の　半《なか》らの茶屋に文豪の碑建つ
河内川の清き流れを二筋に　分けて落ち居り皷ヶ滝の
剣豪が兵法の書を記したり　鼓ヶ滝近く観音堂にて

峠の茶屋

草枕碑

十、夜越山《やごしのやま》

熊本市内から阿蘇方面に向かうには、通常国道五十七号線を辿る。阿蘇市のＪＲ豊肥本線赤水駅付近で西に県道二十三号・菊池赤水線が分岐する。西進すること十五キロメートル余り、菊池郡大津町の郵便局の先で左折して、県道二百二号・矢護川大津線を一キロメートル程の左手に、淀姫神社が鎮座する。久留米地名研究会の古川清久氏によれば、祭られる淀姫神については諸説がある。豊玉毘売のこととする説、卑弥呼の宗女で邪馬台国の女王に即位した壹與《いよ》であるとする説。**神功皇后**の妹説等々である。

淀姫神社拝殿

倒壊したままの狛犬

境内は石垣に囲まれ、拝殿、幣殿、本殿は小振りではあるが、唐破風《からはふ》付きの整った構えである。左右の狛犬が、多分熊本地震によってであろうと思われるが、台座から転がり落ちたまま放置されているのは痛々しい。

県道二百二号を戻って、先の郵便局の東から北に向かうと、矢護

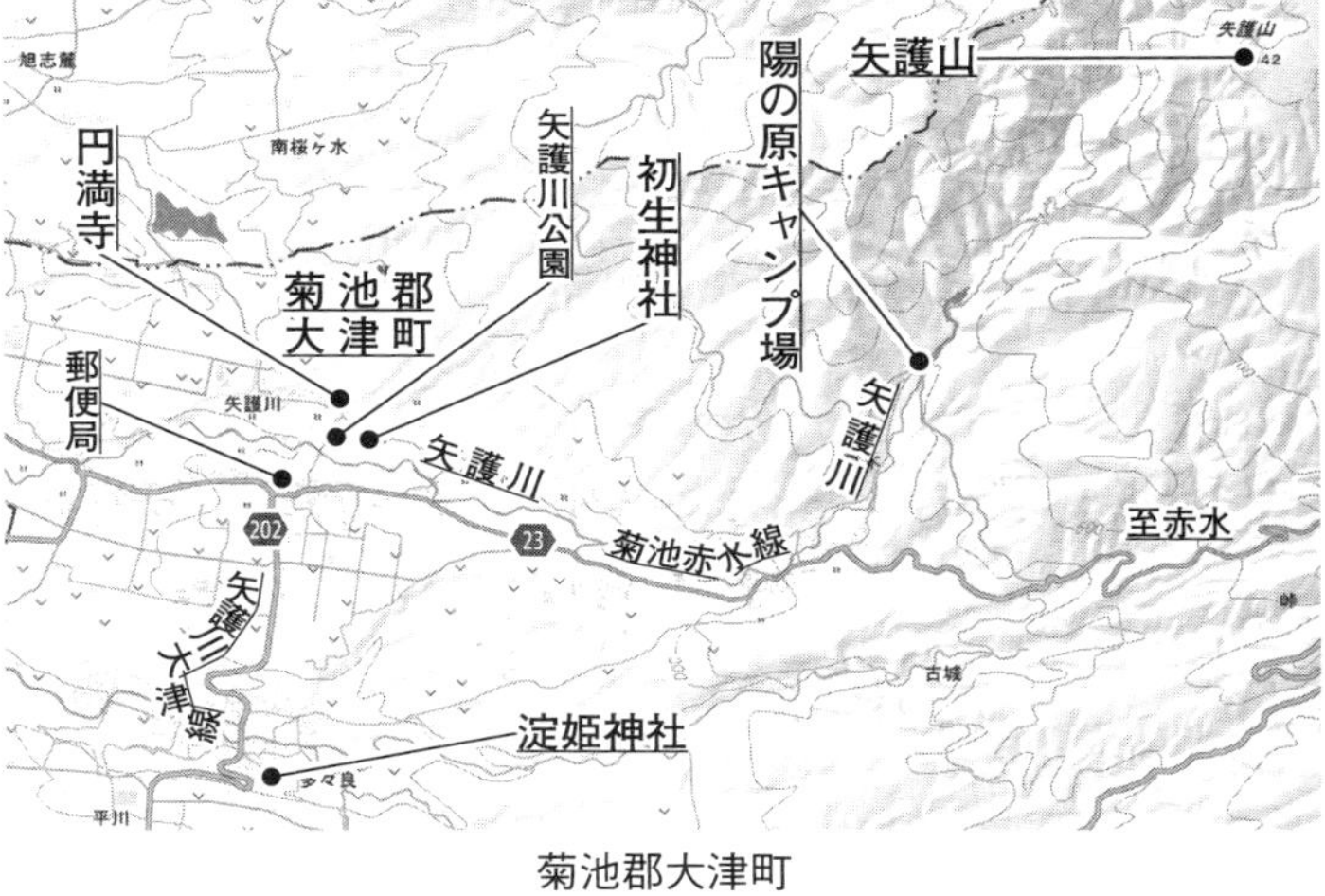

菊池郡大津町

初生神社本殿と拝殿を支える添え木

新しい鳥居の前に旧の鳥居の柱だけが……

川を越えたところに、近くの湧水を利用した矢護川公園がある。その公園のやや東には、初生《うぶ》神社が林間にひっそりと建つ。参道入り口には、「平安後期康治二年（一一四三）に諏訪神社の甲斐国（山梨県）初生大明神が勧請され、五年後久安四年（一一四八）に阿蘇神社より水・火・金・土の神霊もここに勧請したとされています。」と記された標柱が立つ。ここにも震災の爪痕が残る。参道の、大正七年（一九一八）に建てられた鳥居は上部の笠木と貫は崩落し、左右の柱が残るのみで、その奥に、平成二十八年（二〇一六）十二月に建てられた鳥居の真新しい白さが際立っているだけに、余計に哀れである。また拝殿も添え木によって支えられていた。

また、初生神社の北二百メートルには、平安初期に禎快《ていかい》上人の創建とされる、牛馬信仰の篤い円満寺も建つ。

さて、歌枕の「夜越山」である。

『松葉』は、『**檜垣嫗集**』から「君か射しきのふのまとのあたらぬはやこしの山のあれは也けり」を収める。

矢護川を遡ると、阿蘇市、菊池市、そして大津町が一点で交わる地点の南西一・五キロメートルに、標高九百四十二メートルの矢護山が聳える。ちょうど阿蘇外輪山の西部にあたる。麓には設備の整った陽《ひ》の原《はら》キャンプ場があるが、熊本地震の影響で閉鎖され、立入禁止となっている。『角川日本地名大辞典・熊本県』には、「古くは矢越山と

円満寺

呼ばれたこの山に、**桓武天皇**の頃（七八一〜八〇六—筆者注）禎快上人が弥護山無動寺を開いたと伝え、弥護山とも記される。」とあり、歌枕「夜越山」の比定の根拠とした。なお、無動寺が遷座したのが、先述の円満寺である。県道二十三号沿いの真木の集落の南の高台からは、らしき山影を望むことが出来るが、連山状になっていて頂の特定は叶わなかった。

矢護山の麓に由緒ある社　静かに建てり訪ふ人少なく
古歌に謂ふ矢護山何処地図見つつ　外輪山過ぎる道辿り行く
転げたるままの狛犬哀れなり　矢護山背に建つ淀姫神社の

矢護山に連なる山々

十一、阿蘓《あそ》〔蘇〕（併せて同〈ノ〉社、阿蘓真瀛、阿素ノ御池）

肥後国の最後を飾るに相応しい歌枕である。「阿蘓山」として『名寄』に、**藤原為家**の「我恋はあそ山もとのあをつゞら　夏野をひろみいまさかりなり」他一首、やはり「阿蘇山」として『松葉』に、**藤原基長**の「今はとて霜のはふりこいとまあれや　あその御山に雪のつもれる」他一首が載る。また『類字』には「阿蘓社」、『松葉』には「阿蘇ノ社」として双方に、『**後拾遺和歌集**』から「天の下はくゞ（育）む神の御衣《みそ》なれは《ば》　ゆたけにそ《ぞ》立つ瑞《みづ》の広前」と『松葉』にもう一首。そして、『名寄』に「阿蘓真瀛」、『松葉』に「阿素ノ御池」として、『**堀河院後度百首**』から**源俊頼**の「世にわひて波たちまちにいつなれは　あその御池にぬさ奉る」が収められる。

阿蘇は、言はずと知れた熊本県東部、内輪、外輪を有する、世界でも最大級とされる典型的な二重式火山のことである。外輪山が囲む、南北二十五キロメートル、東西十八キロメートル、周囲百三十八キロメートルの火口原には、阿蘇市、高森町、南阿蘇村の三自治体があり、約五万人の人々が生活している。その中央部には、一般に阿蘇山と称される阿蘇五岳（高岳、中岳、根子岳、烏帽子岳、杵島岳）が連なる。五岳を取り巻く平原では牛馬が放牧され、観光客の目を和ませる。

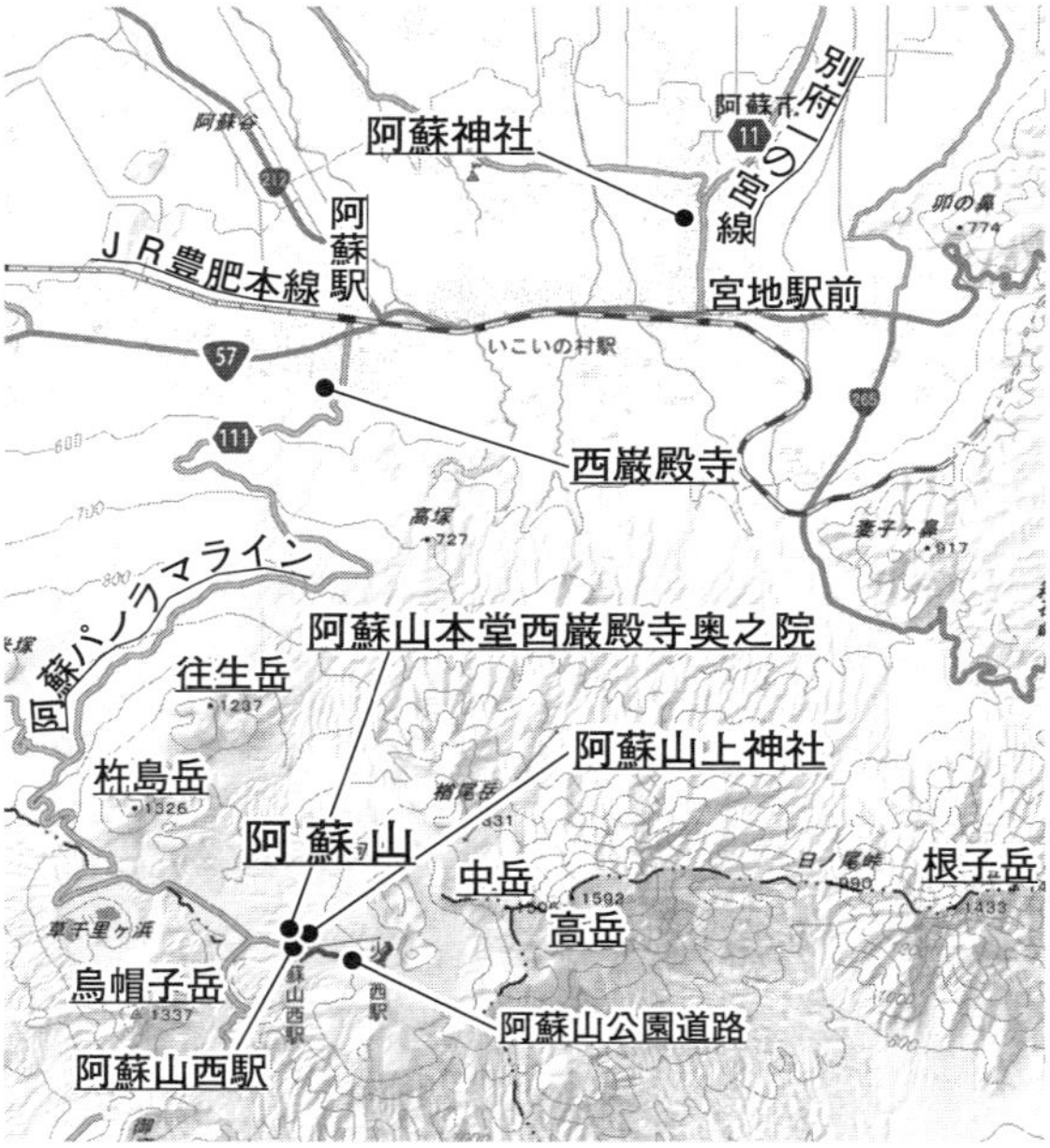

阿蘇山

五岳の北方六キロメートルほど、ＪＲ豊肥本線（阿蘇高原線）の宮地駅前から県道十一号・別府一の宮線を北進して一・二キロメートル、左手に阿蘇神社が鎮座する。歌枕「阿蘓〔蘇〕ノ社」である。**神武天皇**の孫神である健磐龍命《たけいわたつのみこと》をはじめ十二神が祀られ、二千年を超える歴史がある。天保六年（一八三六）から嘉永三

北から見た阿蘇五岳（杵島岳、烏帽子岳は往生岳に隠れる）

顔を見せた阿蘇神社の一宮、二宮、三宮

拝殿跡は平地に

阿蘇では牛馬の放牧が……

年（一八五〇）に熊本藩により再建され、神殿、楼門など六棟が国の重要文化財に指定されていたが、平成二十八年（二〇一六）、熊本地震によって甚大な被害を受けた。楼門、拝殿は全壊し、復旧の最中である。拝殿跡が平地《ひらち》になっていて、奥に建つ本来は見えない一の神殿、二の神殿、三の神殿の全景を目にすることが出来た。ただし、「幸いにも」とは言い難い。一日も早い復旧が待たれるところである。

先のＪＲ豊肥本線の宮地駅から西、熊本方面に二つ目の阿蘇駅近くから、県道百十一号・阿蘇吉田線（通称阿蘇パノラマライン）を辿ること十五キロメートルほどで、中岳火口縁に通じるロープウェイの阿蘇山西駅に着く。その直前に南に目にする草千里と烏帽子岳の雄大な景色は素晴らしい。ロープウェイは平成二十八年四月の中岳噴火の影響により運休中で、代替のシャトルバスが運行している。しかしながら、いつも火口縁まで行けるわけではない。筆者が訪れた一日目は、山上に濃

在りし日の楼門

修復中の阿蘇神社

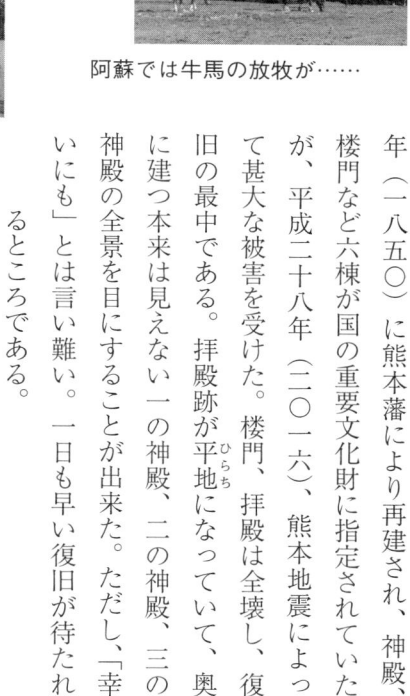

噴煙を上げる中岳

烏帽子岳と草千里

い霧が立ち込めて運休、翌日、快晴に心躍らせて再訪するも風向き悪く、火口からの有毒ガスの影響でやはり運休、まことに残念であった。と言うのも、中岳には火口湖があり、それが歌枕「阿蘇真瀛」、「阿蘇御池」とされるからである。噴気の上がる様を見て偲ぶに止まったのである。

阿蘇山西駅の直ぐ近くに、先に述べた阿蘇神社の奥宮である阿蘇山上神社が建つ。現在の社殿は、昭和三十三年（一九五八）の大爆発で被害を受けた後に再建された。

また山上神社の傍らに、阿蘇山本堂西巌殿寺奥之院があるが、噴火に因るか、あるいは地震に因るかは判らぬが、屋根の瓦の一部は崩れたまま放置されていた。創建は神亀三年（七二六）と古く、往時には三十六の寺院、五十二の庵室を誇ったという。なお、明治四年（一八七一）に遷された西巌殿寺の本院は、阿蘇駅の南七百メートルほどの県道百十一号線沿いにあるが、平成十三年（二〇〇一）の火災で本堂が焼失、本坊が建つのみである。

阿蘇山上神社

西巌殿寺本坊

阿蘇山本堂西巌殿寺奥之院

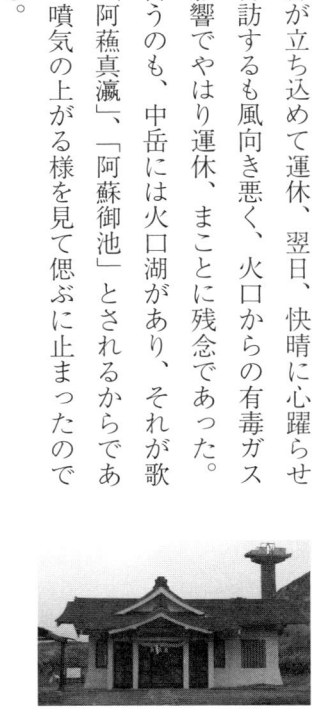

朝陽浴び雲一つなき阿蘇五山　宿の窓より目覚めに望めり
口惜しや阿蘇の御池と詠《うた》はれし　火口湖見ずに帰路を辿れり
阿蘇の宮地震の爪跡無惨なり　楼門拝殿の姿今無く

肥後国歌枕歌一覧（名所の数字は各歌枕集収載ページ）

芦北（併せて野坂浦、同里、葦北野坂浦、同里）

名所歌枕（伝能因法師撰）

芦北（四一五）
あし北の野坂の浦に船出して
水嶋にゆかん波たつなゆめ
〔万葉三〕（長田王）
（「水嶋」に重載―筆者注）

夜半に吹浦風寒み芦北の
野坂の里は衣うつなり
〔夫木〕（中務）

謌枕名寄

葦北野坂浦（一二三二）
あしきたの野坂の浦にふなてして
みしまにゆかん浪たつなゆめ
右長田王被遣筑紫渡水嶋時哥三首内
〔万二〕
（「水嶋」に重載―筆者注）

あまはみなみしまにゆくやあしきたの
野さかのうらに舟ものこらす
（「水嶋〔島〕」に重載―筆者注）

葦北野坂里（一二三二）
夜半にふく浦風さむしあしきたの
のさかのさとは衣うつなり

類字名所和歌集

野坂浦（二四二）
あしきたのゝ坂の浦に舟てして
みしまにゆかん波立な夢
〔続後撰〕（長田王）
（「水嶋」に重載―筆者注）

あしきたのゝ坂の浦に鳴千鳥
三嶋にかよふこゑそ深ぬる
〔新続古今〕（大僧正道順）
（「水嶋」に重載―筆者注）

増補松葉名所和歌集

野坂浦（三八二）
葦北の野坂の浦に舟出して
水嶋にゆかん波たつなゆめ
〔万三〕（長田王）
（「水嶋」に重載―筆者注）

あしきたの野坂のうらになく千鳥
水嶋にかよふ声そ更ぬる
〔新續古〕（大僧正道明）
（「水嶋」に重載―筆者注）

芦北の野坂のうらにくもり来て
松のみなみはるゝ白ゆき
〔夫木〕（後九条）

あしきたの野坂のうらのうつせ貝
いもせをなへていくよへぬらん
〔家集〕（俊頼）

野坂里（三八六）
よはにふく浦風寒み芦北の
野坂のさとはころもうつ也
〔名寄〕（中務）

水嶋〔島〕	木綿葉川（併せて同渕）
水嶋（四一六） 芦北の野坂の浦に船出して 水嶋にゆかん波たつなゆめ 〔万葉三〕（長田王） （「芦北」に重載―筆者注） 聞しごとまことたふとくあやしくも 神さひをるかこれの水嶋 〔万葉三〕（長田王）	
水嶋（一二〇七―筑前国より） あしきたの野さかの浦にふなてして みしまにゆかん浪たつなゆめ （「葦北野坂浦」に重載―筆者注） きゝしことまことたふとくあやしくも 神さひおるかこれのみつしま 〔万三〕	
水嶋（四一〇） 芦北の野坂の浦に舟出して みしまにゆかん波たつなゆめ 〔続後撰〕（長田王） （「野坂浦」に重載―筆者注）	
水嶋（六七六） あしきたの野坂の浦に舟出して 水嶋にゆかん波たつなゆめ 〔万三〕（長田王） （「野坂浦」に重載―筆者注） 聞しことまことたふとくあやしくも 神さひにけるこれの水しま 〔万三〕（長田王）	木綿葉川（六四四） 夏くれてなかるゝ麻のゆふは川 たれ水上に御そきしつらん 〔玉吟〕（家隆） おもかけし身にしむころやいもか紐 ゆふは川原の秋のはつ風 〔家集〕（牡丹花） ゆふは川なかるゝ波も氷るらし 岩本小菅霜さゆるころ 〔家集〕（慶運） はま千鳥あとふみつけよ妹かひも ゆふは河原のわすれかたみに 〔月清〕（後京極） からころも誰下ひもをゆふは川 とけてねぬよの氷しくらん 〔新千〕（光明峯寺） ゆふは川夏ゆく波の岩小菅 ぬきもさためぬ玉そみたるゝ 〔玉吟〕（家隆） 結葉《カ》渕（六四三）木綿葉とも 妹かひもゆふはかふちをいにしへの みな人みきとこれをたかしる 〔万七〕

	水嶋〔島〕	八代池	宇土小嶋	多波礼嶋〔島〕・風流嶋
名所歌枕（伝能因法師撰）				多波礼嶋（四一五） まめなれとあた名は立ぬたはれ嶋 寄白波をぬれ衣にきて 〔後撰〕（朝綱朝臣） 名にしおはゝあたにそ思たはれ嶋 波のぬれ衣幾よきつらん 〔後撰〕（よみ人不知）
謌枕名寄	右二首長田王被遣筑紫渡水嶋時哥 あまはみなみつしまにゆけあしきたの 野さかのうらに舟ものこらす （「葦北野坂浦」に重載―筆者注）	八代池（一二三三） やつしろの池ののとけき水すみて 人のこゝろもすゝしかりけり （正家）	宇土小嶋（一二三二） なかむれはおもひのこせることそなき うとのこしまの秋の夜の月 （法性寺〻）	風流嶋（一二三二） まめなれとあた名はたちぬたはれ嶋 よるしら波をぬれきぬにして 〔後〕（大江朝綱） 名にしおへはあたにそおもふたはれしま 浪のぬれきぬいく世きつらん 〔後〕（読人不知）
類字名所和歌集	芦北の野坂の浦になくちとり 三嶋に通ふこゑそ更ぬる 〔新続古今〕（大僧正道順） （「野坂浦」に重載―筆者注）			多波礼嶋（一八〇） まめなれとあた名は立ぬたはれ嶋 寄白波をぬれ衣にきて 〔後撰〕（あさつなの朝臣） 名にしおはゝあたにそ思たはれ嶋 浪のぬれ衣幾よさつ覧 〔後撰〕（読人不知）
増補松葉名所和歌集	あま人はみな水しまにゆけ芦北の 野栄の浦に舟ものこらす 〔名寄〕 芦北の野坂の浦になく千鳥 みしまに通ふ声そ更ぬる 〔新續古〕（大僧正道順） （「野坂浦」に重載―筆者注）	八代池（四四五） やつしろののとけき池の水すみて 人のこゝろそすゝしかりける 〔名寄〕	宇土小嶋（三六三） なかむれはおもひのこせる事そなき うとの小嶋の在明の月 〔夫木〕（法性寺関白）	多波礼島（二四七） まめなれとあたなは立ぬたはれしま よる白波をぬれきぬにきて 〔後撰〕 名にしおはゝあたにそ有へきたはれしま 波のぬれきぬきるといふ也 〔後撰〕 たはれしま波のぬれきぬきる人の 思ひを見せて飛螢かな 〔夫木〕（権僧正公朝） 恋といへはあたなる波のたはれ嶋 たはふれにくきまてにかけつゝ 〔新集〕

夜越山	鼓滝〔瀧〕	藤崎宮	白川
	鼓滝（四一六） 音に聞つゝみの滝を打みれは たゝ山川のなるにそありける 〔拾遺〕（よみ人しらす）		
	鼓滝（一二三三） をとにきくつゝみの滝をうちみれは たゝ山川のなるにそ有ける 〔拾〕（檜垣嫗） 右肥後守にて元輔か侍ける時彼国の鼓の滝と云所見に罷たりけるにこと情なる哥読侍けるとなん		
	鼓滝（一八九） 音に聞つゝみの瀧を打みれは たゝ山川のなるにそ有ける 〔拾遺〕（読人不知）		
夜越山（四三六） 君か射しきのふのまとのあたらぬは やこしの山のあれは也けり 〔家集〕（桧垣女）	**鼓瀧**（二八七） 音にきくつゝみの瀧を打みれは たゝ山川の中(なる)にそ有ける 〔拾遺〕 五月雨にうつ音高し是や此 天のつゝみの瀧のいはなみ 〔一人三臣〕（為広） 此ころは岩うつ波に苔深し つゝみのたきの音やきこえぬ 〔信太杜〕（宗良親王） 山川になかるゝ笛のあらはこそ つゝみか瀧にあはもまくらめ 〔家集〕（重之）	**藤崎宮**（五〇八） 藤さきの宮にて子日に ふち崎の軒の岩尾に生る松 いまいくちよか子の日すくさん 〔家集〕（元輔）	**白川**（七二二） あそ山の中より出る白川の いかてしらせんふかきこゝろを 〔夫木〕（宗尊親王） 〔「阿蘇山」に重載―筆者注〕

阿蘓〔蘇〕山（併せて同〈ノ〉社、阿蘓真瀛、阿素ノ御池）

名所歌枕（伝能因法師撰）

謌枕名寄

阿蘓山（一二三二）
今云所詠哥万葉本哥云上野安蘓山
蘿云々仍上野国載之号当国所詠哥
未検之
我恋はあそ山もとのあをつゝら
夏野をひろみいまさかりなり
〔新六〕（為家）
ふきおろすあそ山あらしけさこえて
冬野をひろみ雪そつみける
（中務卿）

類字名所和歌集

阿蘓社（三五六）
大貳成章肥後守にて侍けるとき阿
蘓社に御装束して奉りけるにかの
国の女のよみ侍ける
天下はくゝむ神のみそなれは
ゆたけにそ立みつのひろ所《ママ》
〔後拾遺〕（読人不知）

増補松葉名所和歌集

阿蘇山（五四四）
今はとて霜のはふりこいとまあれや
あその御山に雪のつもれる
〔夫木〕（基長）
（「阿蘇ノ社」に重載―筆者注）
阿蘇山の中より出る白川の
いかてしらせん深きこゝろを
〔夫木〕
（「白川」に重載―筆者注）

阿蘇ノ社（五九六）
大弐成章肥後守にて侍ける時阿蘇
社に御装束して奉りけるにかの国
の女のよみ侍りける
天の下はくゝむ神のみそなれは
ゆたけにそたつみつのひろまへ
〔後拾〕
宇佐使にて下り侍ける時あその社
にまふて、雪のつもれるをてよめ
る
今はとて霜のはふりこいとまあれや
あその御山に雪のつもれる
〔夫木〕（基良）
（「阿蘇山」に重載―筆者注―）

阿蘓〔蘇〕山（併せて同〈ノ〉社、阿蘓真瀛、阿素ノ御池）

阿蘓真瀛（一一三三）

阿蘓山池在之云々

世にわひてなにたちまちつ色なれと
あそのみおきに浪たちわたる
（俊頼）

阿素ノ御池（五八七）

世にわひてなみたちまちにいつなれは
あその御池にぬさ奉る
〔堀後百〕（俊頼）

佐賀県　肥前国

熊本県肥後編で、併せて火国《ひのくに》とされていた肥前、肥後両国が、七世紀の終りに分割されて成立したと述べた。肥前国は、ここ佐賀県と、壱岐、対馬の両島を除く長崎県が領域であった。それ以前、六六五年、東部の筑前国との境界の山上に、朝鮮半島からの侵攻に備えて基肄城が築かれたことは、筆者の前著『歌人が巡る九州の歌枕　福岡・大分の部』の筑前編四十八の「城山」に記してある。他の遺構とも合わせれば、古くからまさに大宰府防衛線を担った国であったことが自明である。

佐賀県は、佐賀市を中心とする南東部と、唐津市を中心とする北西部に分けられる。北西部には、『**魏志倭人伝**』に見える「末盧国《まつらのくに》」があったとされ、大陸伝来と思われる青銅器、鉄器が多く出土している。一方、南東部の吉野ヶ里町、神埼市の丘陵地帯には、弥生時代の大規模環濠集落の跡の吉野ヶ里遺跡が有名である。

鎌倉から室町期にかけては百以上の氏族が地頭として配されていたが、戦国時代に入ると龍造寺氏が台頭、肥前、肥後、筑後、筑前南部までを領有した。戦国末期には島津氏の侵攻を受けて後退したが、天正十五年（一五八七）の豊臣秀吉による九州国分によって版図が確定し、現在の佐賀県のほぼ全域が龍造寺氏の治めるところとなった。江戸初期には龍造寺氏に代わって、重臣の鍋島氏が実権を握り、慶長十八年（一六一三）に幕府から所領安堵されて鍋島氏の支配が安泰となり、以後将軍家より、藩主に松平の名字と将軍実名一字が授与された。

藩内は支藩や自治領が多くあり、藩の経営は容易ではなく、さらには長崎の警備を命ぜられての負担等もあり、十九世紀初頭には藩財政は最悪に陥った。しかし十代藩主・直正の改革断行で持ち直し、幕末にかけては日本の産業革命を主導するほどにまでなり、有数の軍事力、技術力を持つに至った。維新には薩、長、土には遅れての動きではあったが、功を認められて副島種臣、江藤新平、大隈重信ほか多くの維新の人材を輩出した。

一方北西部の一部は、秀吉の朝鮮出兵に際して後方の功を認められた寺沢氏が上松浦郡一帯を拝領し、唐津藩が成立した。しかし、長期の藩主家の支配は無く、寺沢氏のあと、大久保氏、松平氏、土井氏、水野氏と続き、小笠原氏の治世下で明治を迎えたのである。維新では旧幕府方に忠誠を尽くしたため、廃藩置県の際に独立県とされる事はなかった。

一、吉志美《きしみ》〈カ《が》〉嵩《たけ》

『**万葉集**』巻第三に、仙柘枝《やまびめつみのえ》の歌三首とあり、その一番歌「霰降り吉志美が岳をさがしみと　草取りかなわ妹が手を取る（吉志美が岳、この岳が険しいので、私は草を取りそこなっていとしい子の手を取る）」が、『能因』、『松葉』に収められる。

仙柘枝は「やまひとつみのえ」とも読み、伝説上の仙女である。吉野川を流れる柘枝が美女に化けて吉野の人・味稲《うましね》と結婚し、後に常世の国に飛び去ったとされる。この歌につき**仙覚**は、その『万葉集註釈』において、『肥前國風土記』からとして

> 杵島県《きしまのあがた》。県の南二里《さと》に一つの孤山《やま》あり。坤《ひつじさる》のかた艮《うしとら》のかたを指して、三つの峰相連なる。名づけて杵島と曰ふ。坤なるは比古神と曰ひ、中なるは比売神と曰ひ、艮なるは御子神と曰ふ。一《また》の名は軍神《いくさがみ》。動けば則《すなは》ち兵《いくさ》興ると。郷閭の士女《をとこをみな》、酒を提《たづさ》へ琴を抱きて、歳毎の春と秋に、手を携《たづさ》へて登り望《みさ》け、楽飲《さけ》み歌《うた》ひ舞ひて、曲尽きて帰る。歌の詞《ことば》に云わく、霰降る杵島が岳を峻《さか》しみと　草取りかねて妹が手を取る是は杵島曲《ぶり》なり。

と記述するとのこと、歌枕「吉志美嵩」の解説に他ならない。

佐賀市中心部から国道三十四号線を西に三十キロメートル余り、ＪＲ佐世保

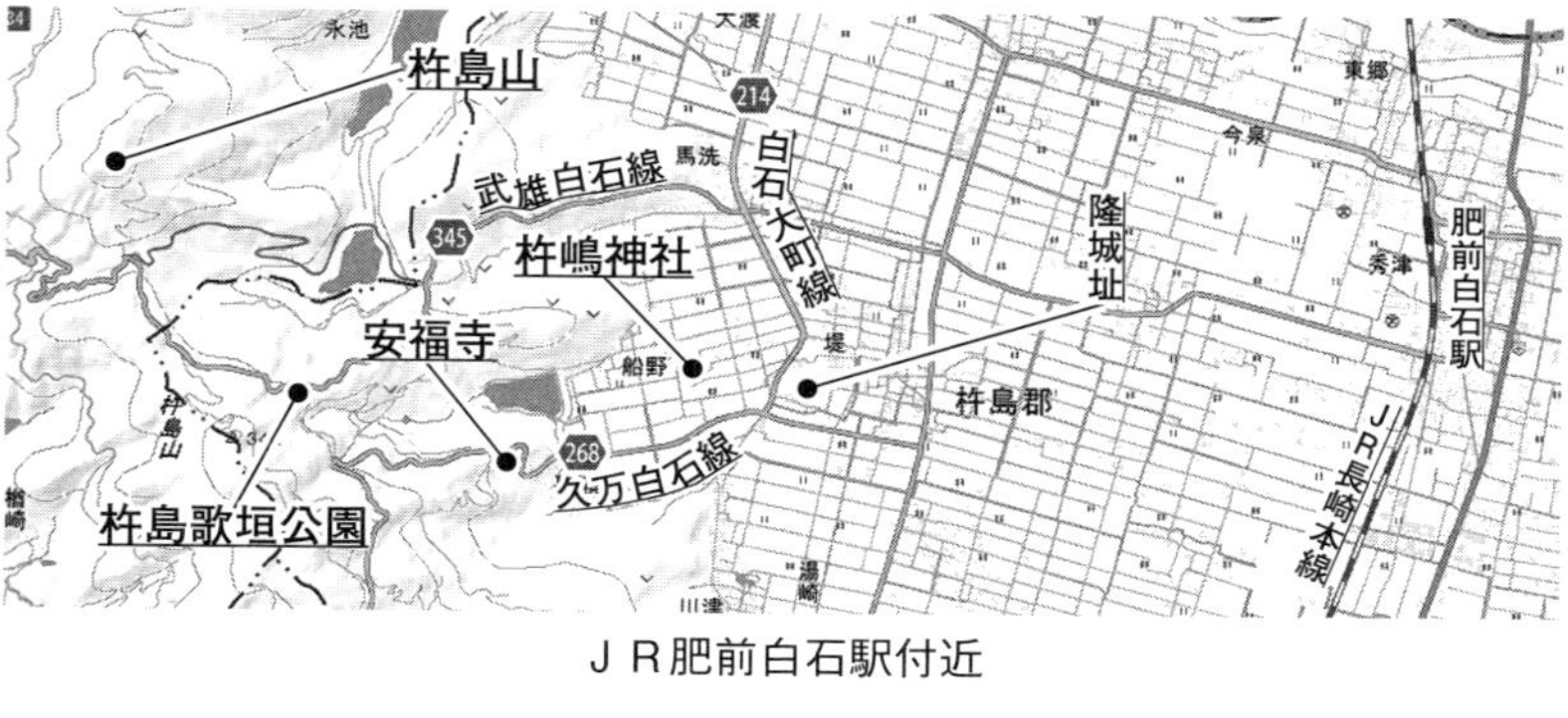

ＪＲ肥前白石駅付近

安福寺

杵島山

教生ヶ池

線・大町駅の先で左折して県道二百十四号・白石《しろいし》大町線を南に約三キロメートル走り、交差する県道三百四十五号・武雄白石線を西に向うと、ほぼ正面に標高三百四十四・七メートルの杵島《きしま》山が見え隠れする。歌枕「吉志美嵩」である。途中の白石土地改良区の管理する溜池からの山容はなだらかで美しい。

県道三百四十五号に曲がらずに同二百十四号を直進、左手の隆城址のある小山の先を右折して、県道二百六十八号・久万白石線を西二・三キロメートルほど向かった先の丘陵に「杵島歌垣公園」がある。**歌垣**については巻末の略解に記すが、**仙覚**が引用した『風土記』の記述がまさに**歌垣**である。杵島山は、茨城県の筑波山、大阪府の歌垣山とならぶ日本三大歌垣に数えられる。

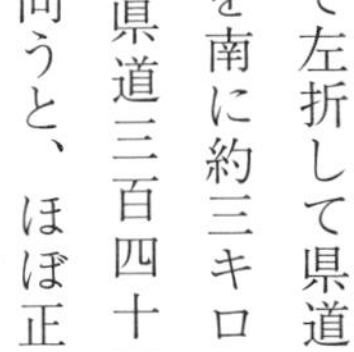
歌垣の碑

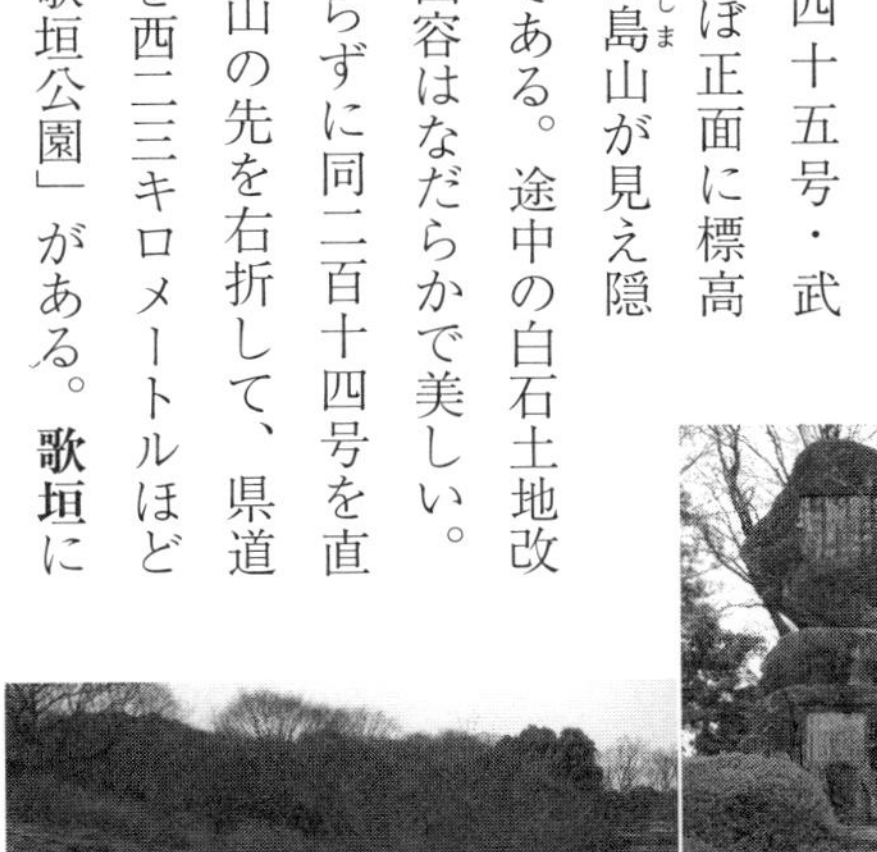
杵島歌垣公園

公園の一・五キロメートルほどに安福寺が建つ。創建について寺伝では、**聖武天皇**の時代（七二四〜四九）に地元の猟師が白鹿を射ったところ、金色の光を放って消え、石の観音菩薩像が残されていた。猟師は多年の殺生を悔い、庵を結んで修行の道に入ったとある。また**高倉天皇**の病がここの霊水を服して平癒したことから、伽藍や堂が建立され、大いに栄えたという。その名残りであろうか、境内の一角に教生ヶ池と称する小さな池がある。

杵嶋神社

また、先述の隆城址から県道二百十四号を挟んだ西に、杵嶋神社が建つ。由緒は不明だが、社名に惹かれて参拝した。

ところで、紹介した杵島山、歌垣公園や寺社は全て杵島郡白石町にあるが、その中心部にはJR長崎本線の肥前白石駅がある。無人化されているが、駅舎は平成二十八年（二〇一六）に新築されて真新しい。駅舎の東の広場の北側は「りんりん公園」としてこじんまりと整備され、冒頭の万葉歌の歌碑が建てられている。

肥前白石駅

りんりん公園

田園を潤す池に影落す　吉志美嵩の姿なだらかに
古に吉志美嵩を崇めたる　民の集ひの風土記に記されり
無人なる小さき駅舎の前庭に　建つる歌の碑吉志美嵩の

二、比礼振山《ひれふるやま》

古い時代の唐津市、即ち松浦《まつら》地方には、日本三大悲恋物語の一つ、「松浦佐用姫伝説」が残る。五三七年、新羅に出征するため松浦に来た大伴狭手彦《おおとものさてひこ》と恋に落ちた佐用姫が、出征の日に鏡山の頂で領布を振って別れを惜しんだものの尚耐え難く、舟を追って加部島で七日七晩泣きはらして石になったとのことである。『肥前国風土記』には以下の記述がある。

鏡山公園西展望台　佐用姫像

鏡山

> 武少広国押楯天皇《たけをひろくにおしたてのすめらみこと》（＝第二十八代**宣化天皇**―筆者注）の世《みよ》、大伴の狭手彦の連《むらじ》を遣《つかは》して、任那国《みまなのくに》を鎮《しづ》め、兼《また》、百済国を救はしめたまひき。命《みこと》を奉《うけたまは》りて到り来て、此の村に至る。篠原の村の弟日姫子《おとひひめこ》を娉《つまど》ひて婚《まぐはひ》を成しき。……（中略）……褶振の峯、大伴の狭手彦の連、発船《ふなだち》して任那に渡りし時、弟日姫子、此《ここ》に登りて、褶を用《も》ちて振り招《を》きき。因りて褶振の峯と名づく。

唐津市の東部の海岸線を通って福岡県糸島市に抜ける国道二百二号線の唐津バイパスを、松浦川の右岸から東に二キロメートル、右手、道の南側に朱塗りの大鳥居が見えてくる。鏡山山頂に向う道の登り口である。葛折れの道を進むと頂の右手の鏡山公園に出る。この鏡山が別名領巾振山《ひれふるやま》、歌枕「比礼振山」である。

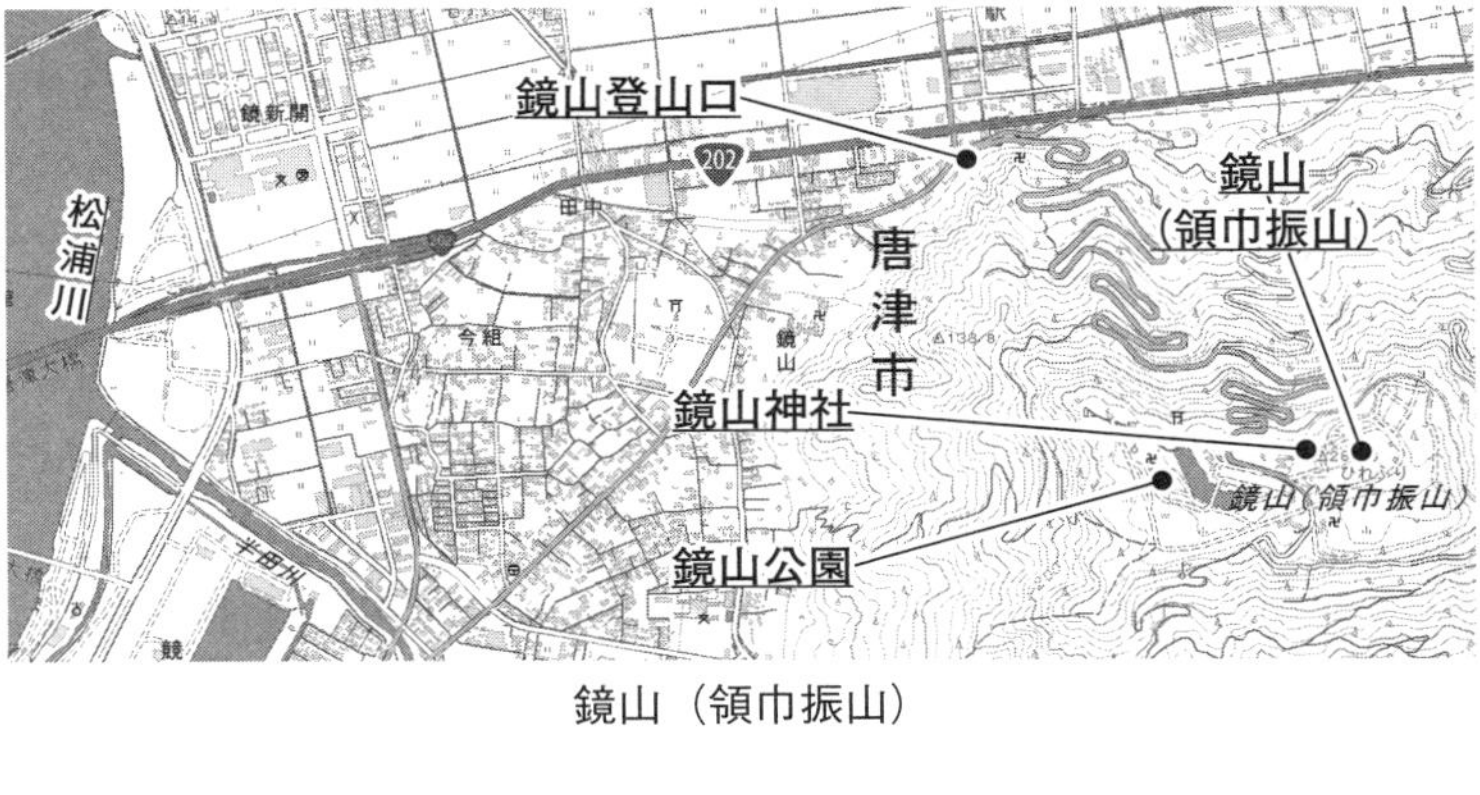

鏡山（領巾振山）

西展望台には、松浦佐用姫の立像が唐津湾を見つめて建つ。また、昭和三十六

高浜虚子句碑

山上憶良歌碑

大伴旅人歌碑

昭和天皇歌碑

年（一九六一）ご訪問の際、昭和天皇が詠まれた「はるかなる壱岐は霞みて見えねども　渚美くしこ乃松浦潟」の歌碑が建つ。さらに西展望台に至る道端には、**大伴旅人**の「遠つ人松浦佐用姫徒ま恋に　領布振里しより負へる山乃名（『万葉集』巻第五）」、**山上憶良**の「行く船を振り留みかね如何ばかり　恋しくありけむ松浦佐用姫（『同』巻第五）」の歌碑も建てられる。また駐車場脇には、昭和三年（一九二八）にこの山に登った**高浜虚子**の「うき草の茎の長さや山の池」の句碑も置かれている。

公園の北側には、鏡山神社（次項の鏡神で述べる鏡神社とは別である）が鎮座する。鳥居の脇には、「麻都良我多佐欲賣能故何比例布利斯夜麻能名乃尾夜伎々都々遠良武（松浦潟佐用姫の子が領布振りし　山の名のみや聞きつつ居らむ）」と、**山上憶良**の万葉歌が万葉仮名で刻まれる。主祭神は**神功皇后**、創建は皇后の御世とのことである。一段高いところに、銅葺の社殿を見ることが出来る。

なお、佐賀市内から唐津市内に向うには、三十四号、二百三号、二百二号、二百四号の各国道を走り継ぐが、その道半ば、唐津市に入って直ぐの厳木《きゅうらぎ》町中島の「道の駅厳木」に、高さ十二メートルの真っ白な佐用姫の像が一際目を惹く。佐用姫は厳木町笹原地区篠原の長者の娘であった故の立像である。こ

鏡山神社社殿

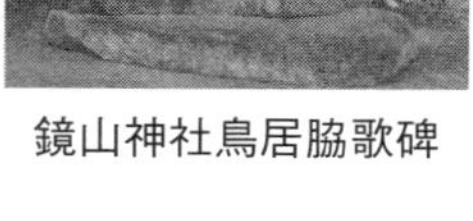
鏡山神社鳥居脇歌碑

参道登り口の大鳥居

の像は、なんと十五分かけて自転する。

「比礼振山」を詠んだ歌は、『能因』、『松葉』に載る万葉歌「松浦潟さよ姫の子かひれふりし　山の名のみや聞つゝをらん（**山上憶良**）」や、『**新後拾遺和歌集**』から「蟬のはの衣に秋をまつらかた　ひれふる山の暮そ涼しき（**藤原定家**）」が『類字』に収められる等々である。

佐用姫の真白き像の高く立つ　比礼振の山目指す道端に
比礼振の山に残れる悲話ありて　さらに冷たし吹く海風の
吾の生きし代の天皇の歌碑もあり　松浦《まつら》の里の比礼振山に

三、鏡神《かがみのかみ》

国道二百二号線唐津バイパスの、鏡山への登り口から南西に分岐する県道四十号・浜玉相知《はまたまおうち》線の七〜八百メートルほど、右手に鏡公園があり、その奥に鏡神社が鎮座する。この神社の掲げられる由緒記はなかなかの美文で、かつ解りやすい。少し長いが全文を引用する。

一の宮、神功皇后三韓征伐の御時、松浦郡に至り、七面山（今鏡山）山頂に於いて宝鏡を捧げて天神地祇を祭り、異国降伏を祈らせ給いしが、その後、宝鏡霊光を発す。よって御凱旋の際、その宝鏡を採り、自らに生霊をこめて、

佐用姫立像

道の駅厳木

鏡神社入口の鳥居

『源氏物語』より引用の歌碑

この社に鎮め給う。
　二の宮、廣嗣朝臣僧玄昉の奸人を除かんとして、兵を挙げしが、事成らずして松浦郡に薨ず。その後霊威しばしば顕れ災害頻りに起るをもって、肥前の国守吉備真備勅を請うて、鏡並びに無怨寺（今浜玉町大村神社）両所に廟を建立し、公の霊をば祭れり。時に天平勝宝二年、この宮創立の肇なり。境内八町四方輪奐の美を極め、従って官庶の敬浅からず。史籍歌書等に載せられたるは少からず。中世草野大宮司と称し、武威を近郷に張り、所謂、草野氏をなせり。草野氏滅亡と共に、社運衰退したりといえども、唐津藩主、初代寺澤氏以来、歴代祈願社として尊崇せり。惜しむらくは明和七年一の宮炎上し、宝物旧記灰燼に帰し、詳細を知る由もなし。

　この由緒記にあるように、一の宮の祭神は**神功皇后**、創建は**仲哀天皇**九年（二〇〇?）、二の宮の祭神は**藤原廣嗣**、天平勝宝二年（七五〇）の創建である。ほぼ同じ規模の社殿が並立している。

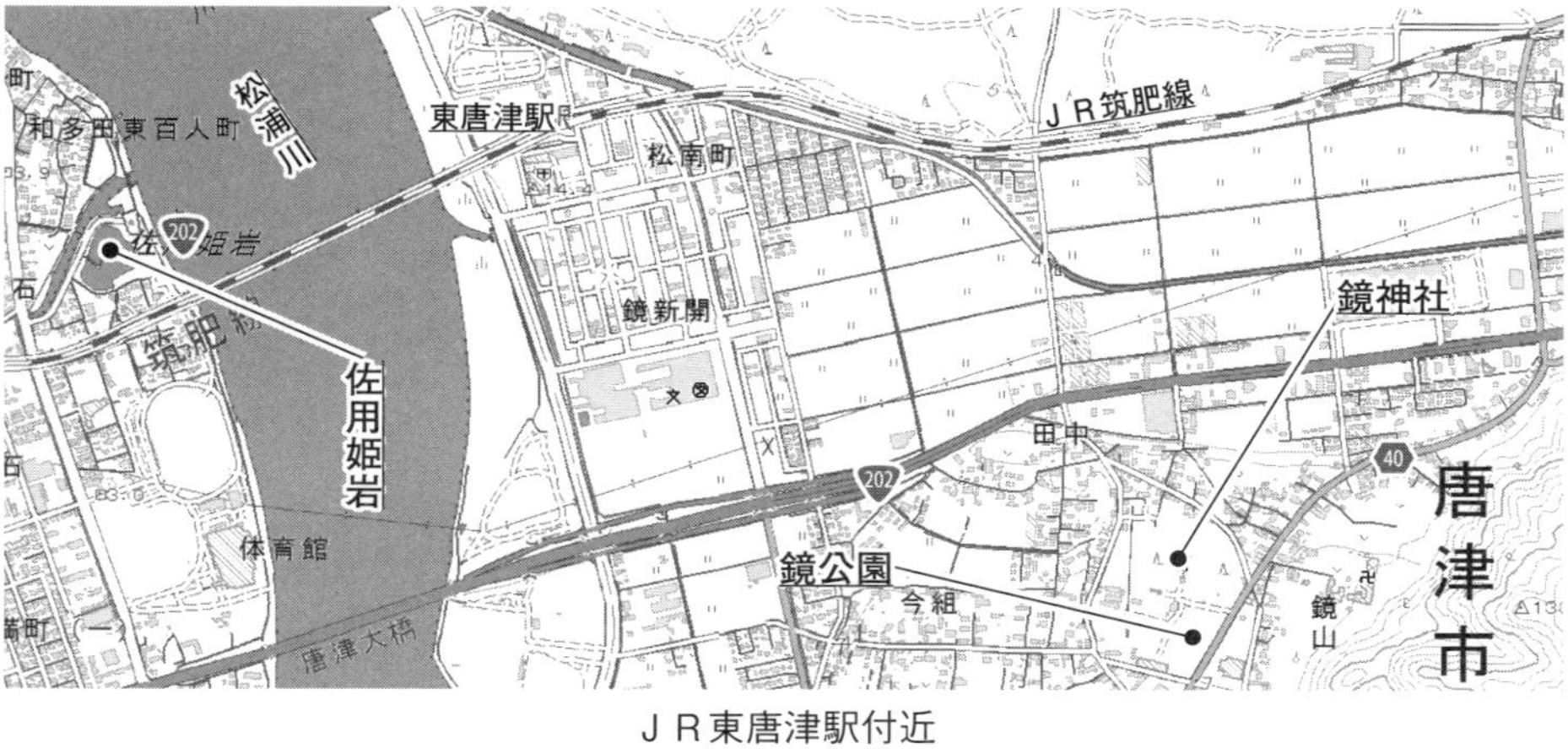

ＪＲ東唐津駅付近

一の宮

二の宮

この鏡神は**『源氏物語・玉鬘』**に登場する。夕顔の遺児の玉鬘は、夫が大宰少弐となった乳母一家と共に九州に下向、帰京叶わぬまま二十歳になり、美貌の人となった。言い寄る土地の男の一人の肥後の豪族・大夫監《たゆうげん》が、強引に婚儀の日取りを決めに訪れて、乳母に言逃れられての帰り際、「君にもし心たがはば松浦なる　鏡の神をかけて誓はむ」と詠んだ。乳母は「年を経て祈る心のたがひなば　鏡の神をつらしとや見む」と返した。この後玉鬘は、乳母と共に九州を脱出して京に戻るのである。この二首のうち監が詠んだ前歌が、境内の一角に石に刻まれて建てられる。

この鏡神を詠み込んだ歌枕歌は、**『源氏物語』**の作者である**紫式部**の、**『新千載和歌集』**に収められる「逢みんとおもふ心は松浦なる　鏡の神や空にしるらん」が『名寄』、『類字』、**『松葉』**に載るほか、**藤原定家**、**三条西実隆**等の歌が並ぶ。

なお、長崎県との境付近、有田町で国道三十五号線から分岐する国道二百二号線は、伊万里港付近まで北上、その後やや北東に向きを変え、松浦川に架かる唐津大橋の西で、東進する唐津バイパスと北進する唐津街道（共に二百二号）に分かれるが、唐津街道を北上すること七百メートルほど、川沿いに小公園があり、その多くを占める池

佐用姫岩

の中央に大きな岩が据わっている。前項冒頭で、佐用姫が大伴狭手彦との別離を悲しんで石になったと述べたが、その石がこれとのこと、「佐用姫岩」と名付けられている。訪れたのは一月、今にも降るかのような曇天の日で、玄界灘から唐津湾を通って吹く風は、水辺に生える枯れた芦を騒めかせ、佐用姫のむせび泣きを聞く思いがした。

古の伝へ其々二宮《ふたみや》の　鏡の神の境内に建つ
名の高き物語にも書かれ居り　歌の枕の鏡の神が
据わり居り鏡の神の程近く　佐用姫岩の風に曝され

四、玉嶋《たましま》〔島〕（併せて同河〔川〕、同浦、同里、同の堀江）

玉嶋、玉嶋川、玉島浦等を詠み込んだ歌は多く、『松葉』を主にして三十六首を数える。『**続千載和歌集**』から**藤原定家**の「梅かゝや先《まづ》うつる〔映〕らん影清き　たましま〔玉嶋〕川の水の鏡に」が、『名寄』、『類字』、『松葉』に、『**風雅和歌集**』から**藤原家隆**の「玉し《嶋》まや落くるあゆ〔鮎〕の河柳　下葉より散《ちる》秋風そ《ぞ》ふく〔吹〕」が、『類字』、『松葉』に収められる等々である。まさに詠まれた歌の数も多く、詠んだ歌人も著名で、歌枕として言わば一級と言えるだろう。

唐津市東部に大字を浜玉町とする地域が広がる。玉島川の中、下流域にあたり、玉島神社も鎮座する。浜玉町五反田には玉島小学校もある。この地域を歌枕「玉嶋」に比定するのが自然であろう。

浜玉町浜崎には、海岸沿いを東西に県道三百四十七号・虹の松原線が通う。県道の左右には、幅五百メートル、長さ四・五キロメートルの松林が続く。三保の松原（静岡県）、気比の松原（福井県）とならんで日本三大松原であり、

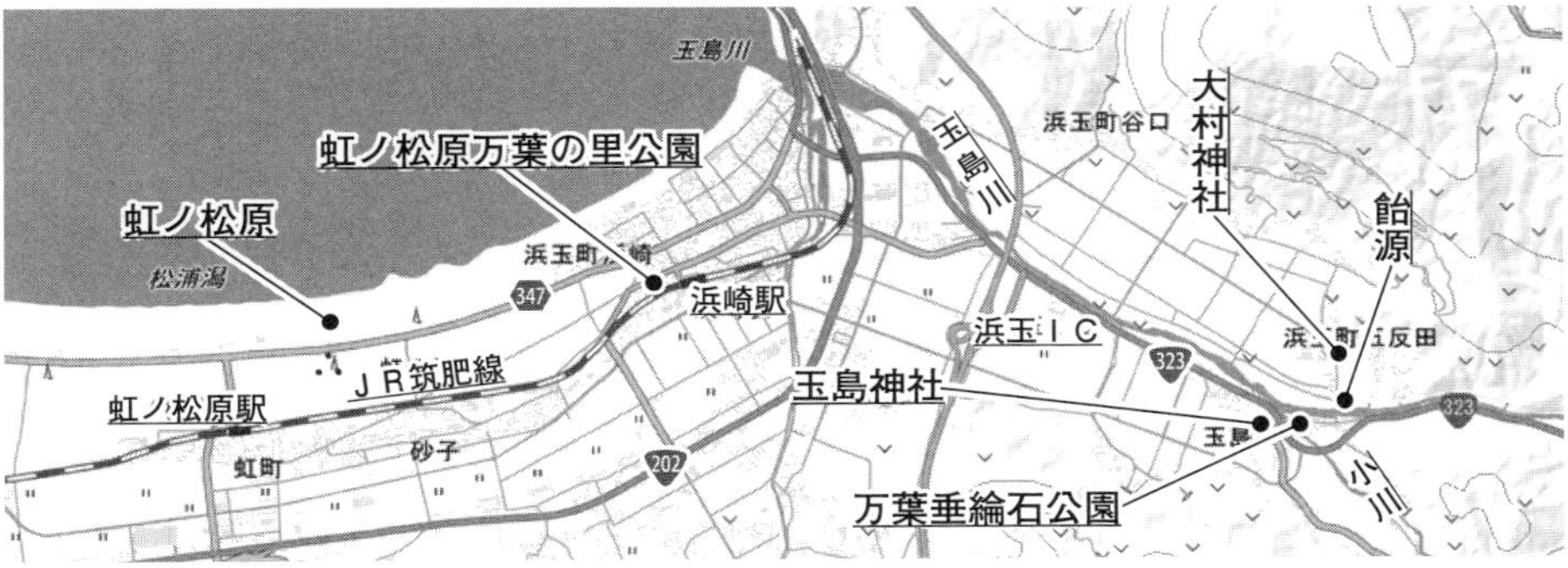

虹ノ松原と玉島川

国の特別名勝である虹の松原である。古くからあった林に更に計画的に植林したのは十七世紀からと言う。全てがクロマツである。公園の一角に「万葉の里公園」があり、**大伴旅人**の「春されば我家《わぎへ》の里の川門《かわと》には　年魚児《あゆこ》さ走る君待ちがてに」、**山上憶良**の「海原の沖ゆく舟を帰れとか　領巾《ひれ》振《ふ》らしけむ松浦佐用姫」を始め六基の万葉歌の碑が建つ。

玉島川の左岸に通る国道三百二十三号線の、西九州自動車道・浜玉ＩＣから遡ること一キロメートル余り、国道の右手に、まるで城壁のような石垣が巡る玉島神社がある。『**日本書紀**』の**神功皇后**の条には以下の記述がある。

> 夏四月《うづき》の壬寅《みづのえとら》の朔《ついたち》甲辰《きのえたつのひ》に、北《きたのかた》、火前國《ひのみちのくちのくに》の松浦縣《まつらのあがた》に至りて、玉嶋里《たましまのさと》の小河の側《ほとり》に進食《みをし》す。是《ここ》に皇后《きさき》、針を勾《ま》げて鉤《ち》を爲《つく》り、粒《いひぼ》を取りて餌《え》にして、裳《みも》の縷《いと》を挿取《と》りて緡《つりのを》にして、河の中の石の上に登りて、鉤を投げて祈《うけ》ひて曰《のたま》はく、「朕《われ》、西《にしのかた》、財《たから》の國を求めむと欲《おもほ》す。若《も》し事を成す

虹の松原

万葉の里公園　大伴旅人の歌碑

万葉の里公園　山上憶良の歌碑

玉島神社拝殿

玉島神社山門

こと有らば、河の魚《いを》鉤飲《く》へ」とのたまふ。因《よ》りて竿を擧《あ》げて、乃《すなは》ち細鱗魚《あゆ》を獲《え》つ。時に皇后の曰はく、「希見《めづら》しき物なり」とのたまふ。故《かれ》、時人《ときのひと》、其の處を號けて、梅豆邏國《めづらのくに》と曰《い》ふ。今、松浦《まつら》と謂ふは訛《よこなば》れるなり。

この伝承を受けて**宣化天皇**の御代（五三六〜九）に創建されたのが玉島神社である。もちろん祭神は**神功皇后**である。

神社の直ぐ上流で、国道は五百メートルほどバイパス状に川岸を離れるが、分岐して河岸の集落を抜ける小道があり、再度国道と接続するが、その接続地点の少し手前の左手（川岸側）に川魚料理の「飴源」があり、その入口に、『**万葉集**』巻第五に収められる「松浦川に遊ぶ」歌群の一首、「玉島のこの川上に家はあれど　君をやさしみあらはさずありき」の歌碑が建つ。料理屋と万葉歌碑、取り合わせが妙で、思わずレンズを向けた。

玉島の浜の林に万葉の　碑集めたる公園の在り

石垣を回らせ建つる玉島の　社に残る松浦《まつら》の謂れ

玉島神社前の玉島川

飴源前の歌碑

微笑まし万葉の歌碑建ち居たり　玉島川の辺の料理屋に

五、心の関《ごころのせき》（地図は前項参照）

『松葉』には、『**六百番歌合**』から**藤原有家**の「夜を重ね心の関の堅きかな別れは鳥の空音ならねど」を載せる。ところが、『和歌の歌枕・地名大辞典』は、歌枕「心の関」について「心の妨げとなるものの比喩として用いた歌語」と解説し、非地名に区分する。しかし、平凡社の『日本歴史地名大系・佐賀県の地名』の東松浦郡五反田村（現・唐津市浜玉町五反田―筆者注）の項には、『松浦拾風土記』が、村内の大村神社の北東地区に「心の関跡」があるとの伝えと冒頭歌を紹介していると解説している。

前項に記した玉島神社から百メートル足らずの玉島川上流で、「小川」が左岸から流れ込む。その小川に架かる「おがわばし」を通って集落の中を通る道を進み、集落の半ばで玉島川を渡ると、程なく正面に大村神社が見えてくる。大和政権時代の政争の歴史を語る重い神社である。

中大兄皇子を助けて**大化の改新**を成した**藤原鎌足**の孫である藤原宇合《うまかい》（式家藤原氏の祖）の長子・広嗣は、朝廷の実権を握りつつあった**吉備真備**と僧・**玄昉**《げんぼう》によって、天平八年（七三六）太宰少弐に退けられた。同十二年（七四〇）、上表して

大銀杏

大村神社

拝殿正面

二人の排除を求め、大宰府管内の兵を集めて挙兵するも、追討を受けて同年十月十五日（神社の由緒による）にこの地で処刑された。以後天変地異に見舞われ、悪疫が流行し、これが「広嗣の祟り」とされ、その頃肥前守に左遷されていた**吉備真備**は、広嗣の霊を慰めるためにこの地に無怨寺を建てた。天平勝宝四年（七五二）のことであった。以後無怨寺大明神として崇敬を集めてきたが、明治の神仏分離により大村神社と改称したという。深い木々に囲まれて落ち着いた雰囲気をの社殿である。拝殿に向かって左手前には、高さ三十メートル、幹周り六メートル、樹齢三百年の大銀杏が枝を広げる。

垂綸石公園近くの玉島川

さて、「心の関」であるが、『松浦拾風土記』を信じてそれらしき場所を探したが、残念ながら見出すことが出来なかった。

なお、先の「おがわばし」の袂には、小川に祖って万葉垂綸石《すいりんせき》公園が整備されている。前項に引用した『**日本書紀**』の**神功皇后**の条の記述中の「河の中の石の上に登」ったその石が垂綸石である。園内には、その石とされる岩が置かれ、万葉歌碑三基が据えられている。巻第五、**山上憶良**の「たらし姫神の尊の魚釣《な》らすと　み立たしせりし石を誰見

万葉垂綸石公園

大伴旅人歌碑
「玉島のこの川上に〜」

大伴旅人歌碑
「松浦川たましまのうらに〜」

き」、同じく巻第五、**大伴旅人**の「松浦川玉島の浦に若鮎《わかゆ》釣る　妹らを見らむ人の羨《とも》しさ」、「玉島のこの川上に家はあれど　君を恥《やさ》しみ顕《あらは》さずありき」である。

歌枕「心の関」には辿り着けなかったが、この地は記紀の伝承あり、大和政権の政争の名残りあり、万葉の詠歌ありで、その時代にはそれなりの人の往来もあったに違いなく、関所が設けられていたとしても不思議はない。歴史の重みを感じて、未勘とせずに項を立てた。

天平の争ひ人を慰霊せり　心の関の近き社に
神功皇后の越し掛け岩の今に残る　公園の在り心の関近く
何処なりと心の関を訪ふ道の　端に万葉の歌碑三基建つ

六、七瀬淀《ななせのよど》

『**万葉集**』巻第五に松浦川に遊んだ歌群が収められることは前々項で触れた。その序は以下の如くである。やや長くなるが、ロマン溢れる美文と感じ全文を引用する。

余《われ》、たまさかに松浦の県《あがた》に往きて逍遥し、いささかに玉嶋の潭《ふち》に臨みて遊覧するに、たちまちに魚《うを》を釣る女子《をみなご》らに値《あ》ひぬ。花容《くわようなら》双びなく、光儀《くわうぎたぐ》匹ひなし。柳葉《りうえふ》を眉《まよ》の中《うち》に開き、桃花を頬の上に発《ひら》き。意気は雲を凌ぎ、風流は世に絶《すぐ》れたり。僕《われ》、問ひて、「誰《た》が郷誰《さと》が家の子らぞ、けだし神仙にあらむか」といふ。娘子《をとめ》ら、みな咲《え》み答へて「児等《われ》は漁夫の舎《いへ》の児《こ》、草庵の微《いや》しき者なり。郷もなく家もなし。何ぞ称《なの》り云ふに足らむ。ただ性《ひととなり》水に便《なら》ひ、また心山を楽しぶ。あるいは洛浦《らくほ》（ここでは玉嶋川のこと）に臨みて、いたづらに玉魚《ぎょくぎょ》を羨《とも》しぶ、あるいは巫峡《ぶかふ》に臥して、空しく煙霞を望む。今たまさかに貴客《うまひと》に相逢《あ》ひ、感応《かんおう》に勝《あ》へず、すなはち款曲《くわんきょく》を陳ぶ。今より後に、あに偕老《かいらう》にあらざるべけむ」といふ。下官《われ》、対《こた》へて「唯々、敬《つつし》みて芳名を奉《うかたま》はらむ」といふ。時に、日は山の西に落ち、驪馬《りばい》去なむとす。（私は、たまたま松浦の県をさすらい、ふと玉島の青く澄んだ川べりに遊んだとぉろ、思いがけずも魚を釣る女性たちに出逢った。その花の顔《かんばせ》は並ぶものがなく、光り輝く姿は比べるものとてない。しなやかな眉はあたかも柳の葉が開いたよう、あでやかな頬はまるで桃の花が咲いたよう。気品は雲を凌ぐばかりで、艶やかさはこの世のものともおもえない。私は尋ねた。「どこの里のどなたのお子ですか。もしかしたら仙女ではありませんか」と。娘子たちは、皆はにかんでこう答えた。「私どもは漁夫の子で、あばらや住まいのとるに足りないものです。決まった里もなければ、確かな家もございません。どうして名乗るほどの者でございましょう。ただ生まれつき水に親しみ、また心に山を楽しんでおります。ある時には洛水の浦に臨んで、いたずらに美しい魚の身の上を羨んだり、ある時には巫山《ふざん》の峡《かい》に横たわって、わけもなく雲を霞を眺めたりしております。今はからずも高貴なお方に出逢い、嬉しさに堪えきれずに心の底をうち明ける次第でございます。心をうち明けたただ今からは、どうして偕老のお約束を結ばないでいられましょうか」と。私は答えて言った。「はい、謹んで仰せに従いましょう」と。折しも、日は山の西に落ちかかり、黒駒はむやみに帰りを急いでいる。―伊藤博『萬葉集釋注』より）

玉島川　唐津市七山地区周辺

標識はあるのだが……

続いて、主人公（異説もあるが大伴旅人）と娘子の間で歌の贈答があるが、その最終歌が「松浦川七瀬の淀は淀むとも　我は淀まず　君を待たしむ」であり、『松葉』に収載される。この歌に詠まれる「七瀬の淀」につき、吉原栄徳は『和歌の歌枕・地名大辞典』で、地名でなく、多くの瀬の有る淀の意の普通名詞とする。例として、『**万葉集**』巻第七の「明日香川七瀬の淀に住む鳥も　心あれこそ波立てざらめ」と、『**金葉和歌集**』の「知らせばやほの見しま江に袖ひちて　七瀬の淀に思ふ心を」を挙げる。筆者もその論に従うところであったが、他はいざ知らず、玉島川には七瀬の淀が実在するのである。なお、歌中の「松浦川」は、今の松浦川ではなく、玉島川のことである。

玉島神社のある集落から国道三百二十三号線を東に二キロメートル程であろうか、七瀬の淀の標識が目に入る。ただし、標識の矢印が示す川岸は深く落ち込み、鬱蒼と茂る木々に阻まれて川面を見ることは出来ない。あきらめかけて少し進むと、川に下る道があり、その先は橋となって対岸に通じている。滅多に通う人のな

七瀬の淀付近

観音の滝

西行の歌碑

い橋から上・下流を眺め、冬景色の七瀬の淀の雰囲気に浸ることが出来た。
そのまま国道を東に進むと、程なく七山地区の中心部で南から玉島川に流れ込む支流があり、その支流に沿って南に向かうと、流れは二叉に分かれる。南に仁部川《にぶ》、南東に滝川川《たきがわ》である。滝川川の上流、分岐点から二キロメートル足らずであろうか、道の右手に高さ三十メートルの観音の滝が勇姿を見せる。駐車場の一角には、**西行**の「音にきく筑紫のふじを来て見れば　霞にまがふ雲のうきたけ」の歌碑が建つ。ただし、**西行**が九州に歩を進めたとの証は、手にした文献には無いのだが……。ただ、『**山家集**』の下には、「腹赤《はらか》（鱒の一種？）釣る大わだ崎の浮け縄に　心かけつつ過ぎむとぞ思う」の詞書に、「筑紫に、腹赤ともうす……」の書き出しがあり、それをもって**西行**の九州行脚説を唱える研究者も居られる。また九州各地には、もっともらしい**西行**伝説も見受けられるとのこと、真偽に関しては残念ながら、筆者の及ぶところでは無い。

川の音を耳にすれども目に見えず　木々阻み居る七瀬の淀の
林間の小径下りて七瀬淀　玉島川の橋に立ち見る
岩を噛み飛沫を上げて流れ落つ　七瀬の淀の上《かみ》なる滝の

七、松浦《まつら》（併せて同山、同山裾野、同嶺、同道〔路〕、同海、同浦、同潟、同泊、同沖〔瀛〕、同川）

この項に集め載せた歌は実に六十七首にも上る。もちろん接尾語に、山あり海あり川ありではあるが、それにしても万葉の時代から多くの歌人に詠まれた歌枕である。肥前国松浦郡の郡域は広く、西は現在の長崎県松浦市、平戸市、五島市、佐世保市の一部等々まで及んでいたが、その中心は佐賀県の唐津市や東松浦郡玄海町、伊万里市と推測する。松浦川が現在の玉島川を指すことは前項で述べたが、松浦山も、確たる証はないが、二に項を立てた比礼振山、即ち現在の鏡山とするのが妥当と思われる。また松浦海、松浦浦、松浦泊、松浦潟等は、唐津湾もしくはその周辺、その海岸線と比定するに異論はないだろう。

松浦地方を詠み込んだ万葉歌は三十首を数えるという。松浦川、実は玉島川の周辺を詠った十五首、松浦佐用姫に関する歌が六首、遣新羅使がこの地を詠んだ歌が七首、松浦舟を材にした歌が二首である。そのうちの十三首が手元の四冊の歌枕集に引かれる。他には、**崇徳院**、**後嵯峨院**、**後光厳天皇**、**後鳥羽天皇**、**伏見院**などの天皇を始め、**藤原俊成**、**定家**父子、**慈鎮**、**藤原家隆**等錚々たる歌人が詠むところである。

さて、当然のことながら、ここ松浦地区には多くの万葉歌碑がある。鏡山の山頂の公園や、虹の松原万葉の里公園のそれについては既に述べたが、さらに一ヶ所、七基の万葉歌碑が建つ場所がある。その紹介をもって本項の解説とする。

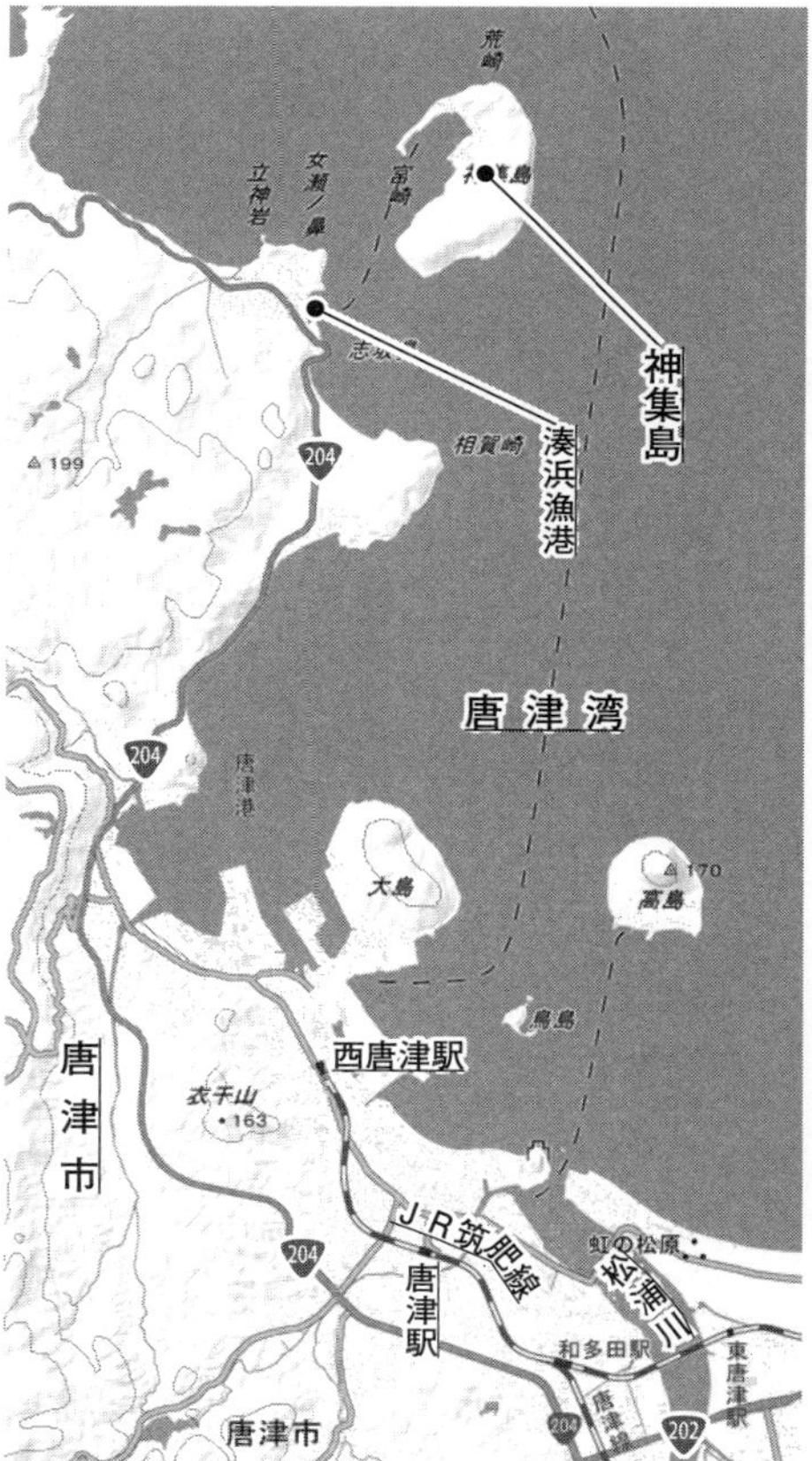

唐津市街から神集島

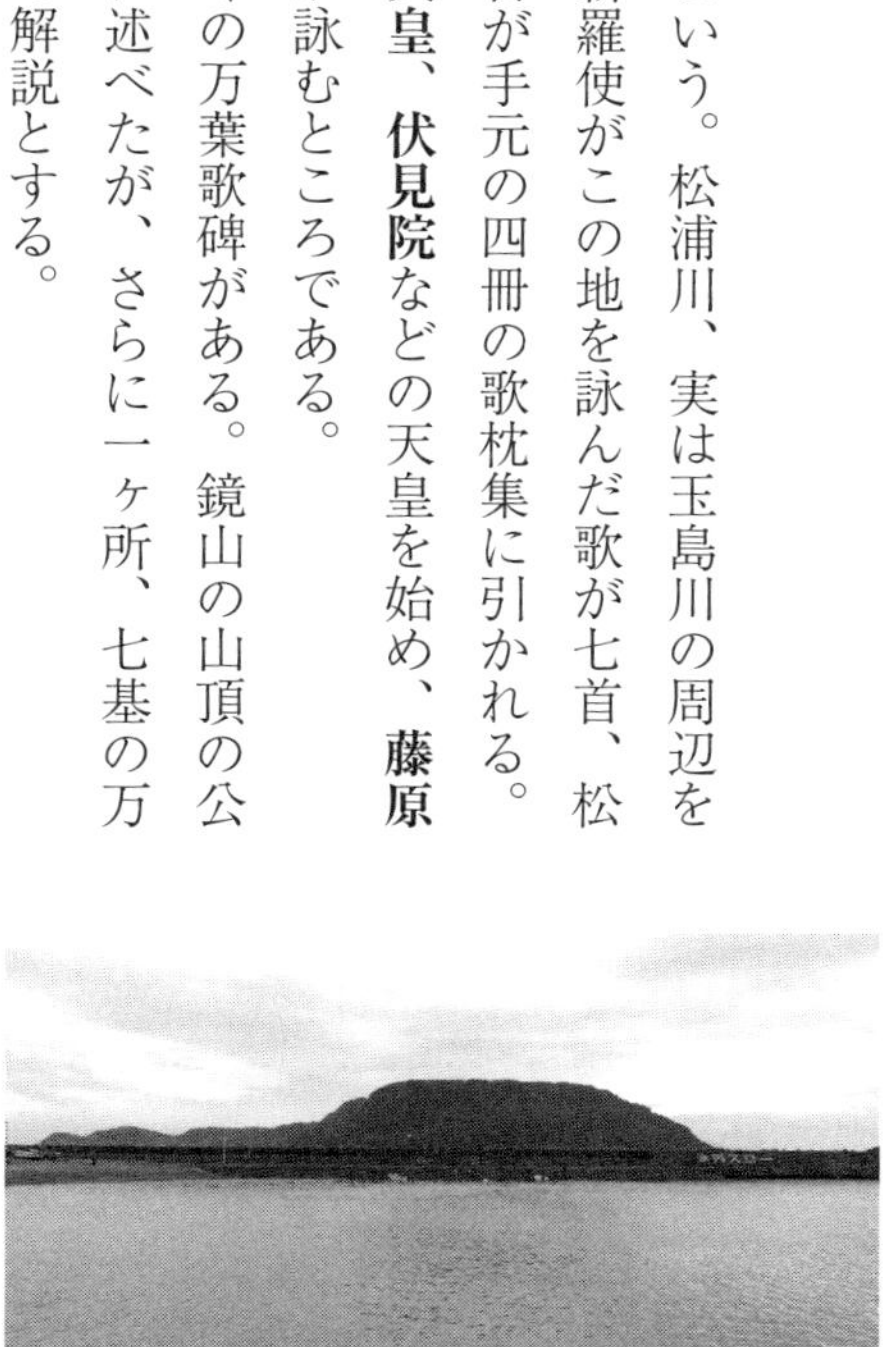
神集島

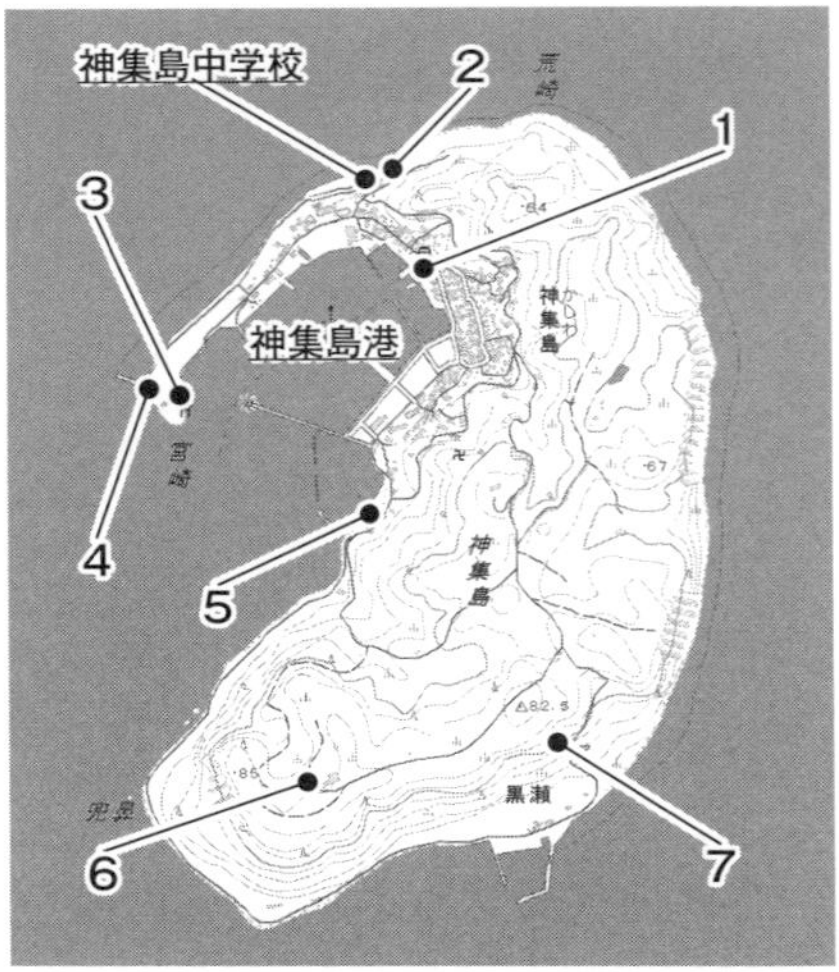

神集島

唐津市中心部のやや南、松浦川に架かる唐津大橋の西で、川の左岸に沿って北上してきた国道二百二号線が東に向きを変えるが、そのまま北西に進むのが国道二百四号線である。国道二百四号線は、唐津市街地の南を通って唐津湾の西で東松浦半島の東岸に出るが、暫く北上すると湊浜漁港に出る。漁港の先一キロメートルに神集島《かしわじま》が浮かぶ。

神集島は、周囲六・五キロメートル、面積一・四一平方キロメートル、人口三百五十人の島である。神集島区長の高崎正幸氏によれば、最盛期には三千人以上が暮らし、漁業はもちろんのこと、農業も放牧も行われ、島の高台にはリゾートホテルもあったという。今は、ホテルは廃業、畜産業を営む人も無く、農業も、当時はあった水田は無くなりすっかり下火とか、漁業すら自家消費のために漁をする人は居ても、生業としては成り立たず、かといって漁船の廃棄には少なからず経費が掛かる故、船を保有し続けている等々の実情をご教授頂いた。まさに日本の過疎問題を象徴するかの様な島である。それも唐津市の中心地から目と鼻の先になのである。

しかしこの神集島は、記紀万葉の歴史が凝縮された島なのである。

そもそも島名の由来が、**神功皇后**が三韓遠征の折に、戦勝を祈願して神々を集めたと

1－①

2－⑦

3－②

4－⑤

（算用数字は地図記載の所在番号、○数字は本文中の歌番号）

する伝えによる。また奈良時代、新羅に派遣される使節団がこの島を泊地にしていた。その遣新羅使が、見送る人々との惜別の情、旅路の労苦を各所で詠んだ歌が、『**万葉集**』巻第十五に集められるが、詞書に「肥前《ひのみちのくち》の国の松浦の郡の柏島《かしわじま》の亭《とまり》に船泊りする夜に、遥かに海浪を望み、おのおのも旅心を慟《いた》みして作る歌七首」とする以下の歌群がある。

①　帰り来て見むと思ひし我が宿の　秋萩すすき散りにけむかも
②　天地《あめつち》の神を祈《こ》ひつつ我《あ》れ待たむ　早来ませ君待たば苦しも
③　君を思ひ我《あ》が恋ひまくはあらたまの　立つ月ごとに避《よ》くる日もあらじ
④　秋の夜を長みにかあらむなぞここば　寐《い》も寝らへぬもひとり寝ればか
⑤　足日女《たらしひめ》御船泊《は》てけむ松浦の海　妹が待つべき月は経につつ
⑥　旅なれば思ひ絶えてもありつれど　家にある妹し思ひ悲しも
⑦　あしひきの山飛び越ゆる雁がねの　都に行かば妹に逢ひて来ぬ

である。これらの碑が島内各所に建てられている。

島には、九州本島の湊から定期船で約七分、島内にはバスもタクシーもなく探訪は徒歩によるのだが、巡るには三時間ほどを要すると思われた。幸いにも、高﨑区長が車でご案内を頂き、さらには解説まで拝聴し、迷うことなく全てを訪ねることができた。心より御礼申し上げます。

道々、高﨑様のご苦労をお聞きし、この島の歴史のロマンが広く世に識られ、人々が訪れ、活気が戻ることを願って島を後にした。

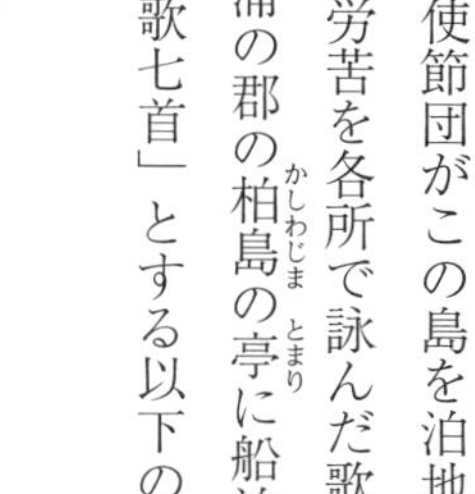
5－③
神集島の万葉歌碑

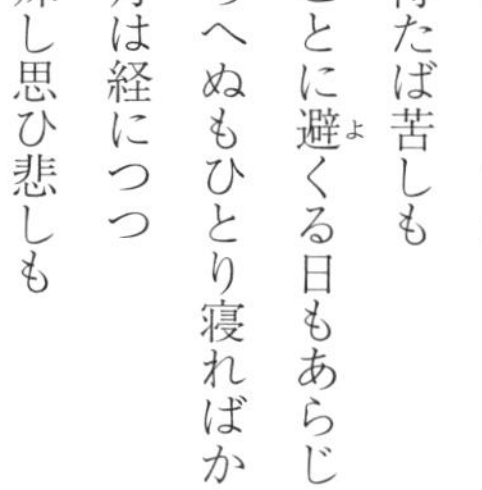
6－⑥

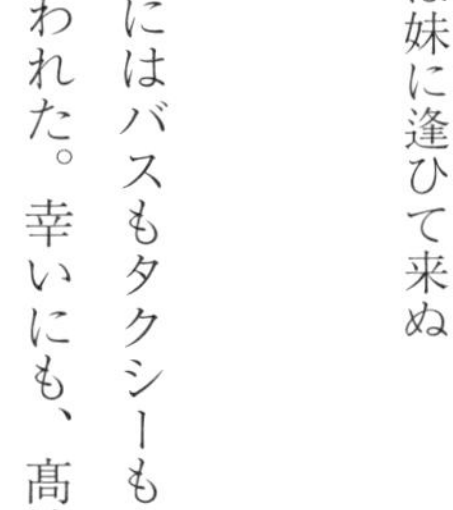
7－④

古の名高き歌人其々に　詠みて愛でたる松浦の山河
湊近く松浦の海に神集島　記紀万葉のロマン秘めて浮く
万葉の縁の島の過疎進み　松浦の空に吹く風寒し

八、見都幾《みつきの》ノ関《せき》

『松葉』には『**夫木和歌抄**』から、光俊、即ち**葉室光俊**（真観）の「夕きりやたちへたつらん岩垣の　みつきの関に舟もかよはす」が収載される。**葉室光俊**は、承久二年（一二二〇）の**承久の乱**の罪で貞応元年（一二二二）まで筑紫に配流されていて、その際詠んだ歌と想われる。『日本歴史地名体系』には「御都築古関跡」と項立てされて、北波多村大字志気字三ッ木に在りと記述するが、手元の道路地図では確としない。

なお、参考とする四冊の名所和歌集には載

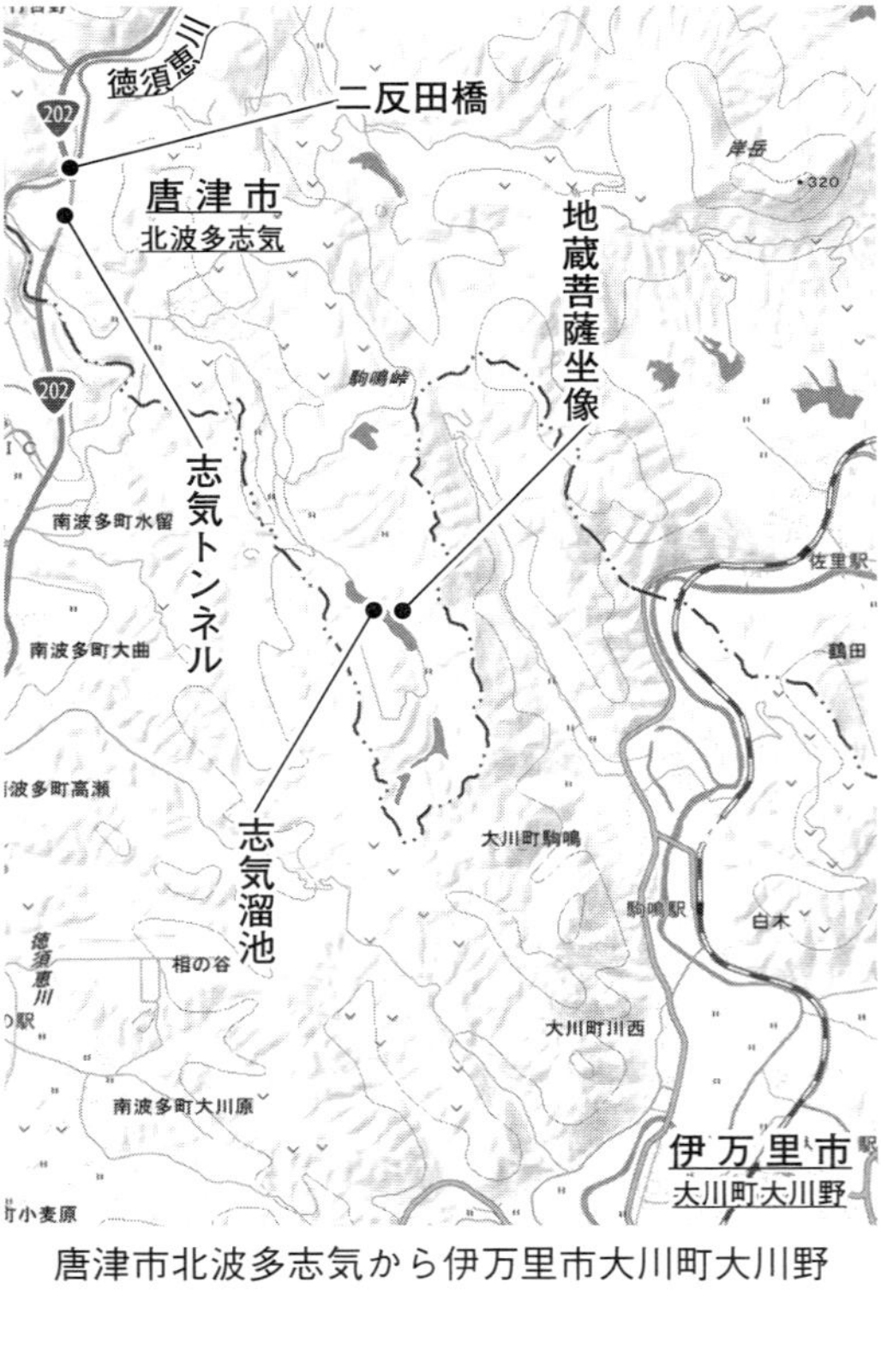

唐津市北波多志気から伊万里市大川町大川野

御都築野の田園

せられてはいないが、『**夫木和歌抄**』には、大宰大弐高遠卿とあるから**藤原高遠**の、「岩垣のみづきの関に群れ迎ふ　内の心も知らぬ諸人」が、やはり肥前の歌として収められる。この歌には、「此歌は、筑紫へ罷りけるに、府に入る日、みづきの関に小弐《ママ》府官など迎へに集まり来たりけるに詠めると云々」と添書がある。筑紫とあり、また府は大宰府のことと考えられ、であれば国は筑前、「みづき」は「水城」と表記して、福岡県太宰府市の水城跡（拙著『歌人が巡る九州の歌枕　福岡・大分の部』一一一頁）と比定したくなる。だが、水城近くの関は苅萱関（同書一一四頁）であり、悩ましく、断定は出来ない。なお、『和歌の歌枕　地名大辞典』は、「水城の関」と表記して、水城跡の東門あるいは西門のことかも知れぬと解説する。

以上のように、在所がはっきりせず、さらには別所の方があるいはと感じさせる故、未勘として項を立てることを覚悟したのだが、念のためと唐津市教育委員会に問い合わせたところ、市内に該当の場所が判明した。

二の「比礼振山」で述べた鏡山の北を通る国道二百二号線は、松浦川の西で南に向きを変え、そこから松浦川、さらには唐津市養母田で合流する支流の徳須恵川の西岸に沿って伊万里市に向う。二反田橋を渡って東岸に移り志気《しげ》トンネルを潜ると、唐津市北波多志気の入口である。志気の地域はここから南東に伊万里市大川町大川野に向って広がる。『北波多村の文化財と地名考』では、この一帯の原野が「御都築野（美津木野、三ツ木野とも）」とのことである。そ

志気溜池

の解説には、「この付近一帯は志気部落の祖先が最初に生活をしていた所といい、また今から一三二〇年前**天智天皇**の時代、御都築の関が設けられたと伝えている。今は関跡も明らかではないが、日朝関係の緊迫していた当時、何らかの施設が設けられていたことは充分考えられることである。」とある。

実際にその地に立つと、野というよりは山間から広がり出る小規模の扇状地、あるいは徳須恵川に流れ込む小河川が造った河岸の平野の様相である。訪れた九月の半ば、既に刈り取りを終えた田が多く見受けられた。

伊万里市方面に向かう道の途中、右手に志気溜池が水を湛え、左手には、コンクリートの祠に守られた二体の地蔵菩薩坐像が祀られていて、この辺りが御都築の関の在った所とされている。

また『北波多村の文化財と地名考』によれば、この地には、鎮西八郎源為朝が一時居住したとの伝えが残るという。

源為朝は平安時代末期の武将・源為義の八男で、頼朝、義経の叔父にあたる。豪勇、強弓で知られ、十三歳の時、その粗暴さ故に父によって九州に追放されるも、鎮西総追捕使と称して九州を平定した。先の伝えはこの時のものであろう。為朝は後に、**保元の乱**で父と共に**崇徳上皇**方に組するも敗れ、伊豆大島に流刑となった。その地でも勇猛を馳せ、伊豆七島を欲しいままにしたが追討を受け、自害して果てた。治承元年（一一七七）、享年三十二歳であった。

念のためと問ひて判《わか》れり定めるを　諦めかけたる見都幾の関を

三ッ木の二体の地蔵菩薩坐像

訪れし見都幾の関の在りし地の　道端に地蔵の二体坐し居り
勇猛なる武士《もののふ》住みしと伝へ居り　見都幾の関の跡の近くに

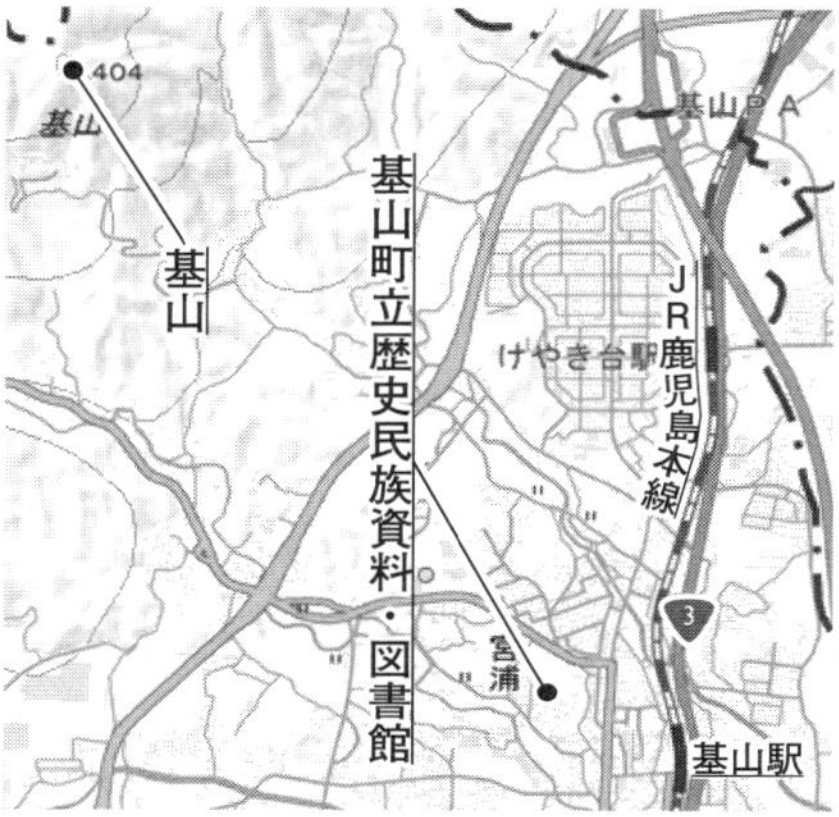

ＪＲ基山駅周辺

付録

九、国府、国分寺と吉野ヶ里遺跡

肥前国の国府、国分寺は、現在の佐賀市大和町にあった。残念ながら近隣に歌枕の地が見当たらず、為に付記するに留める。また、そのやや東に、日本で最大級の弥生時代の環濠集落である吉野ヶ里遺跡が、国の特別史跡に指定されて管理されている。これも歌枕とは縁が無いが、肥前国の歴史の重い一頁として、道すがら立ち寄った。

万葉歌碑

基山町立歴史民族資料・図書館

前著の『歌人が巡る九州の歌枕　福岡・大分の部』の筑前編四十八

吉野ヶ里遺跡・北内郭

吉野ヶ里歴史公園センター

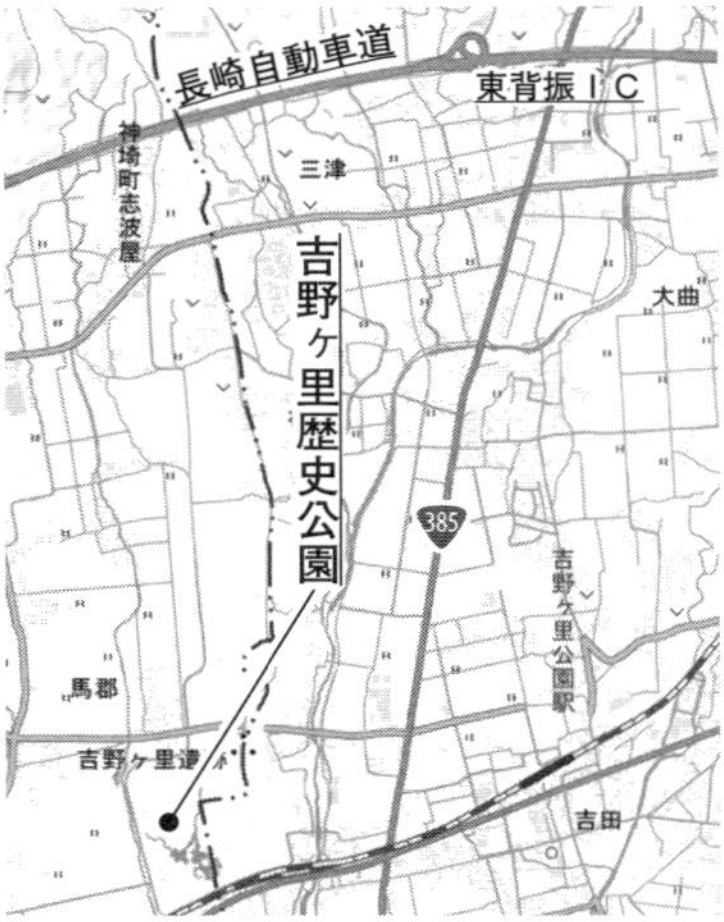

吉野ヶ里歴史公園

「城山《きやま》」の項で述べたが、その城山、現在の基山のある町が、佐賀県の東部の北に位置する三養基《みやき》郡基山町である。この町が「城山」を史蹟観光の対象として力を注いでいることは、その項に記した。

　ＪＲ鹿児島本線の基山駅の西に町立歴史民族資料・図書館があり、嘗て基山山頂に在った基肄城の跡からの出土品や、近世から近代にかけて盛んであった配置薬産業の史料等が展示されている。館の右前には、『万葉集』巻第四に載る「今よりは城の山道は寂しけむ　我が通はむと思ひしものを」の歌碑が建つ。

　ＪＲ鹿児島本線と併走する国道三号線を南に下り、鳥栖ＩＣで長崎自動車道に乗り、西走して二つ目の東背振《せふり》ＩＣで下りて国道三百八十五号線を南に五キロメートルほど、右手に吉野ヶ里歴史公園センターが姿を見せる。公園は百四ヘクタール、環濠集落ゾーン、古代の森ゾーン、古

佐賀市大和町　肥前国庁跡

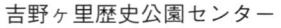

日蓮正宗蓮栄院
この辺りに旧国分寺があった？

代の原ゾーンなどがあり、また現在発掘中の現場も見学できる。

長崎自動車道をさらに西に、次の佐賀大和ＩＣで交叉する国道二百六十三号線を南に、程無く右手に良く整備された肥前国庁跡が広がる。入口には資料館があり、奥には復元された南門と築地塀、前殿、正殿、脇殿の礎石と基壇を見ることが出来る。昭和五十年（一九七五）から十年をかけての発掘調査で明らかになったという。

国分寺は、国庁跡の東一・二キロメートルに在ったという。あるいは大和町大字尼寺にある蓮栄院付近であろうか。現在はほぼ住宅地と成っていて、それ故残念ながら史跡整備は行われていない。何れも推定であるが、寺域は二百メートル四方、中門、金堂、講堂が一直線に配置され、塔は七重であったとされる。

吉野ヶ里古人《いにしへびと》の住みし跡　元に復して史偲ばれり

国府跡整へられて門もあり　築地塀もあり肥前の国に

年を経て人の屋建ちて跡見えず　肥前の国の国分の寺の

肥前国庁跡南門

庁舎の礎石、基壇

国庁跡資料館

肥前国（佐賀県）歌枕歌一覧（名所の数字は各歌枕集収載ページ）

	吉志美〈カ〉嵩	比礼振山
名所歌枕（伝能因法師撰）	吉志美嵩（四一三） 霰降きしみか嵩をさかしみと 草とるかなや妹かてをとる 〔万葉三〕（作者不知）	比礼振山（四一三） 松浦潟さよ姫の子かひれふりし 山の名のみや聞つゝをらん 〔万葉五〕（憶良） 山の名といひつけとかもさよ姫か 此山のへにひれを振けん 〔万葉五〕（倭人） さ夜更てみつゝや行む松浦なる さよ姫のこかひれふるの山 〔夫木〕（家持）
謌枕名寄		
類字名所和歌集		比礼振山（四四四） 松浦河川音高しさよ姫の ひれふる山の五月雨のころ 〔続後拾遺〕（中務卿宗尊親王） （「松浦」に重載—筆者注） 蟬のはの衣に秋をまつらかた ひれふる山の暮そ涼しき 〔新後拾遺〕（定家） （「松浦」に重載—筆者注） 忘るなよ契りし末をまつらかた ひれふる山は隔はつ共 〔新続古今〕（栄仁親王） （「松浦」に重載—筆者注）
増補松葉名所和歌集	吉志美嵩《カ》（六一一） あられふるきしみか嵩をさかしみと 草とりかなや妹か手をふる 〔万三〕	比礼振山（七三六） まつら潟さよひめの子かひれふりし 山の名のみや聞つゝをらん 〔万五〕（憶良） （「松浦潟」に重載—筆者注） まつら川河音高しさよひめか ひれふる山の五月雨のころ 〔續後拾〕（中務卿） （「松浦川」に重載—筆者注） ほとゝきすまつらさよ姫立ゐして ひれふる山に声なおしみそ 〔夫木〕（俊頼）

鏡神	
鏡神（一二二九） あひみんとおもふ心はまつらなる かゝみの神や空にしるらん （紫式部） ゆきめくりあふをまつらのかゝみには たれをかけつゝいのるとかしる （読人不知） 右二首贈答歌紫式部家集に見えたり 梅かゝやまつうつるらんかけきよき たましま川の花のかゝみに （定家） 〔「玉嶋河」に重載—筆者注〕	
鏡神（一一二八） あひみんとおもふ心は松浦なる 鏡の神や暗にしるらん （紫式部） 〔「松浦」に重載—筆者注〕	
鏡神（一九四） 逢みんとおもふ心は松浦なる かゝみの神やそらにしるらん 〔新千〕（紫式部） 〔「松浦」に重載—筆者注〕 かひもなき心つくしかよそにのみ うつるかゝみの神と見はては 〔永正御到着〕（実隆）	遠つ人まつらさよひめつま恋に ひれふりしよりおへる山の名 〔万五〕

玉嶋〔島〕（併せて同河〔川〕、同浦、同里、同の堀江）

名所歌枕（伝能因法師撰）

謌枕名寄

玉嶋河（一二二七）

たましまやゐしまもりかことしより
川せほのめく春のよの月
（家隆）

梅か丶やまつうつるらん影きよき
たましま川の花のか丶みに
（定家）

浪きよき玉嶋川にうつりきて
春のひかりも花に見えけり
〔「鏡神」に重載―筆者注〕

五月雨はたましま川にみふねさし
な丶せのよとにさほもおよはす
（順徳院ゞ）

いゑゐしてたかすむならし玉嶋の
この川上に衣うつなり
（中務卿ゞ）

もくつせくやなせのさてにこほりして
たましま川に冬はきにけり

たましまやこの河上に家はあれと
君をやさしみあらはさすありき
右仙媛報答哥子細上松浦川載之

松浦なるたましま川にあゆつると
た丶せる君はいゑちしらすも

類字名所和歌集

玉嶋（一八〇）

梅かかや先うつるらんかけ清き
玉嶋川の水のか丶みに
〔続千載〕（定家）

増補松葉名所和歌集

玉嶋（二四六）

玉しまや新しまもりかことしゆく
河瀬ほのめく春の三日月
〔玉吟〕（家隆）

玉しまのほり江をかけてかすむ也
風をまつらの波の上の月
〔類聚〕（家房）
〔「玉嶋の堀江」に重載―筆者注〕

人みなの見らんまつらの玉しまを
見すて丶我は恋つ丶あらん
〔万五〕（都師《ママ》老）

玉島川（二五五）

梅か丶や先うつるらん影清き
たましま川の水のか丶みに
〔續千〕（定家）

波清き玉しま川にうつりきて
春の光も花と見えけり
〔夫木〕（忠定）

五月雨に玉しま川に御舟さし
七瀬の淀に棹も及はす
〔名寄〕（頼保）

家ゐして誰すむならし玉しまの
此川上に衣うつ也
〔名寄〕（親重）

みくつせくやなせのさなみ氷ゐて
玉しま川に冬はきにけり
〔夫木〕（法印実伊）

玉しまの此河上に家はあれと
君をやさしみあらはさすありき
〔万五〕（海乙女）

まつらなる玉しま川にあゆ釣と
た丶せるこらか家路しらすも
〔万五〕（山上憶良）

玉嶋〔島〕（併せて同河〔川〕、同浦、同里、同の堀江）

とをつ人まつらの川にわかゆつる
いもかたもとを我こそまかめ
わかゆつる玉しま川の柳かけ
夕風たちぬしはしかへらし　（俊恵）
ひかりさすたましま川の水きよし
おとめの衣そてさへそてる　（定家）

玉しまやおちくるあゆの河柳
下葉より散あき風そふく　〔風雅〕（家隆）
玉嶋やゆふ波たかくなりにけり
この川上に嵐吹らし　〔新千載〕（前権僧正雲雅）
玉嶋のこの川上もしら波の
しらすかすめる夕くれの空　〔新拾遺〕（正三位知家）
たましまや川せの波の音はして
霞にうかふ春の月かけ　〔新続古今〕（順徳院）

玉しまや落くるあゆの河柳
下葉よりちる秋風そふく　〔風雅〕（家隆）
玉しまや夕波高く成にけり
この河上にあらしふくらし　〔新千〕（前権僧正雲雅）
わかゆつる袖もかすみにまかふまて
玉しま川に春はきにけり　〔建保百〕（行意）
若なつむ乙女か袖も玉しまの
春のひかりに匂ふ春風　〔雪玉〕（逍遥院）
たましまやいく瀬の淀にかすむらん
河上遠し春の明ほの　〔草庵〕（頓阿）
いくちよのひかりやかねて通ふらん
玉しま川の春の月かけ　〔建保百〕（兵衛内侍）
乙女子か此河上の家つとに
玉しま桜折てゆくなり　〔百首〕（国冬）

玉嶋〔島〕（併せて同河〔川〕、同浦、同里、同の堀江）

名所歌枕（伝能因法師撰）

詞枕名寄

類字名所和歌集

増補松葉名所和歌集

よる波の玉しま川の夕立は
過る早瀬に鮎さはく見ゆ
〔文明千〕（前内大臣）

光さす玉しま川の月清み
乙女のころも袖さへそてる
〔愚草〕（定家）

たましまや朝たつ水の浮霧に
此河上の家もへたてゝ
〔宝永御着到〕（為綱）

玉しまや此川上の柳かけ
落《ママ》も紅葉もせかぬ日そなき
〔夫木〕（後九条）

月もよし氷ふみわけ玉しまの
この川上に宿はたつねん
〔玉吟〕（家隆）

あともなしこほれて落る白ゆきの
玉しま川の河上のさと
〔名寄〕（定家）
（「玉嶋里」に重載—筆者注）

さよなかと夜は更ぬらし玉しまの
河音すみて千鳥鳴也
〔夫木〕（衣笠内大臣）

さゝれゆく玉しま川のあた波も
堀江になれは音そのとけき
〔夫木〕（為相）

玉しまやにゐ嶋もりかことしゆく
河瀬ほのめく春の三日月
〔玉吟〕（家隆）

しらせはや玉しま川に袖ひちて
七瀬の淀におもふ心を
〔夫木〕（顕仲）

七瀬淀	心の関	玉嶋〔島〕（併せて同河〔川〕、同浦、同里、同の堀江）
		玉嶋浦（一二二九） 松浦川たましまのうらにわかゆつる いもらをみてん人のともしさ 〔万五〕 右師大伴同和三首内 **玉嶋里**（一二二九） あともなしこほれてをつる白雪の たましま川の河上の里 （定家） なきぬなり心つくしのほとゝきす をのか五月のたましまのさと 〔中務卿家哥合〕（藤原基長）
		松浦山ゆふこえくれは玉嶋の 里のつゝきに立つ煙かな 〔新続古今〕（弾正平《ママ》忠房親王） （「松浦」に重載―筆者注）
七瀬淀（三二三） まつら川なゝせのよとの鵜かひ舟 下しもはてす明ぬ此夜は 〔六百番〕（権太夫） （「松浦川」に重載―筆者注）	**心の関**（五一四） 夜をかさね心のせきのかたき哉 空には鳥のそらねならねと 〔六百番〕（有家）	**玉島浦**（二四一） 松浦川玉しまの浦にわかゆつる いもらを見らん人のともしき 〔万五〕（都師《ママ》老） **玉島里**（二六五） あともなしこほれて落る白雪の 玉しま川の河上のさと 〔名寄〕（定家） （「玉島川」に重載―筆者注） まつら山夕こえくれは玉しまの 里のつゝきにたつ煙かな 〔新續古〕（忠房親王） （「松浦山」に重載―筆者注） 玉しまの里のあるしやそれならん あゆつるきしの夕くれの空 〔千首〕（為尹） **玉嶋の堀江**（二五八） 玉しまのほり江をかけてかすむ也 風をまつらの波の上の月 〔玉吟〕（家隆） （「玉嶋」に重載―筆者注）

	七瀬淀	松浦（併せて同山、同山裾野、同嶺、同道〔路〕、同海、同浦、同潟、同泊、同沖〔瀛〕、同川）
名所歌枕（伝能因法師撰）		松浦（四一三） 君を待松浦の浦の乙女らは 常世の国の海士おとめかも 〔万葉五〕（山媛） さよ更て堀江漕なる松浦舟 梶音たかし見おはやみかも 〔続古今〕（人丸）
謌枕名寄		松浦浦（一一二六） 君をまつ松浦の浦のおとめらは とこよのくにのあまおとめかも 〔万〕 右吉田連宜和松浦紀媛哥 ふく風になくねをそへてさよ千鳥 たれかまつらのうらみかぬらん （中納言宣兼） 松浦山（一一二四） 木のまよりひれふる秋をよそにみて いかゝはすへきまつらさよひめ （基俊） 松浦（一一二三） まつらかたさよ姫のこかひれふりし 山の名のみやきゝつゝおらん 〔万五〕（憶良） （「松浦潟」に重載―筆者注―） とをつ人まつらさよひめつま恋に ひれふりしよりおへる山の名 〔万五〕（憶良）
類字名所和歌集		松浦（二八六） さよ更て堀江漕なる松浦舟 梶音たかしみおはやみかも 〔続古今〕（人丸） 木間よりひれ振袖をよそにみて いかゝはすへき松浦さよ姫 〔千載〕（基俊） あひみんと思ふ心は松浦なる かゝみの神や空に知らん 〔新千載〕（紫式部） （「鏡神」に重載―筆者注―）
増補松葉名所和歌集	松浦川七瀬の淀はよとむとも 我はよとます君をしまたん 〔万五〕 （「松浦川」に重載―筆者注―）	松浦（四六〇） まつらの浦とも　海潟併見るへし 君をまつ松浦のうらの乙女らは とこよの国の蜑乙女かも 〔万〕（吉田連宜） さよ更てほり江こくなる松浦舟 かち音高しみお早みかも 〔續古〕（人丸） 木の間よりひれふる袖をよそに見て いかゝはすへき松浦さよ姫 〔千載〕（基俊） 逢みんと思ふ心は松浦なる かゝみの神やそらにしるらん 〔新千〕（紫式部） （「鏡神」に重載―筆者注―）

松浦（併せて同山、同山裾野、同嶺、同道〔路〕、同海、同浦、同潟、同泊、同沖〔瀛〕、同川）

音にきゝめにはいまたみすさよ姫か
ひれふりきたふ君か松浦山
〔万葉五〕（三嶋王）

右本集大伴佐堤比古郎女特被朝命
奉使蕃国眠越蒼波妾也松浦佐用姫
面登高山之嶺貞離事之舟悵然断腸
点然銷魂遂脱領巾麾之同号此曰領
巾麾嶺作哥也

よろつよにかたりつけこしこのたけに
ひれふりけらしまつらさよひめ
〔万五〕

をとにきゝめにはまた見ぬさよ姫の
ひれふりきてふ君まつら山
右三嶋王後追和松浦佐用姫哥一首

立帰る月日やいつを松浦舟
行ゑも波の千へにへたてゝ
〔玉葉〕（院御製）

すむ月に聞そかなしき松浦舟
ゆくゑもひらぬよるの楫音
〔千首〕（牡丹花）

ひれふりし昔をさへや忍ふらん
まつらの浦を出る舟人
〔五社百〕（俊成）

誰ちきり松浦のうらの沖つふね
よるへさためぬ波のうかれめ
〔續撰吟〕（実雄）

都にもひれふる袖は有ものを
思ふなよそにまつらさよ姫
〔拾玉〕（慈鎮）

松浦舟けふはいくかの波の上に
また目にかゝる山のはもなし
〔壬二〕（家隆）

あはれさやもろこしまてもかよふらん
まつらの浦の旅の曙
〔拾玉〕（慈鎮）

松浦山（四五四）

音にきゝ目にいまた見すさよひめか
ひれふりきとふ君松浦山
〔万五〕（三島王）

松浦（併せて同山、同山裾野、同嶺、同道〔路〕、同海、同浦、同潟、同泊、同沖〔瀛〕、同川）

名所歌枕（伝能因法師撰）

謌枕名寄

松浦山（一二二四）
せみの羽のころもに秋をまつらかた
ひれふる山のくれそすゝしき
（定家）
ほとゝきすもろこしまてやまつら山
なみのはるかの雲に啼なり
（範宗）
浦かせに秋をまつらの山のせみ
そめぬこすゑの露になくなり
〔建保名所百〕（俊成女）
佐用姫の袖かとみれはまつら山
すそのにまねくおはななりけり
〔関白哥合〕（蓮信法し）
松浦山もみちしぬれはくれなゐの
ひれは木すゑにふらせてそみる
〔関白哥合〕（是称法し）
たのめてもまたとを海にまつら山
秋もやきなんあまの川なみ
（家隆）
あまつ空たなひく雲のにしにある
秋をまつらの山のはの月
〔建保名所百〕（忠定）

類字名所和歌集

蟬のはの衣に秋をまつらかた
ひれふる山の暮そ涼しき
〔新後拾遺〕（定家）
（「比礼振山」に重載―筆者注）
松浦山夕こえくれは玉嶋の
里のつゝきに立けふりかな
〔新続古今〕（弾正平《ママ》忠房親王）
（「玉嶋」に重載―筆者注）

増補松葉名所和歌集

時鳥もろこしまてやまつら山
波のはるかの雲になくらん
〔名寄〕（範宗）
波風に秋をまつらの山の蟬
そめぬ梢の露になく也
〔夫木〕（俊成卿女）
さよ姫の袖かと見れはまつら山
すそ野にまねく尾花也けり
〔夫木〕（聖信法し）
（「松浦山裾野」に重載―筆者注）
まつら山紅葉しぬれはくれなゐの
ひれは梢にふらせてそみる
〔夫木〕（覚称法師）
まつら山夕こえくれは玉嶋の
里のつゝきにたつけふり哉
〔新續古〕（忠房王）
（「玉島里」に重載―筆者注）
春かすみまつらの山はよきてたて
ゆくてにも見ん妹か袖ふり
〔夫木〕（経家）
吹しほる松浦の山の山おろしに
こえゆく波も夕立のあと

松浦（併せて同山、同山裾野、同嶺、同道〔路〕、同海、同浦、同潟、同泊、同沖〔瀛〕、同川）

百日しもゆかぬ松浦路けふ行て
あすはきなんを何かさやれる
〔万葉五〕

松浦道（一二二七）
もゝかしまゆかぬまつらちけふゆきて
あすはきなんをなにかさやしる
〔万五〕（憶良）

漕かへせ松浦の山の花すゝき
今もひれふる沖つ舟人
〔草根〕（正徹）

ゆく舟をまねくと見えてひれふるや
松浦の山の秋の稲妻
〔草根〕（正徹）

もみち散まつらの山は乙女子の
錦のひれをふるかとそみる
〔新類〕（実家）

友したふち鳥なく也ひれふりし
まつらの山のあとの塩風
〔拾遺員外〕（定家）

舟路よりゆく年ならは年のくれ
まつらの山に袖もふらまし
〔正治百首〕（釈阿）

くる秋をそなたの波に松浦山
松にすゝしき風もふかなん
〔建保百〕（兵衛）

ひれふりし松浦の山の乙女子も
いとわれはかり思ひけんかも
〔久安百〕（崇徳院）

松浦嶺（四五五）
ひれふりしまつらの嶺はかすめとも
昔にかよふなかめをそする
〔夫木〕（禅性法し）

松浦山裾野（四五七）
さよ姫の袖かと見れはまつら山
すそ野になびく薄《尾花》也けり
〔夫木〕（聖信法師）
（「松浦山」に重載―筆者注）

松浦路（四五五）
百日しもゆかぬ松浦路けふ行て
あすもきなんを何かさやれる
〔万五〕（山上憶良）

松浦（併せて同山、同山裾野、同嶺、同道〔路〕、同海、同浦、同潟、同泊、同沖〔瀛〕、同川）

名所歌枕（伝能因法師撰）

海原の沖行舟を帰れとか
　ひれふらしけん松浦さよ姫
　　〔万葉五〕（俊人）

謌枕名寄

松浦海（一二二六）

あらたまのとしのをなかく松浦舟
　いくよになりぬ浪たちへたて、
　　〔光明峯寺〕

いまもなをまつらの海にみわたせは
　はやとをさかるふなちかなしも
　　〔後嵯峨〕

たらしひめみふねいてけん松浦の海
　いもかまつへきときはへにつゝ
　　〔万十五〕

右天平八年遣新羅使等肥前国松浦
柏嶋亭船泊夜作哥七首内

松浦潟（一二二六）

秋といへは月をやしかのまつらかた
　うらみわひぬるたそかれのこゑ
　　〔建保哥合〕（雅経）

類字名所和歌集

改のとしのをなかく松浦舟
　いく代に成ぬ波ちへたて、
　　〔続後撰〕（入道前摂政左大臣）

松浦かたやへの塩ちの秋かせは
　唐よりや吹はしむらん
　　〔玉葉〕（前大僧正道玄）

松浦かた唐かけてみわたせは
　波ちもやへのすゑの白雲
　　〔新拾遺〕（御製）

忘るなよ契りし末を松浦かた
　ひれふる山はへたて果共
　　〔新続古今〕（栄仁親王）
〔「比礼振山」に重載—筆者注〕

増補松葉名所和歌集

松浦海（四五九）

海原の沖ゆく船を帰れとか
　ひれふらしけんまつらさよ姫
　　〔万五〕

今もなほまつらの海を見わたせは
　早遠さかる船路かなしも
　　〔名寄〕（後嵯峨院）

たらし姫みふねは《は》てけん松浦の海
　妹か待へき月日へにつゝ
　　〔万十五〕

松浦潟（四六四）

まつらかたさよひめの子のひれふるも
　山の名のみや聞つゝをらん
　　〔万〕（山上憶良）
〔「比礼振山」に重載—筆者注〕

秋といへは月をや鹿のまつら潟
　うらみわひたる夕くれの声
　　〔家集〕（雅経）

松浦かた八重の塩路の秋風は
　もろこしよりや吹はしむらん
　　〔玉葉〕（前大僧正道玄）

まつらかたもろこしかけて見渡せは
　波路も八重の末の白くも
　　〔新拾〕（御製）

わするなよ契りし末をまつらかた
　ひれふる山はへたてはつとも
　　〔新續古〕（栄仁親王）

松浦（併せて同山、同山裾野、同嶺、同道〔路〕、同海、同浦、同潟、同泊、同沖〔瀛〕、同川）

まつらかたさよひめのこかひれふりし
山の名のみやきゝつゝおらん
（憶良）
（「松浦」に重載―筆者注）

松浦潟こはよに知ぬうきねかな
袖も枕も波はかけつゝ
〔新千載〕（隆信朝臣）

松浦潟唐かけて見わたせは
さかひは八重の霞なりけり
〔風雅〕（後鳥羽院）

まつらかたこはよにしらぬうきね哉
袖もまくらも波はかけつゝ
〔新千〕（隆信）

まつら潟唐かけて見わたせは
さかひは八重のかすみ也けり
〔風雅〕（後鳥羽）

松ら瀉明るかすみにゆく鴈の
つはさの波に春風そふく
〔夫木〕（円快）

松浦潟遠さかり行時鳥
声のゆくゑやもろこしの空
〔夫木〕（知家）

まつらかた木のまの月をのこしても
もろこしふねのよるはすゝしき
〔建保百〕（行能）

風の音もけさよりかはるまつらかた
波路を遠み秋やたつらん
〔新類〕（尭胤）

まつらかたもろこし舟の出ぬ日も
波路をさして千鳥なく也
〔宝治百〕（基家）

松浦かた波にちかつく冬のよの
月なへたてそ八重の塩かせ
〔御集〕（後鳥羽）

いつかさは又は逢瀬をまつら潟
此川上にわれはすむとも
〔六百番〕（定家）
（「松浦川」に重載―筆者注）

松浦（併せて同山、同山裾野、同嶺、同道〔路〕、同海、同浦、同潟、同泊、同沖〔瀛〕、同川）

名所歌枕（伝能因法師撰）

謌枕名寄

松浦瀛（一二二七）
たれとなくしらぬ別のかなしきは
　まつらの奥をいつる舟人
〔新古〕（隆信）
かすみしくまつらのおきをこきいて、
　もろこしまての春を見るかな
〔新勅〕（慈鎮し）

松山やまつらか奥のかせのうみ
　そなたの風に秋はみえつゝ
（順徳院し）

松浦河（一二二五）
万葉第五云松浦川序命余以松浦之
贈逌遥聊臨玉嶋也潭遊説忽釣魚女
子等也花容毛契光俊無逌八僕問曰
誰家兒等益云漁夫之舎兒草庵二
微者無心無家何是講下官対云唯其
被奉芳命千時曰落山面驪馬将去遂
申懐抱因贈作哥云
あさりするあまのこともと人はいへと
　みれはしられぬむま人のこら
答詩曰。　下玉嶋河載之

類字名所和歌集

誰としもしらぬ別のかなしきは
　松浦の沖をいつる舟人
〔新古今〕（藤原隆信朝臣）
霞しくまつらの沖にこき出て
　唐までのはるをみるかな
〔新勅撰〕（慈圓）
かすみ行波ちの舟もほのかなり
　松浦か沖の春のあけほの
〔玉葉〕（院御製）
唐の山人いまはおしむらん
　松浦か沖の明かたのつき
〔新千載〕（後鳥羽院）

増補松葉名所和歌集

松浦（泊）（四六五）
さみたれに日数つくしの松浦舟
　同しとまりに猶もふる哉
〔丹後守為忠家百首〕（為忠）
松浦沖（四六五）
誰としもしらぬわかれのかなしきは
　まつらの沖を出る舟人
〔新古〕（隆信）
かすみしくまつらか沖に漕出て
　もろこしまての春を見る哉
〔新勅〕（慈円）
かすみゆく波路の舟もほのか也
　松浦か沖の春の明ほの
〔玉葉〕（院御製）
もろこしの山人今はおしむらん
　まつらか沖の明かたの月
〔新千〕（後鳥羽）
から人のたのめし秋は過ぬとも
　松浦か沖に雲なへたてそ
〔夫木〕（如願法し）
松浦川（四六八）

松浦（併せて同山、同山裾野、同嶺、同道〔路〕、同海、同浦、同潟、同泊、同沖〔瀛〕、同川）

まつら川河のせひかり鮎つると
た丶せる妹かものすそぬれぬ
〔万葉五〕（蓬容等）

若ゆつる松浦の川の川波の
なみにしをもは丶我恋んやも
〔万葉五〕（娘等）

松浦河七瀬の淀によとむとも
我はよとます君をし待ん
〔万容五〕（娘等）

松浦川河音たかしさよ姫の
ひれふる山の五月雨のころ
〔続後拾遺〕（中務卿宗尊親王）

遠つ人松浦の河に若ゆつる
妹か袂をこそまかめ
〔万葉五〕（蓬容等）

まつらかは川のせひかりあゆつると
た丶せるいもかものすそぬれぬ
右二首逢客等更贈哥三首内

わかゆつるまつらの川の河なみの
浪にしおもは丶我こひめかも

松浦川な丶せのよとはよとむとも
我はよとます君をしまたん
右娘等更報哥三首内

まつら川かはせをはやみくれなひの
ものすそぬれてあゆかつるらん
右帥大伴卿追和哥三首内

松浦川河音たかしさよ姫の
ひれふる山の五月雨のころ
〔続後拾遺〕（忠務卿宗尊親王）
（「比礼振山」に重載―筆者注）

まつら川七瀬の淀はよとむとも
我はよとます君をしまたん
〔万〕（娘等）
（「七瀬淀」に重載―筆者注）

松浦川河音高しさよひめの
ひれふる山の五月雨の頃
〔續後拾〕（宗尊親王）
（「比礼振山」に重載―筆者注）

遠つ人まつらの川にわかゆつる
妹か袂をわれこそまかめ
〔万〕（蓬客等）

まつら川七瀬の淀のはる〳〵と
かすみなかる丶春の明ほの
〔李花集〕（宗良親王）

まつら川鮎とる瀬さも水清み
にこらぬ末にさなへとる也
〔夫木〕（行家）

松浦川七瀬の淀をうかひ舟
下しもはてす明ぬ此よは
〔六百番〕（権大夫）
（「七瀬淀」に重載―筆者注）

しらすなほ春をや人のまつら川
ゆく年波の集につもるらし
〔元禄千首〕（氏孝）

松浦（併せて同山、同山裾野、同嶺、同道〔路〕、同海、同浦、同潟、同泊、同沖〔瀛〕、同川）

名所歌枕（伝能因法師撰）

謌枕名寄

類字名所和歌集

増補松葉名所和歌集

いつかさは又は逢瀬をまつら潟《川》
　此川上にわれはすむとも
〔六百番〕（定家）
（「松浦潟」に重載―筆者注）
命たにあらは逢瀬をまつら川
　帰らぬ波もよとめとそ思ふ
〔愚草〕（定家）

見都幾ノ関

見都幾ノ関（六五九）
夕きりやたちへたつらん岩垣の
みつきの関に舟もかよはす
〔夫木〕（光俊）

長崎県　肥前編

肥前国が、現在の佐賀県と、壱岐、対馬を除く長崎県に跨がることは、前編編頭で述べた。

飛鳥時代以前は、良きにつけ悪しきにつけ、朝鮮半島との関係が深かったが故に、壱岐、対馬が我が国の最前線として重き位置を占めていたが、奈良・平安時代に至って直接随、唐との往来が始まると、五島列島が重要さを増し、**『万葉集』**に関連歌が数多く収められることとなる。

下って天文十九年（一五五〇）、ポルトガル船が平戸に来航してより後、西岸各地は欧州列強の寄港の地となり、加えてキリスト教の我が国への伝道の拠点となった。

しかし、寛永十年（一六三三）以降には相次いで鎖国令が発布され、同十八年に平戸のオランダ商館を長崎出島に移したことで二百年の我が国の鎖国体制が完成した。

また天正十五年（一五八七）、豊臣秀吉によってバテレン追放礼が発令されると、以後キリスト教徒に対する幾多の迫害が繰り返された。詳述は避けるが、ついには過重な年貢や賦役、キリシタン迫害に抗議して島原、天草の領民が蜂起した、寛永十四年（一六三八）の島原の乱へと至るのである。翌年、原城に籠城した三万七千人の全滅で終結を見たが、隠れキリシタンとして島原、天草の各地で多くの信者が密かに信仰を続けたこ

一、嶋原

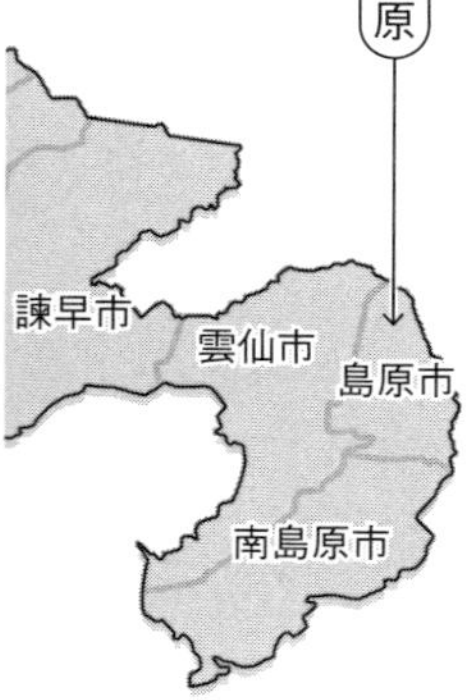

とは衆知のことで、その名残が平成三十年（二〇一八）七月、「長崎と天草地方の潜伏キリシタン関連遺産」としてユネスコの世界文化遺産に登録された。

　さて、本著の主題である歌枕の地は、肥前国の中心が佐賀県にあったが故に、三ヶ所を数えるのみである。

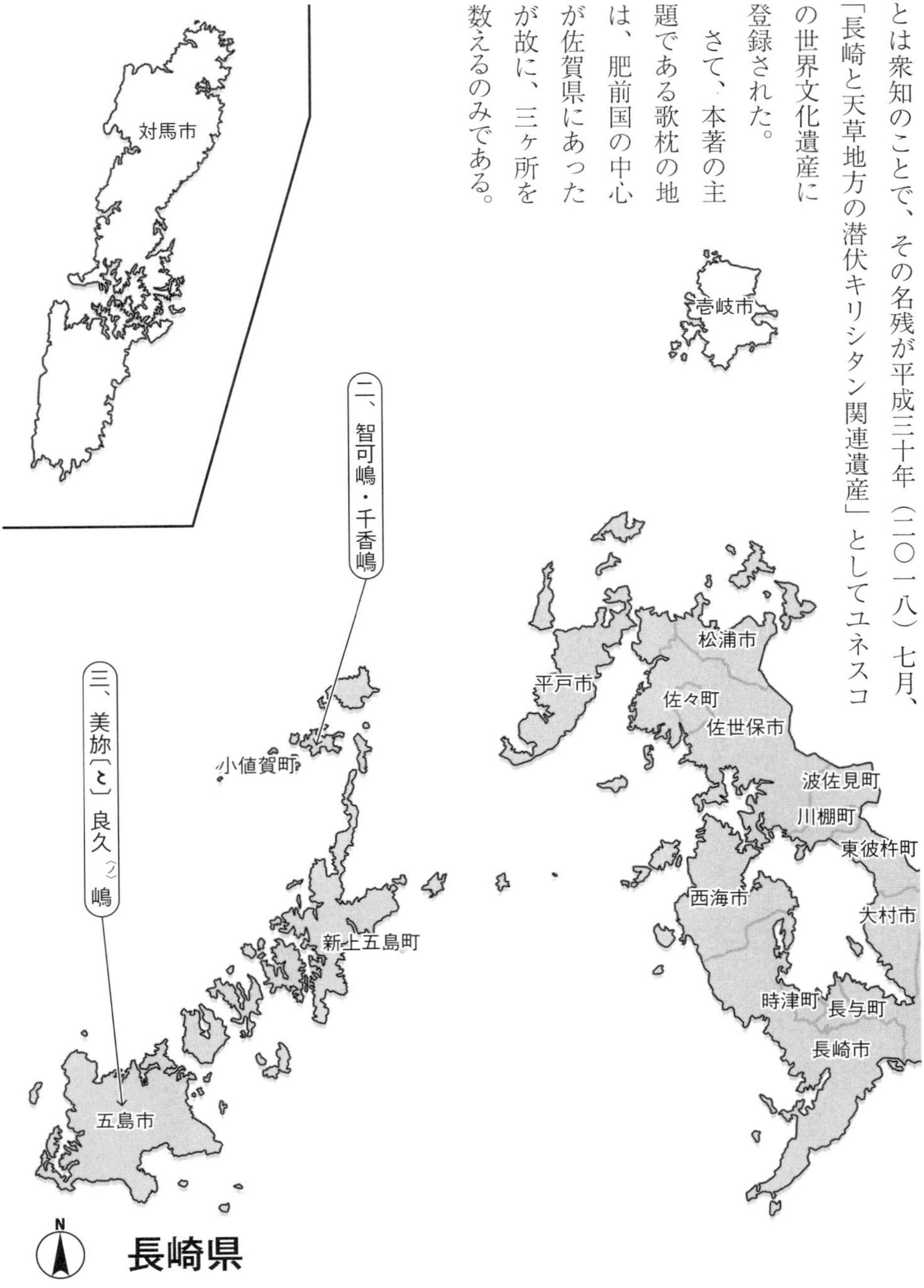

一、嶋原《しまばら》

『松葉』に、出典が『新六』とあるから『**新撰六帖**』であろうか、「漕出てなほまたしはし島原に　もろこし船のたれをまつらん」が載る。『松葉』に詠者の記載はないが、真観こと**葉室光俊**である。

島原半島は、諫早市の東に迫り出し、北は有明海の諫早湾に接し、東は熊本県との間に島原湾、西は橘湾、南は天草灘に囲まれる。熊本県天草下島との間四・四キロメートルの海峡・早崎瀬戸は、最大八ノットの潮が流れ、多くの魚種に恵まれる漁場である。東西約二十四キロメートル、南北約三十二キロメートル、蚕豆の形の島が九州本島部の諫早市とわずか幅五・五キロメートル程で繋がっている形状である。

幕藩体制下、当初有馬氏が治め、一時の幕府直轄領を経て、元和二年（一六一六）松倉重政が入るも、重政、勝家父子の過酷な藩政に抗して寛永十四年（一六三七）の島原の乱が起る。その後、高力《こうりき》氏、深溝《ふこうず》松平氏、戸田氏、再び深溝松平氏の支配を経て明治の廃藩置県を迎え、島原県となるも四ヶ月で長崎県に編入された。現在の行政区分は、東部が島原市、南部が南島原市、西部が雲仙市と三市に分けられている。

島原半島

肥後編七に項立てした白川の河口に浮かぶ熊本港（愛称・夢咲島）からフェリーで一時間、島原半島東岸の島原

島原城天守閣

港に着く。入港直前には市外の西に聳える眉山や平成新山、さらには普賢岳も目にすることが出来るのだが、その日はあいにくの天気で、眉山は山裾しか見えず、雲に隠れた山容を想像するのみであった。

島原港フェリーターミナルから国道二百五十一号線を北上、二キロメートル余りの島原市役所の西に、先述の松倉重政が建てた島原城の五層の屋根を持つ天守閣が姿を見せる。明治維新で廃城になり取り壊されたが、昭和三十九年（一九六四）に復元された。雨上がりの澄んだ秋空に白壁が美しく映えていた。

フェリーターミナルから国道を南に辿って二十五キロメートルほど、南島原市南有馬町の海沿いの高台に、編頭に述べた原城跡がある。各所に石垣などが残るのみであるが、本丸跡に続く広場の一角には、島原の乱の総大将であった天草（本名は益田）四郎時貞の像が建ち、早崎瀬戸を臨む広場の先端にはその墓所もあり、供物、供花が所狭しと供えられていた。

さらに国道二百五十一号線を進むと、半島の先端近くに口之津港が深く切れ込んでいる。この港は、永禄十年（一五六七）から元亀二年（一五七一）までの五年間、ポルトガルとの交易港であった。地図を見ると、島原半島南端近くという位置、風波を避けるに格好の形状からして、大航海時代以前の古くより、東シナ海から天草灘を経て島原湾、有明海に至る海路の入

原城石垣跡

天草四郎時貞像

天草四郎時貞の墓

国道389号線から望む雲仙岳

口之津港

口之津歴史民族資料館

口の、重要な寄港地であったであろうことは想像に難くない。また、現代はともかく、近代でも貿易港としての機能を有していたことは、湾口の南にある「口之津歴史民族資料館」が、明治三十二年（一八九九）に建てられた長崎税関口之津支庁の洋館が活用されていることで、窺い知ることが出来る。

国道二百五十一号線は、一部同五十七号線との共用部分を含めて、島原半島の外周を一周する。一方、半島を南北に縦断して、国道三百八十九号線が通る。

口之津港から国道三百八十九号線を北上すること二十五キロメートル、雲仙温泉郷に出る。道中、進行正面に雲仙岳と総称される連山を仰ぐことが出来る。雲仙岳は、最高峰の平成新山（標高一四八六メートル）、三岳と呼ばれる普賢岳（一三五九・三メートル）、国見岳（一三四七メートル）、妙見岳（一三三三メートル）を中心とする二十以上の山々から成る。温泉郷は、各所で水蒸気が噴出、硫化水素臭がたちこめる。キリシタンに、この地中から吹き出る熱湯を身体にかけるという、残酷な拷問がなされたこともあったという。

温泉街の一角、雲仙宮崎旅館の前には、**北原白秋**の「色ふかくつつじしづもる山の原　夏向ふ風の光りつつ來る」の歌碑が建つ。昭和十年（一九三五）

道路脇に噴気が

この地を訪れ、この宿に泊まった時の作である。
歌枕の地を語るに、近世の史跡や観光地のみになってしまったが、筆者の不徳とご容赦頂きたい。

白壁の五層の天守碧空に　映えて建ち居り島原城の
墓の前供花供物の絶えずして　島原の悲話今に語らる
島原の半島を貫く道の先　雲仙岳の連山の見ゆ

北原白秋歌碑

二、智可嶋《ちかのしま》・千香嶋

『名寄』、『松葉』に、詠者を入道関白、即ち**藤原忠道**とする「おもかけ《〔面影〕》の先た《〔立〕》つ月に音《ね》をそ《〔添〕》へ《え》て　わか《〔別〕》れはちか《〔値嘉〕》の島そ《ぞ》か《〔悲〕》なしき」と、出典も詠者も不明な他一首が収められる。また『能因』には『**万葉集**』巻第五の、「好去好來の歌一首」とする長歌「神代より……」の末尾の十二句「墨縄を延《は》へたるごとくあぢかをし　値嘉の崎より大伴の御津の浜びに直泊《ただは》てに　御船は泊《は》てむ障《つつ》みなく　幸《さき》くいまして早帰りませ」が載る。天平五年（七三二）、遣唐大使の丹比真人広成《たぢひのまひとひろなり》出立の際に**山上憶良**が贈った餞《はなむけ》の歌である。歌意は「黒縄をぴんと張ったように、値嘉岬から大伴の御津（難波の津のこと）の浜辺に、真一文字に御船は到着するであろう。障りなく無事に行かれて、早くお帰りなさい」である。なお、歌中の「あぢかをし」は「値嘉」にかかる枕詞と考えられている。

これらの歌中の「値嘉島」、「値嘉崎」は、五島列島、あるいは平戸島をも含む諸島のこととするのが定説のようである。であれば相当に広い地域を指すことになり悩ましい。そこで、その事を承知の上で、筆者の勝手な想いから小値賀《おぢか》島一島に絞って述べることとした。もちろん歌枕の「智可（千香）」を受けた唯一の島名であることが主たる理由であるが、訪れた証として島の港で買い求めたTシャツの背にプリントされる、「はるかなる西の海のこの島は　万葉の歌に詠まれし波静か値嘉の浦郷　うるわしき自然の中に　島の人は心和ませ　悠久の伝統《つたえ》を継いで　西海に夢を育む　こゝは碧い国　その名は小値賀　わが故郷《ふるさと》」の詩に共感を覚えたからでもある。

　小値賀島は、佐世保市の西約六十キロメートル、長崎市からは北西約百キロメートルにあり、面積十二・二二平方キロメートル、人口は二千人余を数える。長崎県はこの島を平戸諸島の一部としているが、五島列島の最も北に位置する中通《なかどおり》島の北端・津和崎鼻からはわずか五キロメートルの距離である。中世以降、また現在でも、行政区域としては五島列島とは異なるが、その近さから、歴史的つながりや人の往来、物の流れなど、一体として見做されることも多い。主要なアクセスは、博多港からフェリーで五時間、佐世保港からフェリーで三時間、高速

牛の塔

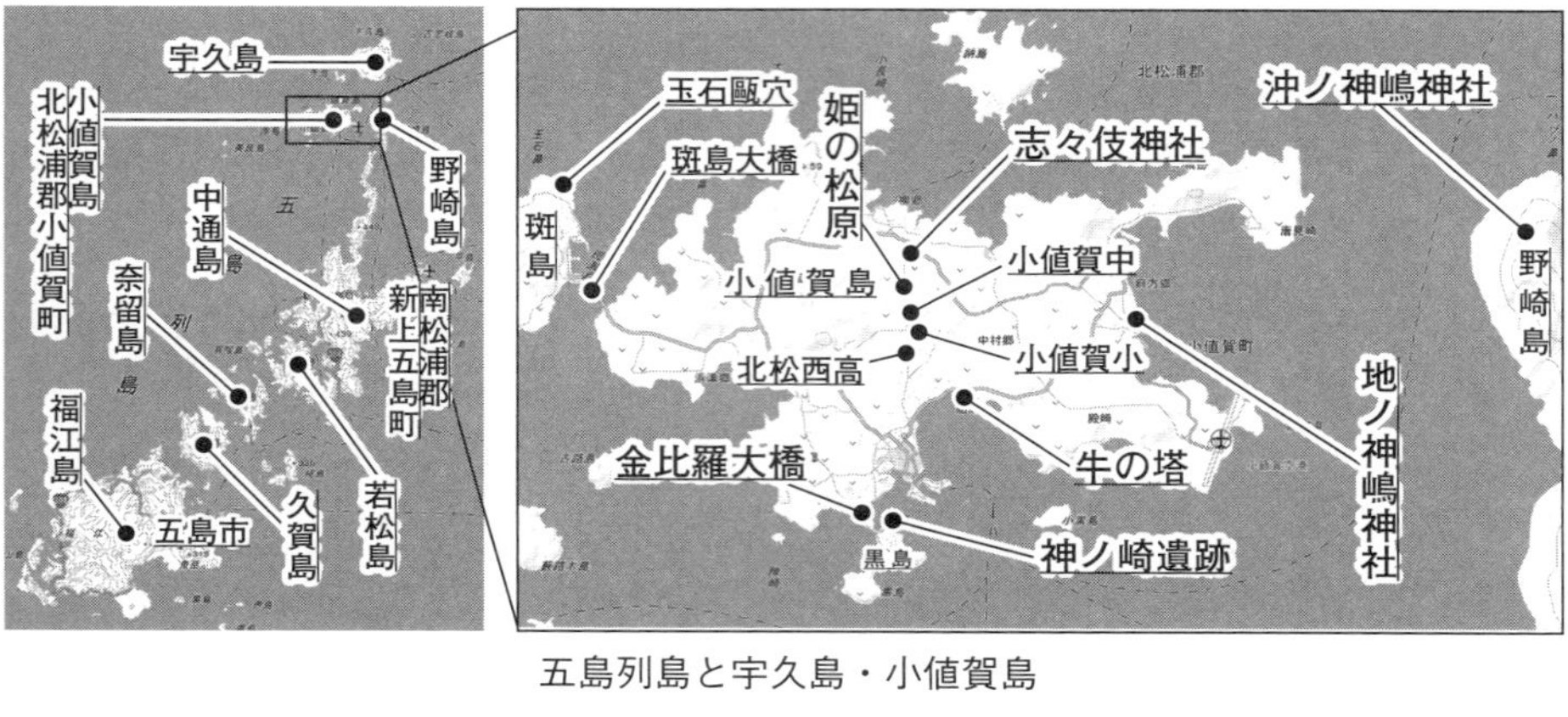

五島列島と宇久島・小値賀島

野崎島には沖ノ神嶋神社が

海浜に続く参道

地ノ神嶋神社

船で二時間を要し、空港はあるものの、現在定期便は運行していない。

　この島は、嘗ては東西二島に分かれていたが、鎌倉期より始められ、建武元年（一三三四）に完成した埋立事業により、一つの島となった。結果として二十ヘクタールの平地を生み出し、建武新田と呼ばれる。時代を考えると、どれほどの幅と深さの海峡であったかは判らぬが、大事業であっただろうことは想像がつく。その間、過酷な使役で犠牲となった牛を供養すべく、「牛の塔」と呼ばれる供養塔が、船瀬海岸の県道百六十一号・小値賀循環線脇の浜に建てられている。

　県道を東、そして北に向きを変えた先、海に向かう小道を進むと、浜に向かって小振りな社があり、参道は海に向かって真東に伸び、浜際に鳥居が建っている。大宝二年（七〇二）創建の地ノ神嶋《ちのこうじま》神社である。海を渡った先には野崎島が浮かび。慶雲元年（七〇四）に分祀された沖ノ神嶋神社が中腹に遠望できる。

志々伎神社

姫の松原

　島の中央部には南北に道が走り、子ども園、小、中、高校の並ぶ文教地区を通る。地区の北の道路沿い四百五十メートルは、「姫の松原」と呼ばれる黒松の並木が続き、「日本の名松百選」、「日本街路樹百選」に選ばれる。並木の途中には、近年に再建されたと思われる志々伎神社の拝殿があり、また、この島で確認されている九

～十三世紀に用いられていたと推測される十三点の碇石《いかりいし》の一つも置かれていて、大陸との交易の歴史を偲ばせる。

小値賀島には幾つかの古墳、遺跡があるが、島の南、金比羅大橋で繋がる黒島の神ノ崎遺跡は、弥生時代前期から古墳時代後期（約二二〇〇～一五五〇年前）築造の墳墓三十二基が残る。中でも二十号石棺は、規模が他に比して大きく、使われる石版は島外から持ち込んだ物であり、出土した副葬品が豪華であることから、この地を統治した女王の存在を窺わせるという。

このように歴史のロマン溢れる小値賀島を、歌枕「値嘉島」に勝手に比定したことを、独り合点をする筆者である。なお、小値賀島を含む五島列島の歴史については、小値賀町教育委員会の平田賢明《まさはる》氏にご教授頂いた。感謝するところであり、御礼申し上げます。

ところで『名寄』には、「千香浦」と項立てして、『**新勅撰和歌集**』から**藤原知家**の「ちか《千香》のうら《浦》にやく《焼》しほけふり《塩煙》春はまた　一《ひと》かすみ《霞》にもなりにけるかな」、およびその他三首が載るが、同じ歌を『類字』、『松葉』は筑前国の歌枕としている。筆者も迷った上で前著『歌人が巡る九州の歌枕　福岡・大分の部』の筑前編に項を立て、現大濠公園付近に比定した故、ここでの記述は省略する。

二《ふた》島を繋ぎしと聞く小値賀島　牛悼む塔に苦役を偲べり
小値賀島の浜の社の向く彼方　対の社の海隔ち建つ
史長き小値賀の島を訪ひ巡り　歌枕の地なりと独り合点す

神ノ崎遺跡

三、美旀《みみ》〔・〕良久《らくの》〈ノ〉嶋《しま》

五島列島の南端に、その北の久賀島、奈留島と共に五島市を形成する福江島がある。面積三百二十二平方キロメートル余り、五島列島最大で、人口はおよそ三万八千人である。九州本土とのアクセスは、愛称を「五島つばき空港」とする福江空港があり、福岡、長崎空港との間に一日各数往復が運行される。また、長崎港からはジェットフォイル（噴射推進式水中翼船）で一時間十五分、フェリーで三時間三十分、また博多港からはフェリーで九時間の海路もある。

福江港から国道三百八十四号線を反時計回りに二十キロメートルほどで、島の北西部にあたる五島市三井楽町に出る。歌枕「美旀（・）良久〈ノ〉嶋」の地とされ、町の東端近くの国道の南の丘陵に、白良ヶ浜万葉公園が整備されている。**『万葉集』**巻第十六の「筑前国の志賀の白水郎《あま》の歌十首」の長い添書きの中の、「肥前国松浦県《まつらのあがた》美禰良久《みねらく》の崎より発船《ふなだち》して……」の記述に依拠としたと思われ、入口近くのゾーンには十首と添書きの全文を刻んだ石版と、その一首目の万葉仮名表記、「王之不遣尓情進尓行之荒雄良奥尓袖振（大君《おほきみ》の遣《つかは》さなくに情進《さかしら》に　行きし荒雄ら沖に袖振る）」の歌碑が建てられている。またこの地は、遣唐使船の最後

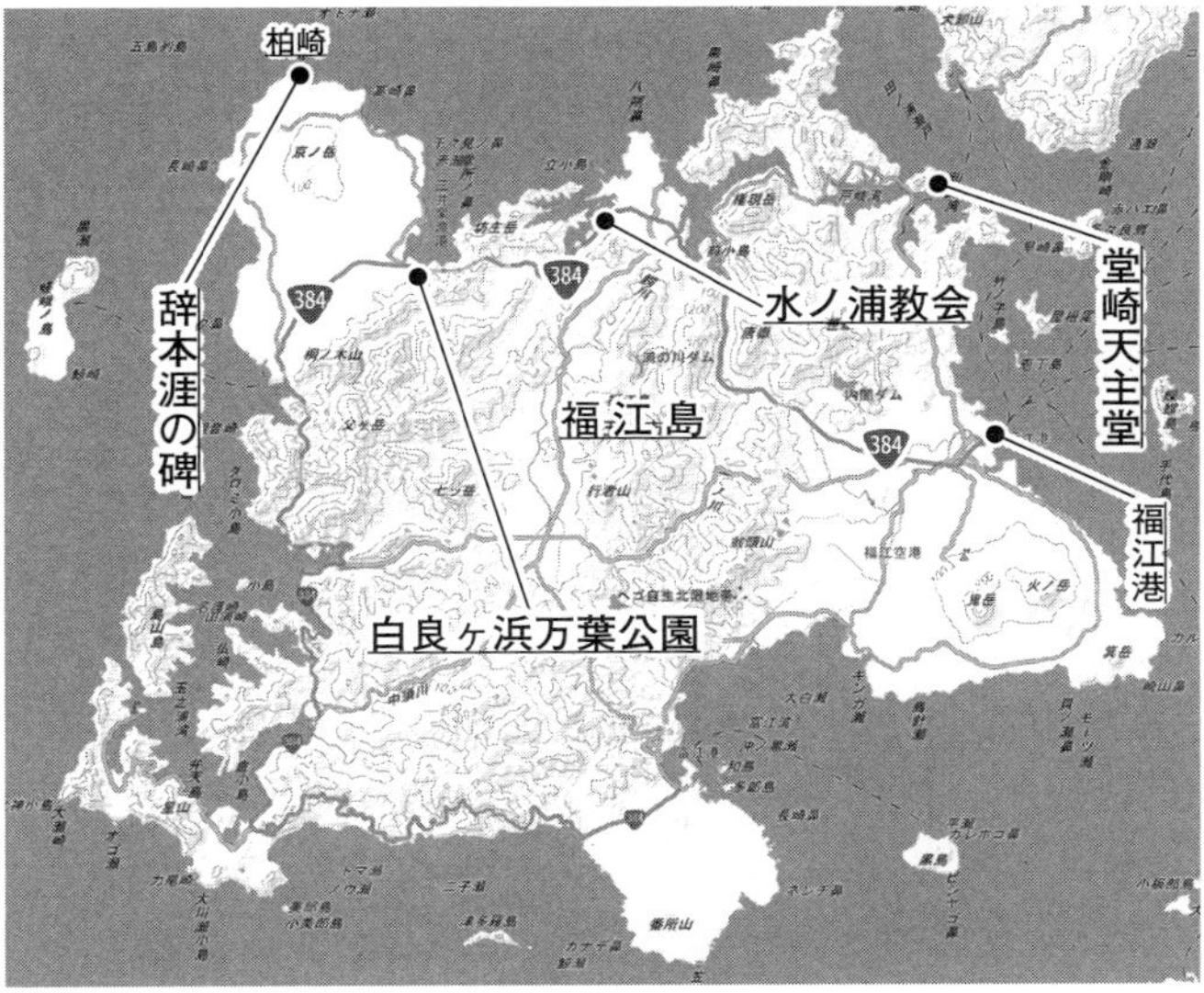

五島市福江島

万葉歌碑

『蜻蛉日記』歌碑

白良ヶ浜万葉公園　遣唐使船モニュメント

の泊の地ともされ、公園中央部の高台には、遣唐使船を模した朱の塗りが鮮やかな展望施設が設けられている。

　時代は下って、天暦八年（九五四）から天延二年（九七四）の間の、右大将藤原道綱の母によって書かれた自叙伝的日記の『**蜻蛉日記**』の、康保元（九六四）秋の記述中に、「ありとだによそにても見む名にし負はば　われに聞かせよみみらくの島」、「いづことか音にのみ聞くみみらくの　島がくれにし人を尋ねむ」の二首が詠まれる。遣唐使船の展望台の西の広場に、二首のうちの前歌を刻んだ碑が建てられている。この島は、古くから死者の憩う島で、そこに行けば死者に会うことが出来、また声を聞くことが出来る（耳楽に通じるか？――筆者注）との伝承があったようで、それ故の二首とされる。

　なるほど、『名寄』、『松葉』に、この地の歌枕歌として載せられる**源俊頼**の「みゝらくの我か《が》日の本の嶋ならは《ば》　けふ〔今日〕も御影にあは〔逢〕ましものを」も、この伝承を踏まえての一首であろう。なお、万葉歌添書中の「美禰良久の崎」は、この地の北端の柏崎を指す。

　岬の突端には、『**万葉集**』巻第九に「天平五年癸酉《きいう》、遣唐使の舩、難波を発《た》ちて海に入る時、親母《はは》の、子に贈る歌一

万葉歌碑

柏崎　空海立像と辞本涯の碑

首」の長歌の反歌「旅人の宿りせむ野に霜降らば　わが子羽ぐくめ天《あめ》の鶴群《たづむら》」の歌碑が建てられ、また、延暦二十三年（八〇四）の遣唐使船で入唐した**空海**の立像と、その**空海**の詩、碑銘、上表文、啓、願文等を弟子の真済《しんぜい》が編んだ『性霊集』の中の言葉・「辞本涯《じほんがい》」を刻んだ碑が建てられる。「辞本涯」とは「日本の最果てを去る」の意で、まさにこの地に相応しい言葉である。

なお、主題の歌枕とは趣を異にするが、福江島には十四のカトリック教会が存在するという。道すがら立ち寄った白亜の水ノ浦教会、レンガ造りの堂崎天主堂は、共々に秋空に高く聳えていて美しく、また厳かであった。

美旀良久の丘に据えらるる遣唐船　朱の鮮やかに青空に浮く
古に唐に入りたる空海の　像の立ち居り美旀良久の崎に
史長き美旀良久嶋にキリストを　祀る教会数多建ち居り

水ノ浦教会

堂崎天主堂

四、船坂山《ふねさかやま》

『名寄』、『松葉』に『**懐中抄**』から、「風早み立《たつ》白波をよそ人は　舟坂山と見るそ《ぞ》あやしき」が載るが、歌意からは対馬は感じ取れない。あくまでも肥前国の括りであるから、参考にする佐賀、長崎両県の地図を探したが見当たらない。

一方、播磨国に同名の歌枕があり、『能因』、『松葉』に、「はりまの船坂山といふところにて」の詞書と共に「風をはぬふなさか山は年月も　おなし所そとまりなりけり」が収められる。詠者は**壬生忠見**である。

船坂神社

あるいは播磨国との混同とも考えたが、収載歌が異なる故、別所とすべきであろう。よって残念ながら未勘とした。

ここで若干ではあるが、播磨国の船坂山につき紹介する。船坂山は、兵庫県赤穂郡上郡《かみごおり》町梨ヶ原と岡山県備前市三石《みついし》の間、ちょうどJR山陽本線と国道二号線が

兵庫県赤穂郡と岡山県備前市県境　船坂山

県境を通過する西側約一キロメートルに聳える。ただし、国道筋からは山並に埋れて峰が特定出来なかった。現在は国道もＪＲもそれぞれ船坂山隧道、船坂トンネルで往来するが、旧山陽道（近世は西国街道とよばれた）は峠越えであり、昭和三十年（一九五五）のトンネル開通まで国道として供用されていた。それ故、今は歩行者に限定されているが、幅員も路面も、まだ車両の走行には充分である。街道の所々に道標が、峠には県境を示す石柱が建てられている。また兵庫県側の宿《しゅく》の集落には、由緒等は判っていないが、趣のある船坂神社がある。

肥前国の地図を悉《つぶさ》に探せども　比定叶わず船坂の山
山陽道国道・鉄路のトンネルに　船坂山の名の冠り居り
古に船坂山を越え通ふ　峠に建ち居り県境の標

西国街道標識

県境の石柱

肥前国（長崎県）歌枕歌一覧（名所の数字は各歌枕集収載ページ）

	嶋原	智可嶋・千香嶋
名所歌枕（伝能因法師撰）		智可嶋（四一五） 墨縄をはへたることくあてかをし ちかのくきから大津の 御津の濱へにたゝはてに 御舟ははてん津ゝみなく さきくいましてはやかへりませ 〔万葉五〕（読人不知） 白波のかゝれる山を見渡せは ちかの嶋にはあらぬ也けり 〔夫木〕（重之）
謌枕名寄		千香嶋（一二三一） おもかけのさきたつ月にねをそへて わかれはちかのしまそかなしき 名をたのむちかのしまへをこきくれは けふもしほちにくらしつるかな 千香浦（一二三〇）正字不祥（筑前国へ） あかつきのちかの浦風おとつれて ともなし千とり浪に啼なり （家隆） ちかの浦に浪よせまさる心ちして ひるまなくしてくらしつるかな 〔後拾〕（道信） ちかのうらにやくしほけふり春はまた 一かすみにもなりにけるかな 〔新勅〕（知家）
類字名所和歌集		
増補松葉名所和歌集	嶋原（七一〇） 漕出てなほまたしはし島原に もろこし船のたれをまつらん 〔新六〕	智可嶋（一〇二） おもかけの先たつ月に音をそへて わかれはちかの島そかなしき 〔名寄〕（太政太臣《ママ》） なをたのむちかの島へにこきくれは けふも塩路にくらしつる哉 〔名寄〕

智可嶋・千香嶋	美旅〔・〕良久〈ノ〉嶋	船坂山
もろこしもちかのうらはの夜の夢 おもはぬかたそとをつ舟人 （家隆）	美旅良久嶋（一二三一） みゝらくの我か日の本のしまならは けふもみかけにあはましものを （俊頼） 能因哥枕詑云肥前国ちかの嶋と云所あり其所に夜になれは死人あらはれてあふと云々 万葉十六巻詞云肥前国松浦贈美旅良久崎発舟云々	船坂山（一二三〇） 風はやみたつしら浪をよそ人は ふなさか山と見るそあやしき 〔懐中〕
	美・良久ノ嶋（六七六） みゝらくの我日の本の嶋ならは けふもみかけにあはましものを 〔名寄〕（俊頼）	船坂山（四八一） 風早み立白波をよそ人は 舟坂山と見るそあやしき 〔懐中〕

長崎県　壱岐編

佐賀県北端の東松浦半島の北北西約二十キロメートルの玄界灘に浮かぶ、南北十七キロメートル、東西十四キロメートルの壱岐島は、**『魏志倭人伝』**に「又南渡一海　千餘里　名曰瀚海　至一大國」とある、「一大國」である。後の中国の史書には「一支國」と記され、現在の「壱岐」の語源と言えよう。即ち、弥生時代後期には大陸との往来が既にあったのである。

わが国の文献における表記は各様で、**『古事記』**に「伊伎」、**『日本書紀』**に「壱岐」、『国造本紀《こくぞうほんぎ》』に「伊吉」、万葉歌は「由吉」と記されている。律令制下で「壱岐」の表記が確定したと思われる。しかし平安末期までは、国でありながら「壱岐島」と呼称されていたと言う。天平十三年（七四一）の**聖武天皇**による「国分寺・国分尼寺建立の詔」によってこの地と対馬に建てられたのは、島分寺であった。

壱岐は、対馬と並んで大陸や朝鮮半島との抗争の最前線であった。寛仁三年（一〇一九）には、女真族と想像される賊徒が、高麗沿岸を経て両島を襲い、略奪を行った。

また、二度にわたる元の襲来（文永の役、弘安の役）の際も大きな被害を受けた。

江戸時代には平戸藩の領有下に置かれ、明治四年（一八七一）の廃藩置県の際は平戸県、後に長崎県に組み込まれた。

手元の名所和歌集には、六ヶ所の歌枕の地が項立てされるが、出典の収載の誤りと思われる二ヶ所、壱岐の地ではあるが所在が明らかでない一ヶ所があって、残念ながら目下比定し得たのは三ヶ所である。

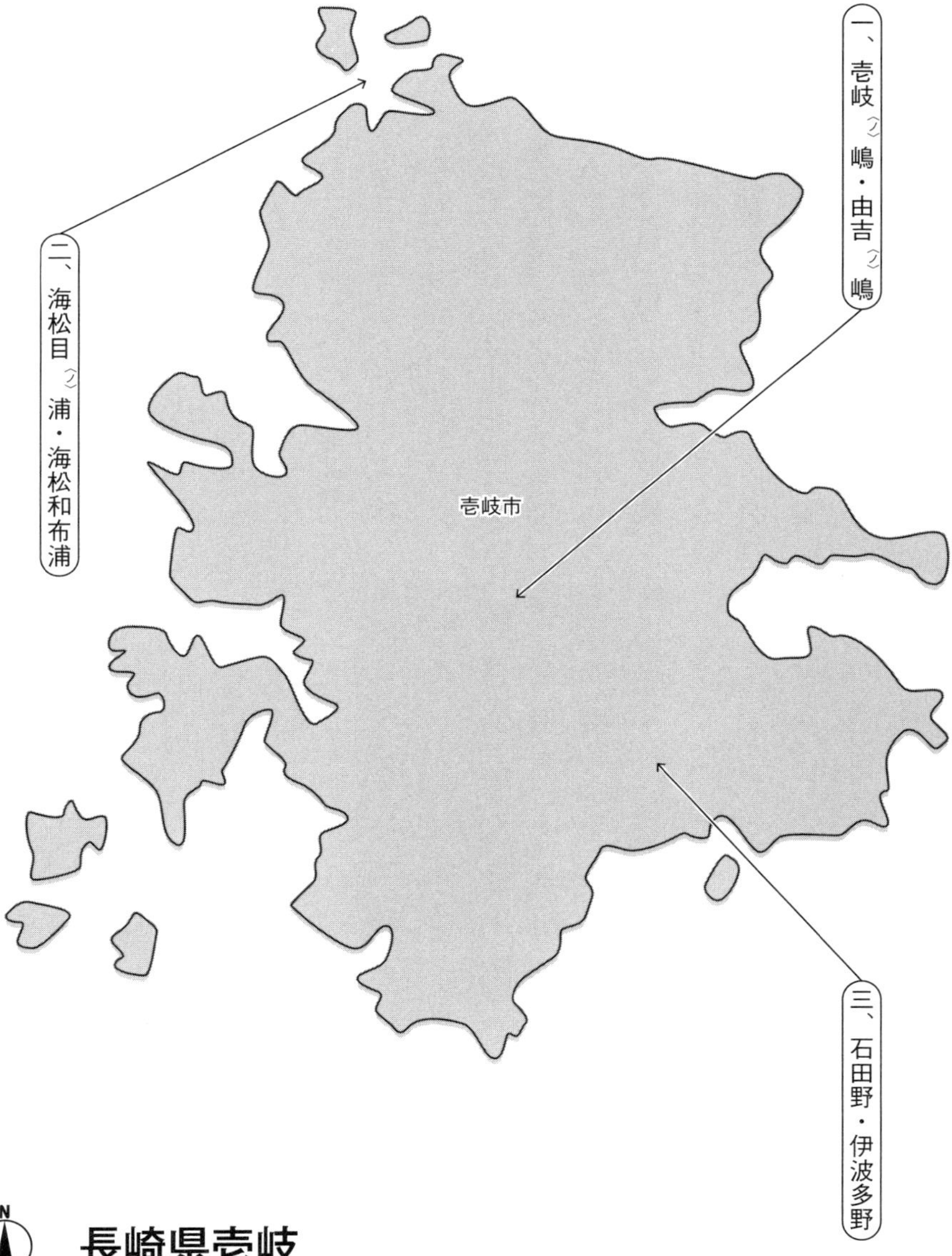

長崎県壱岐

一、壱岐《いきの》〈ノ〉嶋《しま》・由吉《ゆきの》〈ノ〉嶋《しま》

壱岐の島そのものを詠み込んだ歌は、編末の一覧にある如く七首を数えるが、『名寄』に収められる「壱岐しまのいわほにたてるそなれ松　まつとなき世にしほれてそふる」以外は、「ゆきのしま」と書かれる。『**万葉集**』の巻第十五の二首、『**新撰六帖**』、『**夫木和歌抄**』の各一首もである。編序にも述べたが、壱岐の呼称が今の如くに統一されるのは律令制以降であり、さらに和歌の世界では、『**万葉集**』の影響を鎌倉時代まで残していたと言える。

ところで『**古事記**』の「国生み」には、**伊弉諾尊**、**伊弉冉尊**の夫婦神が五番目に生んだ島につき、「次に、伊岐の嶋を生みたまひき。亦の名は天比登都柱《あめひとつはしら》といふ。」と記される。「柱」とは、天と地を結ぶ道の意で、この島が天地の架け橋であったことを意味するとも言える。それ故か、島内には多くの神社が点在している。市の観光協会が発行する『壱岐島四十二社巡り』のパンフレットが参考になるが、全てを巡ること叶わず、数社を訪れた。

島のほぼ中央部、県道百七十二号・国分箱崎線沿いに月読神社が建つ。祭神は**月読命**ほか二神である。大和時代にこの島を収めていた豪族の壱岐氏によって創建されたが、年代は定かではない。が、

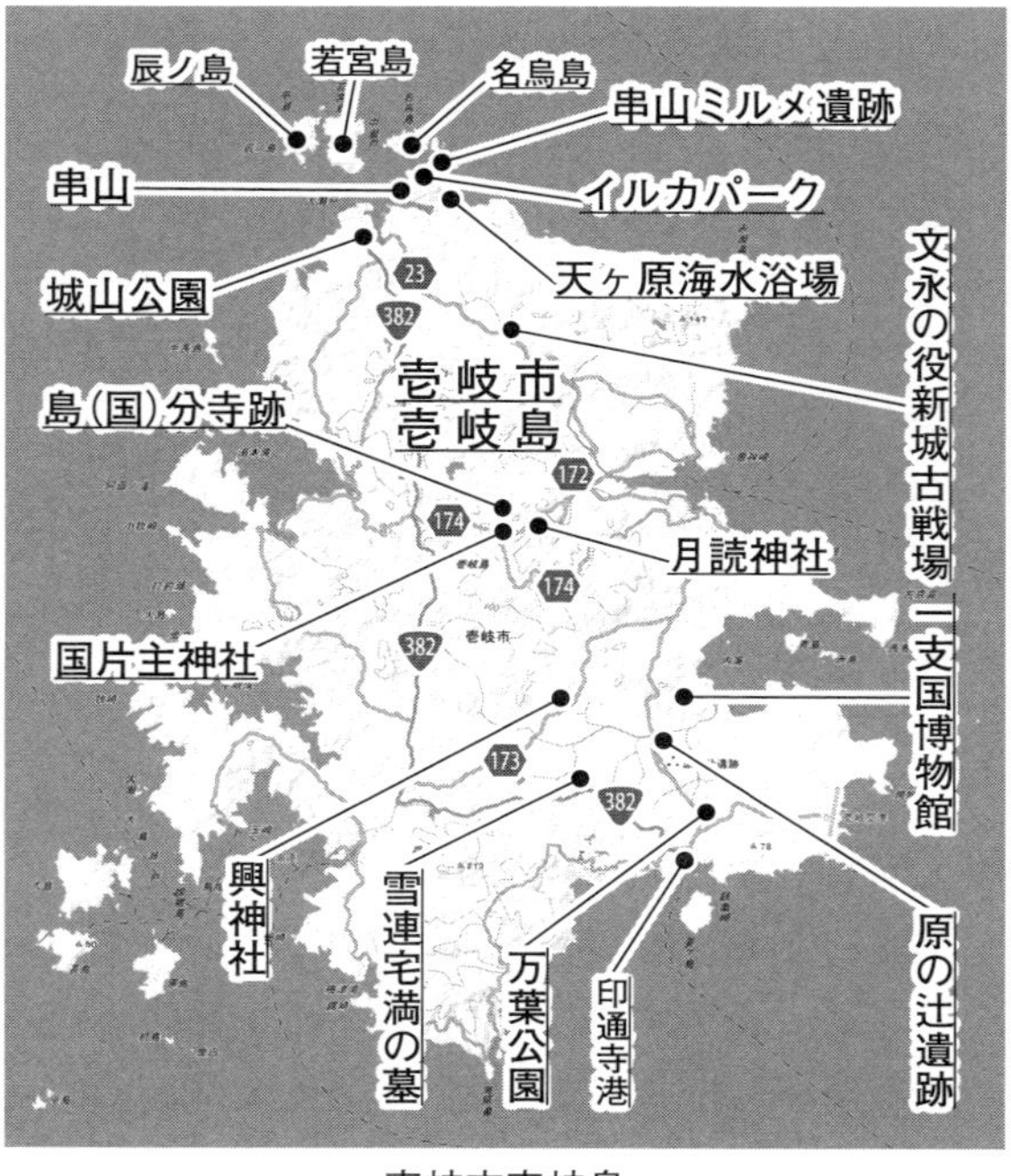

壱岐市壱岐島

月読神社

四八七年、遣任那使の阿閉臣事代《あへのおみことしろ》がここで航海の安全を祈願したところ、**月読命**が京都に祀るように告げ、帰朝して事代は、時の天皇（雄略天皇?・）に上奏し、この神社から三神を分霊、嵐山の南の松雄山山麓に月読神社を建立したという。であれば、創建は五世紀半ば以前であり、またこの神社が、全国の月読社の元宮であるといえる。

月読神社の西約五百メートル、県道百七十二号が百七十四号・湯ノ本芦辺線に合流する辺りに、弘仁二年（八一一）創建の国片主神社が鎮座する。祭神は**少彦名命**、**菅原道真**等で、国分天満宮とも称される。

社領の直ぐ北には、島分寺（国分寺のこと）跡がある。その地には、解説板と身の丈四十センチメートルほどの石仏が置かれるのみである。天平十三年（七四一）に国分寺・国分尼寺建立の詔が下るも、壱岐においては寺基の確立が遅れたと推定されている。弘仁十一年（八二〇）までには壱岐氏の氏寺を転用して成立し、以後、他の国分寺と同等の扱いを受けることとなったが、十世紀末から十一世紀初頭には衰退が認められるに至り、十七世紀に入って現在の国分寺が、島分寺の後継寺院として再建された。その現国分寺は五百メートルほど南に位置する。

旧島分寺跡

国片主神社

壱岐国の国府の所在は明らかではないが、候補地として有力視されているのが、芦辺町の湯岳興触、県道百七十三号・郷ノ浦芦辺線の道端にある興神社付近である。三の「石田野」に述べるが、『**魏志倭人伝**』の記述にある「一大《いたい》國」、即ち一支《いき》国の中心であったと思われる、原の辻遺跡のある平野の外縁の山裾に位置し、「興」が「国府」と同音であることから、納得できる推定である。

ところで、壱岐の地名には最後に「触《ふれ》」がつく（海岸沿いの幾つかは「浦」）。国片主神社の所在は芦辺町国分東触、興神社は芦辺町湯岳興触等々である。江戸期に、藩から庄屋への通達文書が「お触書」で、そのお触書を村の各戸に伝える役職を「触役」と呼び、その触役の担当区域が「触」であり、現在まで残ったとの説がある。

天と地を結ぶ道とふ壱岐の島　数多の社神々祀る
壱岐島の古き国分の寺の跡　今石仏の一基坐すのみ
道を変へ興の神社に詣でたり　壱岐の国府の在りし地と聞き

興神社

二、海松目《みるめの》〈ノ〉浦《うら》・海松和布浦（地図は前項参照）

清原深養父《ふかやぶ》の「満つ汐の流《ながれ》ひる《〔干る・昼〕》ま《〔間〕》を逢ひか《が》たみ　みるめ《〔海松目〕》の浦による《〔寄る・夜〕》をこそまて《で》」が『**古今和歌集**』に収められるが、非常に技巧的な歌である。「満つ汐の流」は「干る」の序詞、「ひる」は「干る」と「昼」が掛けられ、「よる」

海松目浦

串山ミルメ遺跡埋戻地

は「干る」の縁語の「寄る（満ちる）」と、「昼」の縁語の「夜」がこれまた掛けられている。この歌と他二首が『類字』に、また『**千五百番歌合**』に収められる**後鳥羽院**の「ます《真澄》鏡みる《見る・海松》め《目》の浦のよは《夜半》の月　氷をよ《寄》する秋の塩かせ《風》（「真澄鏡」は「見る」に掛かる枕詞）」他三首が『松葉』に収載される。

この海松目浦は、今はその地名はないが、島の北端、勝本町の串山半島と小串山の間に西から深く切れ込んだ浦に比定されると言う。浦の最も奥まったところには、入江を仕切って造られたイルカパークがあり、その直ぐ北側に、発掘調査の後に埋め戻されたとのことであるが、串山ミルメ遺跡があり、比定の証である。昭和五十四年（一九七九）の九州大学、同六十二年（一九八七）の長崎県教育委員会による調査で、住居跡一棟や多くの遺物が出土した。特に亀の甲羅による亀卜の出土は、当時の朝廷に優秀な卜術者をこの島から派遣したことが裏付けられた。

浦から外洋に出るところには、名烏島《ながらす》、若宮島、辰ノ島が並び、北西からの風波を防いでおり、まさに天然の良港である。

この浦に出るには、手前南の勝本町の市街地から一旦東側の天ヶ原海水浴場のある海浜に出て、半島部の付け根を横切るのだが、その海岸の白砂の浜と、二千五百万年前からとされる地層を見せる海崖の景観は、空と海の青に映えて美しい。

天ヶ原海水浴場付近の海浜

文永の役新城古戦場

元寇千人塚

編序に述べたように壱岐島は、二度の元軍の襲来を受けた（もちろん対馬もそうであるが）。文永の役の際のこの島での激戦地が、勝本市街から県道二十三号・勝本石田線を五キロメートル程南東に辿った所にあり、「文永の役新城古戦場」と名付けて解説板が立てられ、元寇殉国忠魂塔、観音像と並んで多くの戦死者を埋めたとされる千人塚が建つ。

ところで、筆者が歌枕の地を探訪する切掛けが、**松尾芭蕉**の『**奥の細道**』に因ることは本書の前書きに述べたが、イルカパークの南西方向、直線距離にして千五百メートルの城山公園に、その同行者であった**河合曾良**の墓が在る。

河合曾良は、元禄二年（一六八九）の芭蕉に随行しての『奥の細道』の旅の後、宝永六年（一七〇九）に幕府の巡見使の随員となって九州を廻ったが、翌年、この地で病を得て六十二年の生涯を閉じた。曾良の生誕地の諏訪市とここ壱岐市は友好市の縁を結んでいる。

深々と切れ込む海面平らけく　泊に相応し海松目の浦の

元寇の古戦場跡に塚建てり　海松目の浦に向ふ道の辺

訪れし海松目の浦を見下ろして　曾良の墓建つ城山公園

河合曾良の墓

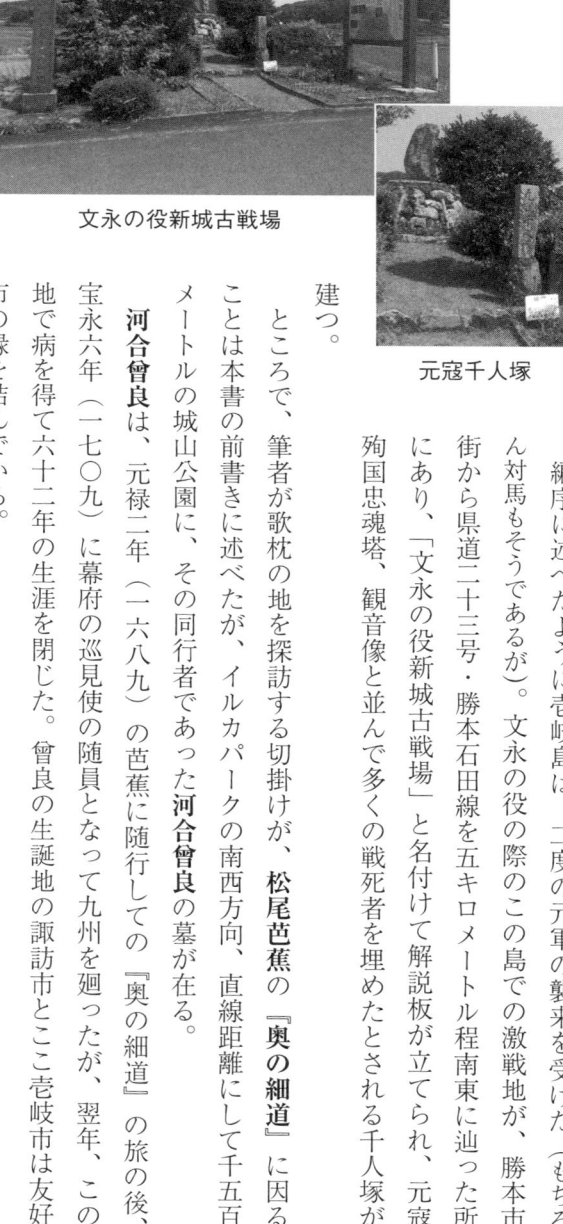

三、石田野《いわたの》・伊波多野（地図は前々項参照）

『万葉集』巻第十五の二百八首の前半部は、「天平八年（七三六―筆者注）丙子夏六月、使を新羅の国に遣はす時に、使人等、各も各も別れを悲しびて贈答し、また海路の上にして旅を慟《いた》みして思ひを陳べて作る歌、并せて所に当りて誦詠する古歌一百四十五首」の目録によって括られる。彼等が各所で詠んだ歌には地名が詠み込まれる歌も多く、筆者の先著『歌人が巡る九州の歌枕　福岡・大分の部』にも多くを引用した。その百十一首目からこの島で詠まれた九首が並ぶ。「壱岐の島に至りて、雪連宅満《ゆきのむらじやかまろ》のたちまちに鬼病に遇ひて死去せし時に作る歌」の詞書で始まる長歌一首、反歌二首、さらに葛井連子老《ふぢゐのむらじこおゆ》、六鯖《りくせい》が詠んだ、それぞれ長歌一首、反歌二首の挽歌である。その二首目の「石田野に宿りする君家人の　いづらと我を問はばいかに言はむ」が『能因』、『名寄』、『松葉』に収められる。ただし、『松葉』には詠者を雪連宅満としているが誤りで、『能因』の「よみ人しらす」が正しい。

石田は、歌中では「いは《わ》た」と表記されるが、現在の島の南東部の石田《いしだ》に比定される。印通寺港があり、佐賀県唐津市とを結ぶフェリーが発着する。なお、当時の遣新羅使一行も、「肥前の国《ひのみちのくち》の松浦《まつら》の郡《こほり》の柏島の亭《とまり》」からこの島を目指したとあり、千三百年前からも主要航路であったことは興味深い。柏島は、本書佐賀県肥前編の「七、松浦」で詳述した神集《かしわ》島のことである。

印通寺港から車で五分ほど、県道二十三号・勝本石田線と六十五号線・壱岐空港線に挟まれた高台に、万葉公園がある。頂上部に近いところには、先の万葉歌の歌碑が建てられているとのことである。

また、印通寺港から西に延びる国道三百八十二号線を三分ほど、道の北側に小公園があり、その後背の石田峰に、雪連宅満の墓がある。狭く曲がりくねる道を登ると、林間の一角に畑地があり、その更に奥の藪の中に、ひっそりと人目を避けるように石塔が立てられている。至る道は人通りもなく、墓所も近付かないと確認し難い。先の小公

石田峰麓の小公園

雪連宅満の墓

園の一角に、「万葉の里　石田峰」の解説板があり、墓所までの簡単な地図が記されていて、それを正確に記憶して行かないと見過ごす恐れがある。

『**魏志倭人伝**』には、一大《いたい》國（一支《いき》國）につき、「方可三百里　多竹木叢林　有三千許家　差有田地（方三百里ばかり　竹木、叢林多く、三千ばかりの家有り。やや田地有り）」とある。壱岐島最大の川である幡鉾川《はたほこがわ》の河口近くの右岸に、当時の王都とされる「原の辻遺跡」が復元され、凡そ二十ヘクタールの公園として整備され、環濠、出入り門、二十近くの各種建物が配置される。緑の草原と澄み切った青空に、点在する藁葺きの復元住居の屋根が鮮やかなコントラストを成していた。静岡県の登呂遺跡、佐賀県の吉野ヶ里遺跡に次いで、平成十二年（二〇〇〇）に国の特別史跡に指定された。なお、出土品等は、少し離れた市立一支国博物館に収蔵されている。

一支国博物館

原の辻一支国王都復元公園

訪朝の途に斃れたる貴人の　墓密やかに石田野に建つ
石田野に古き王都の跡の在り　魏の史書の謂ふ一大《いたい》の國の
建ち並ぶ石田野原の古住居の　秋の陽浴びて緑に映え居り

国違

四、斑嶋《まだらじま》

『松葉』には、二の「海松目〈ノ〉浦・海松和布浦」で引用はしなかったが、『名寄』、『松葉』に収められている「蜑のかるみるめの浦に白雪の　またら嶋にも降りかゝる哉」が乗る。

さて、この「またら嶋」であるが、ここ壱岐には見当たらない。『松葉』編纂の際に、「海松目浦」に惹かれて壱岐国に項立てされたものと考えられる。しかるに、「またら嶋」として、あるいはと考えられる島が二島ある。

まず、『松葉』の項立ての表記である「斑嶋」そのもの、即ち斑島が、五島列島の北端から二つ目の小値賀《おじか》島の属島として東シナ海に浮かぶ。現在の行政区分は、長崎県北松浦郡小値賀町斑島郷、肥前国の現長崎県の域内である。

今一島は、佐賀県唐津市鎮西町の馬渡《まだら》島で、名護屋城跡の北の、玄界灘に張り出す波戸《はど》岬の西に浮かぶ。肥前国の現佐賀県に属する。

斑島と斑大橋

本来ならばそれぞれの編で項立てすべきであるが、二編に分かれることになるので、『松葉』の編纂の混乱に便乗して、本項にて記することとした。

斑島は、長崎県肥前編の二で述べた小値嘉島の西、幅百五十メートルの斑海峡の先に浮かぶ約一・六平方キロメートルの、海底火山の噴火によって出来た島である（地図は長崎県肥前編二「智可嶋」（併せて千香嶋）」を参照）。海峡には、昭和五十三年（一九七八）開通の斑大橋が架かる。人口は二百人程、漁業が主要産業で、和牛の放牧も行われる。旧石器時代以降の遺跡が散見するも、然したる文化遺産は見当たらない。ただ特筆すべきは、斑大橋を渡って海岸に沿って北に向った先の玉石鼻にある、日本で最大、世界でも二番目の大きさのポットホールである。

ポットホールとは、岩の窪みに礫が入り込み、波や流水によって回転し、窪みの内面を削り、礫自体が磨耗して球形となった状態の窪みのことを言い、日本語訳は「甌穴」である。ここのポットホールは内径八十～九十センチメートル、深さ二・五メートル、球状の礫の直径は四十センチメートルあり、島では内部の球形になった礫のことを「玉石」と呼んで信仰している。昭和三十三年（一九五八）、国の天然記念物に指定された。

もう一つの馬渡島は、佐賀県唐津市呼子《よぶこ》町の離島航路の船着場から、総トン数五十七トンの「ゆうしょう」で名護屋港を経由し、約

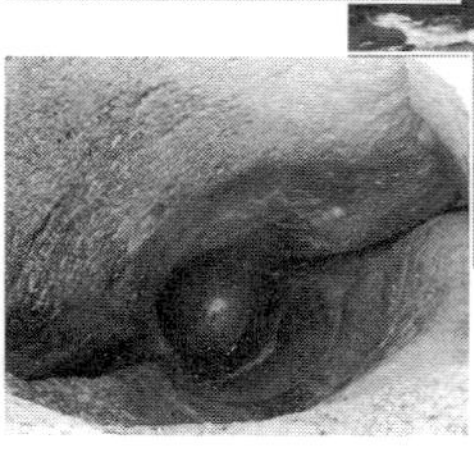

玉石鼻の甌穴と玉石

馬渡島

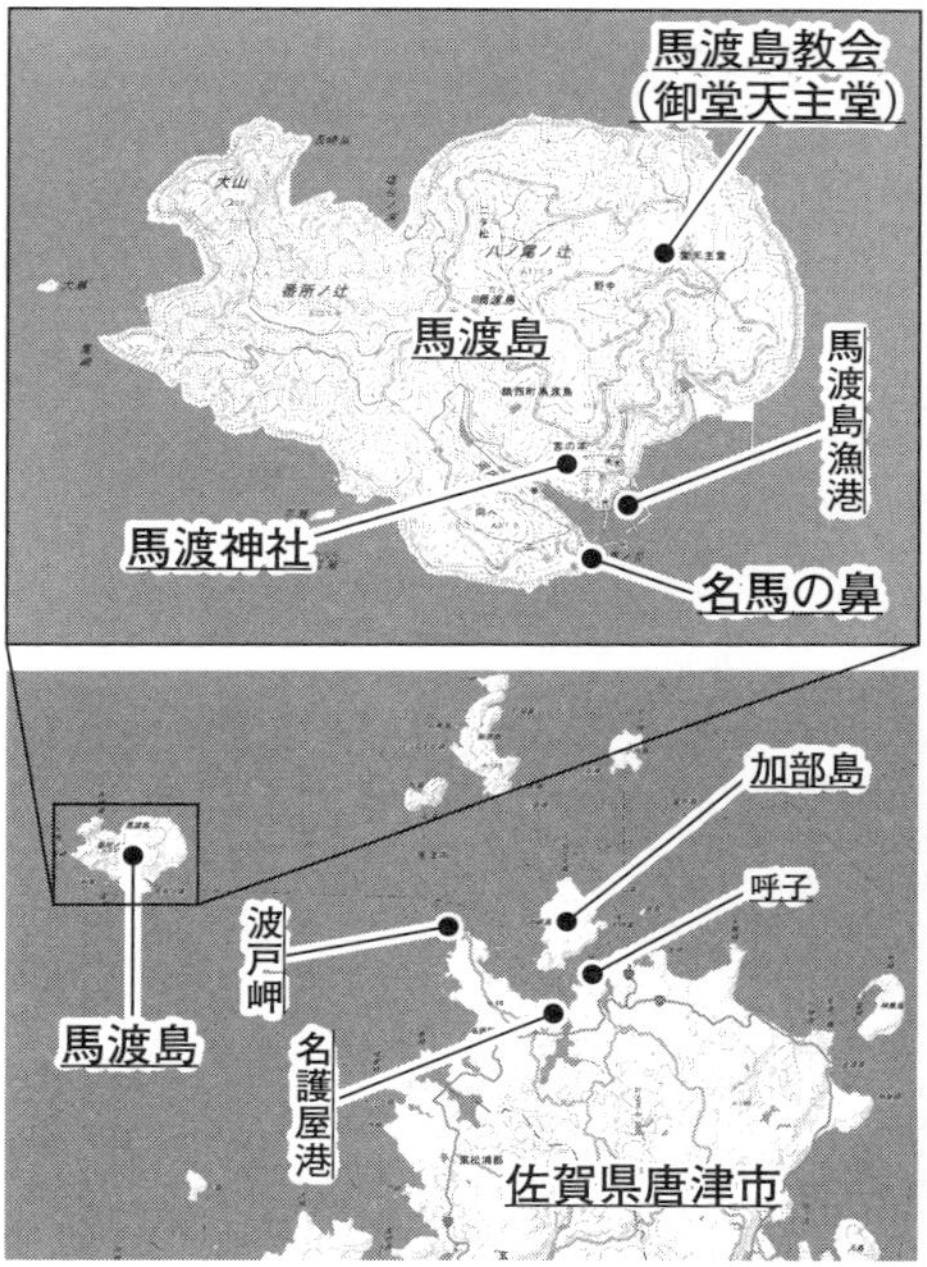

佐賀県唐津市呼子町付近と馬渡島

三十分で到着する。佐賀県の最西端に位置し、面積は四・二四平方キロメートルで佐賀県最大、最高標高は二百三十七・九メートルのなだらかな島である。人口は四百人余りとのこと、島名の由来は、大陸から雌雄の馬が我が国に最初に泳ぎ着いた島とされることに拠り、漁港を兼ねた船着場のある「宮の本」の湾の南の岬はその上陸地とされ、「名馬の鼻」と称される。

島内にはタクシーやレンタサイクル等は無く、島内を巡るには歩くしか無い。今回、旅程の都合で、残念ながら港近くの馬渡神社を参詣したのみである。湊を見下ろす山上の林間に、こざっぱりとした社殿が建つ。古くには八剣神社と称していたが、八幡神社、住吉神社、熊野神社、大山津見神社を合祀して現在の呼称となったという。

島の北には、野中を始め幾つかの集落があるが、江戸時代に移り住んだ隠れキリシタンの末裔といわれ、カトリック信者が多いとのことである。野中には昭和

馬渡神社

三年（一九二八）に平戸から移築された馬渡島教会（別名・御堂天主堂）があるという。

さて、斑島と馬渡島、何れを歌枕「またら嶋」に比定すべきか迷うところである。冒頭に挙げた「蜑のかる……」の歌意からすれば、壱岐国海松目浦と対比される位置関係にあるはずで、呼子港の沖合いに位置し、現在もそうであるが、古来壱岐との航路の直ぐ西に浮かぶ馬渡島に分があるように思える。

斑島他の二国《ふたこく》に在りて迷ひたり　理由《わけ》を探してそれぞれを訪ふ
波寄せて礫転《まろ》がして玉に成せる　甌穴の在り斑の島に
肥前なる松浦《まつら》の浦の馬渡島　壱岐に向ふる船路に浮かぶ

末勘

五、引野《ひきの》

『**古今和歌集**』に、「この歌は、ある人、あめのみかどの近江の采女にたまひける、となむ申す」との添書きのある、「梓弓ひき野の葛末つひに　わが思ふ人に言のしげけむ」が載り、手元の四冊の名所和歌集全てに収められている。「梓弓」は「ひき」の枕詞、「ひき野の葛」は「末」の序詞で、歌意は「ひき野の葛草が勢い良く伸びるように、私が恋い慕っている人に、世間の噂が届いてしまうのだろうか」であろうか。

この歌に詠まれる「ひき野」につき、不詳としつつ現在の大阪府堺市日置荘《ひおきしょう》を候補に挙げる解説書（講談社学術文庫『古今和歌集全訳注』）もある。また、『和歌の歌枕・地名大辞典』は、添書きを根拠に近江国が相応しく、滋賀県高島市今津町西波の日置《ひおき》神社の辺りと推論する。

この歌以外にも、『**続後拾遺和歌集**』から二首をはじめ計七首が、この地の歌枕歌として『名寄』、『類字』、『松葉』に収載されるが、「引野」がここ壱岐国の地名であることを窺わせる歌意の歌は一首も無い。また、十万分の一の道路マップや、五万分の一の観光マップにも「引野」は見当たらない。平凡社の『日本歴史地名体系』には、『壱岐名勝志』に「壱岐島引野在部東北叢野也」とあるが、詳らかでないとしてそれ以上の解説は無い。

以上のことから、残念ながらこの地を比定するに至らず、未勘として項立てした。

ただ、他書の謂う「ひき野」を念のため訪れたので、軽く触れておこう。

大阪堺市、南海電鉄高野線の萩原天神前駅の付近が、「ひき野」とされる旧河内国丹南郡日置荘である。『**日本書紀**』の大化五年（六四九）の、素我倉山田麻呂《そがのくらやまだのまろ》の冤罪事件の記述に出てくる茅渟道がこの地を通っていたという。駅の西には萩原天神が鎮座する。奈良時代に**行基**によって創建された萩原寺に後年**菅原道真**を祀ったのが始まりと言われる。現在の拝殿、本殿は平成三年（一九九一）に落成したが、江戸初期

萩原天神社殿

大阪府堺市東区日置荘原付近

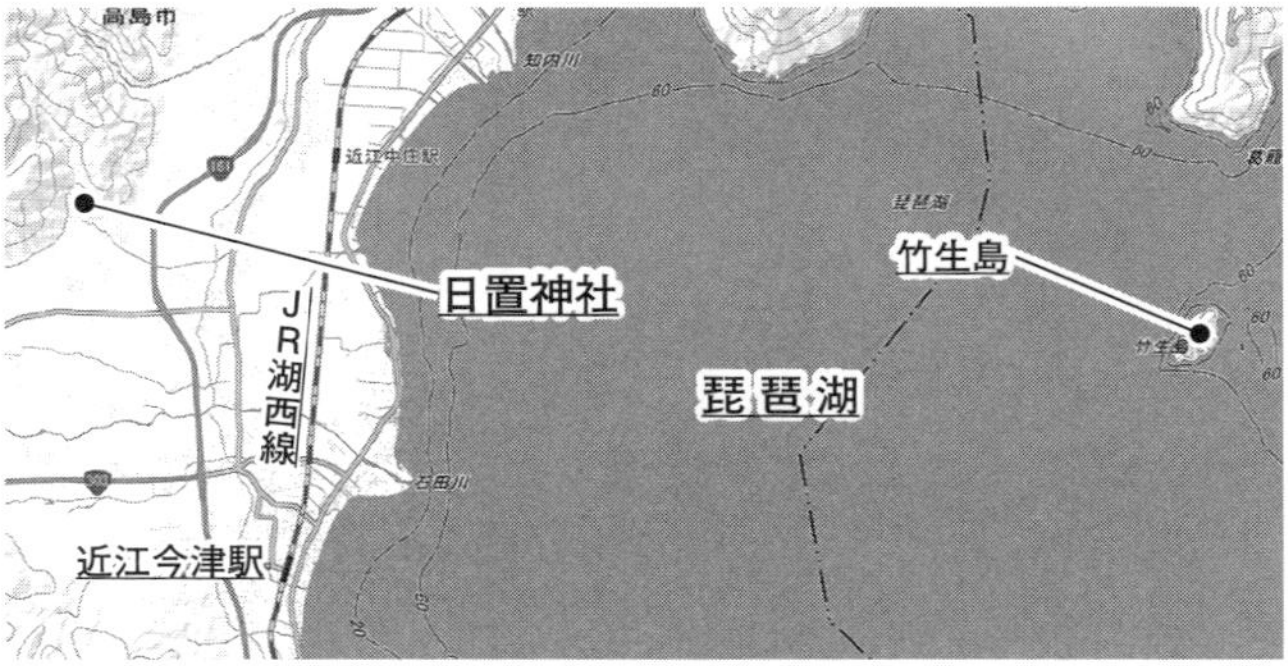

滋賀県高島市今津町付近

に造営された旧本殿も境内の一角に今も建つ。また南海電鉄高野線の大阪方面三つ目の三国ヶ丘駅の直近には、**仁徳天皇**陵が、またその南西には**履中天皇**陵、少し天神よりには**反正天皇**の空墓とされるニサンザイ古墳などが歴史を伝える。

近江の日置神社は、ＪＲ湖西線・近江今津駅の北北西四キロメートル余り、国道百六十一号線・湖北バイパスの西五百メートルほど、境川沿いに位置する。創建は**武内宿弥**の霊夢によるとあるので、記紀伝承の時代である。祭神は**素戔嗚尊**《すさのおのみこと》、日置宿弥命等々で、歴史も由緒もあり、正徳二年（一七一二）再建の現在の社殿は趣がある。東の琵琶湖畔は今津の水泳場で、竹生島を望む。

壱岐嶋の引野求めて文や地図　調べど判ぜず惜しと思へり

歌枕然もありなんと合点せり　河内引野に古道通ひしと聞き

琵琶の湖《うみ》暫し眺めり近江なる　引野に建つる社に参りて

今津浜から見た琵琶湖

日置神社拝殿

非地名

六、保津《ほ》〔都《つ》〕手《て》〔牟《の》〕〈ノ〉浦《うら》

『名寄』、『松葉』に、一の「壱岐〈ノ〉嶋・由吉〈ノ〉嶋」の『能因』、『松葉』に収載された、『**万葉集**』巻第十五の長歌「わたつみの……」の七句目以下、「ゆきのあまのほつての浦へをかたやきて……」が、この地の歌枕歌として載せられる。この歌中の「ほつての浦へ」は、原典の万葉仮名では「保都手乃宇良敞」と表記される。『名寄』、『松葉』はこれを地名と解し、この壱岐に項立てしたのだろう。

しかし目を通した数冊の『**万葉集**』の解説書の何れもが、「上手の卜部（占）」、「秀つ手の占部」等と現代語表記し、「上手な占い」の意としている。もちろん壱岐島にはそれらしき地名は無い。

よって、地名でないと結論した。

和歌集に保津手の浦の載りたるも　地名ならざると断じ諦む

壱岐国歌枕歌一覧（名所の数字は各歌枕集収載ページ）

壱岐〈ノ〉嶋・由吉〈ノ〉嶋

名所歌枕（伝能因法師撰）

由吉嶋（四一七）
しらきへか家にか帰るゆきの嶋
　ゆかんたときも思ひかねつも
　〔万葉十五〕（よみ人しらす）
ゆきの海士のほつての浦へを
　かたやきて
　ゆかんとするにいめのこと
　〔万葉十五〕（よみ人しらす）

謌枕名寄

壱岐嶋（一一三八）
新《シ》羅《ラ》奇《キ》敝《ヘ》可《カ》伊《イ》敝《ヘ》尓《ニ》可《カ》久《ク》反《ヘ》留《ル》由《ユ》吉《キ》能《ノ》之《シ》麻《マ》
由《ユ》加《カ》牟《ム》多《タ》登《ト》伎《キ》毛《モ》思《オモ》比《ヒ》可《カ》祢《ネ》都《ツ》母
　右天平八年遣新羅使等到壱岐嶋雪
　連宅隅
ゆきのしままきのこうしのみとせへて
　はなさすほとのたへかたの世や
　〔新六〕（衣笠〻）
雪《ユキ》嶋《シマ》巖《イハ》尓《ニ》植《ウヘ》有《タル》奈《ナ》泥《テ》之《シ》故《コ》波《ハ》
千《チ》世《ヨ》尓《ニ》開《セキ》奴《ヌ》可《カ》君《キミ》之《ノ》挿《カサ》頭《シニ》
　〔万十九〕
　右哥尓案之非壱岐以雪作山植花欤
　可見本集若越中国名所欤彼国載之
　云々
壱岐しまのいわほにたてるそなれ松
　まつとなき世にしほれてそふる
　〔詞〕

類字名所和歌集

増補松葉名所和歌集

壱岐〈ノ〉嶋（三四）
しらきへか家にかかへる雪のしま
　ゆかんたときも思ひかねつも
　〔万十五〕（六鯖）
　（「由吉〈ノ〉嶋」に重載―筆者注）
由吉〈ノ〉嶋（六四二）
しらきへか家にか帰るゆきのしま
　ゆかんたときもおもひかねつも
　〔万十五〕
　（「壱岐〈ノ〉嶋」に重載―筆者注）
ゆきの海士のほつての浦へを
　かたやきて
　ゆかんとするにいめのこと
　〔万十五〕
　（「保都手〈ノ〉浦」に重載―筆者注）
漕出るつしまの渡ほと遠み
　あとこそ霞めゆきのしま松
　〔夫木〕（基嗣）

海松目〈ノ〉浦・海松和布浦	壱岐〈ノ〉嶋・由吉〈ノ〉嶋
海松和布浦（一二三七） あまのかるみるめのうらのしら雪の またらしまにもふりかゝるかな 〔懐中〕	
海松目浦（四一一） とはゝやなみるめの浦に住蜑も 心の中にものやおもふと 〔新後撰〕（西園寺入道前太政大臣） 假にたに藻塩の煙なひかすは みるめの浦にかひやなからん 〔新続古今〕（議同三司資） みつ汐の流ひるまをあひかたみ みるめの浦に寄をこそまて 〔古今〕（清原深養父）	
海松目ノ浦（六七二） 蜑のかるみるめの浦に白雪の またら嶋にも降かゝつらん 〔名寄〕 （「斑嶋」に重載―筆者注） とはゝやなみるめのうらに住あまも こゝろの中に物や思ふと 〔新後撰〕（西園寺入道） 仮にたにもしほのけふりなひかすは みるめの浦にかひやなからん 〔新續古〕（儀同三司資） ますかゝみみるめの浦やくもるらん かすみそうすき春のよの月 〔宝治百〕（経朝） ます鏡みるめの浦のよはの月 氷をよする秋の塩かせ 〔千五百〕（後鳥羽）	ふりにけるゆきのしまなるむすひ松 とくこそ人の見るへかりけれ 〔夫木〕（祐挙） ゆきのしま牧の小うしの三年にて 帰るかたにや宿をからまし 〔新六〕（為家）

	石田野・伊波多野	斑嶋	引野
名所歌枕（伝能因法師撰）	石田野（四一八） 石田野に宿りする君家人の いつらと我をとはゝいかにいはん 〔万葉十五〕（よみ人しらす）		引野（四一八） 梓弓ひきのゝつゝら末つゐに わか恋人にことのしけけん 〔古今十四〕（よみ人しらす）
詞枕名寄	伊波多野（一二三七） いわた野にやとりするきみ家人の いつらとわれをとはゝいかにせん 〔万十五〕 秋萩のならへる野へのはつおはな かりほにへきにないもはなれと おくにへのつゆしものさむき山辺に やとりせるらん 〔万十五〕 右遣新羅使雪連宅満死去之時使等作哥内		引野（一二三八） あつさ弓ひきのゝつゝら末つゐに 我おもふ人にことのしけけん 阿安帝賜近江采女御哥 ものゝふもあはれとおもへあつさ弓 ひきのゝ夜半のさほしかのこゑ 〔前内大臣基〕
類字名所和歌集			引野（四四四） 梓弓ひきのゝつゝら末つゐに わか恋人にことのしけけん 〔古今〕（読人不知） この哥はある人あめの御門あふみのうねめに給けるとなん申 誰方に心よる共あつさ弓 ひきのゝつゝらくるよありせは 〔続後拾遺〕（土御門院小宰相） あつさゆみ引のゝつゝら絶〳〵に 来人頼む末もはかなし 〔続後拾遺〕（源有長）
増補松葉名所和歌集	石田野（一二一） いはた野にやとりする君家人の いつらと我をとはゝいかにいはん 〔万十五〕（雪連宅満）	斑嶋（四六四） 蜑の刈るみるめの浦に白雲《雪》の またらしまにもふりかゝる哉 〔懐中〕 （「海松目ノ浦」に重載―筆者注）	引野（七三九） 梓ゆみひき野のつゝら末終に わかおもふ人にことのしけゝん 〔古今〕 ものゝふもあはれと思へあつさ弓 引野の夜はのさをしかの声 〔夫木〕（後久我内大臣）

保都手（牟）〈ノ〉浦	引野
保津手浦（四一七） ゆきの嶋まきの子牛の三年にて はなさす程のたへかたの世や 〔新撰六帖〕（よみ人しらす）	
保都牟浦（一二三六） 由《ユ》伎《キ》能《ノ》志《シ》摩《マ》保《ホ》都《シ》牟《ム》乃《ノ》浦《ウ》敝《ラ》乎《ヘ》可《ヲ》多《カ》夜《タ》伎《ヨ》 忌《キ》由《テ》加《カ》武《ン》登《ト》須《ス》流《ル》尓《ニ》伊《イ》米《メ》能《ノ》其《コ》等《ト》美《ミ》知《チ》 能《ノ》蘓《ソ》良《ラ》治《チ》尓《ニ》和《ワ》哥《カ》礼《レ》須《ス》流《ル》伎《キ》美《ミ》	
保都手ノ浦（七五） ゆきのあまのほつての浦へを かたやきて ゆかんとするにいめのこと 〔万十五〕 （「由吉ノ嶋」に重載―筆者注）	姫小まつ引野のつゝらくりかへし 尽せぬ千代の春そしらるゝ 〔類題〕（雅世） 秋よるも置まよふ霜の末終に 引野のつゝら冬枯てけり 〔文明千〕（右衛門督） 心のみひきのゝまゆみ末終に おきふす袖も露のしけゝん 〔夫木〕（後九条） あつさゆみひき野にあへる青つゝら ことしけきよはくるしかりけり 〔瓊玉〕（宗尊親王）

長崎県　対馬編

壱岐島の北西約七十キロメートルで対馬島の南端に至る。東西約十八キロメートル、南北約八十二キロメートルと細長い島で、中程で東から三浦湾、西から浅茅湾が大きく切れ込み、その間の五百メートルの陸部には、明治三十三年（一九〇〇）に万関瀬戸《まんぜき》が開削され、上・下二島に分けられている。博多港や小倉港までは百五十キロメートル以上の距離があるが、韓国釜山港までは五十キロメートル余り、九州本島より朝鮮半島の方が近いのである。島の北端の高台には、まさに韓国様式の韓国展望所が設けられていて、天候に恵まれれば釜山の街並を望むことが出来るという。

『**古事記**』においては、**伊弉諾尊**、**伊弉冉尊**による国生みで、伊岐の次に津嶋を生んだとされる。大八嶋国の六番目である。

また『**魏志倭人伝**』には、壱岐国が、「三千ばかりの家があってやや田がある」と記されるのと比べて、「度一海千餘里　至對馬國―中略―所居絶島　方可四百餘里　土地山險　多深林　道路如禽鹿徑　有千餘戸　無良田　食海物自活」と記され、山がちの地勢が発展を遅らせていたのだろう。

天智二年（六六三）の白村江の戦いに敗れて以降、唐・新羅の侵攻に備えるべく、大宰府に水城を築いたり、大野山や基山に城を築いたりと、防衛線を強化した（先著『歌人が巡る九州の歌枕　福岡・大分の部』福岡県筑前編の三十四、三十六、四十八参照）が、ここ対馬には、八ケ所に烽《とぶひ》が設けられ、**防人**が置かれた。まさに大陸や朝鮮半島に対するわが国の最前線であり、それだけにその脅威に曝された。

寛仁三年（一〇一九）には刀伊（女真族）の、文永十一年（一二七四）、弘安四年（一二八一）には元寇の襲来を受け、甚大な被害を受けた。下って鎖国下の江戸時代には、朝鮮とは正式な国交があり、朝鮮通信使が来日する折には対馬藩が先導役を勤めた。

なお、今回の対馬の踏査において撮影し損ねた被写体につき、筆者の友人のご子息で、長崎県にお住まいの井手下和洋氏に補充をして頂いた。御礼を申し上げます。

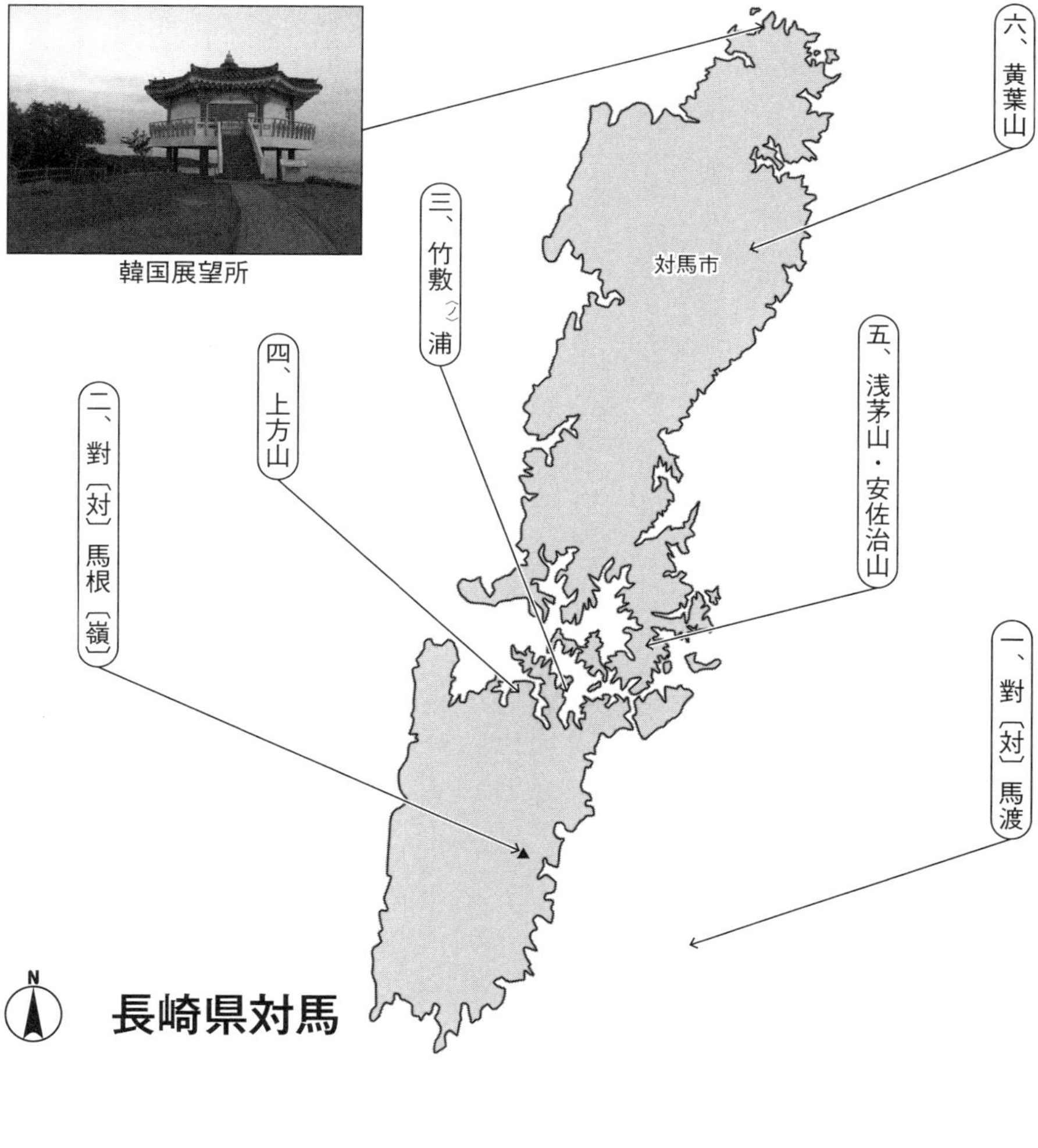

一、對〔対〕馬渡《つしまのわたり》

対馬海峡は東シナ海と日本海を繋ぐ海峡で、広義には本州西岸、九州北岸と朝鮮半島との間の海域を指す。一方狭義では、九州と壱岐の間を壱岐水道、対馬と朝鮮半島の間を朝鮮海峡と呼び、対馬海峡を壱岐、対馬間の海域とする。広義の場合、壱岐・対馬間を対馬海峡東水道、対馬・朝鮮半島間を対馬海峡西水道とする。海上保安庁発行の海図に依るものだが、なにやら隣国との紛争の火種になりかねない気がするのは筆者だけであろうか。

対馬海峡で想起されるのが、日露戦争における日本海海戦であろう。

日清戦争に勝利した日本の朝鮮半島や中国（清朝）北部への進出を懸念するロシアは、明治二十九年（一八九六）に中国と対日同盟を結び、同三十一年には南満州遼東半島の旅順港を租借し、シベリア鉄道に接続する東支鉄道の敷設権も得るなど、満州から朝鮮半島への足場を築いた。さらには、同三十三年の義和団事件に対する欧米・日の八カ国連合が出兵した北清事変の後も満州を占領し続けた。日本は、その脅威を払うべく同三十七年（一九〇四）二月に対ロ宣戦布告、八月の黄海海戦で旅順港を本拠地とするロシア艦隊を破り、制海権を獲得した。

これに対しロシアは同年十月、バルト海方面で任に当たっていた艦船を再編して第二・第三太平洋艦隊（我が国では両艦隊をあわせてバルチック艦隊と言う）を極東に向かわせた。この艦隊が目的港のウラジオストックを目指すには、太平洋を北上して津軽海峡を通過する、北海道の東を北上して宗谷海峡を通過する、黄海から日本海を通る、の三経路が想定されたが、日本の連合艦隊を指揮する東郷平八郎は、万全の哨戒網を築きつつ日本海経路を予測して迎撃体制を整え、同三十八年（一九〇五）五月二十七日、予測通りに対馬海峡を北進してきたバルチック艦隊を、翌日にかけて世に言う「T字戦法」（最近の研究では、T字戦法は行われなかったとの説もある）と優れた操艦、的確な砲撃によって、世界の海戦史上稀な一方的勝利を挙げ、これを機に講和が成立、日本が列強の仲間入りすること

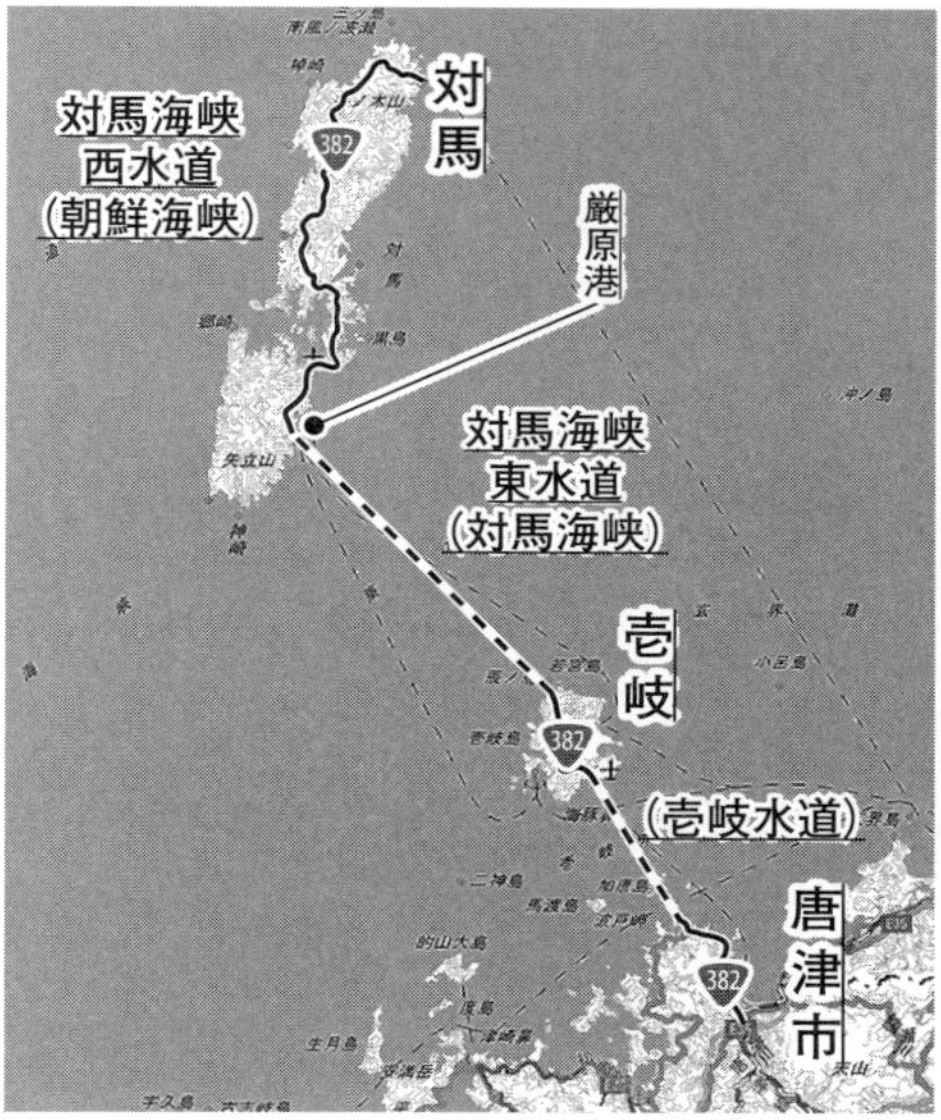

国道382号線　（　）は狭義の海域呼称

となったのである。

この海戦出撃に当って、連合艦隊から大本営に向けた「敵艦隊見ユトノ警報ニ接シ聯合艦隊ハ直チニ出動、コレヲ撃滅セントス」の電文に、秋山真之が書き加えた「本日天気晴朗ナレドモ浪高シ」は広く知られるが、筆者が渡海したのは七月、運よく「天気晴朗ニシテ浪平ラケシ」で、快適な二時間の船旅であった。

なお、この対馬海峡には国道が通う。即ち、国道三百八十二号線は、対馬市上対馬町を起点とし、上島、下島を縦断して対馬市役所のある厳原《いづはら》町の厳原港に至り、海峡を渡って壱岐島の北端の勝本港から壱岐島を南下、壱岐市役所のある郷ノ浦町から東進し、石田町の印通寺港から再び海上区間となり、壱岐水道を横断して佐賀県唐津市呼子港から唐津市内を通り、同市和多田西山で国道二百二号線に接続する。海上部二区間を有するのである。

対馬海峡の解説が長くなったが、冒頭で述べた狭義の対馬海峡が、歌枕「對〔対〕馬渡」である。『**万葉集**』巻第一に収められる、大宝二年（七〇二）出立の遣唐使関連の歌群の一番歌である「ありねよし対馬の渡り海中《わたなか》に幣《ぬさ》取り向けて早《はや》帰り来《こ》ね」が、『能因』、『名寄』、『松葉』に収められる、詞書には、「三野連《みののむらじ》名は欠けたり入唐する時に、春日蔵首老《かすがのくらびとおゆ》が作る歌」とある。（なお、「ありねよし」は対馬の枕詞で、表記す

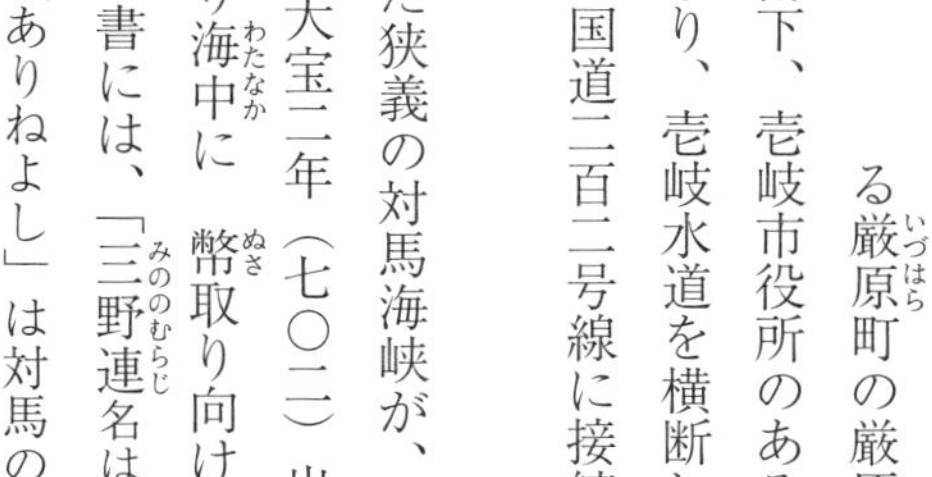

厳原港

るとすれば「在り嶺良し」であろうか。次項で述べるが、対馬はまさに山の数多い島である。）また同じ三冊には、『**夫木和歌集**』から「舟人のつしま《〔対馬〕》の渡波《わたり》高み　過煩《すぎわづら》ふや此世《このよ》なるらん」も収められ、さらに『松葉』には**姉小路基綱**の「こき《〔漕ぎ〕》出《いづ》るつしま《〔対馬〕》の渡程《わたり》遠み　跡よりかすめ《〔霞〕》ゆき《〔由吉〕》のしま《〔嶋〕》まつ《〔松・待つ?〕》」と他二首が載る。

なお、広い海原のことで、被写体とするものは何もなく、お見せする写真は厳原港の遠景のみであることをご容赦頂きたい。

島影も行き交ふ船も目に入らず　唯海原の対馬の渡りは
古に対馬の渡り通う舟　日・月のみを標とせしか
今の世も島影見えて安堵せり　対馬の渡りの彼方に浮かぶ

二、對《つ》〔対《し》〕馬《ま》根《の》〔嶺《ね》〕

『**万葉集**』巻第十四は**東歌**が並ぶ。出所の国名が明らかな歌と不明な歌（未勘歌）に二分され、未勘歌は雑歌十七首、相聞往来歌百十二首、防人歌五首、譬喩歌五首、挽歌一首により成る。その相聞往来歌に、「我が面《おも》の忘れむ時《しだ》は国溢《はふ》り　嶺《ね》に立つ雲を見つつ偲はせ」、答えて「対馬の嶺《ね》は下雲あらなふ可牟の嶺《ね》に　たなびく雲を見つつ偲はも」の二首がある。対馬に防人として赴く夫と、見送る妻の、別れの際の歌である。「溢《はふ》る」は「あふれる」、「あらなふ」は「有り」の未然形＋打消の助動詞の古い未然形「な」＋反復・継続の助動詞「ふ」で、「無い」の意である。『萬葉集釋注』はそれぞれを、「私の顔を忘れそうな時には、国中に湧き溢れて嶺に立ち上がる雲、その雲を見ては、私のことを思い出してくださいね。」、「対馬の山の嶺には大地から沸き立ち上る雲が無い。対馬に行ったら、国いっぱいに溢れては、この神の嶺にたなびく雲を見ながら、お前さんを偲ぼう。」と訳す。

この対の歌の二首目が、対馬の歌枕歌として『能因』、『名寄』、『松葉』に収載される。歌枕は初句の「対馬の嶺」である（別れの地で詠みあったのであるから、訳中の「この神の嶺」は対馬の山ではない）。

編序に述べたように、対馬は山が多い。上島には二～四百メートル、下島には三～六百メートルの山がまさに連なっている。

有明山

上島の最高峰は四百六十五メートルの御岳《みたけ》で、国道三百八十二号線の東に聳える。

下島の最高峰は六百四十八・五メートルの矢立山《やたてやま》である。周囲には、十万分の一の道路地図でも十に余る山が散在し、今回は遠望が叶わなかった。

さて、歌枕の「對〔対〕馬根〔嶺〕」であるが、『和歌の歌枕・地名大辞典』は、対馬市役所の西方二キロメートルの有明山に比定している。標高五百五十八メートルは、周囲の他の山より百メートルほ

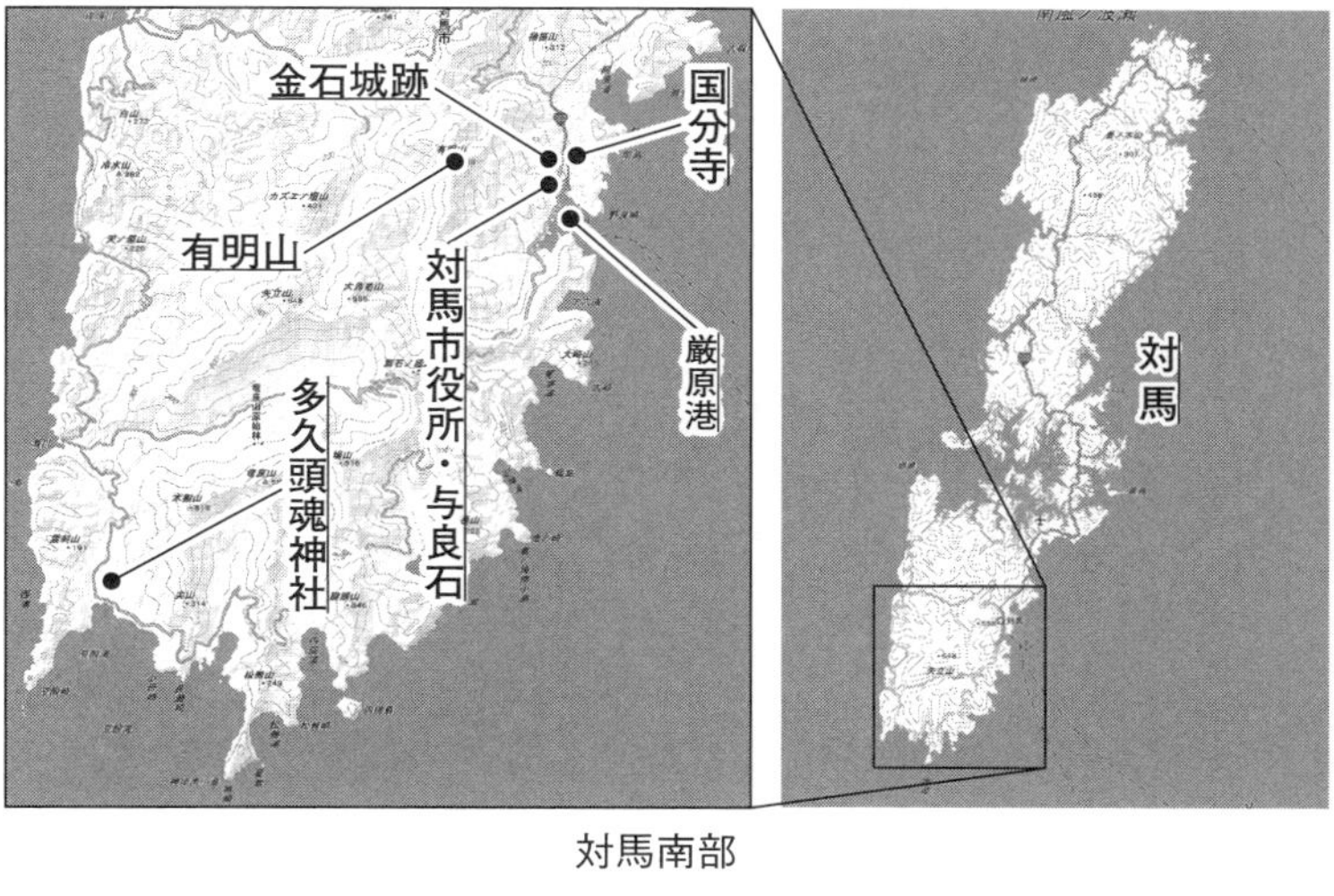

対馬南部

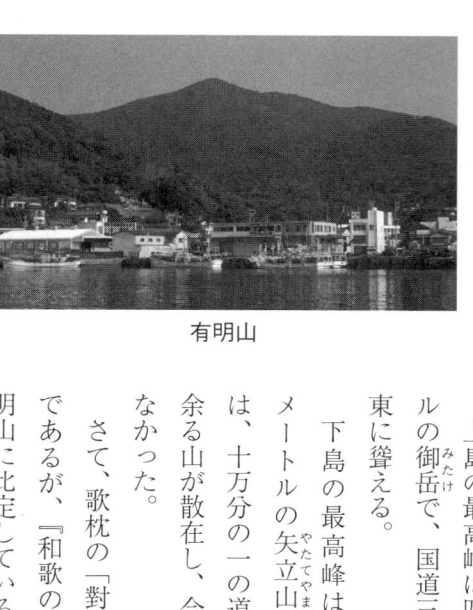

ど高く、古来、壱岐からの船旅の対馬の最初の寄港地は、現在の国道の海上部と同様、厳原港であったに違いなく、その標の山であったのだろう。港のある湾に進むと、正面になだらかな山容を見せてくれる。「對〔対〕馬根〔嶺〕」、即ち有明山の麓の厳原は、古来より対馬の中心であった。

現国分寺本堂

現国分寺山門

壱岐編の編頭に述べた如く、ここ対馬の国分寺は「島分寺」と呼ばれ、現対馬市役所のほぼ北に残る金石城跡の地にあったという。金石城跡は残念ながら工事中であったが、白壁の目立つ楼門の様式には朝鮮風の雰囲気があり、江戸期において朝鮮通信使を迎えた歴史を今に感じさせる。

金石城楼門

島（国）分寺の古い時代の変遷は明らかではないが、文明年間（一四六九〜八七）には国分寺として再建され、寛文五年（一六六五）に、対馬藩主の居城であった金石城拡張に伴ってこの地から日吉に移転、さらに天和三年（一六八三）に天道茂《てんどうしげ》の現在地に移された。国道三百八十二号線から県道二十四号・厳原豆酘《つつ》美津島線が分岐する八幡神社前交差点の東四百メートル程の、住宅地のはずれに位置する現国分寺は、朝鮮通信使の客館として使われたとのことで、本殿や島内随一の四脚門の山門は、重厚な趣がある。

また、対馬国の国府は、実証されてはいないが、現在の対馬市役所辺りと推測されている。

さらに、九州各地に点在する**神功皇后**の伝承が、ここ対馬にも残る。最南端に近い豆酘《つつ》は皇后上陸地とされ、行宮跡が多久頭魂《たくずだま》神社境内の神住居《かみずまい》神社とのこと、対馬市役所近くにも、皇后が神輿を据えたとされる与良石《よらいし》が残る。

行く方の雲無き空に浮かびたる　対馬根優し吾を迎へて
対馬根の麓の街を巡りたり　数多の史の跡を訪ひつつ
韓国との往き来見つめし対馬の嶺　攻防・友好それぞれありて

三、竹敷《たかしき》〈ノ〉《の》浦《うら》

対馬には万葉歌碑が十基ほど建てられる。道々その幾つかを目にすることが出来た。対馬市役所から国道三百八十二号線を八キロメートルほど北上し、右手の家電量販店の先を右折して湾岸に沿って東に進むと、平成八年（一九九六）開業の対馬最初の温泉である真珠《たま》の湯温泉、その奥に対馬グランドホテルがある。ホテルの前の植え込みの中に、巻第十五の「百船の泊つる対馬の浅茅山　しぐれの雨にもみたひにけり（「五、浅茅山・安佐治山」に詳述）」が刻まれた歌碑が据えられる。

また、国道三百八十二号線をさらに三キロメートル足らず北上すると、右手に野球場、

対馬国府跡の対馬市役所

与良石

対馬グランドホテルの歌碑

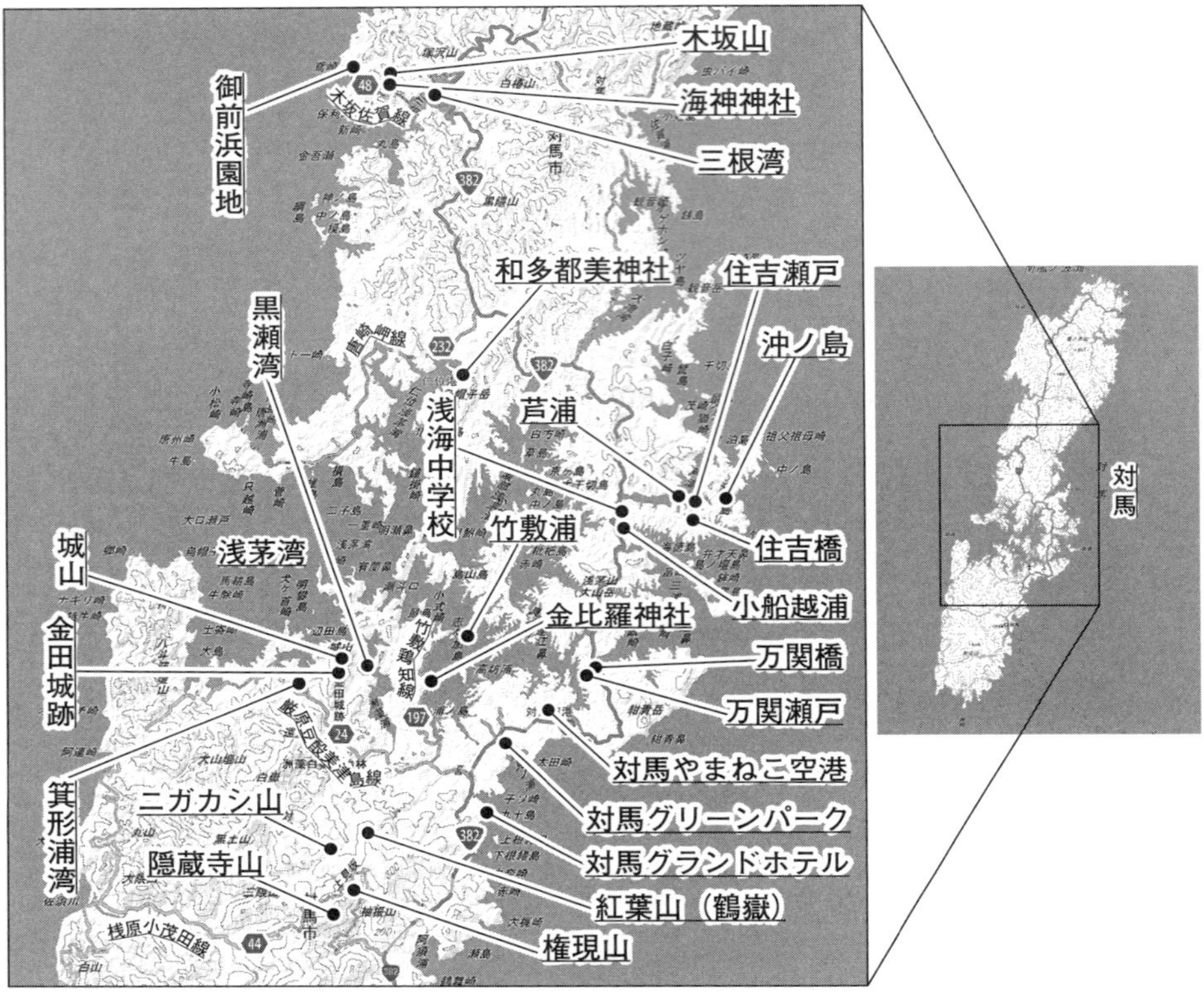

対馬中部

対馬グリーンパーク時計塔の基礎の万葉歌

対馬の石屋根と万葉歌碑

テニスコート、野外ステージ等を備えた対馬グリーンパークがある。その入口の時計塔の基礎部分を取り巻くように打ち込まれている杭に、同じ歌が刻まれている。

その北には対馬空港（愛称は対馬やまねこ空港）があり、アクセス道の脇に「対馬の石屋根」の看板の立つ小さな広場がある。広場の奥に文字通り屋根が石版で葺かれた小屋が建つ。夏の台風、冬の季節風が強く吹くこの島ならではの知恵で、古来、居宅から離れた場所に倉庫として配置されたという。その広場の入口近くに、「竹敷の玉藻なびかし漕ぎ出なむ　君がみ舟を何時とか待たむ」が刻まれた碑がある。

さて、『**万葉集**』巻第十五の前半部が、天平八年（七三六）の遣新羅使の歌によって構成されることは、壱岐編の「三、石田野・伊波多野」で述べた。その百二十三首目からは、詞書にある通り「竹敷の浦に船泊りする時に、おのもおのも心緒《しんしょ》を陳《の》べて作る歌十八首」が並ぶ。その中の「竹敷」が詠み込まれた、先の対馬空港近くの広場の歌碑に刻まれた一首を含めて四首が、『名寄』、『松葉』に収められる。空港南手前の対馬市美津島町鶏知《けち》で国道三百八十二号線から分岐する県道二十四号・厳原豆酘美津島《いずはらつつみつしま》線、さらに県道百九十七号・竹敷鶏知線を北上すると、右手に深く切れ込んだ入江が美しい海面を見せる。歌枕「竹敷〈ノ〉浦」である。風待ち、潮待ちとしては絶好の泊地である。

「竹敷」は、万葉仮名では「多可思吉《たかしき》」と表記され、「高い城」の意とのこと、これまた細長く切れ込む西の黒瀬湾を挟んだ城山《じょうやま》（次項「上方山」のこと）に因

金比羅神社参道と社殿

むという。

入江の西岸の半ば付近の小高い山の中腹に、訪れる人も滅多に無いと思われる、どちらかといえば小規模の金比羅神社がひっそりと鎮座する。境内に登る階段は真新しく登り易い。その階段の右手のコンクリートの土留めにはめ込まれるように、歌枕歌として本項にも次項にも挙げられる、「竹敷のうへかた山は紅の　八入《しほ》の色になりにけるかも」の万葉歌碑がある。

なお、この階段から見下ろす入江の景色は、空、山、海のそれぞれの青が日に映えて素晴らしい眺めである。

国道197号線に違う一の鳥居

土留めにはめこまれた万葉歌碑

万葉の歌の碑竹敷の　浦の辺りに数多建ち居り
竹敷の浦の近きに残り建つ　古人の知恵なる石屋根の小屋
深々と切れ込む海面風波の　いと穏やかに竹敷の浦

竹敷浦

四、上方山《うえかたやま》（地図は前項参照）

前項の歌枕歌として『松葉』に挙げられた万葉歌、「竹敷の上方山は紅の　八しほの色になりにけるかも」がこの項でも『名寄』、『松葉』に収められる。「八しほ」は「八入・弥入」と書き、何度も染め汁に浸してよく染めることの意で、歌意は「竹敷の上方山は、紅花染めを幾重にも重ねた色合いになってきたなあ」位であろうか。さらに『名寄』、『松葉』に、『**夫木和歌抄**』から知海法師（不詳）の「たかしきのうへかた山のもみち葉を　吹なちらしそ沖つしほ風」、また『松葉』単独に、同じく『**夫木和歌抄**』から**藤原行家**の「しらくものうへかた山の時鳥　空にはたれもことかたるらん」が載せられる。

前項で述べたように上方山は、浅茅湾《あそう》からさらに入り組んだ黒瀬湾、箕形浦に挟まれた半島状に突き出た標高二百七十二・八メートルの城山《じょうやま》である。

県道25号線沿の登山道

拙著の『歌人が巡る九州の歌枕　福岡・大分の部』の福岡県筑前編の「三十六、水城」にも記したが、天智二年（六六三）に白村港で唐・新羅の連合軍に敗れた朝廷は、翌年その侵攻に備えるべく、博多湾沿いに設けていた諸施設を内陸の大宰府周辺に遷し、防塁を築くと共に、各地に防人や烽《すすみ》（狼煙を上げるところ）を配置し、翌年には大野、椽《き》の二城を築いた（『歌人が巡る九州の歌枕　福岡・大分の部』福岡県筑前編三十四、四十八参照）。さらに同六年十一月、「倭國《やまとのくに》の高安城《たかやすのき》・讃岐國《さぬきのくに》の山田郡の屋嶋城《やしまのき》・對馬國《つしまのくに》の金田城《かなたのき》を築《つ》（『**日本書紀**』）」いた。その金田城跡が城山にあり、国の特別史跡に指定されている。

前項の竹敷へは県道二十四号から右折して同百九十七号を辿ったが、二十四

これが徒歩での登山道

号をそのまま西進すると県道沿いに、城山の南西部からの金田城跡入口の標識が立てられている。西側、北側は断崖であるが故に、日露戦争時に敷設された軍用道路が変じた登山道は、迂回して東から巡り登る。駐車場までの約二キロメートルほどは、一応乗用車以下は通行可となってはいるが一車線で、軽自動車ですらすれ違いは困難である。加えて駐車場のスペースは数台分しかなく、その先は徒歩のみの、熟年の足では往復二時間であろう城山山頂への登山道である。訪れたのが猛暑日であったこともあり、登頂はあきらめたが、金田城跡の雰囲気は登山道入口の、昭和六十一年（一九八六）に文部省と旧美津島町によって立てられた解説看板に窺い知ることが出来る。一部を以下に記載することで不登頂のご容赦を頂きたい。

現存する遺構は城山を取り巻くように、高さ数メートル、延長二・八六キロメートルの城壁がえんえんとめぐり、城の周囲は五・四キロメートルであり、谷間には水門を設け、城門を構えた遺構があり、これが一ノ城戸、二ノ城戸、三ノ城戸である。

城山の北西面は絶壁が多く、北東面は細り口の断崖で、天然の要害であることから、防備の要が南東面に置かれたことを示している。

この城に防人《さきもり》が常駐し、有事の際は島民と食糧を収容して防衛に徹することを使命とした。今を去る一、三〇〇年前、対馬に遣わされた防人は、遠く東国から徴兵された若者たちで、彼等が任地で詠んだ望郷の歌が『万葉集』に多く収められている。

箕形湾から城山を望む

さらに文尾に、その『**万葉集**』の巻第二十の、助丁丈部造人麻呂《じょちゃうはせつかべのみやつこひとまろ》が詠んだ「大君の命《みこと》かしこみ磯にふり　海原渡る父母をおきて」を紹介している。

周辺の地図を見ると、西から浅茅湾に進んできた船のほぼ正面に、独立峰かつ周囲の他の山々より頭一つ高い城山が聳え、金田城跡が例え無くても、古き時代の航海の標であったと思え、歌枕に相応しい山であることを納得した。

なお、城山の全貌は、西の箕形浦湾沿いから望むことができる。

防人の望郷の歌残り居る　金田城跡上方山に在り
上方の山の頂き目指したるも　吾諦めり猛暑もありて
夏空と箕形浦の海に映え　上方山の緑麗し

五、浅茅山《あさじやま》・安佐治山（地図は前々項参照）

県道二十四号を戻って再び国道三百八十二号線を北へ向かうと、鶏知《けち》の交差点から八キロメートル余りで、国道が万関瀬戸《まんぜきせと》と呼ばれる運河を跨ぐ。対馬島の上島と下島の境界であり、東の三浦湾と西の浅茅湾を結び、約五百メートルの長さがある。なお、歌枕であり、実在の浅茅山は「あさじ」と読むが、浅茅湾は、何故か「あそう」と読む。

国道382号線から浅茅山？

明治三十三年（一九〇〇）旧大日本帝国海軍は、三で項を立てた竹敷浦にあった海軍基地から対馬の東部海域への回航時間短縮のために、深さ三メートル、幅約二十五メートルの水道を開削した。昭和五十年（一九七五）に深さ四・五メートル、幅を四十メートルに拡張して現在に至っている。この瀬戸を跨ぐ朱塗りの橋が万関橋《まんせきばし》で、現在は平成八年（一九九六）に架けられた三代目である。その橋の下島側の袂近くには、遣新羅使一行が竹敷浦で詠んだ十八首のうちの一首、「潮干なばまたも我れ来むいざ行かむ　沖つ潮騒高く立ち来ぬ」の歌碑が据えられる。

万関橋から国道三百八十二号を北に辿って三・五キロメートルほど、左手に浅茅山（標高百八十七・六メートル）が聳える。といっても国道からは近すぎて、また他の山々と紛れて姿を確認できなかったが、それらしき連山をとりあえずカメラに収めた。

『万葉集』巻第十五の、「三、竹敷〈ノ〉浦」で述べた竹敷浦の十八首の前に、「対馬の島の浅茅《あさじ》の浦に到りて船泊りする時に、順風を得ず、経停《けいてい》すること五箇日《いつか》なり。ここに、物華《ぶっか》を瞻望《せんぼう》し、おのもおのも慟心《どうしん》を陳《の》べて作る」の詞書で三首が並ぶ。その一首目の「百船の泊つる対馬の浅茅山　しぐれの雨にもみたひにけり」が『能因』、『名寄』、『松葉』に収められる。（なお、詞書中の「物華」は「美しい景色」、「瞻望」は「望み見ること」、「慟心」は「悲しい心」、歌中の「もみたひ」は「紅葉《もみ》つ〈木々の葉が紅または黄色になる〉」の未然形、「ひ」は上代に使われた継続の助動詞「ふ」の連用形と思われる。）

また、**『新勅撰和歌集』**から**藤原知家**の「浅茅山色かはりゆく秋風に　かれなて鹿の妻を恋らん」が、『名寄』、『類字』、『松葉』に収められる。

万関橋袂の歌碑

万関橋

浅茅山の東麓からさらに国道三百八十二号を北に二・五キロメートルほど、浅海《あそう》中学校の角を右折して東に進む

住吉橋

住吉橋大橋袂の歌碑

と、南の小船越《こふなこし》浦、北の芦浦に挟まれた半島状の先に沖ノ島が浮かぶ。その間の海域は幅数十メートルの水道・住吉瀬戸で、紫藻が群生してその色に染まることから、別名を紫瀬戸と呼ばれる。この瀬戸に架かる住吉橋の本島側の袂近くに、『**万葉集**』巻第十六の「紫の粉潟《こがた》の海に潜《かづ》く鳥玉潜き出ば我が玉にせむ」が刻まれた歌碑が建つ。

なお、あるいは筆者の誤認かも知れぬが、国道三百八十二号線からは判然としなかった浅茅山が、小船越浦の対岸にその姿を見せる。

浅茅山麓の道より見上ぐれど　確と判らず山連なりて

軍用に切り開かれて橋架けし　万関の瀬戸浅茅山近くに

住吉の橋訪ふ道に浅茅山　湾を隔てて姿顕はす

小船越浦から望む浅茅山？

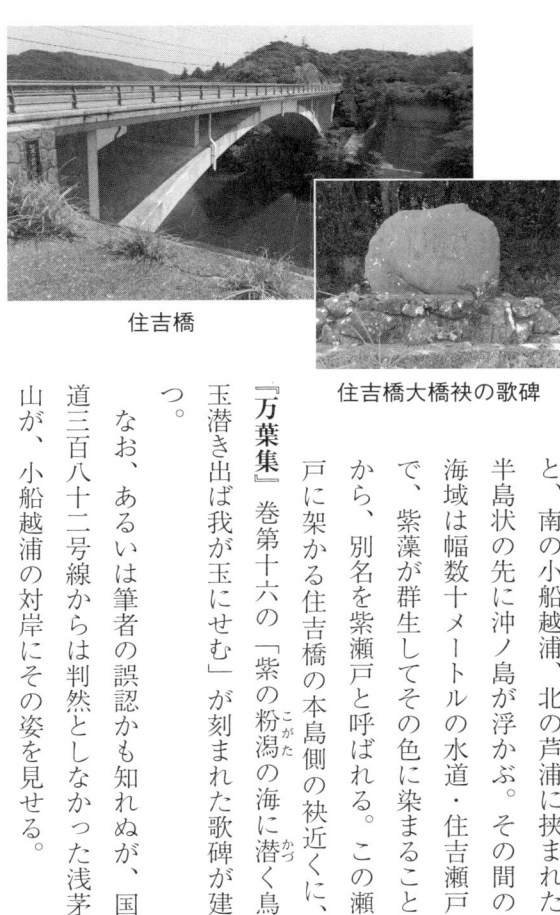

六、黄葉山《もみじやま》

対馬には多くの神社が点在する。神社庁に登録されたものだけでも百三十社を数え、歴史的には、『**延喜式**』神名帳に記載される神社は二十九社、、旧西海道九国の三分の一がこの島に集中する。それは、対馬が大陸との往来の最前線として金属器、文字、仏教のみならず、古代の占いの技術である「亀卜《きぼく》」も早くから伝搬し、政祭一致の中央政権に大きな影響力を有していた故と考えられる。（なお以上の記述は、対馬観光物産境界発行の『対馬神社ガイドブック』に依る。）数多くある神社の中から、道すがら立ち寄った二～三を簡単に紹介する。

国道三百八十二号線の、前項に記した浅海中学校の角をそのまま北上し、豊玉町の中心部から西に分岐する県道二百三十二号・唐崎岬線を辿り、さらに仁位川の左岸をすすむと、浜際に一基、切れ込んだ湾の中に二基の鳥居が並ぶ。『**古事記**』の神代の最終章の、海幸彦、山幸彦の神話に登場する、山幸彦、即ち彦火火出見尊《ひこほほでみのみこと》と、その妻神の豊玉姫命《とよたまひめのみこと》を祀る和多都美神社である（地図は「三、竹敷〈ノ〉浦」参照）。二神が出会った「海宮《わたつみのみや》」がこの地に在ったと伝えられる。海に正対する社殿の後背は、木々が鬱蒼と茂る緑濃き森で、まさに神秘的な雰囲気が漂う。

先の豊玉町の中心部から国道三百八十二号線を北上すること十キロメートル余り、峰町中心部で西に分岐して三根湾の北岸を進む県道四十八号・木坂佐賀線が一旦内陸を通り、再び西岸の木坂の御前浜《おまえはま》に出る（地図は「三、竹

和多都美神社拝殿

海中に並ぶ鳥居

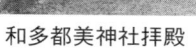

藻小屋

海神神社社殿

参道入口

敷〈ノ〉浦」参照）。浜を望む東の木坂山（別名・伊豆山）は、古来人の手の入らない原生林で、「野鳥の森」となっている。その気坂山の麓に、豊玉姫命を祀る海神《かいじん》神社が鎮座する。古くは**神功皇后**の旗八流を収めた地として八幡本宮と号され、「対国一ノ宮」と称された。明治四年（一八七一）に現在の社名に改称され、国幣神社に列せられた。二百七十段ほどの石段を登った境内には、豪壮な造りの社殿が木々の緑に囲まれて建ち、厳かな雰囲気である。

御前浜には木坂御前浜園地があり、藻小屋と呼ばれる石造りの小屋が並ぶ。対馬の海付の村々では、晩春の頃、畑の肥料とする為、舟で「藻切り」をしたり、海岸に漂着をした寄藻《よりも》を採集、これを貯えるのが藻小屋で、島の西海岸には多く見られるという。

県道四十八号が分岐する峰町中心部からさらに国道三百八十二号線を

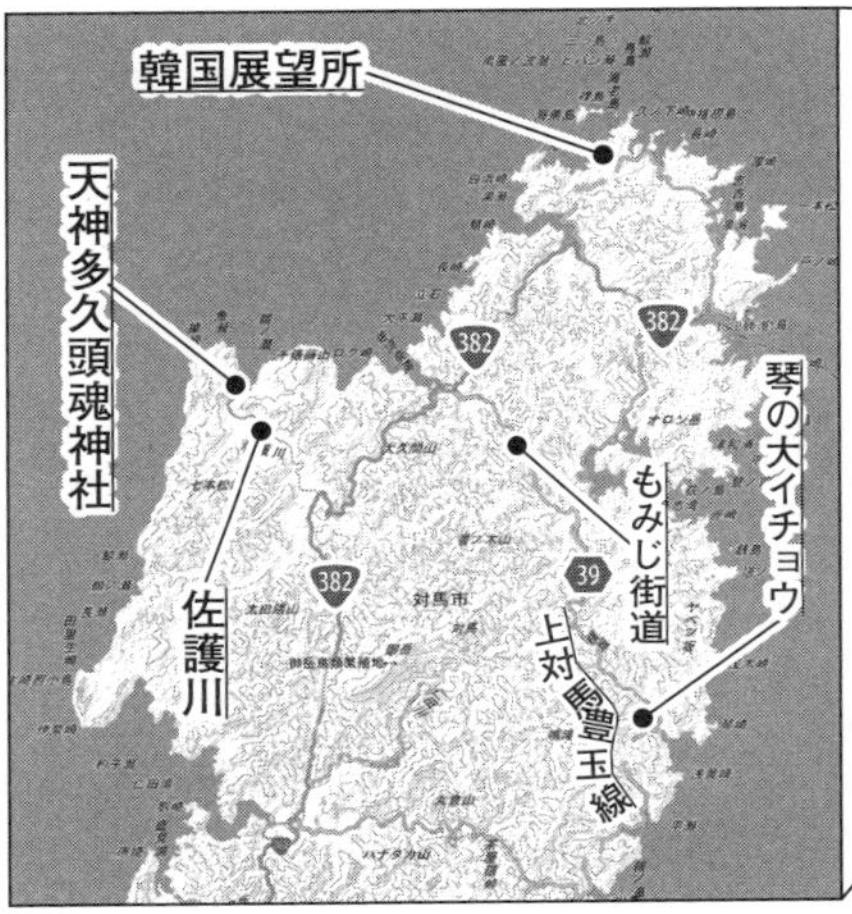

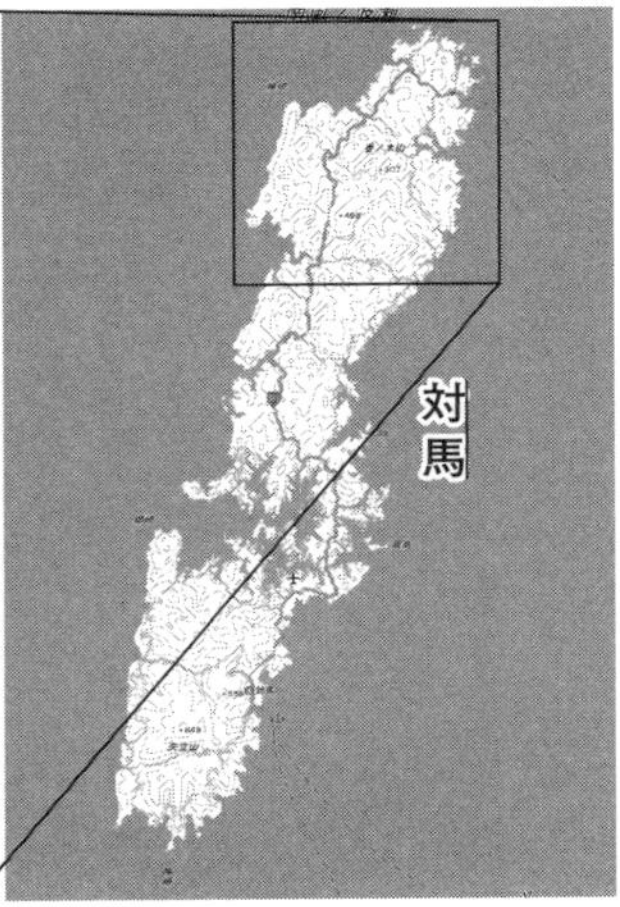

対馬北部

北上、対馬交通の佐護バス停から北西に道を辿り、佐護川の西岸を進むと、天神多久頭魂《あめのかみたくずだま》神社の鳥居が目に飛び込む。後背の天道山を御神体とし、社殿が無く、あるいは日本の神社の原形かと想像した。

さて、本論に戻って歌枕「黄葉山」である。**藤原定家**の「なか月のもみちの山の夕しくれ　のこる日かけもいろはそめけり」、**後鳥羽院**の「たちさらす紅葉の山の朝露に　なけはしほるゝ鹿や入るらん」等が『名寄』に収められるが、特定の山の固有名というよりは「紅葉に染まった山」と解するのが妥当と判断した。『和歌の歌枕・地名大辞典』も「非地名」と解説する。

一方「三、竹敷〈ノ〉浦」で、『**万葉集**』巻第十五に遣新羅使の詠んだ十八首が並ぶと記したが、その十七首目の「天雲のたゆたひ来れば九月《ながつき》の　黄葉《もみち》の山もうつろひにけり」が、やはり『名寄』に収載される。これは一群の歌の歌意の流れから、対馬の山と断定出来る。

前後するが、厳原港から国道三百八十二号線を二キロメートル程北上し、桟原《さじきばら》の交叉点から、島を東西に横断する県道四十四号・桟原小茂田線を西に辿ると、道は山地を縫うが如くに通うが、そのもっとも北寄り、上見坂公園入口辺りの北方一キロメートル余りに、鶴嶽とも呼ばれる紅葉山（標高三百二十八メートル）が聳える。やや南西にはニガカシ山（同三百十メートル）、県道の南には権現山（同四百十九メートル）、隠蔵寺山（同四百四十二・一メートル）などが連なる（地図は「三、竹敷〈ノ〉浦」参照）。まさに連山の中の一峰で、筆者の注意不足かも知れぬが山容を特定できず、登山道も自信が持てず、残念ながら証する景色をカメラに収めるのを断念した。しかしこの山が、遣新羅使一行の誰かが詠んだ「紅葉山」の有力な候補であることは、疑うべくもない。

ところで、あるいはと思わせる景観が上島の東北部にもあるので、紹介をしておく。

天神多久頭魂神社

琴の大イチョウ

大イチョウの根元

対馬市豊玉町の最南部の横浦で、県道三十九号・上対馬豊玉線が分岐して上島の東岸を北上するが、三十キロメートル余り、県道西側に、樹高二十三メートル、幹周り十二・五メートル、樹齢千五百年とも言われる巨大な銀杏の木が聳えている。「琴の大イチョウ」である。その昔には、この一本のみでなく、多くのイチョウが群生していたとしても不思議はない。

また県道三十九号は、この琴の集落を過ぎると内陸を通るが、およそ七キロメートルの見事な紅葉の林間で、「もみじ街道」と呼ばれる。

この二つの景観を併せると、あるいはこの辺りに「黄葉（紅葉でないのはイチョウが多いため？）山」と呼ばれる山があったのかとも想像した。

黄葉山行く道はずれ謂れある　社巡りて対馬の史識る

在ると識る黄葉の山を訪ぬれど　山連なりて定むる叶はず

道の端に高々聳ゆる大銀杏　黄葉の山のあるいは故か

もみじ街道（カラーでないのが残念です）

七、香《かの》〈ノ〉山《やま》

『名寄』、『松葉』に、出典の記載の無い「かの山に雲ゐたなひきおほ、しく　あひみしこらを後恋んかも」が載り、また『松葉』に出典を『名寄』として同歌が載るが、実はこの歌は、**『万葉集』**巻第十一の「香具山に雲居たなびきおほほしく　相見し子らを後《のち》恋ひむかも」である。「おほほし」は「おぼおぼし」の変化形で、「おぼろげだ」の意である。歌意は「香具山に雲がたなびいてはっきり見えないように、ぼんやりと見ただけの子なのに、後になって恋焦がれるようになるのだろうか」である。

香具山は、**『万葉集』**の十三首

香具山

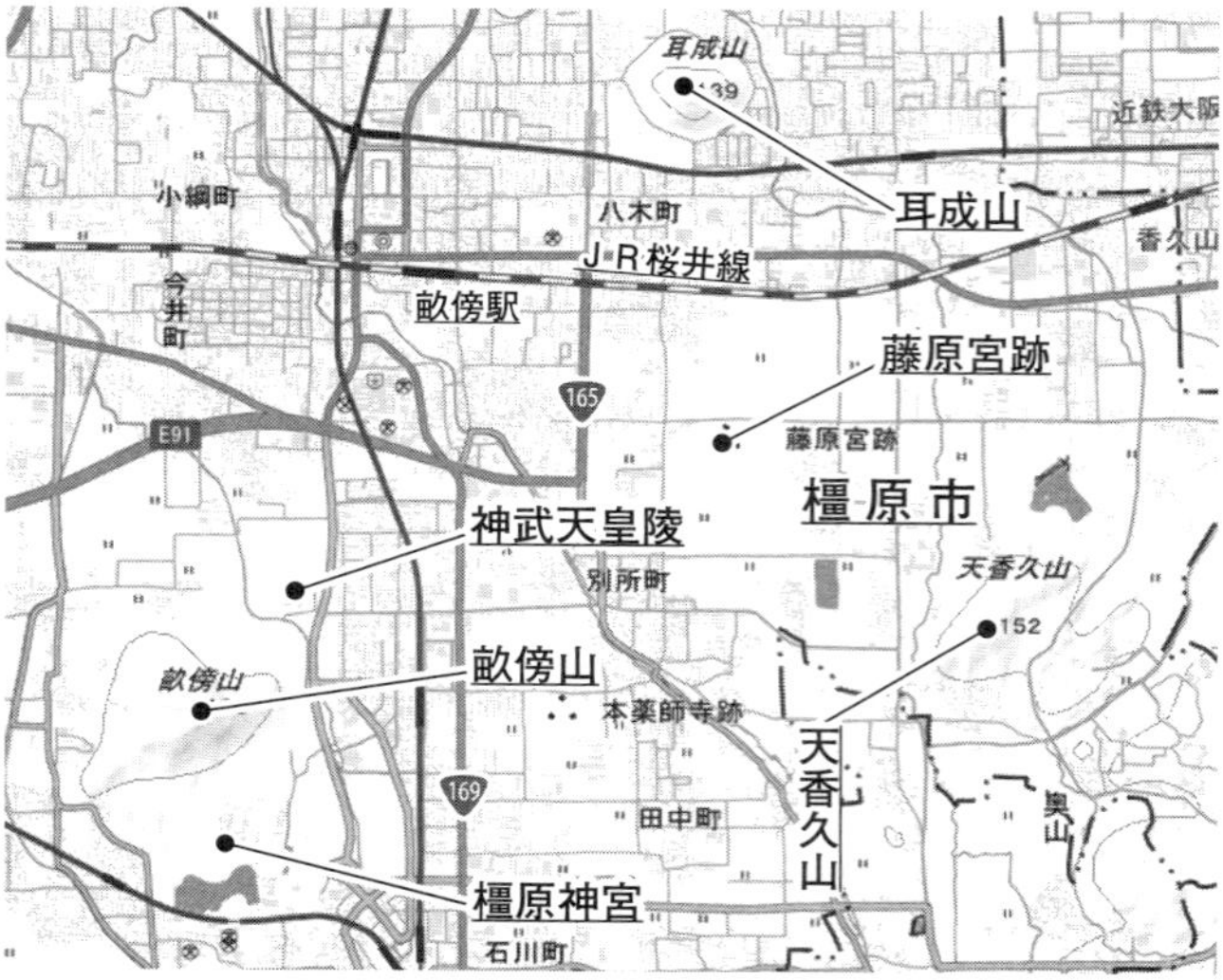

奈良県橿原市

に詠まれるが、その表記は様々で、香具山、香山、香来山、高山、芳來山、芳山などがある。本項のこの万葉歌の原文は「香山尓雲位桁曳……以下略……」で、『名寄』はこの初句を誤って「かのやまに」と読んだのであろう。だが、かくも著名な歌集の収載歌を読み間違えた、さらにはその地を対馬と比定した理由は判らない。

現在香具山は「香久山」とも表記されるが、一般的には国土地理院の記載に従って「天《あまの》香久山」とされることが多く、畝傍《うねび》山、耳成《みみなし》山と併せて大和三山と呼ばれる。当然のことながら大和国に項を立てるべきであるので、ここでは簡単に紹介する。奈良県橿原市にある標高百五十二・四メートルの、山というよりは小高い丘の様相で、北麓には天香山《あまのかぐやま》神社、南麓には天岩戸《あまのいわと》神社、そして山頂には國常立《くにとこたち》神社が鎮座する。

橿原神宮

西北西一キロメートルほどには、藤原宮跡がある。**持統天皇**九年（六九四）から**文武天皇**の代を経て**元明天皇**の和銅三年（七一〇）までの十六年間、朝廷が置かれていた。東西二キロメートル、南北三キロメートル、我国における最初の本格的都城であったという。現在は野が広がり、宮の中心で天皇が儀式や政治を行った大極殿の基壇が残される。

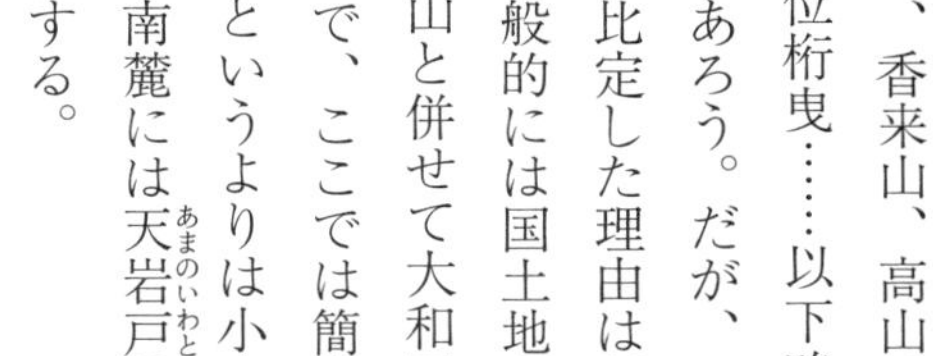
藤原宮跡

さらに西、畝傍山の東麓には、**神武天皇**御陵と橿原神宮が並ぶ。

この橿原神宮の創建は、筆者の無知ではあったのだが、明治二十三年（一八九〇）に民間有志のの請願によると聞き、驚きである。祭神は**神武天皇**とその皇后の媛蹈鞴五十鈴媛命《ひめたたらいすずひめのみこと》で、**神武天皇**の橿原畝傍原宮があったとされる地に建立された。僅か百三十年の歴史ではあるが、まさに皇紀二千六百八十年の重さがあり、境内にはその雰囲気が漂っている。

探せども対馬に見えぬ香の山は　大和の国の名だたる山なり
香の山の麓に故宮の跡の在り　芝生広場に礎残し
古に大和朝廷築きたる　天皇《すめろぎ》の陵あり香の山近く

八、名欲山《なほりやま》

道の駅竹田から木原山

『**万葉集**』巻第九には、相聞歌が纏められて四十九首収められるが、その中に「藤井連《ふじいのむらじ》、遷任して京に上《のぼ》る時に、娘子《をとめ》が贈る歌一首」の詞書で「明日よりは我は恋ひむな名欲山　岩踏み平《なら》し君が越え去《い》なば」、「藤井連が和《こた》ふる歌一首」として「命をしま〔愛?〕幸《さき》くあらむ名欲山　岩踏み平しまたも來む」の一対の二首が載せられる。この二首が、『松葉』に「名欲山」を対馬国の歌枕として収められている。

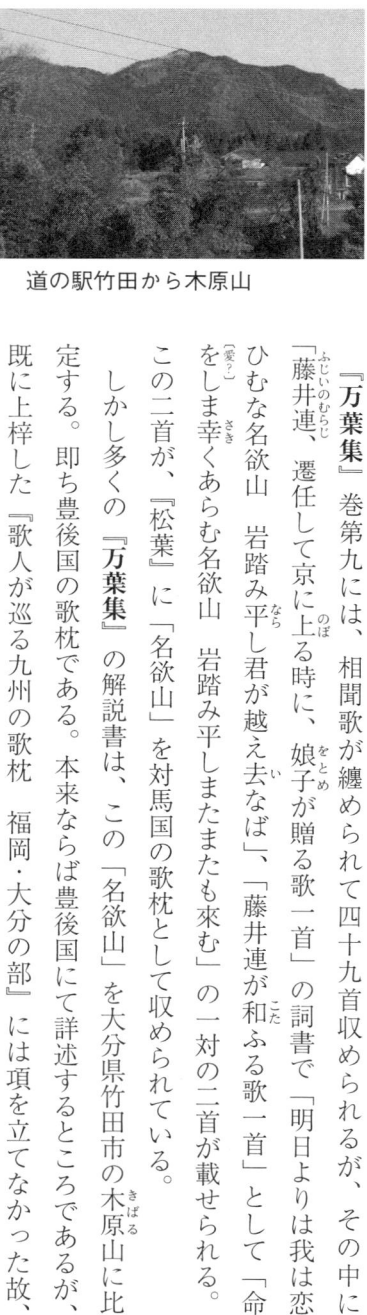

しかし多くの『**万葉集**』の解説書は、この「名欲山」を大分県竹田市の木原山《きばる》に比定する。即ち豊後国の歌枕である。本来ならば豊後国にて詳述するところであるが、既に上梓した『歌人が巡る九州の歌枕　福岡・大分の部』には項を立てなかった故、ここで軽く触れておく。

大分県竹田市消防署の西で、国道五十七号線から分岐する同四百四十二号線（通

大分県竹田市

称・日田街道）を西に六キロメートルほど、右に標高六百六十九・四メートルの木原山の登山口に向かう道が分かれる。二キロメートル足らずで登山口に、そこから十分ほどで頂上に着く。

先の登山口に向かう道の分岐地から少し南東に城原《きばる》八幡社が鎮座する。ここは、**景行天皇**が熊襲征伐の折、行宮《あんぐう》とした地とされ、**応神天皇**の時代に一祠が建てられ、**景行天皇**の御霊を祀った事に始まるという。楼門も拝殿も格調高く、木々に囲まれた境内は心が落ち着く。またこの神社の境内にあたる松原公園には、先の相聞歌を刻んだ碑が建てられている。なお、国道四百四十二号線を五百メートルほど竹田市街地方面に戻った国道沿いの「道の駅竹田」の敷地内には、万葉歌の丁寧な解説板が掲げられ、ほぼ北方に木原山の山容を眺めることが出来る。

ところで蛇足ではあるが、竹田市中心部の南東には岡城跡が残る。緒方三郎惟栄《これよし》によって文治元年（一一八五）に築かれ、現在残される城郭は、文禄三年（一五九四）に入部した中川氏によって整備された。明治の廃藩置県を機に城館が全て取り壊されたのは残念で

城原八幡社

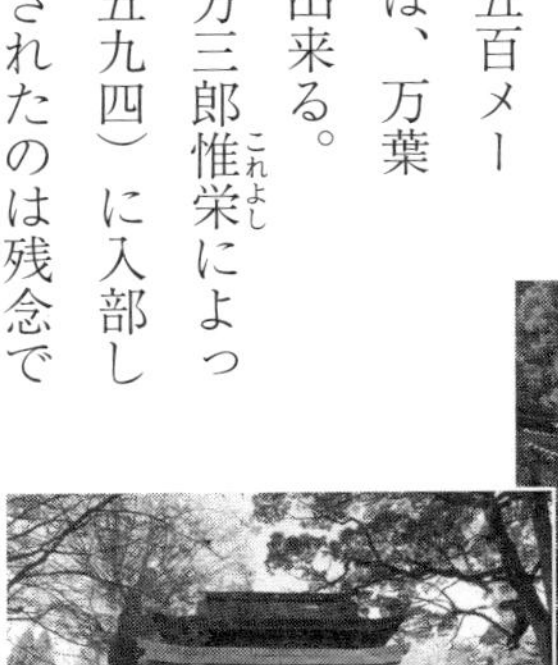
楼門

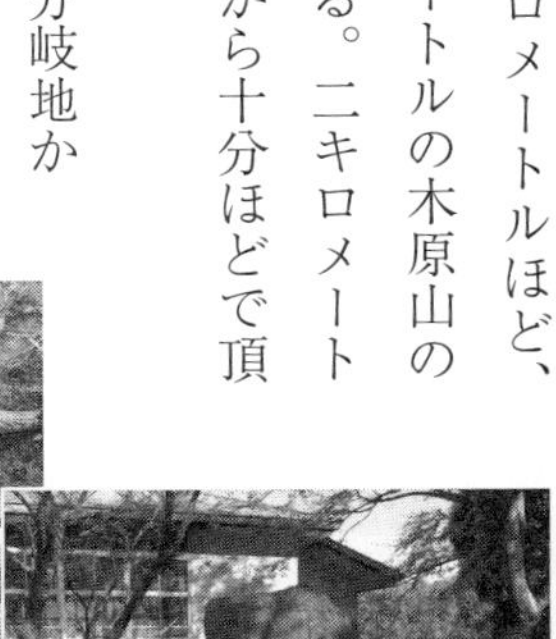
万葉相聞歌碑

岡城跡

ある。駐車場から一番奥の本丸跡まで登り道ではあるがなだらかで、春の桜、秋の紅葉など、散策を楽しむことが出来る。

竹田は**滝廉太郎**が幼少期を過ごした地で、かの名曲「荒城の月」は、この岡城跡の思い出がそのメロディーを生んだとも言われる（熊本城、青葉城等々の説もある）。城跡の一角には**滝廉太郎**の坐像や、作詞をした**土井晩翠**自筆の歌詞が刻まれた石碑も建つ。訪れたのは十一月中旬、既に秋風が冷たさを増す季節で、冬近き城跡での「荒城の月」の歌詞、メロディーが時と場に相応しく、暫し佇み口ずさんだ。

以上が「名欲山」とその周辺の概略であるが、出典も明白、所属国も多分古来より明らかな歌枕を、なぜ『松葉』が対馬国に項立したのかは不明である。

名欲山対馬と言ふに姿無く　文解き識れり豊後に在りと
厳かなる八幡社在り境内に　万葉の歌碑建つ名欲山麓
荒城の月口ずさむ秋深き　名欲の山に近き城址で

滝廉太郎坐像

土井晩翠「荒城の月」自筆の歌詞

誤収載

九、見山《みるやま》

『能因』、『名寄』、『松葉』に、「うからふと見る山雪のいち白く　恋は妹か名人しらんかも」が対馬国の歌として載せられる。出典は『**万葉集**』巻第十とある。『日本古典文學大系・萬葉集三』を紐解くと、「窺良布　跡見山雪之灼然　繼者妹名　人将知可聞」とあり、「窺狙《うかねら》ふ跡見山《とみやま》雪のいちしろく　戀ひば妹が名人知らむかも」と書き下される。「窺狙ふ」は「うかがいねらう」、猟師が獲物をうかがいねらう意で、獣の足跡を見ることから、地名「跡見」の枕詞である。「いちしろし」は「著し」で「明白だ、はっきりしている」のいである。初句、二句が「いちしろし」の序となっている。歌意は「跡見山の雪のように、はっきり人目につくように恋したなら、あの人の名を世間の人が知るであろうかなあ」である。

鳥見山

手元の三冊の名所和歌集は、何故かこのように明確な解釈のあるこの歌の、第二句の初字「跡《と》」を初句に付けて、第二句を「見山」からとして、固有名詞「みるやま」としたのである。さらには、これも何故かであるが、その「見山」を対馬国にありとしたのである。対馬に「見山」はもちろん、「跡見山」も見当たらない。

しかし、この歌に詠まれる本来の「跡見山」が奈良県桜井市に実在するので軽く触れておく。

等彌神社　上津尾社社殿

JR桜井線、近鉄大阪線の桜井駅の南東で、東西に走る国道百六十五号線から県道三十七号・桜井吉野線が南に分岐するが、その分岐から県道を南に五百メートルほど、市立図書館の向かいに等彌《とみ》神社が鎮座する。上社である上津尾社と、下社である下津尾社があり、祭神は、上社が**天照大神**、下社が八幡大神と春日大神とのこと、広い境内は鬱蒼と茂る森とも言える木々に囲まれ、両社とも落ち着いた構えを見せる。

奈良県桜井市

その等彌神社の後背に立つのが鳥見山、即ち歌枕の跡見山である。橿原宮で即位した初代**神武天皇**が、この地に霊畤《まつりにわ》を設けて神々を祭り、大和平定と建国の大孝を祈願した舞台とされる。大嘗会の始まりである。

桜井市内には、およそ六十基の万葉歌碑が建てられている。等彌神社の境内には冒頭に紹介した「うかねらふ……」、巻第八の**紀朝臣**鹿人《かひと》が詠んだ**旋頭歌**「射目立てて跡見の岳邊のなでしこの　花総手折りわれは持ちて行く　奈良人のため」の歌碑が建つ。また市立図書館の庭には、巻第六のやはり**紀朝臣鹿人**の短歌、「茂岡に神さび立ちて栄えたる　千

等彌神社境内の万葉歌碑

市立図書館万葉歌碑

代松の木の歳の知らなく」が刻まれた碑が置かれる。

見山《みるやま》の対馬に影無く跡見山《とみやま》を　読み誤りしと吾断じたり
緑濃き跡見山の史解きて識る　大嘗祭の始まりの場と
万葉の歌刻みたる碑の数多　歌枕なる跡見山里に

非地名

十、千良布山《ちらふやま》

『万葉集』巻第十五に、天平八年（七三六）の遣新羅使一行が、対馬の竹敷浦で詠んだ十八首が収められることは、「三、竹敷〈ノ〉浦」で述べた。『能因』、『松葉』は、その第五首目の「毛美知婆能知良布山邊由許具布祢能　介保比介米佀弖伊佀弖伎介家里」の、第二句の「千良布山」を固有名詞として歌枕とし、ここ対馬国に項立てる。しかしこの歌の訓み下し文は、岩波書店の『日本古典文學大系　萬葉集四』をはじめとする目にした諸文献によれば、「黄葉《もみぢば》の散らふ山邊ゆ漕ぐ船の　にほひに愛でて出でて來にけり」であり、「散らふ」は、「散る」の未然形に上代語の反復、継続の助動詞「ふ」の連体形は付いたもので、固有名詞の地名ではない。よって非地名とする。

十一、敷可牟乃《ふかむの》〔の〕嶺《みね》

「二、對（対）馬根（嶺）」で、『**万葉集**』巻第十四の相聞往来歌の一首が歌枕歌として、『能因』、『名寄』、『松葉』に収載されると述べた。即ち「対馬の嶺《ね》は下雲あらなふ可牟の嶺《ね》に　たなびく雲を見つつ偲はも」であるが、この歌が本項の歌枕歌として、『能因』、『松葉』に載せられる。第二句目と三句目の、原歌は「之多具毛安良南敷　可牟能祢介」であるのに、「敷」を三句に付けて「之多具毛安良南　敷可牟能祢介」とし、歌枕「敷可牟乃（の）嶺」と項立したのである。全くの誤読と言わざるを得ず。非地名とした。なお、「可牟」は「神」と解釈することは、「二」に解釈を記してあるので参照されたい。

未勘

十二、片敷山

『松葉』には、「夏ころも《〔衣〕》かたしき《〔片敷〕》山の時鳥　なく《〔啼〕》声しけく《〔繁〕》なりまさる《〔増〕》かな」が載る。出展は「六帖」とあるから『**古今和歌六帖**』であろうか、詠者は「たけちの黒人」、即ち**高市連黒人**である。

しかしながら、この歌に詠まれる「片敷山」は、古名であればともかく、手元の地図でも、また現在国土地理院が公開する各県の主な山岳標高の資料中の、対馬はもとより長崎県にも見当たらない。

高市連黒人は、七世紀後半の宮廷歌人とされ、**持統天皇**、**文武天皇**の行幸に従駕したことが知られるが、果して九州、ましてや対馬に足を運んだかは定かで無い。もちろん歌枕であるから、現地での歌詠である必要はなく、心に想いながら宮中で詠むことは日常であったのだが、この片敷山を対馬に在りとする根拠が見当たらない。ただし、先著『福岡・大分の部』の豊後編四の「四極山《しはつやま》」に、**黒人**の万葉歌「四極山うち越え見れば傘縫の　島漕ぎかくる棚無し小舟」を引用したが、これは紛れも無くその地の歌枕歌であり、**黒人**が九州に何らかの思いがあったとしても不思議は無いのだが……。

残念ながら考察はここに止まっていて、片敷山は未勘とした。

なお、これを河内に在りとする文献もあるが、検証には至っていない。

対馬国歌枕歌一覧（名所の数字は各歌枕集収載ページ）

	對（対）馬渡	竹敷〈ノ〉浦
名所歌枕（伝能因法師撰）	對馬渡（四一八） ありねよしつしまのわたり渡中に ぬさ取むけてはや帰りこね 〔万葉一〕（春日蔵首老） 舟人のつしまの渡浪高み すきわつらふや此世成らん 〔夫木〕（中務） つしまの根はしたくもあらな ふかむの根に 棚引雲を見つゝ忍はも 〔万葉十四〕（よみ人不知） 〔「敷可牟乃（の）嶺」に重載―筆者注〕	
謌枕名寄	対馬渡（一二三八） あかねよしつしまのわたりわたなかに ぬさとりむけてはやかへりこね 〔万一〕 右三野連馭入康時春日蔵首老作哥 舟人のつしまのわたり浪たかみ すきわつらふやこの世なるらん （中務卿） 対馬峯波之多見毛安良南敷可牟能祢尓 多奈比久久母於美都・志能波牟	竹敷浦（一二三九） たかしきの浦まのもみち我ゆきて かへりくるまてちりこすなゆめ 〔万一五〕 たかしきのもみちをみれはわきもこか またんといひし時つきにける 〔万一五〕
類字名所和歌集		
増補松葉名所和歌集	対馬渡（二八七） ありねよしつしまのわたりわたなかに ぬさとりむけて早かへりこね 〔万一〕（春日座主老） 舟人のつしまの渡波高み 過わつらふや此世なるらん 〔名寄〕（中務卿） こき出るつしまの渡程遠み 跡よりかすめゆきのしまゝつ 〔夫木〕（基綱） 久かたの月をはるけみ見つる哉 つしまの渡わた中にして 〔宝治百〕（定嗣） こえて又つしまのわたりいかならん 心つくしの遠き舟路を 〔年記不知御当座〕（氏孝） つしまねはしたくもあらはふ《マ》え《マ》の根に たなひく雲をみつゝしのはん 〔万十四〕 〔「敷可牟乃（の）嶺」に重載―筆者注〕	竹敷ノ浦（二四一） たかしきのうらまのもみち我ゆきて 帰りくるまて散こすなゆめ 〔万一五〕（大判官）

浅茅山・安佐治山	上方山	竹敷〈ノ〉浦
浅茅山（四一九） 百船のはつるつしまのあさち山 時雨の雨にもみたひにけり 〔万葉十五〕（よみ人しらす）		
浅茅山（一二四〇） もゝふねのはつるつしまのあさち山 しくれの雨にもみたひにけり 右遣新羅使到対馬嶋浅茅浦舟泊之 時作哥三首内 あさち山いろかはりゆくあきかせに かれなてしかのつまをこふらん （知家）	**上方山**（一二三九） たかしきのうへかた山はくれなゐの やしほのいろになりにけるかな 〔万一五〕 たかしきのうへかた山のもみち葉を ふきなちらしそ奥津しほ風 （知海法師）	右二首遣新羅使到対馬国竹敷浦船 泊時各染心緒哥十八首内 たかしきのたまもなひかしこきてなん 君かみふねをいちとかまたん 右同時対馬娘子名玉槻作哥
安作治山（三五七） 浅茅山色かはり行秋かせに かれなて鹿の妻をこふらん 〔新勅撰〕（正三位知家）		
浅茅山（五四八） 百ふねのはつるつしまのあさち山 時雨のあめにもみたひにけり 〔万十五〕 あさち山色かはりゆく秋風に かれなて鹿のつまを恋らん 〔新勅〕（知家）	**上方山**（三五三） たかしきの上方山はくれなゐの やしほの色に成にける哉 〔名寄〕 たかしきやうへかた山の紅葉ゝを 吹なちらしそ沖つ塩かせ 〔夫木〕（知海） しらくものうへかた山の時鳥 空にはたれもことかたるらん 〔夫木〕（行家）	竹敷の玉もなひかしこきてなん 君かみふねをいつとかまたん 〔万一五〕（対馬娘子） たかしきの上かた山は紅ゐの やしほのいろになりにけるかも 〔万一五〕（小判官） たかしきの浦間の風になひきもの より〳〵世をは思ひしりにき 〔新六〕（衣笠内大臣）

黄葉山

名所歌枕（伝能因法師撰）

謌枕名寄

黄葉山（一二三九）
あま雲のくゆたひゆけはなか月の
もみちの山もうつろひにけり
〔万十五〕
右遣新羅使竹敷浦船泊時作哥十八首内
なか月のもみちの山の夕しくれ
のこる日かけもいろはそめけり
（定家）
しくれつる紅葉の山は雲はれて
夕日うつろふみねの松かせ
（中務卿）
春かけて鴈かへるとも秋風の
もみちの山をこへこさらめや
〔六帖〕
たちさらす紅葉の山の朝露に
なけはしほるゝ鹿や入らん
（後鳥羽院）
たへぬかなあきはかきりのいろみえぬ
もみちの山のありあけの比

類字名所和歌集

増補松葉名所和歌集

国違

香〈ノ〉山

名所歌枕（伝能因法師撰）

謌枕名寄

香山（一二四一）
かの山に雲ゐたなひきおほゝしく
あひみしことをのちこんひかも

類字名所和歌集

増補松葉名所和歌集

香ノ山（一五一）
かの山の雲ゐたなひきおほゝしき
あひみんこらを後恋んかも
〔名寄〕

名欲山

名所歌枕（伝能因法師撰）

謌枕名寄

類字名所和歌集

増補松葉名所和歌集

名欲山（二九六）
あすよりは我は恋んななほり山
岩ふみならし君か越いなは
〔万九〕（藤井連娘子）

	名欲山
名所歌枕（伝能因法師撰）	
謌枕名寄	
類字名所和歌集	
増補松葉名所和歌集	命をしませ久しかれなほり山 石ふみならしまた〱もこん 〔万九〕（藤井連娘子）

誤収載

	見山
名所歌枕（伝能因法師撰）	見山（四一九） うからふとみる山雪のいちしろく 恋は妹か名人しらんかも 〔万葉十〕（よみ人不知）
謌枕名寄	見山（一二四一） うからふと見る山雪のいちしろく こひはいもか名の人しらん
類字名所和歌集	
増補松葉名所和歌集	見山（六五七・八一三） うからふと見る山雪のいち白く 恋は妹か名人しらんかも 〔万十〕

非地名

	千良布山	敷可牟乃（の）嶺
名所歌枕（伝能因法師撰）	千良布山（四一九） 紅葉ゝのちらふ山へに行舟の にほひにめてゝて出て来にけり 〔万葉十五〕（對馬娘子名王）	敷可牟乃嶺（四一八） つしまのねはしたくもあらなむ ふかむの根に たな引雲をみつゝ忍はも 〔万葉十四〕（よみ人不知） （「對馬根」に重載―筆者注）
謌枕名寄		
類字名所和歌集		
増補松葉名所和歌集	千良布山（九九・七九七） 紅葉ゝのちらふ山辺にゆく舟の にほひにめてゝ出て来にけり 〔万一五〕（対馬娘子女王）	敷可牟の嶺（四八一） つしまのねはしたぐもあらす ふかむのねに たなひく雲を見つゝしのはも 〔万十四〕 （「対馬根」に重載―筆者注）

未勘

	片敷山
名所歌枕（伝能因法師撰）	
謌枕名寄	
類字名所和歌集	
増補松葉名所和歌集	片敷山（一五一） 夏ころもかたしき山の時鳥 なく声しけくなりまさるかな 〔六帖〕（たけちの黒人）

事項・作品略解

〔あ〕

東歌（あずまうた）

一般的には、『万葉集』巻第十四所収の、東海道の遠江国以遠、東山道の信濃国以遠の、いわゆる東国で詠まれた二三〇首の短歌。大部分が東国地方の民謡の口誦と見られ、民衆の生活に密着した詠みぶりは異彩を放つ。

伊勢物語（いせものがたり）

平安中期の歌物語。作者・成立年は不詳。**在原業平**と目される人物の一代記風の百二十余段の短編から成り、全編に渡って二百首余の短歌が挿入される。**源氏物語**への影響大。

歌垣（うたがき）

上代、男女が山や市《いち》などに集って互いに歌を詠み交わし、舞踏して遊んだ行事。一種の求婚方式。

謌枕名寄（うたまくらなよせ）

澄月（一七一四～九八）撰との説もあるが不詳の名所歌枕集。一説には室町期の編纂とも。約六〇〇〇首収載。

永久百首（えいきゅうひゃくしゅ）

『堀河院次郎百首』、『堀河院後度百首』とも。嘉祥二年（一一〇七）崩御の**堀河天皇**と、永久二年（一一一四）に崩じた中宮篤子内親王の遺徳を偲んで、永久四年（一一一六）、藤原仲実の勧進で中宮の側近らが催行した懐旧百首と云われる。

延喜式（えんぎしき）

律令制定以後、律令条文の補足、改定のための法令を「格」、律令の施行細則が「式」。**醍醐天皇**勅命で延喜七年（九〇七）に格十二巻が、延長五年（九二七）式五十巻が完成。式中の巻九、十に、毎年祈年祭《としごいのまつり》の幣帛《へいはく》にあずかる宮中・京中・五畿七道の三一三二神社を国郡別に登載した神名式があり、神名帳と呼ぶ。なお、延喜式は残るが、延喜格は現存しない。

奥の細道（おくのほそみち）
　俳諧師**松尾芭蕉**が元禄二年（一六八九）、弟子の曽良を伴い、奥羽北陸の旅に出た。全行程六百里、五ヶ月間の長旅であり、道中の記録と、折々に読んだ句を編集した書。一般には陸奥の歌枕の探訪が主眼であったともされる。

〔か〕

懐中抄（かいちゅうしょう）
　室町期の歌学書。同名異書複数あり。

蜻蛉日記（かげろうにっき）
　右大臣藤原道綱の母の自伝的日記、全三巻。天暦八年（九五四）から二十一年間のはかない結婚生活を叙し、妻としての嫉妬、苦悩から芸術と母性愛への目覚めを描く。

魏志倭人伝（ぎしわじんでん）
　陳寿が著した中国の三国時代（二二〇～八〇）の正史である『三国志』の、魏書の東夷伝倭人の条に収められる、日本古代史に関する最古の史料。

玉葉和歌集（ぎょくようわかしゅう）
　伏見院の院宣による第十四番目の**勅撰和歌集**。建和元年（一三一二）京極為兼が撰集。総歌数二八〇〇余首。

金葉和歌集（きんようわかしゅう）
　白河上皇の院宣による第五番目の**勅撰和歌集**。院宣下命から二年後、大治元年（一一二六）、三度目の奏上で完成。選者は**源俊頼**、最後尾に連歌の部。総歌数六三七首、連歌十一首。

源氏物語（げんじものがたり）
　紫式部により十一世紀初頭に成立した長編小説。全五十四帖。平安の貴族社会を描写。

現存和歌六帖（げんぞんわかろくじょう）
　葉室光俊撰と云われる**私撰集**。当時現存していた歌人の歌を収載。建長二年（一二五〇）**後嵯峨院**に奏献。

江家次第（こうけしだい）
　大江匡房による平安後期の有職故実書、全二十一巻（現存は十九巻）。この時代の朝儀を知る上で重要。

後漢書（ごかんじょ）
　中国の正史の一つ。范曄《はんよう》（三九八～四四五）によるとされる。「東夷伝」に倭奴国王の印授受領の記事がある。

古今和歌集（こきんわかしゅう）
　醍醐天皇の勅命による初の**勅撰和歌集**。延喜五年（九〇五）、**紀貫之**、紀友則（百人一首「久方の光のどけき春の日に　しづ心なく花の散るらむ」）、凡河内躬恒《おおしこうちのみつね》（百人一首「心あてに折らばや折らむ初霜の　置きまどわせる白菊のはな」）、壬生忠岑《みぶのただみね》（百人一首「有明のつれなく見えし別れより　暁ばかり憂きものはなし」）の撰進。総歌数約一一〇〇首。

古今和歌六帖（こきんわかろくじょう）
　貞元・天元期（九七六〜八二）の成立とされる類題和歌集。歳時天象、地儀上、地儀下、人事上、人事下、動植物の六帖に、総じて二十五項目五百十六題を設けて、『**万葉集**』から『**古今和歌集**』、『**後撰和歌集**』の頃までの約四千五百首を分類収載したもの。

国造本紀（こくぞうほんぎ）
　『旧事本紀《くじほんぎ》』の巻十に収められる、国造《くにのみやつこ》（古代の世襲の、ほぼ一郡を領していた地方官。大化改新以降も一国一人ずつ残されたが、祭祀にのみ関与し、行政とは無関係となった。）の叙任を記した書。平安初旬の成立か。

古事記（こじき）
　現存する日本最古の歴史書。稗田阿礼が謡習した、神代から**推古天皇**（五九二〜六二八在位）までの帝紀皇室伝承を、太安万侶が和銅五年（七一二）撰録献上。漢字音訓による日本語表現。

後拾遺和歌集（ごしゅういわかしゅう）
　白河天皇の勅命による第四**勅撰和歌集**。応徳三年（一〇八六）**藤原通俊**が撰集。総歌数一二二〇首。

後撰和歌集（ごせんわかしゅう）
　村上天皇の勅命により天暦五年（九五一）和歌所を設置。**清原元輔**など**梨壺の五人**により撰進。情緒的な歌が多い。総歌数千四百余首。第二**勅撰和歌集**。

〔さ〕

催馬楽（さいばら）
　平安時代初期に成立した歌謡の一つ。上代の民謡などを外来の唐楽の曲調にのせたもの。笏拍子《しゃくびょうし》、笙《しょう》、篳篥《ひちりき》、竜笛《りゅうてき》、琵琶、箏《そう》を伴奏とする。室町時代に廃れるが、現在十曲ほどが復興されている。

防人（さきもり）
　辺土を守る人の意。多くは東国から徴発されて筑紫・壱岐・対馬など北九州の守備に当たった兵士。彼等とその家族の作った歌が、『**万葉集**』巻第十四に短歌五首、巻第二十に長歌一首、短歌九一首が収載される。巻第二十のは、天平勝宝七年（七五五）

の防人交替に際し、防人部領使《ことりずかい》が上進した一六六首のうち、**大伴家持**が採歌した歌である。

山家集（さんかしゅう）
　西行の歌集。一五〇〇余首収載。歌集中の「願はくは花の下にて春《われ》死なむ　そのきさらぎの望月のころ」は辞世の歌とも。

三代集（さんだいしゅう）
　平安時代初期の三つの**勅撰和歌集**。古くは『**万葉集**』、『**古今和歌集**』、『**後撰和歌集**』とされたこともあったが、現在は、『俊頼髄脳』の云う『**古今和歌集**』、『**後撰和歌集**』、『**拾遺和歌集**』とする。

私家集（しかしゅう）
　歌集の分類名の一つ。個人の歌の集のことで、一般には近世以前の歌人のもの。

詞花和歌集（しかわかしゅう）
　崇徳上皇の院宣による第六番目の**勅撰和歌集**。**藤原顕輔**によって仁平元年（一一五一）に第一次本、久寿元年（一一五四）第二次本奏上。総歌数四〇九首。

私撰集（しせんしゅう）
　正式には私撰和歌集。個人が多数の歌人歌を撰定し編纂した私的な歌集。←→**勅撰和歌集**

拾遺和歌集（しゅういわかしゅう）
　第三番目の**勅撰和歌集**。『**古今和歌集**』、『**後撰和歌集**』に漏れた歌を拾うの意。**花山院**が関与か。寛弘三年（一〇〇六）に成立とも。晴（公のこと←→褻《け》）の歌を中心に一三〇〇余首。

拾玉集（しゅうぎょくしゅう）
　慈鎮の家集。嘉歴年間（一三二六〜二八）に、青蓮院座首尊円入道親王が**慈鎮**の百首を類聚し、さらに貞和二年（一三四六）に残りの詠草類を集成して成立。四六〇〇余首、あるいは五九〇〇余首収載。

十三代集（じゅうさんだいしゅう）
　勅撰二十一代集のうち、『**古今和歌集**』〜『**新古今和歌集**』の**八代集**に続く**勅撰和歌集**。『**新勅撰和歌集**』、『**続後撰和歌集**』、『**続古今和歌集**』、『**続拾遺和歌集**』、『**新後撰和歌集**』、『**玉葉和歌集**』、『**続千載和歌集**』、『**続後拾遺和歌集**』、『**風雅和歌集**』、『**新千載和歌集**』、『**新拾遺和歌集**』、『**新後拾遺和歌集**』、『**新続古今和歌集**』。

秋風抄（しゅうふうしょう）
　建長二年（一二五〇）成立の、**葉室光俊**の別名ともされる小野春雄による**私撰集**。歌人九十一名、総歌数三百二十二首。

承久の乱（じょうきゅうのらん）
承久三年（一二二一）、**後鳥羽上皇**の鎌倉幕府打倒の兵乱。幕府方の勝利に終り、上皇は隠岐に配流、朝廷方の勢力が著しく失墜。

続古今和歌集（しょくこきんわかしゅう）
後嵯峨院の下命による第十一番目の**勅撰和歌集**。文永二年（一二六五）奏覧。撰者は**藤原行家**、**藤原為家**、藤原基家、藤原家良（完成直前に没）、真観（**葉室光俊**）。万葉歌人も多く入集。総歌数一九一五首。

続後拾遺和歌集（しょくごしゅういわかしゅう）
後醍醐天皇の勅命による第十六番目の**勅撰和歌集**。嘉暦元年（一三二六）二条為定により完成。総歌数一三五五首で、**十三代集**中最小の規模。

続後撰和歌集（しょくごせんわかしゅう）
後嵯峨院院宣による第十番目の**勅撰和歌集**。建長三年（一二五一）**藤原為家**により奏覧。総歌数一三七七首。

続拾遺和歌集（しょくしゅういわかしゅう）
第十二番目の**勅撰和歌集**。**亀山天皇**の勅命で弘安元年（一二七八）藤原為氏により奏覧。**御子左家**系多数入集。総歌数一四四一首とも。

続千載和歌集（しょくせんざいわかしゅう）
第十五番目の**勅撰和歌集**。**後宇多院**の下命で二条為世（『新後撰和歌集』に続いて二度目）により撰進。文保二年（一三一八）とも同三年とも。総歌数二千余首。

続日本後紀（しょくにほんこうき）
六国史の第四。全二十巻。藤原基経らにより貞観十一年（八六九）成立。『日本後記』の後を受け、**仁明天皇**の代の天長十年（八三三）～嘉祥三年（八五〇）を記述。

新古今和歌集（しんこきんわかしゅう）
後鳥羽院院宣による第八番目の**勅撰和歌集**。**藤原定家**ら六人。後、**寂蓮**の死で五人の撰集。元久二年（一二〇五）完成。定家等の**御子左家**系、**後鳥羽院**歌壇の歌人中心。総歌数一九七九首。

新後拾遺和歌集（しんごしゅういわかしゅう）
後円融天皇の勅命で二条為遠、その急死により二条為重が至徳元年（一三八四）に撰進。総歌数一五四五首。第二十番目の**勅撰和歌集**。

新後撰和歌集（しんごせんわかしゅう）
第十三番目の**勅撰和歌集**。**後宇多院**の院宣で二条為世により嘉元元年（一三〇三）に奏覧。総詞数一六一二首。

新拾遺和歌集（しんしゅういわかしゅう）
　第十九番目の**勅撰和歌集**。後光厳天皇は当初二条為明に下命するも、為明の病没により頓阿が継いで貞治二年（一三六三）撰進。総歌数千九百余首。

新続古今和歌集（しんしょくこきんわかしゅう）
　後花園天皇の勅命による第二十一番目の**勅撰和歌集**。飛鳥井雅世により永享十一年（一四三九）奏覧。飛鳥井家、二条家らの入集多数。冷泉家冷遇。総歌数二一四四首。

新千載和歌集（しんせんざいわかしゅう）
　後光厳天皇の下命により、延文四年（一三五九）に二条為定が奏覧した第十八番目の**勅撰和歌集**。室町幕府初代足利尊氏の執奏によるもので、武家執奏による国選和歌集の先例。総歌数二三六四首。

新撰六帖（しんせんろくじょう）
　類題集。正式名は新撰六帖題和歌。成立は寛元二年（一二四四）六月直後か。**藤原家良**が主催、『**古今和歌六帖**』の題を中心にした約五百三十題について、**家良**、**藤原為家**、**藤原知家**、藤原信実、**葉室光俊**の五人が各題一首、計二六〇〇余首を収載。

新勅撰和歌集（しんちょくせんわかしゅう）
　後堀河天皇の勅命の第九番目の**勅撰和歌集**。仮奏覧後、天皇崩御により中断するも、文暦二年（一二三五）完了。撰者は**藤原定家**。定家と親交のあった歌人や鎌倉幕府関係の歌人が多い。総歌数一三七三首。

新点（しんてん）
　仙覚がはじめて付けた万葉歌の訓点。これにより全ての万葉歌に訓点が施された。一首全体が無訓であったものに新たに訓点を付けた歌一五二首を特に「仙覚新点の歌」と云う。

新類題和歌集（しんるいだいわかしゅう）
　宝永年間（一七〇四～七）に**霊元院**自らが編纂を始め、後に**武者小路実陰**、西三条公福等が助けて享保十六年（一七三一）に編集を終え、翌年院の崩御で中断するも、さらにその翌年に完成した類題集。総歌数は三万首以上である。

雪玉集（せつぎょくしゅう）
　後水尾院の宮廷で編集されたとみられる**三条西実隆**の歌集。後柏原院の『柏玉集』、冷泉政為の『碧玉集』と並んで三玉集と呼ばれる。総歌数八二〇〇余首。室町時代歌壇の重要資料。

旋頭歌（せどうか）
五七七・五七七の和歌。『**万葉集**』に六十二首収められる。起源は上三句と下三句を二人で唱和、問答した民謡形式と見られいる。

千五百番歌合（せんごひゃくばんうたあわせ）
後鳥羽院が『正治二年院初度百首』、『同第二度百首』に続く第三度の百首を歌合せに編じたもの。成立は建仁三年（一二〇三）初頭と推定。当時の歌壇の二大勢力であった六条、御子左両家を中心とする代表歌人が網羅される。二年後の『**新古今和歌集**』と密接な関係が見られる。

千載和歌集（せんざいわかしゅう）
後白河天皇の下命による第七番目の勅撰和歌集。文治四年（一一八八）**藤原俊成**撰進。情緒豊かな幽玄体歌風の歌多数。総歌数一二八八首。

〔た〕

大化改新（たいかのかいしん）
大化元年（六四五）六月の蘇我氏打倒に始まる一連の政治改革。氏姓制度の弊を打破し、唐の律令制を基に天皇中心の中央集権国家建設を目標とした。**中大兄皇子**、**中臣鎌足**が中心。

大宝律令（たいほうりつりょう）
律（刑法）六巻、令（行政法）十一巻の古代の法典。大宝元年（七〇一）、刑部《おさかべ》親王、藤原不比《ふひ》等《と》らが編纂。天平宝治元年（七五七）養老律令施行まで、律令国家盛期の基本法典となる。

勅撰和歌集（ちょくせんわかしゅう）
天皇の綸旨、上皇、法皇の院宣によって編集された公的歌集。『**古今和歌集**』から『**新続古今和歌集**』までの二十一を数える。一般には、和歌所を設けて撰歌が行われた。

手鏡（てかがみ）
代表的な古人の筆跡を集めて帖としたもの。当初は古筆鑑定のためであったが、後には鑑賞するため、あるいは手本とするために集められた。

〔な〕

梨壺の五人（なしつぼのごにん）
天暦五年（九五一）に**村上天皇**の勅により、撰和歌所が梨壺と呼ばれた宮中・昭陽舎に置かれ、五人の撰者によって『**後撰和歌集**』の編纂が行われた。その撰者、即ち、大中臣能宣（百人一首「みかきもり衛士《ゑじ》のたく火の夜は燃え　昼は消えつつ物をこそ思へ」」)、**清原元輔**、源順、紀時文、坂上望城を「梨壺の五人」と呼ぶ。

日本三代実録（にほんさんだいじつろく）
延喜元年（九〇一）、藤原時平、大蔵善行等が勅を奉じて撰進した**六国史**の一つ。『日本文徳天皇実録』の後を受けて、清和、陽成、光孝の三天皇の約三十年間を記した編年体の史書。

日本書紀（にほんしょき）
養老四年（七二〇）、元正天皇の勅命のより**舎人親王**らが編集。漢文、編年体の歴史書。**六国史**の第一。

年中行事歌合（ねんじゅうぎょうじうたあわせ）
『公事五十番歌合』とも。貞治五年（一三六六）関白二条良基が主催し、二十三名の詠者が、「四法拝」以下年中行事三五番、内裏殿舎に寄せる恋題八番、雑の公事題七番、計五十番を詠う。各番には行事の解説が記され、有職故実の権威・良基の主催に相応しい。

〔は〕

八代集（はちだいしゅう）
勅撰和歌集のうち第一番目から第八番目の、『**古今和歌集**』、『**後撰和歌集**』、『**拾遺和歌集**』、『**後拾遺和歌集**』、『**金葉和歌集**』、『**詞花和歌集**』、『**千載和歌集**』、『**新古今和歌集**』を云う。

風雅和歌集（ふうがわかしゅう）
第十七番目の**勅撰和歌集**。花園法皇企画。光厳上皇親撰。貞和三年（一三四七）完成。持明院統の天皇、皇族、京極派歌人の詠歌多数。総歌数二二〇〇余首。

物名（ぶつめい・もののな）
隠題《かくしだい》とも。歌の内容に関係なく事物の名を詠み込んだ遊戯的な和歌の一体。『**万葉集**』にも散見するが、『**古今和歌集**』、『**拾遺和歌集**』、『**千載和歌集**』の各**勅撰和歌集**では独立して部立てされる。

夫木和歌抄（ふぼくわかしょう）
勅撰和歌集未収載歌を部類分けしたもの。藤原長清によって延慶二年（一三〇九）頃成立。三十六巻、五九六題、一七三五〇余首収載。

平家物語（へいけものがたり）
和漢混淆文による平家の繁栄と滅亡を描いた散文の叙事詩。琵琶法師によって各地で語られ、後世の文・芸に大きく影響。成立は十三世紀前半か。

保元の乱（ほうげんのらん）
保元元年（一一五六）七月の内乱。皇室において**崇徳上皇**と**後白河天皇**が、摂関家では**藤原頼長**、**藤原忠通**が対立し、**崇徳**・**頼長**側には源為義、**後白河**・**忠通**側には平清盛、源義朝が参戦、敗れた**崇徳上皇**は讃岐に配流された。これが切っ掛けとなって武士の政界進出が進んだ。

宝治百首（ほうじひゃくしゅ）
後嵯峨院が『**続後撰和歌集**』撰定の資料とするために当代四十名から召した百首。宝治二年（一二四八）か。

堀河院歌壇（ほりかわいんかだん）
管弦や和歌に造詣の深い**堀河院**の周囲に形成された歌人集団。源国信、同師時、藤原俊忠等の近臣に**源俊頼**も加わり、盛んに和歌活動。

堀河院後度百首（ほりかわいんごどひゃくしゅ）
→**永久百首**（えいきゅうひゃくしゅ）

堀河百首（ほりかわひゃくしゅ）
『堀河院初度百首』、あるいは『堀河院太郎百首』とも。**源俊頼**の企画を源国信が長治年間（一一〇四～五）に**堀河天皇**に奏覧。

〔ま〕

枕草子（まくらのそうし）
長保二年（一〇〇〇）以降の成立とされる清少納言作の随筆集。作者が中宮定子《ていし》に仕えていた頃を中心とし、四季の情趣、人生の面白味などを、客観的観察や主観的考察を織り交ぜた、鋭い感覚と機知に富んだ作品。

松葉名所和歌集（まつばめいしょわかしゅう）
内藤宗恵により万治三年（一六六〇）編集。先に世に出た『**類字名所和歌集**』は**勅撰和歌集**収載の名所和歌を集めたが、本集は**私撰集**や**私家集**など、私的な名所和歌を集成した書。寛政年間（一七八九～八〇〇）、尾崎雅嘉によって増補された。

万代和歌集（まんだいわかしゅう）
衣笠前内大臣**九条家良**の撰と推定される私撰集。宝治二年（一二四八）成立か。春、夏、秋、冬、神祇、釈教、恋（一～五）、雑（一～六）、賀に部類された全二十巻。『**万葉集**』以降の**勅撰和歌集**未収載の三八二八首を収める。家良は勅撰を望んだか。

万葉集（まんようしゅう）
奈良時代末期に成立した現存する最古の和歌集。

二十巻約四五〇〇首。一〜二巻が勅撰？　**柿本人麻呂**が関った？　等諸説がある。**大伴家持**が最終編集者であったとするのが一般的。歌風は素朴で力強く雄大。『万葉集考』を著した江戸中期の国学者・賀茂真淵は「ますらをぶり」と評した。

〈や・ら・わ〉

六国史（りっこくし）
原則として編年体で書かれた奈良・平安時代の朝廷で編集された六つの史書の総称。『**日本書紀**』、『続日本紀』、『日本後紀』、『**続日本後紀**』、『日本文徳天皇実録』、『**日本三大実録**』を言う。

良玉集（りょうぎょくしゅう）
藤原顕仲が『**金葉和歌集**』への不満から私撰した歌集。散佚して現存しない。

類字名所外集（るいじめいしょがいしゅう）
元禄十一年（一六九八）**契沖**によって編まれた名所研究書。**類字名所和歌集**の補遺、増訂を意図し、編集も同書を踏襲する。

類字名所和歌集（るいじめいしょわかしゅう）
元和三年（一六一七）里村昌琢が編集。**勅撰和歌集**から名所を詠い込んだ歌を抄出。名所八八七ヶ所、総歌数八八二一首。

六百番歌合（ろっぴゃくばんうたあわせ）
藤原良経が主催、**藤原俊成**が判者となって建久三年（一一九二）成立した。四季部五十題、恋部五十題から成り、作者は六畳家、御子左家、中立的な権門からそれぞれ四人、計十二人が選ばれ、家風の新旧や、家柄、身分の配慮が窺われる。

倭妙類聚鈔（わみょうるいじゅしょう）
承平年間（九三一〜三八）に、勤子内親王の求めで源順《したごう》が編纂した辞書。『和名抄』とも。

人名略解

〔あ〕

姉小路基綱（あねがこうじもとつな）１４４１〜５０４
従二位権中納言まで。若い頃から和歌に長じ、宮中幕府双方から信任された。家集に『卑懐集』など。晩年飛騨に下向し同地で没する。

天照大神（あまてらすおおみかみ）
伊弉諾尊《いざなぎのみこと》の女《むすめ》。高天原の主神。日の神と崇められ、日本の皇室の祖神とされる。伊勢神宮の内宮に祀られる。

在原業平（ありわらのなりひら）８２５〜８０
第五十一代平城天皇の皇子・阿保親王の五男。天長三年（八二六）臣籍に降下。三十六歌仙の一人。『**古今和歌集**』初出。『**伊勢物語**』の主人公と言われる。百人一首「ちはやぶる神代も聞かず龍田川　からくれなゐに水くくるとは」

安徳天皇（あんとくてんのう）１１７８〜８５
第八十一代。安元四年（１１８０）〜文治元年（一一八五）在位。第八十代**高倉天皇**の第一皇子、母は平清盛の次女徳子（建礼門院）。清盛の後ろ楯で三歳で即位。壇ノ浦で平家が敗れ、清盛の妻・時子に抱かれて入水。

飯尾宗祇（いいおそうぎ）１４２１〜５０２
室町時代の連歌師。生国、出身、前半生の事跡は不詳。三十歳ごろ連歌の道に進み、寛政六年（一四六五）に北野連歌会所奉行に就き、明応四年（一四九五）、七十五歳にして準勅撰連歌集の『新撰菟玖波集』を撰進。後半生は地方を歴訪し、連歌指導、古典講釈に当たり、文化の伝搬に貢献。

伊弉諾尊（いざなぎのみこと）
天つ神の命で、**伊弉冉尊**とともに日本の国土、神を産み、山海・草木をつかさどった男神。**天照大神**、**素戔嗚尊**の父神。

伊弉冉尊（いざなみのみこと）
伊弉諾尊の配偶神。火の神を産んで死に、夫神と別れ黄泉国《よみのくに》に住む。

石川朝臣君子（いしかわのあそみきみこ）生没年未詳
　吉美侯《きみこ》とも。神亀三年（七二六）従四位下、神亀年間に大宰少弐。『**万葉集**』に短歌三首。

石川少郎（いしかわのおとつこ）
　→石川朝臣君子（いしかわのあそみきみこ）

伊勢（いせ）８７７頃?〜９３８頃?未詳
　宇多天皇皇后・温子《おんし・よしこ》に出仕し、天皇の寵愛を受け、寛平末年（八九七）ごろ皇子を生むも五年後（八年後とも）に死別、延喜七年（九〇七）には温子も崩御。その後**宇多天皇**の第四皇子・敦慶《あつよし》親王と二十年余り関係を続け、中務を生む。三十六歌仙の一人。百人一首「難波潟短き蘆のふしの間も　逢はでこのよを過ぐしてよとや」

一遍（いっぺん）１２３９〜８９
　鎌倉中期の僧。伊予の人。**法然上人**の門弟・証空の弟子・聖達に師事したが、熊野に参籠、以後踊念仏を民衆に勧め、阿弥陀名号の算《ふだ》を配って諸国を遊行し、遊行上人、捨聖《すてひじり》と称した。時宗の開祖。

歌川広重（うたがわひろしげ）１７９７〜８５５
　江戸末期の浮世絵師。本姓は安藤。詩情豊かな風景版画の連作に名を成し、花鳥画にも新境地。「東海道五十三次」、「名所江戸百景」など。

宇多天皇（うだてんのう）８６７〜９３１
　第五十九代。仁和三年（八八七）〜寛平九年（八九七）在位。**菅原道真**を重用。法皇を初めて称する。和歌、筝、琴などに長じ、歌合を多数主催するなど、宮廷和歌の基盤確立。『**古今和歌集**』に初出。

宇努首男人（うののおびとおひと）生没年不詳
　百済国君の末裔か。養老四年（七二〇）豊前守・征夷将軍。『**万葉集**』に短歌一首。

栄西（えいさい）１１４１〜２１５
　備中の出。比叡山で学ぶが、禅学の衰微を嘆き仁安三年（一一六八）、文治三年（一一八七）に入宋、臨済禅を受け、博多に聖福寺、京都に建仁寺を建立、禅宗の定着に努めた。わが国臨済宗の祖。

恵心（えしん）９４２〜１０１７
　平安時代中期の天台宗の僧・源信のこと。天暦四年（九五〇）九歳で比叡山の良源に入門、同九年（九五五）得度。後に比叡山延暦寺横川《よかわ》地区に隠棲し求道一途の道に。後世の**法然上人**や親鸞に大きな影響を与え、日本の浄土教の祖とされる。

応〔應〕神天皇（おうじんてんのう）
　第十五代。四世紀末〜五世紀初頭に在位。在位中、多数の渡来人が来日し大陸文化を伝える。倭の五王の「讃」？

大江朝綱（おおえのあさつな）８８６〜９５８

平安中期の漢詩人。文章博士、左大弁を経て天暦七年（九五三）参議。詩文は『本朝文粋』、『和漢朗詠集』に収められる。『**後撰和歌集**』に四首。

大江匡房（おおえのまさふさ）１０４１〜１１１１

平安後期の儒学者。**後冷泉天皇**から鳥羽天皇までの五代に仕え、正二位権中納言に至る。特に**白河院**政を別当として支える。有職故実の書として『**江家次第**』は著名。歌作にも秀で、**勅撰和歌集**にも多く収載。家集に『江帥集《ごうのそつ》』。百人一首「高砂の尾上の桜咲きにけり　外山の霞立たずもあらなむ」

大国主命（おおくにぬしのみこと）

素戔鳴尊の子で出雲国の主神。**少彦名命**と協力して天下を経営。後に国土を**天照大神**の孫の**邇邇藝命**《ににぎのみこと》に譲り、出雲大社に祀られる。七福神の一つである大黒天と習合して、いわゆる「大国さま」として崇められる。大己貴命《おおあなむちのみこと》とも。

大伴坂上郎女（おおとものさかのうえのいらつめ）

生没年未詳

『**万葉集**』にのみ記され、大伴郎女とも表記されるが、同名の**大伴旅人**の妻とは別人。巻第四に、藤原麻呂からの三首に答えて同女が和《こた》えた四首に添えて、「郎女は佐保大納言卿が女《むすめ》なり。初め一品《いっぽん》穂積皇子に嫁ぎ、―中略―皇子の薨《こう》ぜし後に、藤原麻呂大夫、郎女を娉《つまど》ふ。郎女、坂上の里に家居す。よりて、族氏号《やからなづ》けて坂上郎女といふ。」とある。**大伴旅人**の妻が、任地の大宰府で死去した後、郎女は大宰府に下向し、天平二年（七三〇）に帰京した。『**万葉集**』に長歌六首、短歌七十七首、旋頭歌一首。

大伴旅人（おおとものたびと）６６５〜７３１

奈良時代前期の歌人。神亀五年（七二八）、六十歳を過ぎて太宰帥に任じられ、妻・大伴郎女、長子・**大伴家持**共々西下。当時の筑前守であった**山上憶良**と切磋琢磨し、筑紫歌壇を形成。任地で妻を失くし、天平二年（七二八）大納言として帰京。『**万葉集**』に秀歌多数。

大伴〈宿禰〉百代（おおともの〈すくね〉ももよ）

生没年不詳

天平初年（七二九）から大宰太監、同十年（七三八）兵部少輔。天平二年（七三〇）正月の、大宰帥**大伴旅人**宅での「梅花宴」に出詠。同年六月、妻の死で消沈する旅人を京より見舞う。『**万葉集**』に短歌七首。

大伴家持（おおとものやかもち）７１８~８５
　大伴旅人の長男。大伴家凋落の時期に当たり、波風の多い生涯であった。天平勝宝七年（七五五）兵部少輔の任に在って**防人**の歌を集めた。『**万葉集**』の編纂に大きく関ったとされる。三十六歌仙の一人。百人一首「かささぎの渡せる橋に置く霜の　白きを見れば夜ぞ更けにける」

大物主神（おおものぬしのかみ）
　蛇神で、稲作豊穣、疫病除け、醸造などの神とされる。奈良県桜井市美和町の大神《おおみわ》神社の祭神。**大国主命**と共に国造りに当っていた**少彦名命**が常世の国に去った後、**大国主命**に協力する。**神武天皇**の岳父。

大海津美命（おおわたつみのみこと）
　伊弉諾尊、**伊弉冉尊**の子で海の神。海人や船乗りの間で航海安全、豊漁を祈願して古くから信仰される。広島県福山市の沼名前神社、宮城県石巻市の日高見神社、千葉県銚子市の渡海神社、福岡県福岡市の志賀海神社等の主祭神である。

奥村玉蘭（おくむらぎょくらん）１７６１~８２６
　福岡藩ご用達の醤油醸造元の三男で、早くから画の才に長けていた。藩政に批判的な思想家の亀井南冥・昭陽に師事、ために家を去り、太宰府に草庵を結んで好古の学を楽しんだ。十年の歳月をかけて文政四年（一八二一）に完成した、図版、挿絵を多く採り入れた『筑前名所図会』全十巻は、黒田藩には出版を許可されず、昭和四十八年（一九七三）に複製、刊行された。

小野老〈朝臣〉（おののおゆ〈あそみ〉）生年未詳~７３７
　養老三年（七一九）従五位下、同四年（七二〇）右少弁に。神亀五年（七二八）大宰大弐、天平六年（七三四）従四位下。『**万葉集**』に三首。

〔か〕

貝原益軒（かいばらえきけん）１６３０~７１４
　江戸前期の儒学者、教育家、本草学者。福岡藩士・貝原寛斎の五男。慶安元年（一六四八）十八歳で福岡藩に出仕するも、二代藩主・黒田忠之の怒りに触れ、七年の浪人生活。三代藩主・光之によって帰藩し、京に藩費留学、寛文四年（一六六四）に帰国し、以後藩の重責を担う。『大和本草』等の本草書、『養生訓』等の教育書、『筑前國續風土記』等の地誌・紀行文など著書六十部。

柿本人麻呂（かきのもとのひとまろ）生没年未詳
　天武天皇の時代（六九七~七〇七）に宮廷歌人と

して活躍か。『**万葉集**』に約三七〇首。三十六歌仙の一人。百人一首「あしびきの山鳥の尾のしだり尾の　ながながし夜をひとりかも寝む」

花山天皇・院（かざんてんのう・いん）968〜1008

第六十五代。永観二年（九八四）〜寛和二年（九八六）在位。第六十三代冷泉天皇第一皇子。一歳で叔父の第六十四代円融天皇即位の時皇太子となる。即位時には有力な外戚が無く、二年足らずで退位、出家。絵画、建築、和歌に長じ、『**拾遺和歌集**』を親撰とも。

葛飾北斎（かつしかほくさい）1760〜849

江戸本所生まれの江戸後期浮世絵師。勝川春章に師事、春朗と号したが、後に画風と号をしばしば変えた。洋画を含む多くの技法を学び、独特の様式を確立。風景画、花鳥画等の版画、美人画や武者絵等の肉筆画に多くの傑作を残す。代表作は「富嶽三十六景」。

河内王（かふちのおほきみ）生年不詳〜694?

敏達天皇の系統か。天武朱雀元年（六八六）新羅の金智祥を饗するため筑紫に派遣される。ときに浄広肆。同年、**天武天皇**崩御の際、左右大舎人を誅している。持統三年（六八九）筑紫の大宰帥、同八年（六九四）浄大肆、その年に客死か。『**万葉集**』に、王の妻と推定される**手持女王**が、王を豊前国鏡山に葬った際の三首の歌がある。

紙屋河顕氏（かみやがわあきうじ）1207〜74

紙屋河は藤原顕氏の号。正三位藤原顕家の子で、正二位に至る。真観（**葉室光俊**）と親交があり、反御子左歌人。**後嵯峨院**歌壇に属しつつ、鎌倉歌壇にも列した。家集『顕氏集』、『**続後撰和歌集**』初出。

亀山上皇（かめやまてんのう）1249〜305

第九十代。**後嵯峨天皇**の第三皇子、正元元年（一二五九）〜文永十一年（一二七四）在位。弘安元年（一二七八）藤原（二条家の祖であるが、号したのは子の為世から）為氏に『**続拾遺和歌集**』を撰ばせる。『亀山院御集』、『嘉元仙洞御百首』など。『**続古今和歌集**』初出。

河合曽良（かわいそら）1649〜710

信濃出身の江戸中期の俳人。**松尾芭蕉**に師事し、『鹿島紀行』、『**奥の細道**』の旅に随伴した。壱岐勝本に客死。『奥の細道随行日記』を著す。

河辺宮人（かわべのみやひと）不明

特定の人名なのか、あるいは飛鳥の河辺宮に仕える人々の意かは不明。『**万葉集**』中の六首全てが、

「姫島の松原に嬢子の屍を見て」の歌である。

鑑真（がんじん）６８８～７６３
唐の学僧。入唐僧の栄叡《ようえい》らの要請を受け、風波や失明の苦難を乗り越えて天平勝宝五年（七五三）に来日、戒律を伝える。戒律道場として唐招提寺を建立。大和上《だいわじょう》の号を賜る。

桓武天皇（かんむてんのう）７３７～８０６
第五十代。天応元年（七八一）～延暦二十五年（八〇六）在位。平安遷都、勘解由使の設置、坂上田村麻呂の蝦夷征伐など。**最澄**、**空海**に新仏教を興させる。

北原白秋（きたはらはくしゅう）１８８５～１９４２
福岡県柳川出身の詩人・歌人。早大を中退し**与謝野鉄寛**・**晶子**夫妻の門に出入り。「明星」、「スバル」に作品発表。また多くの童謡を作る。詩集『邪宗門』、歌集『桐の花』、童謡集『トンボの眼玉』など。

紀朝臣鹿人（きのあそみかひと）生没年不詳
天平十二年（七四〇）外従五位上、翌年大炊頭。紀少鹿《きのおじか》（天智天皇の子の志貴皇子《しきのみこ》の孫である安貴王《あきのおおきみ》の妻で、離別後、天平五年（七三三）頃から約十年、大伴家持と相聞往来したとされ、万葉歌十二首を残す）の父。**万葉集**に短歌三首。

紀貫之（きのつらゆき）８６８？～９４６？
平安前期の歌人、歌学者。三十六歌仙の一人。『**古今和歌集**』の撰者で仮名の序文を草す。『土佐日記』を著す。百人一首「人はいさ心も知らず古里は　花ぞ昔の香ににほひける」

吉備真備（きびのまきび）６９３？～７７５
奈良時代の官人、文人。養老元年（７１７）～天平七年（七三五）入唐。葛城《かつらぎ》王降下の橘諸兄《たちばなのもろえ》の政権を支える。藤原仲麻呂により九州に左遷されるも、仲麻呂失脚後正二位右大臣に。

行基（ぎょうき）６６８～７４９
渡来人系の法相宗の僧。諸国を巡遊し、社会事業、民衆教化に努める。各地に、開基したと伝えられる寺、開湯したとされる温泉等が残る。我が国初の大僧正となり、奈良東大寺の大仏建立の功績により、東大寺四聖の一人に数えられる。

清原深養父（きよはらのふかやぶ）生没年不詳
清原元輔の祖父。延長元年（九二三）内蔵大允《くらのだいじょう》、同八年（九三〇）従五位下。晩年は洛北の補陀落寺（現・左京区の補陀洛寺）を建てて住む。六条宮具平親王が撰んだ『三十人撰』等に撰入。『**古今和歌集**』初出。百人一首「夏の夜はまだ宵ながら明けぬ

るを　雲のいづくに月宿るらむ」

清原元輔（きよはらのもとすけ）９０８~９０

清少納言の父。**梨壺の五人**の一人。三十六歌仙の一人。『**後撰和歌集**』の撰者の一人。屏風歌、祝賀の歌多数。百人一首「契りなきかたみに袖をしぼりつつ　末の松山浪越さじとは」

欽明天皇（きんめいてんのう）生没年不詳

第二十九代。蘇我氏に擁立され六世紀中期に在位。在位中、五三八年とも五五二年とも云われる仏教公式伝来。奈良県橿原市瀬丸古墳は同天皇の陵と推測されている。

空海（くうかい）７７４~８３５

弘法大師とも。讃岐出身の僧で真言宗の開祖。延暦二十三年（八〇四）入唐。弘仁七年（八一六）高野山開山。詩文に長じ、『三教指帰』、『性霊集』等。三筆の一人とも。四国八十八ヶ所霊場は巡錫の行程と言われる。

九条良経（くじょうよしつね）１１６９~２０６

関白藤原兼実の二男。文治四年（一一八八）二十歳の時、兄・良道の死により九条家入り。建久元年（一一九〇）左大将、同六年（一一九五）内大臣、正治元年（一一九九）左大臣、同二年に**後鳥羽院**に拝謁し、以後院の信任を得、建仁二年（一二〇二）摂政を経て元久元年（一二〇四）従一位太政大臣に。十三歳頃から作歌をはじめ、『**千載和歌集**』に七首が採られる。**慈鎮**を後ろ楯として活発な歌壇活動。**藤原定家**、**寂蓮**など御子左家の歌人と交流。『**新古今和歌集**』の仮名序を草し、巻頭歌など七十九首が載る。後京極摂政前太政大臣とも。百人一首「きりぎりす鳴くや霜夜のさむしろに　衣片敷きひとりかも寝む」

桉作村主益人（くらつくりのすぐりのますひと）　生没年不詳

『新撰姓氏録』に、桉作氏は**仁徳天皇**の時代に帰化したとあり、村主は帰化系の人々に賜った姓であることから、帰化人の子孫と考えられる。『**万葉集**』に収められる二首以外には見られない。

景行天皇（けいこうてんのう）

第十二代。『**日本書紀**』には、在位六十年。第十一代**垂仁天皇**の第三皇子。即位十二年に九州に親征、熊襲、土蜘蛛を征伐。子の日本武尊《やまとたけるのみこと》は、再叛した熊襲、東国の蝦夷を討伐する。

継体天皇（けいたいてんのう）生年不詳~５３１

第二十六代。五〇七~三一在位。第二十五代武

烈天皇に子がなく、越前から迎えられる。崩御は八十二歳とも。

契沖（けいちゅう）１６４０〜７２１
十一歳で出家、十三歳で高野山へ、二十四歳で阿闍梨位。『**万葉集**』の注釈書『万葉代匠記』、歴史的仮名遣い研究書『和字正濫鈔』や、多数の古典の注釈書を著す。万葉研究は賀茂真淵、本居宣長等に影響を与えた。

玄昉（げんぼう）生年不詳〜７４６
奈良時代の法相宗の僧で、俗性は阿刀氏。養老元年（七一七）入唐し、天平七年（七三五）帰朝。翌年内裏内の内道場に入り、**聖武天皇**の信頼篤く、**吉備真備**と共に橘諸兄政権を支えたが、藤原仲麻呂の台頭で天平十七年（七四五）筑紫国観世音寺別当に左遷され、翌年その地で没した。

元明天皇（げんめいてんのう）６６１〜７２１
第四十三代（女帝）。慶雲八年（七〇七）〜和銅八年（七一五）在位。父は**天智天皇**、母は蘇我姪娘《めいのいらつめ》。**天武天皇**六年（六七九）草壁皇子（天武天皇と持統天皇の子）の正妃に。草壁皇子は皇太子になるも**持統天皇**三年（六八九）に早世、文武元年（六九七）、息子の珂瑠皇子が第四十二代**文武天皇**として即位するも、慶雲四年（七〇七）二十五歳で崩御、母帝が皇位に就いた。藤原京から平城京への遷都、『風土記』編纂の詔勅、『**古事記**』の完成、和同開珎の鋳造等の事跡。

後宇多院・法皇（ごうだいん・ほうおう）１２６７〜１３２４
第九十一代。第九十代**亀山天皇**の第二皇子。文永十一年（一二七四）〜弘安十年（一二八七）在位。嘉元元年（一三〇三）に『**新後撰和歌集**』、文保二年（一三一八）に『**続千載和歌集**』の撰集を二条為世に命じた。

孝徳天皇（こうとくてんのう）５９６?〜６５４
第三十六代。六四五〜五四在位。大化改新により、**中臣鎌足**に推されて即位。鎌足、皇太子**中大兄皇子**等と改新政治を推進。後に皇子と対立。

後光厳天皇（ごこうごんてんのう）１３３８〜７４
北朝第四代。観応三年（一三五二）〜応安四年（一三七一）在位。正平六年（一三五一）、北朝方が南朝に帰順し、皇統が一次的に南朝に統一（正平一統）されるが、翌年南朝方が京都を急襲し、北朝方が奪還するも、何れも上皇となっていた北朝初代光厳天皇、同二代光明天皇、同三代崇光天皇と皇太子・直仁親王が吉野に連行され、北朝第四代として擁立された。しかし権威は弱く、後継問題も混迷する中、自身の第一皇子・緒仁親王に譲位し、三年後三十七歳で崩御。将軍足利尊氏の執奏を受け、『**新千載和歌集**』の撰を下命。

後嵯峨天皇・院（ごさがてんのう・いん）1220～72
　第八十八代。仁治三年（一二四二）～寛元四年（一二四六）在位。寛元四年～文久九年（一二七二）の間、後深草・亀山の二天皇の代に院政。『**続後撰和歌集**』、『**続古今和歌集**』撰集を下命。本人歌は、以後の**勅撰和歌集**に多く収載。

小侍従（こじじゅう）生没年未詳
　平安後期から鎌倉初期の女流歌人。父は石清水八幡宮別当紀光清、母は花園左大臣家小大進。四十歳前後に二条天皇に出仕、天皇の崩御後は太皇太后宮多子に仕え、歌人として活躍。治承三年（一一七九）出家。**後鳥羽院**歌壇にも列し、八十歳を超えた建仁年間（一二〇一～〇三）まで作歌。『**千載和歌集**』初出。

後白河天皇・院・法皇（ごしらかわてんのう・いん・ほうおう）1127～92
　第七十七代。久寿二年（一一五五）～保元三年（一一五八）在位。以後安元三年（一一七九）までと、養和元年（一一八一）～建久三年（一一九二）の二度、計三十四年間院政を行う。この間、**保元の乱**、平治の乱、治承・寿永の乱と戦乱が相次ぎ、さらには第七十八代二条天皇、平清盛、木曽義仲との対立で、波乱の治世であった。今様を愛好し、『梁塵秘抄』を撰す。

後醍醐天皇（ごだいごてんのう）1268～339
　第九十六代。文保二年（一三一八）～延元四年（一三三九）在位。元弘元年（一三三一）天皇親政を目指して鎌倉幕府（北条氏）倒幕の兵を挙げるも敗れ、正慶元年（一三三二）隠岐に配流。翌年脱島し、建武元年（一三三四）、足利尊氏、新田義貞らと鎌倉幕府を倒し、建武の新政（中興とも）を行う。その後尊氏と対立、吉野に遷って南北朝始まる。『**続後拾遺和歌集**』撰集を下命。

後土御門天皇・院（ごつちみかどてんのう・いん）1442～500
　第百三代。寛正五年（一四六四）～明応九年（一五〇〇）在位。宮廷、幕府が同居した室町邸では、歌合、月次和歌、着到和歌など度々催行。家集『紅塵灰集』。

後鳥羽天皇・院・上皇（ごとばてんのう・いん・じょうこう）１１８０〜２３９

第八十二代。元暦元年（一一八四）〜建久九年（一一九八）在位。五歳で即位、十九歳で譲位。承久三年（一二二一）王権復古のため倒幕を謀るも敗北（承久の乱）。同年隠岐に配流、在島十九年で崩御。諸芸を好み、とりわけ和歌に長じ、歌壇を形成。歌合、百首多数催行。歌論書『後鳥羽院御口伝』では、**藤原定家**との歌観の差が判る。『**新古今和歌集**』を撰進さす。百人一首「人もをし人もうらめしあぢきなく　世を思ふゆゑに物思ふ身は」

後奈良天皇（ごならてんのう）１４９７〜５５７

第百五代。大永六年（一五二六）〜弘治三年（一五五七）在位。第百四代後柏原天皇の第二皇子、第百六代正親町天皇は第一皇子。即位当時は朝廷財政窮乏時で、即位式は十年後に。

近衛正家（このえまさいえ）１４４４〜５０５

近衛房嗣の次男、長享二年（一四八八）従一位関白太政大臣。自邸で歌会、連歌会を催す。『文亀三年（一五〇三）内裏三十六番歌合』他に出詠。『新撰菟玖波集』にも。

後花園天皇・院（ごはなぞのてんのう・いん）１４１９〜７０

第百二代。正長元年（一四二八）〜寛正五年（一四六四）在位。諸芸に秀で、永享十一年（一四三九）飛鳥井雅世に『**新続古今和歌集**』を撰進せしむ。『永享百首』、『後花園院御集』など。

後村上天皇（ごむらかみてんのう）１３２８〜６８

第九十七代（南朝第二代）。南朝延元四年（一三三九）〜南朝正平二十三年（一三六八）在位。在位中は南朝が政治的にも軍事的にも優位な時代、南朝歌壇も活発であった。『**新葉和歌集**』に多数。

後冷泉天皇（ごれいぜいてんのう）１０２５〜６８

第七十代。寛徳二年（一〇四五）〜治暦四年（一〇六八）在位。永承年間（一〇四五〜五二）に三度の内裏歌合。『**後拾遺和歌集**』に初出。

〔さ〕

西園寺公経（さいおんじきんつね）１１７１〜２４４

平安時代末期から鎌倉時代前期にかけての公卿、歌人。西園寺家の実質的な祖。**後鳥羽院**に近侍するも親幕派。貞応元年（一二二二）太政大臣、同二年従一位。寛喜三年（一二三一）出家して、京・北山の豪邸・西園寺殿に居す。姉は**藤原定家**の後妻。建久〜建保期（一一九〇〜一二一八）の宮中歌壇で活躍。『**新古今和歌集**』初出。百人一首「花さそふ嵐の庭の雪ならで　ふりゆくものはわが身なりけり」

西行（さいぎょう）１１１８〜９０
　俗名・佐藤義清で北面の武士。保延六年（一一四〇）二十三歳で出家。二十七歳の時、能因法師の歌枕を辿って陸奥に、五十一歳で、親交のあった**崇徳院**慰霊と空海の遺跡巡礼のため四国を旅している。『**山家集**』は西行の歌集。百人一首「嘆けとて月やは物を思はする　かこち顔なるわが涙かな」

最澄（さいちょう）７６７〜８２２
　延暦四年（七八五）比叡山に入山。同二十三年（八〇四）入唐。帰朝後天台宗を確立。貞観八年（八六六）清和天皇より日本初の諡《おくりな》「伝教大師」を賜る。

斉藤茂吉（さいとうもきち）１８８２〜９５３
　山形県守谷家出身の歌人、精神科医。明治三十八年（一九〇五）東京浅草の斉藤家に婿入り、明治四十三年（一九一〇）東京帝国大学医科大学率。中学時代に歌作を始め、明治三十九年（一九〇六）伊藤左千夫の門下に。精神科医としてドイツ、オーストリア留学、養父の跡を継いで青山脳病院長。傍ら「アララギ」を編集、生涯に一七九〇七首の歌を詠み、『赤光』から『つきかげ』まで十七歌集。昭和二十六年（一九五一）文化勲章受章。

斉明天皇（さいめいてんのう）生年未詳〜６６１
　第三十五代皇極天皇として六四二〜五、第三十七代斉明天皇として六五五〜六一在位。夫・第三十四代舒明天皇崩御により即位、乙巳《いっし・おっし》の変（六四五）で同母弟の**孝徳天皇**に譲位、同天皇の崩御後重祚。『**日本書紀**』に六首、『**万葉集**』には題詞や左注によって推定される八首がある。

坂上郎女（さかのうえのいらつめ）
　→**大伴坂上郎女**（おおとものさかのうえのいらつめ）

沙弥満誓（さみまんせい）生没年未詳
　奈良時代の官人。俗名は笠朝臣麻呂。慶雲元年（七〇四）従五位下、養老元年（七一七）従四位上、同四年（七二〇）右大弁。同五年（七二一）元明太上天皇の病気平癒を祈願して出家。同七年（七二三）筑紫の観世音寺別当として西下、天平二年（七三〇）正月の**大伴旅人**宅での「梅花の宴」に列す。

猿田彦命（さるたひこのみこと）
日本神話によると、**瓊瓊藝命**《ににぎのみこと》降臨の際、道案内した神。身の丈七尺、赤ら顔で鼻の長さ七咫《し》（約百二十六センチメートル）と云われ、天狗の原型とされる。三重県伊勢市の猿田彦神社、同県鈴鹿市の椿大神社《つばきのおおかみのやしろ》等に祀られる。

猿丸太夫（さるまるだゆう）生没年不明
奈良朝以前の伝承上の歌人。『三十六人歌仙伝』によれば、万葉以降で元慶（八七七〜八四）までの人。**藤原公任**の『三十六人撰』収載以来高評価。賀茂真淵は実在を疑う。百人一首「奥山に紅葉踏み分け鳴く鹿の　声聞く時ぞ秋は悲しき」

三条西実隆（さんじょうにしさねたか）１４５５〜５３７
永正十二年（一五一五）従一位昇叙の沙汰を固辞、翌年出家。和歌を飛鳥井雅親に師事、十五世紀末から十六世紀前半の歌壇の代表者。逍遥院と号す。

慈鎮（じちん）１１５５〜２２５
慈円とも。関白九条（藤原）兼実の実弟。天台座主となった学僧で、教界と政界を結ぶ実力者。歌人としても『**千載和歌集**』以下多数。百人一首「おほけなくうき世の民におほふかな　わがたつ杣に墨染の袖」

持統天皇（じとうてんのう）６４５〜７０２
第四十一代。六八六〜九称制、〜六九七在位。**天智天皇**第二皇女、大海人皇子《おおあまのみこ》（天武天皇）と結婚、天皇崩御により称制、東宮草壁皇子《くさかべのみこ》の死で即位。『**万葉集**』に長歌二首、短歌四首。百人一首「春過ぎて夏来にけらし白妙の　衣ほすてふ天の香具山」

寂蓮（じゃくれん）生年未詳〜１２０２
俗名・藤原定長。**藤原俊成**の末弟にして猶子。承安二年（一一七二）に出家。歌合、百首に出詠多数。建仁元年（一二〇一）和歌所寄人となり、『**新古今和歌集**』の撰者に任命されるも、完成を前にして没す。百人一首「村雨の露もまだ干ぬ槙の葉に　霧立ち昇る秋の夕暮れ」

正徹（しょうてつ）１３８１〜４５９
備中國小田庄神戸山城主・小松康清の子。十四〜五世紀の冷泉派歌壇の中心であった今川了俊に師事、十五世紀前半に活躍する。紀行『なぐさめ草』、歌論書『正徹物語』など。歌集『草根集』一万首を越す。

聖武天皇（しょうむてんのう）７０１〜５５
第四十五代。神亀元年（七二四）〜天平勝宝元年（七四九）在位。仏教に信心厚く、天平十三年

（七四一）国分寺、国分尼寺建立の詔を発布し、同十五年、大仏造立を発願。天平勝宝四年（七五二）には東大寺大仏を開眼した。『**万葉集**』に長歌一首、短歌十首入集。

逍遥院（しょうよういん）
→**三条西実隆**（さんじょうにしさねたか）

白河天皇・院・上皇（しらかわてんのう・いん・じょうこう）　１０５３～１１２９

第七十二代。延久四年（一〇七二）～応徳三年（一〇八六）在位。以後、**堀河**、鳥羽、**崇徳**の各天皇の三代に亘って院政を執る。途絶えていた**勅撰和歌集**を復活させ、応徳三年（一〇八六）『**後拾遺和歌集**』、大治元年（一一二六）『**金葉和歌集**』を撰ばしむ。『**後拾遺和歌集**』に初出。

神功皇后（じんぐうこうごう）

息長足日女命《おきながたらしひめのみこと》とも。第十四代**仲哀天皇**の皇后。天皇と共に熊襲征服。その途で天皇が没するも渡朝し、新羅攻略。

神武天皇（じんむてんのう）

記紀伝承上の初代天皇。**邇邇藝命**《ににぎのみこと》の曾孫、**玉依姫命**が母。日向の高千穂宮から東征、紀元前六六〇年、大和国畝傍橿原神宮で即位。明治以降この年を紀元元年とする。

推古天皇（すいこてんのう）　５５４～６２８

第三十三代。五九三～六二八在位。父は第二十九代欽明天皇。異母兄第三十代**敏達天皇**の皇后となる。天皇崩御の後、同母兄の用明天皇が二年ほど在位し、その没後、第三十二代崇峻天皇が即位するも、五九二年に素我馬子によって暗殺された。そのため翌年豊浦宮で史上初の女帝として即位した。甥にあたる用明天皇の御子の厩戸皇子（聖徳太子）を皇太子とし、冠位十二階、十七条憲法、遣隋使派遣などの施策を推進する。

垂仁天皇（すいにんてんのう）

第十一代。在位中、殉死の禁令を発布、替えて埴輪の埋納を行う。池溝を築き農耕を振興せしむ。

菅原道真（すがわらのみちざね）　８４５～９０３

昌泰二年（八九九）に右大臣となるも、藤原氏の反発で延元元年（九〇一）大宰府に左遷、配所で没す。学問、詩文に優れ、『類聚国史』、『菅家文章』等の著作あり。百人一首「このたびは幣も取りあえず手向山　紅葉の錦神のまにまに」

少彦名命（すくなひこなのみこと）

大国主命と協力して国土経営を行った神。医薬、禁厭《まじない》の法を創る。

素戔嗚尊（すさのおのみこと）
伊弉諾尊《いざなぎのみこと》の子で、天照大神《あまてらすおおみかみ》の弟神。天岩戸事件により高天原を追放され、出雲で八岐大蛇《やまたのおろち》を退治する。新羅に渡り、帰途、船舶用材の苗木を持ち帰り植林させた。**大国主命**の父神。

崇徳天皇・院・上皇（すとくてんのう・いん・じょうこう）
１１１９～６４
第七十五代。保安四年（一一二三）～栄治元年（一一四一）在位。先帝・鳥羽上皇により皇太帝の近衛天皇に譲位させられる。**保元の乱**に敗れ、讃岐に配流され、その地で崩御する。和歌に長じ、『**詞花和歌集**』の編纂を院宣。百人一首「瀬を早み岩にせかるる滝川のわれても末に逢はむとぞ思ふ」

摂津（せっつ）生没年未詳
白河天皇の皇女令子内親王に、後、その妹の禎子内親王に仕えたとも。承暦二年（一〇七八）の内裏後番歌合以降、多くの出詠。『**金葉和歌集**』初出。

仙覚（せんがく）１２０３～７２
鎌倉中期の学僧。常陸の人。鎌倉で『**万葉集**』の校訂、注釈に没頭し、従来無訓の歌に**新点**を加え、古点、次点を正した。『万葉集註釈（仙覚抄）』などを著す。

宣化天皇（せんかてんのう）４６７?～５３９?
第二十八代。五三六?～五三九?在位。異母兄第二十七代安閑天皇の崩御で六十九歳で即位、三年余で崩御。蘇我稲目《いなめ》が大臣となり、子の馬子以降の曽我氏全盛の端緒。

〔た〕

待賢門院堀河（たいけんもんいんのほりかわ）生没年未詳
神祇伯源顕仲の女。はじめ前斎院（白河院皇女令子内親王）に仕えて六条、後、待賢門院（鳥羽院中宮璋子）に仕えて堀河と呼ばれた。璋子落飾に従って出家。『久安百首』の作者に撰ばれる。『**金葉和歌集**』初出。百人一首「長からむ心も知らず黒髪の乱れて今朝は物をこそ思へ」

醍醐天皇（だいごてんのう）８８５～９３０
第六十代。寛平九年（八九七）～延長八年（九三〇）在位。十三歳で元服と同時に即位。**菅原道真**左遷後は左大臣・藤原時平に実権を握られる。詩、筝、琵琶に長じ、和歌は歌合を多く催し、『**古今和歌集**』撰進を下命する。

平祐挙（たいらのすけたか）生没年未詳
　平安中期の人。従五位下駿河守。**藤原道長**家の家司。長保三年（一〇〇三）同家歌合。『**拾遺和歌集**』初出。

高倉天皇（たかくらてんのう）1161〜81
　第八十代。仁安元年（一一六八）〜治承四年（一一八〇）在位。**後白河天皇**の第七皇子。同父の兄・二条天皇が退位して、わずか二歳の子・六条天皇が即位、それも四歳で、これも未だ八歳の高倉天皇に禅譲する。さらに二十歳で三歳の**安徳天皇**に譲って退位。**後白河院**と平清盛の策謀の意図が明らかである。参考までに、二条は退位から一ヵ月後二十一歳で、六条は八年後十三歳で、高倉自身も譲位の翌年二十一歳で崩御している。

鷹司院帥（たかつかさいんのそち）生没年未詳
　葉室光俊の女《むすめ》。反御子左家派の歌人。鷹司院長子（後堀河院后）に出仕。『**宝治百首**』の作者の一人。『**続後撰和歌集**』初出。

高浜虚子（たかはまきょし）1874〜959
　愛媛県松山市出身の俳人。正岡子規に師事し、明治三十年（一八九七）に松山で子規が主宰・発行した「ホトトギス」を、翌念以降東京で虚子が編集、花鳥諷詠の客観写生を説く。『五百句』、『虚子俳話』など。写生文の小説もある。昭和二十九年（一九五四）文化勲章受章。

滝廉太郎（たきれんたろう）1879〜903
　東京生まれの音楽家・作曲家。小学校は父の転勤で神奈川、富山、東京を経る。明治三十一年（一八九八）東京音楽学校本科卒業、同三十四年（一九〇一）ドイツのライプツィヒ音楽院にに国費留学するも病を得、翌年帰国して父の故郷・大分県で療養したが、二十三歳で死去。「荒城の月」、「箱根八里」など。

武内宿祢（たけ〈の〉うちのすくね）
　記紀上の伝承では大和政権初期に活躍。第八代孝元天皇の孫、あるいは曾孫とも。**景行**、成務、**仲哀**、**応神**、**仁徳**の五代の天皇に仕えたという。ただし、二八〇歳まで生存したこととなり、実在が疑わしい。葛城、巨勢、平群、紀、素我の諸氏の祖とも。

高市連黒人（たけちのむらじのくろひと）生没年未詳
　伝不詳。持統・文武時代の下級官人か。『**万葉集**』に収められる十七首のほとんどが羇旅歌。

橘為仲（たちばなのためなか）生年未詳〜1085
　蔵人、陸奥守、太伊皇太后宮亮などを歴任、正四位下。**能因法師**、相模（百人一首「恨みわびほさぬ袖だにあるものを恋に朽ちなむ名こそ惜しけれ」）に師事、和歌六人党の一人。家集『橘為仲朝臣集』、『**後拾遺和歌集**』初出。

橘俊綱（たちばなのとしつな）１０２８〜９４
父は**藤原道長**の子・関白藤原頼通。橘俊遠の養子。大国、上国の守を歴任、裕福な環境で歌合、歌会多く挙行、歌界に隠然たる勢力。『**後拾遺和歌集**』初出。

種田山頭火（たねださんとうか）１８８２〜９４０
山口県生まれの自由律俳人。早大中退後、荻原井泉水に師事し、その後出家して全国を放浪。句集『草木塔』など。

玉依姫命（たまよりひめのみこと）
記紀神話では海（綿津見）神の女《むすめ》。鸕鷀草葺不合《うがやふきあえずの》尊《みこと》の妃で**神武天皇**の母。

手持女王（たもちのおおきみ）生没年未詳
天武、**持統天皇**朝の皇族か。**河内王**の妻？『**万葉集**』巻第三に、筑紫で没した王を葬る時に詠んだ短歌三首。

仲哀天皇（ちゅうあいてんのう）
第十四代。記紀伝承の天皇。日本武尊《やまとたけるのみこと》の第二皇子。皇后は**神功皇后**。熊襲征伐の途で筑前にて崩御。

中将尼（ちゅうじょうのあま）生没年未詳
平安前期の公卿・藤原冬嗣（正一位・太政大臣）の孫・藤原清時の女《むすめ》、高階明順《あきのぶ》に嫁す。『匡衡《まさひら》集』、『赤染衛門集』に詠歌多数。『**後拾遺和歌集**』に一首のみ。

澄月（ちょうげつ）１７１４〜９８
備中玉島の出の江戸中期の歌僧。二条派に学び、平安（＝京都）の和歌四天王の一人。『澄月法師千首』、『垂雲和歌集』など。

月讀〔**読**〕**命**（つくよみのみこと）
伊弉諾尊が禊祓《みそぎ》で右目を洗った時に生まれた三神の第二神。**天照大神**の弟神。月を神格化し、夜を統べる神と考えられる。

土御門院（つちみかどいん）１１９５〜２３１
第八十三代。建久九年（一一九八）〜承元四年（一二一〇）在位。**後鳥羽天皇**第一皇子。承久三年（一二二一）の承久の乱に敗れ、父は隠岐に、弟・順徳院は佐渡に流され、院は土佐、後に阿波に遷り、そこで崩御した。建保四年（一二一六）の『土御門院御百首』は、**藤原定家**等の高評価。『**続後撰和歌集**』初出。

津守国量（つもりくにかず）１３３８～４０２
津守国夏の子。文和二年（一三五三）～正平八年（一三五三）摂津住吉社の神職。従三位まで。『**新後拾遺和歌集**』などの撰者。

津守国冬（つもりくにふゆ）１２６９～３２０
住吉神主（正四位下）国助の長男。正安元年（一二一四十九代住吉神主、同二年従四位下。正和元年（一三一二）摂津守。和歌に長じ、大覚寺統、二条家周辺で活躍。「和歌の神に仕える祠官」として重用される。『**新後撰和歌集**』初出。

天智天皇（てんちてんのう）６２６～７１
第三十八代。**中大兄皇子**。称制六六一～七、六六八～七一在位。皇太子時代、**中臣鎌足**と共に蘇我氏を討って大化改新（六四五）。和歌に長じ、『**万葉集**』に四首。百人一首「秋の田のかりほの庵のとまをあらみ　わがころもでは露にぬれつゝ」

天武天皇（てんむてんのう）６２２～８６
第四十代。大海人皇子。六七三～八六在位。**天智天皇**の同母弟。第三十九代弘文天皇（天智天皇の皇子）と対立、壬申の乱（六七二）に勝利。『**万葉集**』に長歌四首、短歌三首。

土井晩翠（どいばんすい）１８７１～９５２
宮城県出身の詩人・英文学舎。明治三十年（一八九七）帝国大学英文科卒業、同三十二年第一詩集『天地有情』刊行。男性的詩風で、女性的な島崎藤村と並んで「藤晩時代」と称された。「荒城の月」の作詞のほか、多くの校歌、寮歌を残す。昭和二十五年（一九五〇）文化勲章受章。

道鏡（どうきょう）７００?～７２
河内の出、弓削氏。第四十八代称徳天皇に信頼され、太政大臣禅師、法王に。宇佐八幡の神託と称して皇位の継承を企てるも、**和気清麻呂**に阻止され、天皇没後、下野国薬師寺別当に左遷、同所で没。

舎人親王（とねりしんのう）６７６～７３５
第四十代**天武天皇**の第三皇子、第四十七代淳仁天皇の父。養老三年（七一九）に、後の**聖武天皇**の首皇子の補佐を下命され、同四年、太政官首班となり、右大臣・長屋王とともに皇親政権を樹立。葬儀の日に太政大臣を贈られる。没後二十年、天平宝字二年（七五八）に第七王子が即位し、天皇の父として崇道尽敬皇帝《すどうじんきょうこうてい》と追号。『**日本書紀**』編纂を主宰、養老四年に撰進。

〔な〕

長田王（ながたおう）生年不詳～７３７
奈良朝の風流侍従。近江守、衛門督、摂津太夫を歴任、散位征四位下で没。いつ筑紫に下ったかは不明。慶雲年間（七〇四～七）か。

中臣鎌足（なかとみのかまたり）６１４～６９
藤原氏の祖。**中大兄皇子**を助けて素我家を滅ぼし、大化の改新に大功。

中大兄皇子（なかのおおえのおうじ）
→**天智天皇**（てんちてんのう）

長皇子（ながのみこ）生年不詳～７１５
天武天皇の皇子。持統天皇七年（六九三）、同母弟・弓削皇子とともに浄広弐、大宝令の位階制度の二品に。キトラ古墳の被葬者とも。

夏目漱石（なつめそうせき）１８６７～９１６
英文学者、小説家。東京帝大卒、五高（現・熊本大学）教授を経て、明治三十三年（一九〇〇）英国留学、帰国後、東京帝大講師、次いで朝日新聞入社。同三十八年（一九〇五）に『吾輩は猫である』、『倫敦塔』を発表、文壇での地位を確立。『坊ちゃん』、『草枕』、『明暗』など。

日蓮（にちれん）１２２２～８２
鎌倉時代の僧。天台宗を学び、高野山、南都等で修行するも法華経に真髄を見出し、建長五年（一二五三）安房国清澄山にて立教開宗（日蓮宗）を宣言。他宗を攻撃し、「立正安国論」を主張したため、伊豆、佐渡に配流。文永十一年（一二七四）赦免され、身延山を開く。『観心本尊抄』、『開目抄』など。

邇邇藝命（ににぎのみこと）
天照大神の孫神で、その命により国土統治のため、高天原から日向国の高千穂峰に降り、大山祇神《おおやまつみのかみ》の女《むすめ》の木花之開耶姫命《このはなのさくやひめ》を娶った。

仁徳天皇（にんとくてんのう）生没年未詳
第十六代。五世紀初めの在位。倭の五王の「讃」ともいわれる。大阪府堺市の日本最大の前方後円墳が仁徳陵とされる。『**万葉集**』に四、あるいは五首。

仁明天皇（にんみょうてんのう）８１０～５０
第五十四代。天長十年（八三三）～嘉祥三年（八五〇）在位。嵯峨天皇の皇子。小野小町が更衣として仕える。

額田王（ぬかたのおおきみ）生没年未詳
七世紀後半の歌人。大海人皇子（**天武天皇**）との間に十市皇女《とおちのひめみこ》。『**万葉集**』に長歌三首、短歌九首。

抜気大首（ぬきけのおほびと）生没年未詳

天武天皇時代から天平五年（七三三）頃までの何れかの間、筑紫に赴任していた官人か。「抜気」を氏、「大首」を姓とする説、「抜」を氏、「気大」を名、「首」を姓とする説あり。『**万葉集**』に短歌三首。

能因法師（のういんほうし）988〜没年不詳

中古においての三十六歌仙の一人。漂白の歌人。歌学書に、敬語の解説や、国々の名所を内容とする書ありと伝えられる。百人一首「嵐吹く三室のやまのもみぢ葉は　龍田の川の錦なりけり」

野口雨情（のぐちうじょう）1882〜945

民謡、童謡作歌。茨城県の出、東京専門学校（現・早稲田大学）にて坪内逍遥に師事するも明治三十四年（一九〇一）十九歳で中退、帰郷。家業を立て直したり、樺太に渡ったり、小樽日報等の新聞社に勤めたりした。大正八年（一九一九）創刊の『金の船』に童謡を発表、以後多くの名作を残した。『十五夜お月さん』、『七つの子』などの童謡、また『波浮の港』、『船頭小唄』等。

〈は〉

祝部成仲（はふりべのなりなか）1099〜191

近江日吉社の禰宜惣官。四十歳ごろから歌壇活動をはじめ、永万二年（一一六六）の重家家歌合など、多くの歌合に加わる。『**詞花和歌集**』初出。

葉室光俊（はむろみつとし）1203〜76

承久二年（一二二〇）右少弁・蔵人になるも**承久の乱**で父・権中納言光親の罪に連座して筑紫に配流、貞応元年（一二二二）許され、嘉禄三年（一二二七）には右少弁、安貞二年（一二二八）正五位上、その後右大弁となるも、嘉禎二年（一二三六）出家。法名真観。和歌に長じ、寛元二年（一二四四）、**藤原為家**、蓮性らと『**新撰六帖題和歌**』、以後六条家一門と連携して反御子左家勢力。文応元年（一二六〇）鎌倉に下向、将軍**宗尊親王**の歌道師範。『**続古今和歌集**』撰進、『**現存和歌六帖**』奏献など。

林芙美子（はやしふみこ）1903〜51

小説家。苦学して尾道高女卒。その後も貧しい日々であったが、昭和三年（一九二八）から連載発表した『放浪紀』が好評で、流行作家となる。昭和六年（一九三一）パリに旅行している。戦時中は新聞社の特派員、陸軍報道部報道班員として戦地に趣いた。終戦直前は長野県に疎開、戦後は書きに書き、講演、取材にと多忙であった。心臓麻痺で急逝。叙情と哀愁を湛えた作品が多く、『放浪記』のほか、『清貧の書』、『浮雲』等々。

反正天皇（はんぜいてんのう）五世紀初頭?～４４３?
　第十八代。四三八～四四三在位? **仁徳天皇**第三皇子。倭王珍か。第十七代**履中天皇**、第十九代允恭天皇は同母兄弟。

檜垣嫗（ひがきのおうな）生没年未詳
　延喜（九〇一～二二）頃の筑前の遊女か。一人というより遊女達の複合人格とも。家集に『檜垣嫗集』。『**後撰和歌集**』に一首。

東山天皇（ひがしやまてんのう）１６７５～７１０
　第百十三代。貞享四年（一六八七）～宝永六年（一七〇九）在位。第百十二代**霊元天皇**第四皇子。大嘗祭復活。徳川綱吉の将軍在職期間と重なり、綱吉の皇室畏敬によって、朝幕関係は江戸期で最も安定。

琵琶皇太后宮（びわこうたいごうぐう）９９４～１０２７
　藤原道長の二女・妍子《けんし》。三条天皇の后、禎子内親王（後朱雀天皇の后）の母。『**新古今和歌集**』初出。

敏達天皇（びだつてんのう）５３８?～８５
　第三十代。五七二～五八五在位。当初百済大井宮（大阪府河内長野市、同富田林市、奈良県桜井市、同北葛城郡広陵長など諸説）、四年後、訳語田幸玉宮《おさたのさきたまのみや》（桜井市・春日神社付近）に遷宮。晩年仏教禁止令。

福沢諭吉（ふくざわゆきち）１８３４～９０１
　幕末から明治にかけての思想家、教育家。中津藩士の子で、八歳頃から漢学を学び、安政元年（一八五四）十九歳で長崎留学、蘭学を学ぶ。同二年から大阪に出て、蘭学者・緒方洪庵の適塾に学んだ。安政五年（一八五八）江戸に出府、藩邸内の蘭学塾（後の慶應義塾大学の基礎）講師となる。万延元年（一八六〇）には咸臨丸にて渡米、文久二年（一八六二）には渡欧、帰国後『西洋事情』著作。明治新政府の官職には就かず、慶応四年（１８６８）に蘭学塾を慶應義塾とし、教育に専心する。『学問のすゝめ』、『福翁自伝』等。

伏見天皇・院（ふしみてんのう・いん）１２５６～３１７
　第九十二代。弘安十年（一二八七）～永仁六年（一二九八）在位。以後の正安三年（一三〇一）ま

でと、延慶元年（一三〇八）～正和二年（一三一三）まで院政。『仙道五十番歌合』ほか多数の歌合、歌会を主催。『**玉葉和歌集**』の編纂を下命。

葛井連大成（ふじいのむらじおおなり）生没年未詳
神亀五年（七二八）従五位下、『**万葉集**』の題詞、細注によれば筑後守。百済系の帰化人か。**大伴旅人**と深い関係？『**万葉集**』に短歌三首。

藤原顕輔（ふじわらのあきすけ）１０９０～１１５５
藤原顕季の三男。永久四年（一一一七）の『鳥羽殿北面歌合』以下多数の歌合に出詠。**崇徳院**の院宣により、仁平元年（一一五一）『**詞花和歌集**』を奏覧。百人一首「秋風にたなびく雲の絶え間より　もれ出づる月の影のさやけき」

藤原有家（ふじわらのありいえ）１１５５～２１６
建仁二年（一二〇二）大蔵卿、承元二年（一二〇八）従三位、建保三年（一二一五）出家。『**六百番歌合**』や**後鳥羽院**主催の歌合に列す。六条家の一員ながら御子左家に同化。『**新古今和歌集**』の撰者。同集に十九首。

藤原家隆（ふじわらのいえたか）１１５８～２３７
三十代半ばには、既に歌合を主催したといわれる。『**新古今和歌集**』に四十三首など歌作多数。百人一首「風そよぐならの小川の夕暮は　みそぎぞ夏のしるしなりけり」

藤原家良（ふじわらのいえよし）１１９２～２６４
大納言藤原忠良の子。衣笠内大臣と号す。仁治元年（一二四〇）内大臣正二位に昇るも翌年辞任。多くの歌合や百首の作者。『**新撰六帖**』を主催。『**続古今和歌集**』の撰者となるも奏覧前に死没。『**新勅撰和歌集**』初出。

藤原鎌足（ふじわらのかまたり）
→**中臣鎌足**（なかとみのかまたり）

藤原公任（ふじわらのきんとう）９６６～１０４１
寛弘六年（一〇〇九）権大納言、長和元年（一〇一二）正二位に至るも、常に同年齢の**藤原道長**の後塵を拝し、万寿元年（一〇二四）職を辞して同三年出家。宮廷歌壇の指導的位置を占める。『**古今和歌集**』の美学を継承しつつ**藤原俊成**、**藤原定家**の理論への先駆的役割。『和歌九品』はじめ著作多数。『**拾遺和歌集**』初出。百人一首「滝の音は絶えて久しくなりぬれど　名こそ流れてはほ聞こえけれ」

藤原実方（ふじわらのさねかた）生年未詳～９９８
正暦四年（九九三）従四位上、同五年左近中将、

長徳元年（九九五）陸奥守に任ぜられ、任地で没。円融院、**花山院**の寵を受け、宮廷サロンの花形。中古三十六歌仙の一人。百人一首「かくとだにえやはいぶきのさしも草　さしも知らじな燃ゆる思ひを」

藤原定家（ふじわらのさだいえ・ていか）1162〜1241

藤原俊成の子。『**新古今和歌集**』、『**新勅撰和歌集**』の選者。歌風は「余情妖艶」、「有心」。歌論に『近代秀歌』、日記に『明月記』。小倉百人一首を撰する。百人一首「来ぬ人をまつほの浦の夕なぎに　焼くや藻塩の身もこがれつつ」

藤原俊成（ふじわらのしゅんぜい・としなり）1145〜93

一旦は葉室家に入るも、仁安二年（一一六七）本流に復する。同年正三位、承安二年（一一七二）皇太后宮太夫に。安元二年（一一七六）出家。十八歳頃から詠歌。以後歌壇の指導的立場になる。歌風は「優艶」から「寂風」まで幅広い。文治四年（一一八七）『**千載和歌集**』を奏覧する。百人一首「世の中よ道こそなけれ思ひ入る　山の奥にも鹿ぞ鳴くなる」

藤原季経ふじわらのすえつね）1131〜1221

藤原顕輔の子。非参議正三位に至り、建仁元年（一二〇一）出家。藤原清輔（百人一首「長らへばまたこのごろやしのばれむ　憂しと見し世ぞ今は恋しき」）亡き後の六条藤家をささえる。百首、歌合に出詠多数。歌集『季経入道集』。

藤原輔相（ふじわらのすけみ）生没年未詳

無官とも。天暦十年（九五六）頃没か。歌作のほとんどが**物名**歌で、特に酒肴の食物が多い。即興性、諧謔性、機知に富んだ詠歌。家集『藤六集』、『**拾遺和歌集**』初出。

藤原純友（ふじわらのすみとも）893?〜941

藤原北家の出でありながら父を早くに亡くし、官位は従五位。承平二年（九三二）、父の従兄弟の藤原元名の伊予守に従って伊予掾として赴任、元名帰京後も土着し、天慶二年（九三九）反乱を起こす。同三年には大宰府をも襲撃したが、同四年、朝廷軍に博多湾で敗れ、逃れた伊予で捕らえられ獄死、あるいは海賊船団を率いて南海に逃げたとも。

藤原高遠（ふじわらのたかとお）949〜1013

永祚二年（九九〇）従三位、兵部卿、左兵衛督を経て寛弘元年（一〇〇四）太宰大弐、同二年正三位。

家集『大弐高遠集』、『**拾遺和歌集**』以下**勅撰和歌集**に二十七首。

藤原忠房（ふじわらのただふさ）生年未詳～９２８
主に地方官を歴任、信濃権守、大和守等を経て延長三年（九二五）従四位上、山城守。歌舞、管弦の名手。和歌にも秀で、『宇多法皇春日行幸名所和歌』等に出詠、歌合の判者にも。**三代集**に十七首。

藤原忠通（ふじわらのただみち）１０９７～１６４
保安二年（一一二一）関白、翌年従一位関白左大臣となり、鳥羽、**崇徳**、近衛、**後白河**四代の関白を歴任。弟**藤原頼長**との対立が**保元の乱**の一因とも。保元三年（一一五八）職を辞し法性寺にて出家、法性寺関白とも呼ばれる。永久から保安にかけて歌合・歌会開催。『**金葉和歌集**』初出。百人一首「わたの原漕ぎ出でて見ればひさかたの　雲居にまがふ沖つ白波」

藤原為家（ふじわらのためいえ）１１９８～２７５
藤原定家の嫡男。父の死後歌壇に重きをなし、『**続後撰和歌集**』を単独撰進する。阿仏尼を溺愛、没後の相続争いの因となる。その訴訟のため鎌倉に下った阿仏尼の紀行文が『十六夜日記』である。

藤原為頼（ふじわらのためより）生年未詳～９９８
花山天皇東宮時代に権大進、寛和二年（九八六）従四位となるも同天皇退位後は累進も無く、失意の半生。家集『為頼集』、『**拾遺和歌集**』初出。

藤原知家（ふじわらのともいえ）１１８２～２５８
正三位顕家の子、『**続古今和歌集**』の撰者・**藤原行家**の父。寛喜元年（一二二九）参議正三位となるが、嘉禎四年（一二三八）出家、法名蓮性。建仁年間（一二〇一～三）頃から歌壇に名を連ね、百首、歌合など多数。特に**藤原定家**との親交は深かった。『**新古近和歌集**』初出。

藤原廣〔広〕嗣（ふじわらのひろつぐ）生年不詳～７４０
藤原式家の祖・宇合《うまかい》の長男。天平元年（七二九）～同九年（七三七）の間、朝廷を担った藤原四兄弟（藤原不比等の四人の息子で、藤原南家の祖・武智麻呂、北家の祖・房前、宇合、京家の祖・麻呂）の相次ぐ死去で、従五位下・式部少輔、翌天平十年（七三八）には大養徳守を兼任するも、反藤原氏勢力の台頭で大宰少弐に左遷され、同十二年（七四〇）、**吉備真備**と**玄昉**の追放を上奏するも、右大臣・橘諸兄は自身への謀反として、大宰府に蜂起した**廣嗣**を討伐、処刑した。

藤原道家（ふじわらのみちいえ）１１９３～２５２
　従一位関白まで。洞院摂政教実や鎌倉四代将軍頼経の父。光明峯寺殿と号する。祖父兼実以来の九条家歌壇を主催。多くの歌合を催行、順徳天皇内裏歌壇にも参加。『**新勅撰和歌集**』初出。

藤原通俊（ふじわらのみちとし）１０４７～９９
　寛治八年（一〇九四）従二位、権中納言、治部卿兼務。**白河天皇**の信任厚く、承保二年（一〇七五）の勅命により応徳三年（一〇八六）『**後拾遺和歌集**』撰進。二十九歳での下命に長老等の反発も。『同集』初出。

藤原道長（ふじわらのみちなが）９６６～１０２７
　長和五年（一〇一六）摂政、寛仁元年（一〇一七）従一位太政大臣。同三年出家、法名行観。後一条天皇、後朱雀天皇、**後冷泉天皇**三代の外祖父で、藤原氏全盛時代を築く。家集に『御堂関白集』。『**拾遺和歌集**』初出。

藤原道信（ふじわらのみちのぶ）９７２～９４
　実父は太政大臣藤原為光、養父は摂政藤原兼家。正暦二年（九九一）左近中将・美濃権守、同五年従四位。中古三十六歌仙の一人、『大鏡』に「いみじき和歌の上手」の評。家集に『道信朝臣集』、『**拾遺和歌集**』初出。百人一首「明けぬれば暮るるものとは知りながら　なほ恨めしき朝ぼらけかな」

藤原基長（ふじわらのもとなが）１０４３～１０７
　正二位・内大臣藤原能長の子。永保二年（一〇八二）正二位・権中納言、承徳二年（一〇九八）出家。『**後拾遺和歌集**』初出。

藤原行家（ふじわらのゆきいえ）１２２３～７５
　安芸権守、左京太夫等を経て文永四年（一二六七）従二位。同十一年（一二七四）子の隆博に譲官。出詠は二十一歳頃に初見、反御子左派として活躍。『**続古今和歌集**』撰者。『**続後撰和歌集**』初出。

藤原良経（ふじわらのよしつね）
　　　　　　　　　↓**九条良経**（くじょうよしつね）

藤原頼長（ふじわらのよりなが）１１２０～５６
　摂政関白太政大臣藤原忠実の三男、久安五年（一一四九）従一位左大臣、通称宇治左大臣。旧儀復興、綱紀粛正に取り組むも、兄・関白**忠通**と対立。**保元の乱**においては兄弟対峙して**崇徳上皇**に組し、敗死。男色や風俗記した日記『台記』を著す。

法然上人（ほうねんしょうにん）１１３３～２１２
　浄土宗の開祖。父の遺言で比叡山に入山、皇円、叡空に師事、安元元年（一一七五）、四十三歳で専修念仏を唱え、浄土法門を開く。承元元年（一二〇七）、**後鳥羽上皇**による念仏停止の断で還俗させられ、讃岐に流されたが、十ヵ月後赦免された。

細川幽斎（ほそかわゆうさい）１５３４～６１０
室町時代の武人、歌人。本名藤高。三淵晴員《みつぶちはるかず》の次男とされるも、足利第十二代将軍義晴の四男とする説あり。義晴に仕えた後は、十五代義昭を奉じ、以後織田信長、豊臣秀吉、徳川家康の重臣。二条家歌道の正統を伝え、江戸初期歌壇の中心。歌集『衆抄集』など、『九州道の記』にも詠歌多数。長男忠興は豊前中津藩藩主、後小倉藩主に。

堀河天皇・院（ほりかわてんのう・いん）１０７９～１０７
第七十三代。応徳三年（一〇八六）～嘉永二年（一一〇七）在位。近臣や**源俊頼**と**堀河院歌壇**形成する。『**堀河百首**』など。

〔ま〕

松尾芭蕉（まつおばしょう）１６４４～９４
伊賀上野に生まれる。俳諧を志し、貞門に北村季吟に師事。延宝三年（一六七五）江戸に下り、西山宗因の談林風に触れ、更には同八年（一六八〇）に深川に庵を結び、以後蕉風を確立して行く。『野ざらし紀行』、『**奥の細道**』など。

三方沙彌（みかたのさみ）生没年未詳
『**万葉集**』巻第二の「三方沙彌、園臣生羽《そののおみいくは》が女《むすめ》を娶りて……」の記述以外に伝未詳。養老五年（七二一）東宮であった**聖武天皇**の学業師範となった文章博士・山田三方との説もある。『**万葉集**』に長歌一首、短歌六首。

源家長（みなもとのいえなが）１１７３?～２３４
建久七年（一一九六）**後鳥羽天皇**に出仕、建仁元年（一二〇一）和歌所設置に伴い開闔《かいこう》に、『**新古今和歌集**』編纂の実務に当る。多くの歌合、百首に出詠。承久の乱の後、退官。『家長日記』等。

源重之（みなもとのしげゆき）生年未詳～１０００頃?
実父・兼信が陸奥国に土着したため、伯父・兼忠の養子に。官歴は地方官までで、晩年は不遇。東宮であった冷泉天皇に献上した『重之百首』は百首和歌の祖。三十六歌仙の一人、『**拾遺和歌集**』初出。
百人一首「風をいたみ岩うつ波のおのれのみ　くだけて物を思ふころかな」

源経信（みなもとのつねのぶ）１０１６～９７
承保四年（一〇七七）正二位、寛治五年

（一〇九一）大納言に。同八年大宰権帥に任じられ翌年赴任するも、任地で没す。詩歌管弦に長じ、**後冷泉天皇**時代の歌壇の指導的地位を占めるが、**白河天皇**の時代は冷遇、晩年の**堀河天皇**期は長老として重きを成した。中古三十六歌仙の一人。**源俊頼**の父。『**後拾遺和歌集**』初出。百人一首「夕されば門田の稲葉おとづれて　蘆のまろやに秋風ぞ吹く」

源俊頼（みなもとのとしより）1055〜1129

官位には恵まれなかったが、当初は**堀河天皇**の楽人として活躍。父・**源経信**の死後、**堀河院歌壇**の中心となる。**白河院**の院宣により『**金葉和歌集**』を撰進。歌論書『俊頼髄脳』は、関白藤原忠実の娘・泰子のための作歌手引書といわれる。百人一首「憂かりける人を初瀬の山おろしよ　はげしかれとは祈らぬものを」

壬生忠見（みぶのただみ）生没年不詳

壬生忠岑（生没年不詳。百人一首「有明のつれなく見えし別れより　暁ばかり憂きものはなし」）の子。共に三十六歌仙。官歴は天徳二年（九五八）の摂津大目《だいさかん》以降不明。**村上**朝（九四四〜六七）の歌壇で活躍。百人一首「恋すてふ我が名はまだき立ちにけり　人知れずこそ思ひそめしか」

武者小路実陰（むしゃのこうじさねかげ）1661〜1738

武者小路家は、寛永年間（一六二四〜四三）に、藤原北家の流れを汲む三条西実条《さねえだ》の次男・公種《きんたね》を祖とする。元文三年（一七三八）従一位准大臣になる。第百十二代**霊元天皇**の歌壇で活躍。第百十四代中御門天皇、第百十五代桜町天皇の和歌師範をつとめる。

宗尊親王（むねたかしんのう）1242〜74

第八十八代**後嵯峨天皇**の第一皇子。第三皇子が第八十九代後深草天皇に即位すると、初の皇族将軍として鎌倉入りするも、実権は無く、和歌の詠作に打ち込み、鎌倉歌壇が形成された。

村上天皇（むらかみてんのう）926〜67

第六十二代。天慶七年（九四四）〜康保四年（九六七）在位。摂関を置かず親政。天暦の治の評価。『**後撰和歌集**』撰集を下命。天徳四年（九六〇）内裏歌合催行。

紫式部（むらさきしきぶ）生没年不詳も970?〜1014?

正五位下越後守藤原為時の女。長徳四年（九九八）藤原宣孝に嫁すも三年後に死別、この頃より『**源氏物語**』執筆開始か。寛弘二年（一〇〇五）第六十六代一条天皇の中宮・彰子に出仕、晩年まで。『紫式部日記』、家集・『紫式部集』など。百人一首「めぐり逢ひて見しやそれともわかぬ間に　雲隠れにし夜半の月かな」

木喰（もくじき）１７１８〜８１０
　甲斐出身の江戸後期の仏教行者、仏像彫刻家、歌人。十四歳で出奔し、元文四年（一七三九）に十二歳で出家、宝暦十二年（一七六二）四十五歳の時、木食戒《もくじきかい》を受け、十年後の安永二年（一七七三）廻国修行に旅立つ。齢五十六歳、以後少なくとも死の二年前まで、北は北海道、南は鹿児島まで全国を巡り、先々で一木造の仏像を刻んで奉納、現在七百二十一体が確認されている。歌人としては、天明二年（一七八二）編纂の『集堂帳』他六点が確認されている。

文武天皇（もんむてんのう）６８３〜７０７
　第四十二代。文武天皇元年（六九七）〜慶雲四年（七〇七）在位。第四十代**天武天皇**の第二皇子・草壁皇子の長男、母は**天智天皇**皇女で第四十一代**持統天皇**の妹、後の第四十三代**元明天皇**である阿陪皇女。十四歳での即位のため、祖母の前帝・**持統天皇**が初めて太上天皇を称して後見、院政形式の萌芽。

〔や〕

山上憶良（やまのうえのおくら）６６０?〜７３３?
　出自不詳なるも、渡来の人とも。万葉歌人。大宝二年（七〇二）入唐。帰国後和銅七年（七一四）従五位下。養老五年（七二一）に東宮（後の聖武天皇）侍講に。神亀五年（七二一）筑前守。「子等を思ふ歌」、「貧窮問答歌」に代表される人生歌が多い。

雄略天皇（ゆうりゃくてんのう）
　第二十一代。五世紀末頃か。『宗書』倭国伝の武とされる。父は第十九代允恭天皇。兄の第二十代安康天皇が、自らが攻め殺した叔父・大草香皇子の遺児・眉輪王《まよわおう》に殺され即位。朝鮮半島の乱れに乗じ、百済、新羅、高麗への影響力強化を画策。

与謝野晶子（よさのあきこ）１８７８〜９４２
　歌人。大阪府堺市生、境女学校卒。**与謝野鉄寛**の妻。明治三十四年（一九〇一）、「やわ肌のあつき血汐にふれも見で　さびしからずや道を説く君」を代表作とする『みだれ髪』。雑誌「明星」を支える。官能的な恋愛を大胆に詠う。

与謝野鉄寛（よさのてっかん）１８７３〜９３５
　京都生まれの詩人、歌人。**与謝野晶子**は妻。落合直文に学び、浅香社、新詩社創立、「明星」の刊行に尽力。新派和歌運動に貢献。詩歌集『東西南北』『天地玄黄』など。

〔ら〕

履中天皇（りちゅうてんのう）
　第十七代。五世紀中頃か。『宋書』倭国伝の讃とされる（応神天皇あるいは仁徳天皇とする説も）。第十六代**仁徳天皇**第一皇子。

霊元天皇・院（れいげんてんのう・いん）１６５４〜１７３２
　第百十二代。寛文三年（一六六三）〜貞享四年（一六八七）在位。第百八代後水尾天皇の第十九皇子。東山、中御門天皇の四十六年間院政を執る。和歌、漢詩、書道、絵画を能くし、生涯詠んだ歌は一万余首ともいわれる。『桃蕊集《とうずいしゅう》』とも呼ばれる御集『霊元院御集』に約六四〇〇首。

〔わ〕

別雷神（わけいかづちのかみ）
　黄泉国の八雷神のひとつ、死んだ**伊弉冉尊**の左手にいた魔神。死の穢れの表象。

和気清麿（わけのきよまろ）７３３〜９９
　備前出身の奈良時代の官人。**道鏡**が宇佐八幡宮の神官と結託して皇位を望んだ時、勅使として阻止。そのために**道鏡**の怒りを買い大隅に流されるも、**道鏡**失脚後帰京して光仁、**桓武**の二天皇に仕え、平安遷都に尽力。

事項・作品・人名略年表（天皇は退位年記載、（　）内は即位年。人名は没年記載、（　）内は生年。）

和暦	西暦	天皇	人名	作品・事項	社会
		①神武			
		⑪垂仁		?この頃魏志倭人伝	
		⑫景行			
		⑭仲哀	神功皇后		
	4??	⑮応神（3??～）	?この頃武内宿祢（?～）	?この頃後漢書	
		⑯仁徳（4??～）	?この頃桉作主益人（?～）		
		⑰履中（?～）			
		⑱反正（?～）			
	443?	㉑雄略（4??～）			
	531	㉖継体（507～）			
	539?	㉘宣化（536～）			
	571?	㉙欽明（539?～）			
	585	㉚敏達（572～）			
	607				小野妹子遣唐使
	628	㉝推古（593～）			大化の改新
大化元	645	㉟皇極（642～）			
			?この頃河辺宮人（?～）		
五	649				冠位十二階
白雉五	654	㊱孝徳（645～）			
	661	㊲斉明（655～）			
	669		中臣鎌足（614～）		
	671	㊳天智（668～）			

（白鳳）	672				壬申の乱
			?この頃額田王（?〜）		
	686	㊵天武（673〜）			
			?この頃手持女王（?〜）		
	694		?この頃河内王（?〜）		
	697	㊶持統（686〜）			
大宝元	701				大宝律令
慶雲四	707	㊷文武（697〜）	?この頃高市連黒人		
和銅元	708				和同開珎鋳造
三			?この頃柿本人麻呂（?〜）		平城京遷都
五	712			古事記	
六	713				風土記編纂の勅
霊亀元	715	㊸元明（707〜）	長皇子（?〜）		
養老四	720			日本書紀	
			?この頃石川朝臣君子（?〜）		
			?この頃大伴坂上郎女（?〜）		
			?この頃沙弥満誓（?〜）		
			?この頃宇奴首男人（?〜）		
			?この頃三方沙彌（?〜）		
天平二	730				防人の廃止
三	731		大伴旅人（665〜）		
			?この頃葛井連大成（?〜）		
三	733?		山上憶良（660?〜）		
			?この頃抜気大首（?〜）		

和暦	西暦	天皇	人名	作品・事項	社会
五	735		舎人親王（676）		
天平九	737		小野老〈朝臣〉（?〜）		
			長田王（?〜）		
			?この頃大伴〈宿禰〉百代		
十二	740		藤原廣〔広〕嗣（?〜）		
十五	743		?この頃紀朝臣鹿人（?〜）		
十八	746		玄昉（?〜）		
天平勝宝元	749	㊺聖武（724〜）	行基（668〜）		
四	752				東大寺大仏開眼
天平宝字三	759			万葉集	
七	763		鑑真（688〜）		
宝亀三	772		道鏡（700?〜）		
六	775		吉備真備（693?〜）		
延暦四	785		大伴家持（718〜）		
十三	794				平安京遷都
十八	799		和気清麿（733〜）	?この頃国造本紀	
二十三	804				最澄・空海入唐
二十五	806	㊿桓武（781〜）			
弘仁十三	822		最澄（767〜）		
承和二	835		空海（774〜）		
嘉祥三	850	(54)仁明（833〜）			
貞観十一	869			続日本後紀	
元慶四	880		在原業平（825〜）		

八	884		?この年迄猿丸太夫(?〜)		
寛平六	894				遣唐使を廃す
九	897	(59)宇多(887〜)			
延喜元	901			日本三代実録	菅原道真左遷
三	903		菅原道真(845〜)		
五	905			①古今和歌集	
七	907			延喜格	唐滅亡
二十二	922		?この頃檜垣嫗(?〜)		
延長五	927			延喜式	
六	028		藤原忠房(?〜)		
八	930	(60)醍醐(897〜)			
承平元	931			これ以降倭名類聚抄	
五	935		?この頃清原深養父(?〜)	土佐日記	平将門の乱
七	937			?この頃伊勢物語	
天慶元	938		?この頃伊勢(?877〜)		
二	939		?この頃中将尼		藤原純友の乱
四	941		藤原純友(?〜)		
九	946		?この頃紀貫之(868?〜)		
天暦五	951			②後撰和歌集	
十	956		?この頃藤原輔相(?〜)		
天徳二	958		大江朝綱(886〜)		
康保四	967	(62)村上(944〜)	?この頃壬生忠見(?〜)		
天延二	974		蜻蛉日記記事この年まで		
貞観三	980			この頃古今和歌六帖	

和暦	西暦	天皇	人名	作品・事項	社会
寛和二	986	(65)花山（984～）			
正暦元	990		清原元輔（908～）		
五	994		藤原道信（972～）		
長徳四	998		藤原実方（?～）		
			藤原為頼（?～）		
長保二	1000		この頃源重之（?～）	これ以降枕草子	
五	1003		この頃平祐挙（?～）		
寛弘三	1006			?③拾遺和歌集	
五	1008			?この頃源氏物語	
長和二	1013		藤原高遠（946～）		
三	1014		?この頃紫式部（970?～）		
寛仁元	1017		恵心（942～）		
万寿二	1025		この頃清少納言（964?～）		
四	1027		藤原道長（968～）		
			琵琶皇太后宮（994～）		
			この頃和泉式部（976?～）		
			この頃能因法師（988～）		
長久二	1041		藤原公任（966～）		
永承六	1051				前九年の役
治暦四	1068	(70)後冷泉（1045～）			
永保三	1083		この頃攝津（?～）		後三年の役
応徳二	1085		橘為仲（?～）		
三	1086	(72)白河（1072～）		④後拾遺和歌集	

嘉保元	1094		橘俊綱（1028〜）		
承徳元	1097		源経信（1016〜）		
康和元	1099		藤原通俊（1047〜）		
長治元	1104			堀河百首	
嘉承二	1107	⑦③堀河（1086〜）	藤原基長（1043?＝）		
天永二	1111		大江匡房（1041〜）	江家次第	
永久四	1116			永久百首	
大治元	1126			⑤金葉和歌集 この時以降良玉集	
四	1129		源俊頼（1055〜）		
永治元	1141	⑦⑤崇徳（1123〜）			
仁平元	1151		?この頃待賢門院堀河（?〜）	⑥詞花和歌集	
久寿二	1155		藤原顕輔（1090〜）		
保元元	1156		藤原頼長（1120〜）		保元の乱
三	1158	⑦⑦後白河（1155〜）			
平治元	1159				平治の乱
長寛二	1164		藤原忠通（1097〜）		
治承四	1180	⑧⑩高倉（1168〜）			
文治元	1185	⑧①安徳（1180〜）			平家滅亡
四	1188			⑦千載和歌集	
建久元	1190		西行（1118〜）	この頃山家集	
二	1191		祝部成仲（1099〜）		

和暦	西暦	天皇	人名	作品・事項	社会
三	1192			六百番歌合	源頼朝征夷大将軍
四	1193		藤原俊成（1145～）		
九	1198	⑧②後鳥羽（1184～）			
建仁二	1202		寂蓮（?～）		
三	1203		この頃小侍従（?～）	?この頃千五百番歌合	
元久二	1205			⑧新古今和歌集	
建永元	1206		九条良経（1169～）		
承元四	1210	⑧③土御門（1198～）			
建暦二	1212		法然上人（1133～）		
建保三	1215		栄西（1141～）		
四	1216		藤原有家（1155～）		
承久三	1221		藤原季経（1131～）		承久の乱
嘉禄元	1225		慈鎮（1155～）		
文暦元	1234		源家永（1173?～）		
二	1235			⑨新勅撰和歌集	
三	1237		藤原家隆（1158～）		
仁治二	1241		藤原定家（1162～）		
寛元元	1243			この頃迄平家物語	
二	1244		西園寺公経（1171～）	新撰六帖	
四	1246	⑧⑧後嵯峨（1242～）			
宝治二	1248			宝治百首	
建長二	1250			万代和歌集 現存和歌六帖	

				秋風抄	
三	1251			⑩続後撰和歌集	
四	1252		藤原道家（1193〜）		
正嘉二	1258		藤原知家（1182〜）		
文永元	1264		九条家良（1192〜）		
			宗尊親王（1243〜）		
二	1265		この年以降鷹司院帥（?〜）	⑪続古今和歌集	
九	1272		仙覚（1203〜）		
十一	1274	(90)亀山（1250〜）	紙屋河顕氏（1207〜）		文永の役
建治元	1275		藤原為家（1198〜）		
			藤原行家（1223〜）		
二	1276		葉室光俊（1203〜）		
弘安元	1278			⑫続拾遺和歌集	
四	1281				弘安の役
五	1282		日蓮（1222〜）		
十	1287	(91)後宇多（1274〜）			
正応二	1289		一遍（1239〜）		
永仁六	1298	(92)伏見（1287〜）			
嘉元元	1303			⑬新後撰和歌集	
延慶二	1309			この頃夫木和歌抄	
三	1310			これ以降徒然草	
正和元	1312			⑭玉葉和歌集	
文保二	1318			⑮続千載和歌集	
元応二	1320		津守国冬（1269〜）		

和暦	西暦	天皇	人名	作品・事項	社会
嘉暦元	1326			⑯続後拾遺和歌集	
北・元徳三	1331				元弘の変
					南北朝始まる
北・正慶二	1333				鎌倉幕府滅亡
北・建武元	1334				建武の中興
三	1336				室町幕府開設
北・暦応二	1339	⑯後醍醐（1318〜）			
北・貞和二	1346			拾玉集	
三	1347			⑰風雅和歌集	
北・観応元	1350			これ以降平家物語	
北・延文四	1359			⑱新千載和歌集	
北・貞治二	1363			⑲新拾遺和歌集	
五	1366			年中行事歌合	
北・応安元	1368	⑰後村上（1339〜）			
四	1371	北4後光厳（1352〜）			
北・至徳元	1384			⑳新後拾遺和歌集	
北・明徳三	1392				南北朝合一
応永九	1402		津守国量（1338〜）		
永享十一	1439			㉑新続古今和歌集	
康正三	1459		正徹（1381〜）		
寛正五	1464	⑩②後花園（1428〜）			
応仁元	1467				応仁の乱（〜1477）

明応九	1500	⑩後土御門（1464～）			
文亀二	1502		飯尾宗祇（1421～）		
永正元	1504		姉小路基綱（1441～）		
二	1505		近衛正家（1444～）		
天文六	1537		三条西実隆（1455～）	?この頃雪玉集	
十二	1543				鉄砲伝来
弘治三	1557	⑩後奈良（1526～）		?この頃詞枕名寄	
永禄三	1560				桶狭間の戦い
天正元	1573				室町幕府滅亡
十	1582				本能寺の変
慶長五	1600				関ヶ原の役
八	1603				江戸幕府始まる
元和二	1616		細川幽斎（1534～）		
三	1617			類字名所和歌集	
万治三	1660			松葉名所和歌集	
貞享四	1687	⑪例元（1663～）			
元禄二	1689			奥の細道	
七	1694		松尾芭蕉（1644～）		
十一	1698			類字名所外集	
宝永六	1709	⑪東山（1687～）			
七	1710		河合曽良（1649～）		
正徳四	1714		貝原益軒（1630～）		
享保六	1721		契沖（1640～）		
十八	1733			新類題和歌集	

和暦	西暦	天皇	人名	作品・事項	社会
元文三	1738		武者小路実陰（1661〜）		
寛政十	1798		澄月（1714〜）	?この頃詞枕名寄	
文化七	1810		木喰（1718〜）		
文政九	1826		奥村玉蘭（1761〜）		
嘉永二	1849		葛飾北斎（1760〜）		
安政二	1855		歌川広重（1797〜）		
明治三十四	1901		福沢諭吉（1834〜）		
三十六	1903		滝廉太郎（1879〜）		
大正五	1916		夏目漱石（1867〜）		
昭和三	1928		若山牧水（1885〜）		
十	1935		与謝野鉄寛（1973〜）		
十五	1940		種田山頭火（1882〜）		
十七	1942		与謝野晶子（1878〜）		
			北原白秋（1885〜）		
二十	1945		野口雨情（1882〜）		
二十六	1951		林芙美子（1903〜）		
二十七	1952		土井晩翠（1871〜）		
二十八	1953		斉藤茂吉（1882〜）		
三十四	1959		高浜虚子（1874〜）		

主な参考文献

『歌枕歌ことば辞典・増訂版』片桐洋一　笠間書院　一九九九・六
『歌枕の研究』高橋良雄　武蔵野書院　一九九二・九
『歌枕を学ぶ人のために』片桐洋一　世界思想社　一九九四・三
『おくのほそ道』久富哲雄　講談社学術文庫　一九八〇・一
『蜻蛉日記全訳注上』上村悦子　講談社学術文庫　一九七八・二
『鹿児島市水道史』鹿児島市　一九九一
『歌人が巡る九州の歌枕　福岡・大分の部』宮野恵基　文化書房博文社　二〇一八・五
『角川日本地名大辞典・鹿児島県』「角川日本地名大辞典」編集委員会　角川書店　一九八三・三
『角川日本地名大辞典・熊本県』「角川日本地名大辞典」編集委員会　角川書店　一九八七・一二
『角川日本地名大辞典・佐賀県』「角川日本地名大辞典」編集委員会　角川書店　一九八二・三
『角川日本地名大辞典・長崎県』「角川日本地名大辞典」編集委員会　角川書店　一九八七・七
『角川日本地名大辞典・宮崎県』「角川日本地名大辞典」編集委員会　角川書店　一九八六・一〇
『九州の万葉』滝口弘　ハレルヤ書店　一九六四・九
『九州の萬葉』福田良輔　桜楓社　一九六七・六
『九州万葉散歩―福岡県とその周辺―』筑紫豊　福岡県文化財資料集刊行会　一九六二・八
『九州万葉の旅』前田淑　福岡女学院短期大学文学研究会　一九七六・四
『草枕』夏目漱石　新潮文庫　一九八七・三改版
『県別マップル大分県道路地図』（二版十三刷）　昭文社　二〇一四
『県別マップル大阪府道路地図』（四版一刷）　昭文社　二〇一五
『県別マップル岡山県道路地図』（二版十九冊）　昭文社　二〇〇八
『県別マップル鹿児島県道路地図』（三班一刷）　昭文社　二〇一五
『県別マップル熊本県道路地図』（三班四刷）　昭文社　二〇一七

『県別マップル佐賀県道理地図』（三刷二版）　昭文社　二〇一七

『県別マップル滋賀健道路地図』（三版一刷）　昭文社　二〇一五

『県別マップル長崎県道路地図』（三班一刷）　昭文社　二〇一六

『県別マップル奈良県道路地図』（三班一刷）　昭文社　二〇一五

『県別マップル宮崎県道路地図』（四班一刷）　昭文社　二〇一五

『校本・謌枕名寄・本文篇』渋谷虎雄　桜楓社　一九七七・三

『古今和歌集全訳注　一～四』久曽神昇　講談社学術文庫　一九七九・九～一九八三・一

『古事記・上』次田真幸　講談社学術文庫　一九七七・一二

『字典かな―出典明記―改訂版』笠間影印叢刊刊行会　笠間書院　一九七二・三

『新潮日本古典集成・源氏物語三』石田穣二・清水好子　新潮社　一九七八・五

『新潮日本古典集成・古事記』西宮一民　新潮社　一九七九・六

『新日本古典文学大系・金葉和歌集・詞花和歌集』川村晃生・柏木由夫・工藤重矩校注　岩波書店　一九八九・九

『新日本古典文学大系・後拾遺和歌集』久保田淳　平田義信校注　岩波書店　一九九四・四

『後撰和歌集』片桐洋一　岩波書店　一九九〇・四

『新日本古典文学大系・拾遺和歌集』小町谷照彦　岩波書店　一九九〇・一

『新日本古典文学大系・千載和歌集』片野達郎・松野陽一校注　岩波書店　一九九三・四

『新編日本古典文学全集・日本書紀①』小島憲之他　小学館　一九九四・四

『新編日本古典文学全集・平家物語②』市振貞次　小学館　一九九四・八

『全訳古典撰書万葉集上・中・下』桜井満訳注　旺文社　一九九四・七

『増補松葉名所和歌集・本文篇』神作光一・千艘秋男　笠間書院　一九九二・三

『増補大日本地名辞書』吉田東伍　冨山房　一九七一・六

『日本古典文学大系・日本書紀上・下』坂本太郎・家永三郎・井上光貞・大野晋校注　岩波書店　一九六五・七～六七・三

『日本古典文学大系・平家物語上・下』高木市之助・小澤正夫・渥美かをる・金田一春彦　岩波書店　一九五九・二～六〇・一

『日本史小年表』笠原一男・安田元久編　山川出版社　一九七二・一二
『日本史諸家人名辞典』小和田哲雄監修　講談社　二〇〇三・一一
『日本史B用語集』全国歴史教育研究協議会　山川出版社　一九九五・二
『日本歴史地名大系第・鹿児島県の地名』下中弘　平凡社　一九九八・七
『日本歴史地名大系第・熊本県の地名』下中弘　平凡社　一九八五・三
『日本歴史地名大系第・佐賀県の地名』下中弘　平凡社　一九八〇・三
『日本歴史地名大系第・長崎県の地名』下中弘　平凡社　二〇〇一・一〇
『日本歴史地名大系第・宮崎県の地名』下中弘　平凡社　一九九七・一一
『百人一首全注釈』有吉保　講談社学術文庫　一九八三・一一
『福岡県万葉歌碑見て歩き』梅林孝雄　海鳥社　二〇〇四・九
『風土記下』中村啓信監修訳注　角川ソフィア文庫　二〇一五・六
『牧水の生涯』塩月儀市　鉱脈社　二〇一二・八
『万葉集歌人事典（拡大版）』大久間喜一郎・森淳司・針原孝之　雄山閣　二〇〇七・五
『萬葉集釋注一～十』伊藤博　集英社　二〇〇五・九～一二
『万葉と九州』中村行利　日本談義社　一九六九・二
『万葉の歌ことば辞典』稲岡耕二・橋本達雄　有斐閣　一九八二・一一
『名所歌枕（伝能因法師撰）の本文の研究』井上宗雄他　笠間書院　一九八六・四
『類字名所和歌集・本文篇』村田秋男　笠間書院　一〇八一・一
『和歌の歌枕・地名大辞典』吉原栄徳　おうふう　二〇〇八・五
『和歌文学辞典』有吉保編　桜楓社　一九九一・二
その他各市町誌、辞書、事典、地図など多数。

講　評

東洋大学名誉教授　谷地快一

宮野恵基氏の労作「歌人が巡る歌枕」シリーズは、すでに四国・中国（山陽・山陰）・九州（福岡・大分）の四冊が日の目を見ているが、このたび「宮崎・鹿児島・熊本・佐賀・長崎」の部が刊行されるはこびとなった。それら著作の冒頭に置かれる「はじめに」には、きまって、わたくしの『おくのほそ道』講義が〈歌枕ということばとの出逢い〉であった旨が記されている。気恥ずかしいことながら、責任上、そのあたりから筆を起こす。

歌枕の「歌」は「からうた（漢詩）」に対する「やまとうた（和歌）」（古今集仮名序）の総称である。ただし、この「やまとうた」とは「心に思ふことを、見るもの聞くものにつけて言ひ出《い》だせる」（同仮名序）のみならず、たとえば、新嘗祭《にいなめさい》をはじめとする宮中祭祀に深く寄与する、「まつりごと」に必須の条件であり、平安時代に成立する日本文化の礎となるものであった。

やがて、この「やまとうた」の享受者は公家や僧侶から武家・商人、そして職人へと裾野を広げた。すなわち、鎌倉から戦国時代までの中世において、質量共に変容を遂げ、近世（江戸時代）に至って、その波瀾《はらん》の収束をはかるとともに、熟成を果たすことになる。それらを文学史では便宜的に和歌・連歌《れんが》・俳諧と分けて論じるが、いずれも「やまとうた」の一体であることに変わりはない（貞徳『天水抄』・惟中『俳諧蒙求』・去来『去来抄』・許六『三冊子』など）。

一方で、「枕」は本来眠るときに頭をのせて支える調度である。これを和歌に付会すれば、〈歌を支えることばの数々〉を歌枕とする説明が可能で、実際のところ、平安中期までは、歌ことばの異名や枕詞、諸国の名所、四季を通じた和歌の素材などを、歌枕としてひとくくりにしていたことがわかっている（能因『能因歌枕』）。それが平安後期に至って、地名にしぼるものがあらわれ（範兼『五大集歌枕』）、歌枕は、詠歌の歴史に位置づけられた、由緒ある土地という意味で名所化を強める。

そもそも、上代の昔から、和歌にあらわれる地名は、富士や吉野などのように、神々が宿る場所という特殊な性格を帯びていた。それが朝廷行事の様式化と、勅撰集時代の到来による屏風歌・歌合・歌会など、遊戯的な文化の盛行につれて、各地の実態と重なったり、逸れたりしつつ、その数を増やしてゆく。つまり、歌枕は伝説化し、伝統化して、和歌の世界を知る者だけの建て前（原則）となり、必ずしも和歌を詠んだ場所を意味しないという、不思議な世界をも作り出すことになる。

こうして、歌枕は〈その土地で詠む〉とか、〈その土地を詠む〉という歴史と疎遠になり、和歌に詠まれることで、特定のイメージを与えられる地名となっていった。それは、あくまで和歌が優先し、その和歌に描かれるものだけが存在して、描かれていないものは存在しないかのような世界であった。よって、和歌を知らない人には何の価値もない場所、おもしろくも、おかしくもない、いわば信仰の世界となり、その光や風は信者（風雅を好む人）にのみ見えるものとなる。松尾芭蕉が元禄二年（一六八九）の晩春から晩秋にかけて、五か月に及ぶ旅を敢行した陸奥《みちのく》とは、こうした歌枕の土地であった。

この『おくのほそ道』は武蔵（江東深川から千住・草加・春日部）を出て、下野（栃木・日光・黒羽・那須・芦野）・陸奥（白河・福島・仙台・松島・石巻・平泉）・出羽（尾花沢・最上川・出羽三山・酒田・象潟）・越後（越後路）・越中（市振・那古）・加賀（金沢・小松・山中）・越前（福井・敦賀）・美濃（大垣）の九か国をめぐる紀行である。

試みに、これら諸国が作品に占める文章量の比率を計算すると、それぞれ武蔵（５％）・下野（14％）・陸奥（33％）・出羽（20％）・越後（１％）・越中（５％）・加賀（９％）・越前（11％）・美濃（２％）で、陸奥・出羽に費される文章が『おくのほそ道』全体の半分以上を占めていることがわかる（久富哲雄著・谷地快一編『写真で歩く奥の細道』解説、三省堂）。

この事実は、深川出庵の章に「春立てる霞の空に白河の関こえん」「松嶋の月先づ心にかゝりて」と書き、日光山の章に「このたび、松島・象潟の眺めともにせん」とある通り、『おくのほそ道』が陸奥・出羽を訪ねる旅であったことを裏付け、併せて白河の関・松島・象潟に歌枕探訪を象徴させていることも明らかにしてくれる。

また、その初日は惜春と惜別の思いの強さから、草加の宿にたどり着くので精一杯であったとする、その草加の章で「耳にふれて、いまだ目にみぬさかひ」へのあこがれと覚悟を述べているが、この「耳にふれて」を咀嚼《そしゃく》すれば〈和歌で覚えている歌枕の地で〉という意になり、「いまだ目にみぬさかひ」も〈まだ、実際に行ったことのないところ〉という意になる。『おくのほそ道』とは歌枕探訪を主要なテーマとする行脚であった。

わたくしが、長年の『おくのほそ道』講義で話し続けた骨子は、概ね右のようなことがらで、たとえば、「陸奥の歌枕は山城に次いで多い、いわば歌枕のメッカともいうべき土地」（尾形仂著「おくのほそ道注解」、『国文学解釈と鑑賞』連載）という先学の解説に寄り掛かって、その魅力を説き、少しも疑うところがなかった。

それが宮野氏の向学心を育んだことは事実であろうが、他方、わたくしが宮野氏から教えられたことも多い。氏は鎌倉末期の澄月《ちょうげつ》なる人物が編んだ『歌枕名寄《うたまくらなよせ》』や、江戸初期に連歌師昌琢《しょうたく》が刊行した『類字名所和歌集』などの名所和歌集類を精査して膨大なる一覧表をわたくしに示し、「陸奥の歌枕は山城に次いで多い」というのは誤解で、「『おくのほそ道』の旅を、歌枕のメッカをゆくかのように説くのは言い過ぎである」と喩した。

わたくしは慌てて先行する資料をあさり、常に座右に置いて参看していたはずの、久富哲雄著『おくのほそ全訳注』（講談社学術文庫、昭和五一、一）を読み直した。すると、そこには、すでに『類字名所和歌集』の「廿一代集所詠出之名所和歌国分目録」を引き、奥羽（陸奥五十四郡、出羽十二郡）の歌枕は陸奥が四六か所、出羽が四か所で、順位をつけるなら近畿（山城一二七、近江一〇七、大和一〇二、摂津六五）に次ぐ第五番目であるという解説が備わっていた。

なお、念をいれて、先掲の「おくのほそ道注解」をまとめた尾形仂著『おくのほそ道評釈』（評釈全注釈叢書、角川書店、平一三、五）を覗くと、「総説」冒頭に「当時の歌枕名寄せ類をひもとくと、この旅のコースには七十七か所の歌枕が見えるが、中でも四十六か所の歌枕をもつ陸奥《みちのく》は、これまで『野ざらし紀行』や『笈の小文』の旅で巡遊した畿内につぐ歌枕のメッカといってよく」と修正してある。わたくしは自分の思い込みと、不勉強に唖然としたのであった。

もう一つ、本年五月一日に「平成」が「令和」と改元され、皇位継承なる歴史を目の当たりにしたことで、付け加えておきたいことがある。それは近世という時代から眺めていたわたくしにとって、歌枕は「土地を詠む」「土地で詠む」世界でしかなかったが、その成立には、神事に不可欠なプログラムとして、「歌枕をこしらえてきた」歴史を無視できないということも教えられた。

新しい天皇が即位後に初めておこなう新嘗祭《にいなめさい》（陰暦十一月）を、例年のそれと区別して大嘗祭《だいじようさい》（大嘗会《だいじようえ》）という。一代に一度の大祭である。祭祀の場は二か所に分けて、左を東方の国郡を意味する悠紀《ゆき》殿、右を東方に次ぐ国郡を意味する主基《すき》殿とし、その年に収穫した穀物（稲）を、自ら神々に供える儀式である。供える稲は二つの斎田《さいでん》（清められた田）のものを用意する。斎田は常に決まった土地があるわけでなく、古くは吉凶を占って定めたようだが、畿内（山城・大和・河内・和泉・摂津）を除外し、あらかじめ選定した国郡から献上させている。平安中期以後については、悠紀は近江国（滋賀県）とし、主基には丹波国（京都府・兵庫県のそれぞれ一部）と備中国（岡山県西部。宮野恵基『歌人が巡る中国の歌枕　山陽の部』参照）が交互に選ばれたという。

その祭祀には、悠紀や主基の国風《くにぶり》を称える風俗歌や屏風歌が用意された。目的は神々や新しい天皇を言祝《ことほ》ぐことにあったから、大嘗祭に向けて選定された郡の実景や実体は二の次である。こうして、歌枕や名所和歌集の歴史は複雑なものになってゆく。それを形骸化とみる向きもあるが、同時に文化研究のおもしろみでもある。

わたくしもまた、宮野氏の『歌人が巡る四国の歌枕』（文化書房博文社、平23・11）以降、その「歌人が巡る歌枕」シリーズによって、まだ見ぬ歌枕の地を想像するのを机上の楽しみにしてきた一人である。

その理由を、このたびの「宮崎・鹿児島・熊本・佐賀・長崎の部」にさぐれば、まず宮崎（日向編）の「速日《はやひ》の峰・高千穂の嶽《たけ》・日向《ひむか》・琴引《ことひき》の松・淡木原《あわきのはら》・橘小戸《たちばなのおど》」、鹿児島（薩摩編）の「夏見瀧《なつみのたき》・空穂嶋《うつぼじま》・薩摩潟おきの小嶋・唐湊《からのみなと》・薩摩の迫門《せと》」などが、これまでまったく知らない歌枕であることによる。

長崎県でいえば、大陸との海上交通で大きな役割を果たしたはずの「智可嶋《ちかのしま》（千香嶋）」は、陸奥の「千賀《ちが》の浦（塩竈の浦）」と混同され、和歌においてはその陰に隠れてしまった点に関心を抱いてきた。また、「美・良久嶋《みみらくのしま》」の解説を読んで、『蜻蛉日記』にこの歌枕の証歌があったことをぼんやりと思い出し、「見る目（逢う機会）」との掛詞で恋の歌に頻出する「海松目《みるめ》」は海藻だから、「海松目浦《みるめのうら》」を長崎に比定する根拠はどこに求めればよいか、などと思案する時間は楽しい。

熊本県でいえば、きわめて一般的な火の山「阿蘇」はさておき、『伊勢物語』（六一段）の舞台で、地名を生かした歌のやりとりを描いて著名な「多波礼嶋《たはれじま》」はやはり出掛けてみたいし、取り上げている解説書の少ない「芦北《あしきた》」その他の名所の考証もありがたい。

佐賀県についても同様で、松浦小夜姫《まつらさよひめ》説話で有名な「比礼振山《ひれふるやま》」、海外渡航の里「松浦」、神功皇后が釣りによって新羅出兵を占ったという「玉嶋（松浦川）」などは知っていても、「吉志美嵩《きしみがたけ》（杵島山）」その他の歌枕に解説をほどこしてくれる書物はあまりないのではなかろうか。

このように、宮野氏の執筆態度は考古学調査のように謙虚で、丁寧で、証歌のないまま『歌枕名寄』が立項する鹿児島県の「霧島」を排除せず、広域で特定の難しい「大隅浦」（鹿児島県の東半分）を、近世期の地誌類が比定する記事を尊重して「大隅浦《おおすみのうら》（古江浦《ふるえのうら》）」の一項を立て、後考を待つ姿勢も研究者としてまことに好もしい。

一念発起して二十年に届くかという、地道な努力とその成果を壮とし、本書を江湖にすすめるものである。

二〇一九年七月七日

海紅山房にて

―おわりに―

平成二十七年（二〇一五）一月から、九州に歌枕を訪う旅に第一歩を印してから四年が過ぎた。この間、万葉歌に彩られた福岡、大分両県の探訪記を同三十年（二〇一八）五月に先行上梓し、以後南九州、西九州を巡り、この度、九州後編とも言うべき『宮崎・鹿児島・熊本・佐賀・長崎の部』を形とすることができた。思えば、平成十九年（二〇〇七）に、嘗て学んだ**松尾芭蕉**の『**奥の細道**』に倣って四国の歌枕の地から始めて、ここに近畿を除く西日本を巡り終えたのである。

ところで本文中にも触れたが、平成二十八年（二〇一六）、熊本、大分両県をマグニチュード六・五、七・〇の地震が襲い、甚大な被害を及ぼした。当初は福岡県に続いて熊本県から探訪をと予定していたが、物見遊山ではないにしろ、被災地の方々が日夜復興に汗を流している最中の踏査を避け、宮崎県から歩を進めた。それでも二年後、熊本県にお邪魔した際、震災の爪跡が各所に残り、改めて自然災害のすざましさを感じ、一日も早い復旧、復興を願うばかりである。

今回上梓する本著の範囲は、山あり川ありはともかくとして、島嶼部が多く、それだけに移動に時間的制約を受け、無駄なく巡るのに苦労をしたことが昨日のように思い出され、良くぞ完結したと胸を撫で下ろしている。島々は遠隔の地である故、再訪を避けるために事前に行政や観光協会のご指導を受けたことも多々あり、感謝する次第で、お蔭で九州の自然、文化、人情に深く触れることが出来、本著の刊行以上に喜びであった。

今回、全般にわたってご指導を頂戴し、加えてご丁重なるご講評を頂いた東洋大学名誉教授谷地快一先生には、前文に記したように、歌枕の地を探訪するというライフワークを言外にお導き頂いたことも含めて、心より感謝申し上げげます。

さらには、粗雑な原稿、写真を整理し、的確な地図を挿入して頂いた（株）文化書房博文社にも御礼を申し上げます。

さて、本著で四国、中国、九州を巡り終り、駄文、駄歌、拙い写真から成る五冊の探訪記を世に出した。お目に留めて頂けたことに感謝しており、また後期高齢者となった筆者に如何ほどの余命があるかは神のみの知るところであるが、今後も引き続いて地域を選んで踏査を重ねることとしており、自らにはさらなる学びを課しつつ、諸兄、諸姉のご指導を頂けたらとお願い申し上げます。

なお、私の既刊の五冊に関してご指導を頂いた、沙羅短歌会主宰、東洋大学名誉教授伊藤宏見先生が、本年（二〇一九）急逝された。私にとっては歌の道をご指導頂いた師であり、また拙著の出版にあたっての無二の助言者でもあった訳で、今後は一人旅となる寂しさを痛感しているところである。心より生前のお導きに感謝し、ご冥福をお祈り申し上げます。

〈著者紹介〉
宮野恵基（みやの　けいき）
一九四二年千葉県生まれ。
香川県高松市岡本町一一六七―一
東洋大学日本文学文化学会会員。日本歌人クラブ会員。香川県歌人会会員。
著作
『短歌でめぐる四国八十八ヶ所霊場』二〇〇五年十月刊　文化書房博文社
『歌人が巡る四国の歌枕』二〇一一年十一月刊　文化書房博文社
『歌人が巡る中国の歌枕　山陽の部』二〇一四年五月刊　文化書房博文社
『歌人が巡る中国の歌枕　山陰の部』二〇一五年五月刊　文化書房博文社
『歌人が巡る中国の歌枕　福岡・大分の部』二〇一八年五月刊　文化書房博文社

歌人が巡る九州の歌枕　宮崎・鹿児島・熊本・佐賀・長崎の部

二〇一九年八月三一日　初版発行

著　者　宮野恵基
発行者　鈴木康一
発行所　株式会社　文化書房博文社
〒一一二―〇〇一五　東京都文京区目白台一―九―九
電　話　〇三（三九四七）二〇三四
ＦＡＸ　〇三（三九四七）四九七六
振　替　〇〇一八〇―九―八六九五五
URL: http://user.net-web.ne.jp/bunka/
印刷・製本　昭和情報プロセス　株式会社

ISBN978-4-8301-1313-0　C0095